48.–

Verena Rutschmann • Fortschritt und Freiheit

300 Titel, davon 150 SJW-Hefte

Gewalt im Jugendbuch: S. 83

Juni 84

Verena Rutschmann

Fortschritt und Freiheit

Nationale Tugenden in historischen Jugendbüchern seit 1880

CHRONOS

Publiziert mit Unterstützung des Schweizerischen Nationalfonds
zur Förderung der wissenschaftlichen Forschung.

Die vorliegende Arbeit wurde von der
Philosophischen Fakultät I der Universität Zürich
im Wintersemester 1991/92 auf Antrag von
Herrn Prof. Dr. Rudolf Schenda
als Dissertation angenommen.

Umschlag: Fritz Ritzmann

ISBN 3-905311-39-9

Vorwort

1985 hat der Bundesrat das Nationale Forschungsprogramm 21 «Kulturelle Vielfalt und nationale Identität» in Auftrag gegeben. Ziel dieses Programmes ist es, über wichtige Fragen der kulturellen Vielfalt und der nationalen Identität Kenntnisse zu erarbeiten, die sowohl für das Verständnis als auch für das konkrete Handeln in den Bereichen der Kultur- und Identitätsproblematik nützlich sind.

Im Rahmen dieses Programmes sind zu speziellen Fragestellungen rund 50 Teilstudien durchgeführt worden. Ihre Ergebnisse sind zunächst in einer Serie von Kurzfassungen veröffentlicht worden. In den meisten Fällen werden auch die ausführlichen Berichte publiziert, entweder in einer französisch- und deutschsprachigen Reihe (L'Age d'Homme, Lausanne, und Helbing & Lichtenhahn, Basel) oder als Einzelpublikationen. Im weiteren erscheint zum gesamten Programm ein zusammenfassender Schlussbericht.

Das Nationale Forschungsprogramm 21 über «Kulturelle Vielfalt und nationale Identität» befasst sich mit Fragen, die unabhängig von der Zeitlage permanent diskutiert werden müssen. In der jetzigen Entwicklungsphase ist diese Auseinandersetzung jedoch besonders wichtig. Die Debatte um die schweizerische Haltung in der sogenannten Europa-Frage gibt der Thematik des NFP 21 eine spezielle Aktualität. Doch auch das EWR-Projekt und die weiteren Integrationspläne sind weniger die Ursache, sondern vielmehr eine von mehreren Folgen einer allgemeineren und tiefergreifenden Entwicklung, die dem NFP 21 und der vorliegenden Studie die eigentliche Aktualität verleiht: In jüngster Zeit mehren sich die Anzeichen, dass wir in einer Zeit leben, in der manche Selbstverständlichkeiten fragwürdig, Überzeugungen brüchig und Übereinstimmungen hinfällig geworden sind; in einer Zeit also der zumindest partiellen Neuorientierung und damit eines erhöhten Informations- und Reflexionsbedarfs. Die Studien des NFP 21 wollen und können dazu einen Beitrag leisten.

Der Programmleiter: Georg Kreis

Die vorliegende Arbeit ist Teil der Studie «Literarische und nationale Erziehung: Schweizerisches Selbstverständnis in der Literatur für Kinder und Jugendliche», die 1986–1990 am Schweizerischen Jugendbuch-Institut in Zürich entstanden und im Rahmen des Nationalen Forschungsprogramms 21 «Kulturelle Vielfalt und nationale Identität» durchgeführt worden ist.
Die Untersuchung besteht aus drei Teilstudien, die sich mit historischen Jugendbüchern und Lesebüchern in der deutschen und französischen Schweiz sowie im Tessin befassen:

- Barbara Helbling: *Eine Schweiz für die Schule.* Nationale Identität und kulturelle Vielfalt in den Schweizer Lesebüchern seit 1900.
- Verena Rutschmann: *Freiheit und Fortschritt:* Nationale Identität in historischen Jugendbüchern der Schweiz.
- Doris Senn: *«Bisogna amare la patria come si ama la propria madre».* Nationale Erziehung in Tessiner Lesebüchern seit 1830.

Der Arbeitsgruppe stand ein wissenschaftlicher Beirat zur Seite, dem Prof. Dr. Peter Grotzer, Zürich, Prof. Dr. Beatrix Mesmer, Bern, und Prof. Dr. Rudolf Schenda, Zürich angehörten: Sie unterstützten unsere Arbeit über drei Jahre hin mit richtungweisenden Anregungen und wertvoller Kritik. Als Expertin für die französische Schweiz recherchierte Josiane Cetlin-Jeanhenry in Absprache mit den Verantwortlichen für die Teilprojekte und kommentierte die Ergebnisse aus der Sicht ihrer Sprachregion. Ihnen allen danken wir an dieser Stelle sehr herzlich.

Rosmarie Tschirky, Leiterin des Schweizerischen Jugendbuch-Instituts

Inhalt

Einleitung

Wer sich wissenschaftlich mit Kinder- und Jugendliteratur/KJL befasst, sieht sich – je nach Blickwinkel – zwischen Stuhl und Bank oder aber in der glücklichen Lage, aus einer Anzahl von Möglichkeiten *den* Untersuchungsbereich und *die* Disziplin zu wählen, die seinem Interesse am besten entsprechen. Nicht nur für die Literaturwissenschaft ist nämlich KJL ein «Nebenschauplatz»[1] – auch in anderen Disziplinen kann KJL nur in spezifischen Teilbereichen Interesse beanspruchen.

Vor die Aufgabe gestellt, eine Definition von Kinderliteratur zu geben, werden sich wohl die meisten Leute spontan erst einmal an Leseerlebnisse erinnern, an Bücher, die sie als Kind gelesen haben oder die ihnen erzählt worden sind. Solche kindlichen Leseerlebnisse sind oft sehr intensiv, und die Erinnerung daran ist meist eng verbunden mit der Lesesituation, dem Ort der Lektüre, überhaupt den äusseren Umständen, die die Lektüre begleiteten.

Das wissenschaftliche Interesse an KJL richtet sich denn auch nicht nur auf den Text als solchen, sondern ebensosehr auf Fragen z. B. der Rezeption oder der Literaturvermittlung. Dazu kommt, dass unter der Bezeichnung KJL eine ganze Reihe verschiedenster Textsorten zusammengefasst sind, deren Entsprechungen in der Literatur für Erwachsene in unterschiedlichen Forschungsbereichen untersucht werden. Zur KJL gehören Erzählungen ebenso wie Sachbücher, Erbauungsschriften und Lyrik, literarische Kunstwerke und unbeholfene Beispielgeschichten. So lässt sich KJL als Untersuchungsgegenstand verschiedenen Disziplinen zuordnen, je nach Fragestellung z. B. der Psychologie, der Literaturkritik oder der Volkskunde. Der einzige gemeinsame Nenner all dieser Texte ist ihr Zielpublikum, eben die Kinder und Jugendlichen, die noch nicht

1 So Gundel Mattenklott in der Einleitung zu ihrem Buch *Zauberkreide*. Stuttgart: Metzler 1989.

selbständige Mitglieder der Gesellschaft sind. Hier berühren sich denn auch die Gebiete Volksliteratur und Kinder- und Jugendliteratur: Beide richten sich an Konsumentengruppen, die «nicht der herrschenden Kulturelite angehören».[2]

In der vorliegenden Arbeit geht es ausschliesslich um Texte, die ausdrücklich für das Zielpublikum Jugend geschrieben und verlegt worden sind, die sogenannte intentionale KJL. Jugend meint in diesem Zusammenhang das Alter bis zum Ende der obligatorischen Schulzeit, also Jugendliche bis rund 15 Jahre. Texte, die zwar Jugendlektüre geworden sind, also von Jugendlichen gelesen werden, aber nicht speziell für sie verfasst wurden, werden in der Untersuchung nicht berücksichtigt. Der Untersuchung liegen die historischen Romane und Kurzerzählungen zugrunde, die seit 1880 in den vier Sprachregionen von Schweizer Autoren und Autorinnen veröffentlicht worden sind. Die Arbeit ist im Rahmen des Nationalen Forschungsprogramms 21 (NFP 21) entstanden, das Thema des NFP 21, «Nationale Identität und kulturelle Vielfalt», hatte die Fragestellung vorgegeben: An der KJL hat in erster Linie ihre Rolle in der Mentalitätsgeschichte interessiert.

Eine intentionale KJL, also eine ausdrücklich für Kinder und Jugendliche verfasste und veröffentlichte Literatur, gab es zwar schon vor der Aufklärung und der einsetzenden Industrialisierung. Ihre im wesentlichen bis heute gültigen Formen und Funktionen haben sich in Westeuropa jedoch erst in der zweiten Hälfte des 18. Jahrhunderts herausgebildet: Die KJL wurde als Teil des neuen Erziehungssystems geschaffen, dessen Ziel der «zivilisierte», an die bürgerliche Produktions- und Lebensweise angepasste Erwachsene war. Der KJL fällt in diesem Erziehungssystem die Rolle zu, einerseits Sachwissen in für ihr Zielpublikum verständlicher und ansprechender Form darzustellen, andererseits abstrakte Moralvorstellungen anschaulich zu vermitteln.

Die Geschichte der KJL seit dem 18. Jahrhundert zeigt, dass zu verschiedenen Zeiten moralische, ästhetische, sachliche Belehrung oder andere Funktionen von unterschiedlichem Gewicht waren. Immer aber blieb der Grundcharakter der KJL als pädagogisches Instrument erhalten, so dass auch Kinder- und Jugendbücher, die nicht einem pädagogischen Auftrag oder einer politischen Idee verpflichtet sind, die Sozialisation von Kindern in einem bestimmten geographischen, zeitlichen und gesellschaftlichen Umfeld widerspiegeln und gleichzeitig wieder darauf einwirken.

Die Schweizer KJL ist in die westeuropäische Entwicklung eingebunden; im Gegensatz jedoch etwa zur deutschen KJL richtet sie sich an ein Zielpublikum, das – soweit männlich – politische Rechte und Pflichten übernehmen wird, mit-

2 Rudolf Schenda: Volksliteratur. In: Lexikon der KJL, Band 3, 726.

hin staatsbürgerliche Tugenden entwickeln soll. Im 18. Jahrhundert betrifft das erst die Oberschicht, die Söhne der regierenden Familien; an sie wenden sich denn auch die Autoren der Jugendschriften dieser Zeit. Schon zur Zeit der Helvetik, vollends dann im 19. Jahrhundert wird ein breiteres Zielpublikum angesprochen: Die KJL soll jetzt die gesamte männliche, ausnahmsweise sogar weibliche Schweizer Jugend «auf das bürgerlich-staatliche und das bürgerlich-berufliche Leben» vorbereiten.[3]

Der Darstellung historischer Stoffe, sei es im Sachbuch, sei es in fiktionalen Texten, kam in der Schweizer KJL von allem Anfang an besonderes Gewicht zu: In der Geschichte der Schweiz fanden sich die Bilder für ein nationales Bewusstsein, das nicht auf einer allen Landesteilen gemeinsamen Sprache und Kultur gründen konnte. Und auf die «Tugenden der Väter» konnte sich ein Wertsystem stützen, das staatsbürgerliche und ökonomische Tugenden nach utilitaristisch-republikanischen Gesichtspunkten forderte. Es liess sich also voraussetzen, dass in historischen Jugendbüchern stärker noch als in anderen Texten der KJL Wertvorstellungen und gesellschaftliche Konzepte zum Ausdruck kommen. Diesen Vorstellungen und den Versuchen, sie zu propagieren, geht die Arbeit nach.

Forschungsstand

Eine Gesamtdarstellung der Geschichte der Schweizer KJL und ihres Umfeldes fehlt bisher. Als Grundlage für zukünftige Forschungen in diesem Bereich hat Claudia Weilenmann in den Jahren 1986–1991 am Schweizerischen Jugendbuch-Institut eine Bibliographie der Schweizer Kinderbücher 1750–1900 erarbeitet, die für die vorliegende Arbeit intensiv genutzt werden konnte. Einen historisch sehr gut abgestützten Überblick über die «hohe» Literatur für Kinder und Jugendliche gibt Peter Keckeis in *Zur Geschichte des Schweizer Jugendbuchs* (1961). Zu einzelnen Zeitabschnitten oder Bereichen gibt es historische Untersuchungen, wie etwa die Dissertation von Anni Angst: *Die religions- und moralpädagogische Jugendschrift in der deutschen Schweiz von der Reformation bis zur Mitte des 19. Jahrhunderts* (1947). Die KJL der deutschen Schweiz wurde zudem in Forschungsprojekten über die gesamte deutschsprachige KJL berücksichtigt, so im Projekt «Geschichte der deutschsprachigen KJL» der Erziehungswissenschaftlichen Fakultät der Universität Köln oder im Projekt der Universität Frankfurt über die deutschsprachige KJL nach 1945, dessen Ergebnisse im Band *Zwischen Trümmern und Wohlstand* (1989) dargestellt sind. Das Leseverhalten von Schülerinnen und Schülern der gesamten Schweiz ist in

3 Vorwort zur ersten Nummer der Zeitschrift *Schweizerischer Jugendfreund*, 1854.

einer Veröffentlichung des Schweizerischen Jugendbuch-Instituts dargestellt worden: *Leselandschaft Schweiz / Jeunesse et lecture en Suisse* (1988). Die Forschung in Frankreich und Italien zeigt erst seit kurzem Interesse für Fragen der KJL. Die bisherigen Untersuchungen lassen jedoch kaum Rückschlüsse auf die KJL der französischen und italienischen Schweiz zu, auch sind sie zum Teil nicht publiziert und deshalb schwer zugänglich.
Für weitere Bereiche der Kinder- und Jugendlektüre gilt Ähnliches. Die Lesebücher sind im Hinblick auf bestimmte Fragen untersucht worden. Das Familienbild ist Gegenstand der Freiburger Dissertation *Die Familie im Lesebuch der deutschen Schweiz* (1979) von Oswin Bucher. Über die Tessiner Lesebücher hat Grazia Cairoli gearbeitet: *Libri di scuola ticinesi 1880–1930. Aspetti e problemi di una regione in un genere letterario particolare* (1986). Zwei Dissertationen untersuchen den Geschichtsunterricht in den Kantonen Bern und Zürich: Hans Ulrich Scheller: *Das Bild des Mittelalters an den Zürcher Volksschulen* (1973) und Pietro Scandola: *«Schule und Vaterland». Zur Geschichte des Geschichtsunterrichts in den deutschsprachigen Primarschulen des Kantons Bern* (1966). Eine Studienarbeit des Soziologischen Instituts der Universität Zürich befasst sich mit politischer Identität im Geschichtsbuch der Volksschule: *«Frei und auf ewig frei!»* (1980) von René Anliker und Viktor Schmid.
Die Praxis der Literaturvermittlung für Kinder und Jugendliche in der Schweiz ist nie gesamthaft untersucht worden. Den Bereich der Volksbibliotheken im 19. Jahrhundert hat Jean-François Pitteloud für Genf dargestellt: *«Bons» livres et «mauvais» lecteurs: politiques de promotion de la lecture populaire à Genève au XIXème siècle* (1988). Die Rezensionstätigkeit der Jugendschriftenkommission des Schweizerischen Lehrervereins ist Gegenstand einer bis zum Abschluss dieser Arbeit noch nicht veröffentlichten Zürcher Dissertation von Rosmarie Ernst. Die Ergebnisse einer Untersuchung zur Literaturpolitik für Kinder und Jugendliche in Deutschland nach 1933 von Ulrich Nassen: *Jugend, Buch und Konjunktur 1933–1945* (1987) lassen sich kaum auf die Verhältnisse in der Schweiz übertragen.
Im Rahmen des NFP 21 hat sich die Projektgruppe Roger Francillon mit populären Lesestoffen in der französischen Schweiz befasst. Die Ergebnisse dieses Projekts, *Récits populaires et romans littéraires: évolution des mentalités en Suisse romande au cours des cent dernières années et évolution de la conscience nationale*, lassen jedoch kaum Vergleichsmöglichkeiten zu, da zwischen der KJL und in diesem Projekt untersuchten Texten nur wenig Parallelen bestehen und sich damit auch die jeweiligen Fragestellungen unterscheiden.

Untersuchungsbereiche und Fragestellungen

Im Teilprojekt «Literarische und nationale Erziehung» des NFP 21 wurden drei Bereiche der KJL untersucht, in denen in besonderem Masse politische Intentionen und gesellschaftliche Prozesse wirksam werden:

- historische Erzählungen und Romane für Kinder und Jugendliche
- Lesebücher
- das Vermittlungsnetz, der spezifische Überbau, der kontrollierend und fördernd die Jugendlektüre zu beeinflussen sucht.

Der Rahmen des NFP 21 hatte die Fragestellung vorgegeben: KJL ist als Teilbereich der Ideologieproduktion und -vermittlung untersucht worden. Im Vordergrund standen historische und literatursoziologische Fragestellungen, z. B.

- Wie erscheint die Schweiz als Gesamtstaat in den Texten für Kinder und Jugendliche, welche Segmente der Gesellschaft, was für Ausschnitte aus der Geschichte und Geographie repräsentieren sie?
- In welchem gegenseitigen Verhältnis werden Region und Gesamtstaat gezeigt?
- Wie verändern sich die Inhalte der KJL im untersuchten Zeitraum?
- Wer verfasst die Texte, stellt Sammlungen zusammen, gibt Empfehlungen heraus?
- Was für sprachregionale Unterschiede lassen sich bei diesen Aspekten feststellen?

Dabei wurden jeweils alle vier Sprachregionen berücksichtigt, auch die rätoromanische KJL im Rahmen des zur Verfügung stehenden Materials. Josiane Cetlin-Jeanhenry recherchierte die bibliographischen und biographischen Daten für die französische Schweiz und begleitete die Interpretation der Texte und historischen Entwicklungen in ständiger Diskussion.

Vorgehen

Für die Eingrenzung des Untersuchungsbereichs und die anschliessende Interpretation erwies es sich als notwendig, sich auf Methoden und Ergebnisse aus verschiedenen Disziplinen zu stützen. Als erste Aufgaben stellten sich die Abgrenzung des «historischen» Romans oder der «historischen» Erzählung von anderen, ähnlichen Erzählformen und die Eingrenzung des Untersuchungsmaterials. Bei der Auseinandersetzung mit dem historischen Roman als Genre waren die Darstellungen von Richard Humphrey: *The Historical Novel as Philosophy of History* (1986), Georg Lukács: *Der historische Roman* (1965) und Ina Schabert: *Der historische Roman in England und Amerika* (1981) richtungweisend. Als historische Romane oder Erzählungen wurden nach Schaberts

Kriterium des «nachzeitigen Erzählens» jene Texte bestimmt, in denen der Autor nicht Selbsterlebtes, eigene Beobachtungen darstellt, sondern aus historischem Quellenmaterial und wissenschaftlichen Darstellungen, manchmal sogar aus anderen historischen Romanen das Bild einer bestimmten Gesellschaft, einer bestimmten Epoche rekonstruiert. Charakteristisch für den historischen Roman wird damit das Zusammenwirken von Geschichte, d. h. dokumentarischem Material und Wissenschaft einerseits und Fiktion andererseits.

Für die Eingrenzung des Korpus der Primärliteratur war die Nationalbibliographie *Das Schweizer Buch* massgebend. Die systematischen Verzeichnisse für die Jahre 1901–1947 weisen als Teilbereich der KJL die historischen Erzählungen für die Jugend nach. Der Begriff «historische Erzählung» ist allerdings weiter gefasst als in dieser Arbeit. Es werden zuweilen auch Titel genannt, die sich mit politischen und sozialen Fragen der Gegenwart befassen. Für die Jahre nach 1947 waren die unter «Kinder- und Jugendliteratur» in den einzelnen Heften des *Schweizer Buchs* verzeichneten Titel zu prüfen. Ausgewählt wurden die Titel, die dem Kriterium des «nachzeitigen Erzählens» entsprachen. Zudem wurde der Bestand des Schweizerischen Jugendbuch-Instituts durchgesehen und dabei Einseitigkeiten korrigiert, die sich beispielsweise dadurch ergeben hatten, dass religiöse Erzählungen für die Jugend zum Teil im *Schweizer Buch* nicht unter «Jugendschriften», sondern unter «Religion» verzeichnet sind.

Für den Zeitraum 1750–1900 stellte Claudia Weilenmann Titelangaben aus ihrer Arbeit an der *Annotierten Bibliographie der Schweizer Kinder- und Jugendliteratur 1750–1900* zur Verfügung. Für die weitere Interpretation wurden die nach 1880 erschienenen erzählenden Jugendbücher berücksichtigt, ohne jene religiösen Erzählungen, die ausdrücklich für die konfessionelle Erziehung bestimmt waren, wie etwa die Reihe *L'histoire de la Réforme, racontée aux Jeunes* im Verlag Labor et Fides in Genf. Die Biographien wurden berücksichtigt, wenn die dargestellte Person irgendeinen Bezug zur Schweizer Geschichte hat.

Als Material zur Interpretation standen schliesslich rund 300 Titel zur Verfügung, davon rund 150 Hefte des Schweizerischen Jugendschriftenwerks/SJW, also kurze Erzählungen im Umfang von 32 Seiten. Übersetzungen in andere Landessprachen sind als eigenständige Publikationen gezählt. Auf die verschiedenen Sprachen verteilen sich die Titel wie folgt:

- Deutsch 203 (davon 5 Übersetzungen, 99 SJW)
- Französisch 59 (16 Übersetzungen, 32 SJW)
- Italienisch 26 (8 Übersetzungen, 26 SJW)
- Rätoromanisch 10 (4 Übersetzungen, 7 SJW).

Eine Interpretation dieser Titel war nur aus dem historischen Kontext möglich, im Vergleich mit der pädagogischen und politischen Diskussion ihrer Entstehungszeit. Dabei interessierte besonders, wie sich diese Diskussion in jenen Bereichen spiegelte, die für die Kinder- und Jugendlektüre bestimmend waren, sei es in der Produktion, sei es in der Vermittlung. Als hauptsächliche Quellen dienten hier die Zeitschriften aus dem Schulbereich, *L'Educateur*, die *Schweizerische Lehrerzeitung*, die *Schweizerische Lehrerinnenzeitung* und die *Berner Seminar-Blätter*. Besonders aufschlussreiches Material fand sich dank der Hilfe von Herrn Tobias Greuter im Archiv des Verlags Sauerländer in Aarau.
Die politischen Intentionen, die in den historischen Jugendbüchern zum Ausdruck kommen, lassen sich nur dann in einen gesamtgesellschaftlichen und geschichtlichen Zusammenhang einordnen, wenn das soziale und politische Selbstverständnis der schreibenden und vermittelnden Personen berücksichtigt wird. Für die französische Schweiz finden sich viele Hinweise in den Untersuchungen von Anne-Marie Käppeli und Jean-François Pitteloud zur kulturpolitischen Tätigkeit der Genfer Oberschicht. Im allgemeinen ist die Quellenlage aber sehr schlecht. Für die deutsche Schweiz wurden neben den einschlägigen Lexika die verschiedensten Quellen benützt – Zeitschriften, Verlagsprospekte und Reklame in Jugendbüchern. In vielen Fällen erwies sich der biographische Katalog der Schweizerischen Landesbibliothek als einziger Informationsnachweis zu den AutorInnen von Jugendbüchern, die in biographischen Lexika kaum je erfasst sind. Für die neueren AutorInnen konnte die Dokumentation des Schweizerischen Jugendbuch-Instituts ausgewertet werden.

Darstellung
Die Arbeit ist in zwei Teile gegliedert; im ersten Teil liegt der Schwerpunkt auf Fragen des kinderliterarischen Systems, der zweite Teil ist textorientiert. Die Spezifik des historischen Romans, die Funktion und Formen der historischen Erzählungen für die Jugend werden in einem ersten Kapitel behandelt. Das zweite Kapitel beginnt mit einem Bericht über die historischen Jugendbücher in der Schweiz vom ausgehenden 18. Jahrhundert bis zum Ersten Weltkrieg. Das Schwergewicht liegt dabei auf den verschiedenen Funktionen des «Geschichte-Erzählens». Daran schliesst sich eine Darstellung der Produktionsbedingungen für KJL in der Schweiz im 20. Jahrhundert an:

- Das politische und pädagogische Umfeld ist Thema von Abschnitt 2.2.
- Die Bedeutung des Buchmarktes für die Schaffung einer «schweizerischen» KJL wird in Abschnitt 2.3 behandelt.

- Eine Zusammenstellung zeigt in 2.4, welche historischen Jugendbücher in den letzten 100 Jahren in der Schweiz entstanden sind, welche Schauplätze und welcher zeitliche Hintergrund gewählt werden.
- Die Interpretation der sozialen Zugehörigkeit der Autorinnen und Autoren sowie eine kurze Darstellung der hauptsächlichen Institutionen, die sich kontrollierend und als Herausgeber von Jugendschriften mit der Lektüre von Kindern und Jugendlichen befassen, ergibt schliesslich erste Einblicke in sprachregionale Unterschiede (Abschnitt 2.5).

Der zweite Teil der Untersuchung befasst sich mit dem Bild der Schweiz und der Schweizer (und der Schweizerinnen, wo sie überhaupt vorkommen), das die Jugendlichen in der für sie vorgesehenen historischen Literatur vorfinden. Interessiert hat dabei vor allem, ob die Autorinnen und Autoren Heimat als «Form der inneren Einstellungen», begründet durch Traditionen, oder als «Ergebnis gegenwärtiger Auseinandersetzungen»[4] verstehen, und was für eine Auffassung von idealer Gesellschaft sie vertreten. Das letzte Kapitel schliesslich untersucht, wann welche Tugenden als verbindlich für Schweizer gezeigt werden.

Die Arbeit versteht sich als Beitrag zu einer Darstellung der vielfältigen Wege, auf denen eine nationale Identität hergestellt worden ist. Die Untersuchung eines bisher wenig beachteten Materials kann – so ist zu hoffen – Einsichten in gesellschaftliche Prozesse, in diesem Fall in den Prozess der Identitätsbildung, ergänzen. Die vorliegende Untersuchung beleuchtet an einem Ausschnitt der gesamten Lektüre von Kindern und Jugendlichen einen Teilbereich der Ideologieproduktion und -vermittlung: die gezielte Einflussnahme auf die Lektüre durch Herstellung und Propagierung bestimmter Lesestoffe zum einen, die Veranschaulichung des Staates und die Vermittlung eines Heimatbildes in den historischen Erzählungen zum andern.

Dank

Während der ganzen Arbeit habe ich von verschiedenster Seite vielfältige Hilfe und Ermunterung erhalten. Allen, die mir beistanden, danke ich an dieser Stelle sehr herzlich:

- Die Mitglieder der Arbeitsgruppe, Josiane Cetlin-Jeanhenry, Dr. Barbara Helbling, Doris Senn, Hans ten Doornkaat und Rosmarie Tschirky haben als aufmerksame LeserInnen der Arbeit immer wieder Impulse und Anregungen gegeben.

4 Bausinger: Heimat in einer offenen Gesellschaft, 90/91.

- Der wissenschaftliche Beirat, Prof. Dr. Peter Grotzer, Prof. Dr. Beatrix Mesmer und Prof. Dr. Rudolf Schenda, hat die Arbeit von Anfang an begleitet und mit Rat und Kritik unterstützt.
- Die Mitarbeiter und Mitarbeiterinnen der Schweizerischen Landesbibliothek und Tobias Greuter im Archiv des Verlags Sauerländer stellten jederzeit hilfreich Informationen, Bücher und Dokumente zur Verfügung.
- Anna Katharina Ulrich sah die ganze Arbeit durch und gab zahlreiche Anregungen und Verbesserungsvorschläge.
- Schliesslich hat Götz Perll mir von Anfang an immer wieder mit Innovations- und Hilfsbereitschaft den Umgang mit dem Computer erleichtert und vor allem am Schluss der Arbeit die gewünschte Form gegeben.

Teil I: Geschichte für die Jugend

1. Das historische Jugendbuch

Unter «historischem Jugendbuch» werden im folgenden Texte verstanden, in denen die Geschichte, die Vergangenheit, irgendeine Rolle spielt, und die bewusst für Kinder oder Jugendliche geschrieben und veröffentlicht wurden, das heisst, Teil der intentionalen KJL sind. Es kann sich dabei um verschiedene Textsorten handeln. Die historische Erzählung oder der historische Roman für die Jugend ist *eine* mögliche Form des historischen Jugendbuchs, neben z. B. dem Sachbuch und anderen Formen, wie sie in 1.2 beschrieben werden.
Bevor ein Überblick über die verschiedenen Formen der Geschichtsdarstellung gegeben wird, soll versucht werden, die historische Erzählung von andern Erzählformen abzugrenzen.

1.1. Die Spezifik der historischen Erzählung

Der historische Jugendroman weist ähnliche Erscheinungsformen auf wie der historische Roman für Erwachsene. Im folgenden wird deshalb vorerst ganz allgemein vom historischen Roman gesprochen, wobei der Roman für die Jugend mitgemeint ist. Die nachstehende Auseinandersetzung mit dem historischen Roman geschieht unter dem rein pragmatischen Aspekt, ein geeignetes Instrument für die Untersuchung historischer Jugendromane als Mittel der nationalen Erziehung zu erhalten. Keineswegs wird eine fundamentale literaturwissenschaftliche oder geschichtsphilosophische Auseinandersetzung mit dem historischen Roman angestrebt.

Im Zusammenhang mit KJL scheint es ausreichend, die epische Grossform des Romans von der Kurzerzählung zu unterscheiden, ohne auf die historische Novelle als besondere Kunstform einzugehen. In dieser Untersuchung interessieren neben dem Roman nur diejenigen Typen von Kurzgeschichten historischen Inhalts, die für die KJL von Bedeutung geworden sind.

1.1.1. Die Perspektive des Autors

Nach einer ersten, sehr allgemeinen Definition gilt als «historisch» ein Roman, der von einer für den Leser durch Zeit- und Ortsangaben identifizierbaren Epoche und Gesellschaft eine «panoramatische»[1] Darstellung gibt. Personen, die tatsächlich existiert haben, historisch überliefert sind, können darin auftreten, müssen aber nicht unbedingt vorkommen. Konstitutiv für den historischen Roman wäre dann ein historisches Denken des Autors. Dieser Auffassung ist z. B. Georg Lukács: «Wer die Entwicklung des historischen Romans weder kleinlich-philologisch noch mechanisch-soziologisch betrachtet, muss sehen, dass gerade seine klassische Form aus dem grossen Gesellschaftsroman entsteht und – bereichert durch die bewusste historische Betrachtungsweise – wieder in den grossen Gesellschaftsroman einmündet.»[2]
Der historische und der Gesellschaftsroman entstehen also aus der ordnenden Sicht, der interpretierenden Darstellung sozialer und politischer Zustände. Alfred Döblin führt diesen Gedanken noch weiter aus, wenn er feststellt, nicht nur die «Spitzengeschichte» verdiene eine Niederschrift, «sondern auch die Tiefengeschichte, die der Einzelpersonen und gesellschaftlichen Zustände, die sie umgeben». Und er schliesst daraus: «Im Sinne einer solchen Tiefengeschichte ist jeder einfache gute Roman ein historischer Roman».[3]

1.1.2. Die Perspektive des Lesers

Ist bei Lukács eine historische Betrachtungsweise Kriterium für den historischen Roman, setzen andere eine «zeitdistanzierte» Lektüre voraus. Hier ist «historisch» ein Roman, der einer späteren Lesergeneration ein repräsentatives

1 Vgl. Schabert: Der historische Roman in England und Amerika, 59.

2 Lukács: Der historische Roman, 205.

3 Döblin: Der historische Roman und wir, 176.

Bild seiner Entstehungszeit gibt. Eine derart weite Definition des historischen Romans stellt ihn indessen als eigenes Genre in Frage, wird doch dabei jeder Gegenwartsroman, der Anspruch auf Repräsentativität der dargestellten Welt erheben kann, zum historischen Roman. Lukács stellt denn auch im Zusammenhang mit der Abgrenzung gegenüber dem Gesellschaftsroman fest: «Für den historischen Roman taucht deshalb die eigentliche Frage des selbständigen Genres immer erst auf, wenn aus irgendeinem Grunde die richtige und adäquate Verbindung mit der richtigen Erkenntnis der Gegenwart fehlt, wenn sie noch nicht oder nicht mehr vorhanden ist.»[4] Der historische Roman wird damit zum Ersatz für einen Gegenwartsroman, für den Repräsentativität nicht mehr gewährleistet werden kann.

1.1.3. Nachzeitiges Erzählen

Für die vorliegende Untersuchung ist weder die Definition des historischen Romans als Spezialfall des Gesellschaftsromans (Lukács), noch diejenige als panoramatischer Gegenwartsroman, der aus zeitlicher Distanz zu seinem Entstehen gedeutet wird, praktikabel. Hingegen erweist sich für die Bestimmung des historischen Romans das von Ina Schabert formulierte Kriterium der «nicht miterlebten Vergangenheit» als nützlich: «Ein sinnvolles Konzept des historischen Romans kann demnach nur zentrieren im Merkmal des nachzeitigen Erzählens, das ihn vom Gegenwartsroman und vom Roman schlechthin unterscheidet. ‹Historisch› muss in diesem Zusammenhang eine Zeitdifferenz zwischen einer im Roman dargestellten Epoche und der Entstehungszeit des Romans implizieren.»[5]
Das heisst, in der historischen Erzählung stellt der Autor nicht Selbsterlebtes, eigene Beobachtungen dar, sondern er rekonstruiert aus historischem Quellenmaterial und wissenschaftlichen Darstellungen, zuweilen sogar aus anderen historischen Romanen das Bild einer Gesellschaft, einer bestimmten Epoche. «Historisch» sind diejenigen Romane, «die – im Unterschied zu einer persönlichen, erinnerbaren – eine nicht miterlebte, kollektiv relevante Vergangenheit als Geschehen oder als Bewusstseinsphänomen zum Objekt der Darstellung machen. Gemeinsames erzähltechnisches Anliegen ist die fiktionale Rekreation

4 Ebd., 205.

5 Ebd., 4.

von Geschehen, die aus nichtfiktionalem Textmaterial zu leisten ist; gemeinsames Thema sind die Inhalte und Formen des Geschichtsbewusstseins.»[6]

1.1.4. Fiktion und Geschichte

Charakteristisch für den historischen Roman ist also das Zusammenwirken von Geschichte, d. h. dokumentarischem Material und Wissenschaft einerseits, und Fiktion andererseits. Historische Romane «dürften beschreibbar sein als Texte, in denen historiographisches Material auf dichtungsspezifische Kunstformen der Verallgemeinerung und Deutung trifft».[7] Der Doppelcharakter, der aus diesem Zusammenwirken resultiert, wird ihm denn auch gelegentlich vorgeworfen: «Der historische Roman und alles, was mit ihm zusammenhängt, trägt inneren Widerspruch in sich. Nur wenn man das nie vergisst, kann man ihm Existenzberechtigung zusprechen. Denn was ist er anderes, als ein – tausendmal wiederholter – Versuch, eine erdachte und vielleicht gedichtete Romanhandlung in einen Rahmen einzuspannen, der mehr oder weniger archivalisch vom Dichter erforscht und mit Historischem vom Künstler geschmückt ist.»[8]

Die ästhetische Qualität des historischen Romans soll hier nicht diskutiert werden, vielmehr interessiert das mögliche Gegeneinander, resp. Zusammenwirken der beiden Gegenpole, des historiographischen und des fiktionalen. Von den verschiedenen Möglichkeiten, die Schabert beschreibt, scheinen für das Jugendbuch vorerst zwei von Gewicht: die historische Erzählung einerseits als «fiktional ergänzte Geschichte» (history), andererseits als «Geschichtsaussage im Medium der Fiktion».

Primäre Intention der fiktional ergänzten Geschichte ist die Geschichtsrekonstruktion und ihre Vermittlung auf anschauliche, lebendige Art. Das heisst, wo Historiker möglichst objektiv feststellbare, dokumentierte Sachverhalte deuten müssen, kann der historische Roman diesen Sachverhalten eine zusätzliche emotionale und ästhetische Dimension verleihen. Er kann Lücken in der Überlieferung ergänzen und so an einem fiktiven, repräsentativen Einzelschicksal eine Epoche lebendiger und vollständiger darstellen, als es die Wissenschaft kann. Personal und Haupthandlung sind bei dieser Form der Geschichtsdarstellung zwar weitgehend vorgegeben (am klarsten in der fiktionalen Biographie),

6 Schabert: ebd., 8/9.

7 Schabert: ebd., 22.

8 von Grolman: Über das Wesen des historischen Romanes, 589.

dennoch bleibt für die Darstellung individueller Entwicklungen ein grosser Spielraum. Josef Reinhart z. B. erklärt:

Nicht in allen meinen Jugendbüchern lebt und webt das unmittelbare Erlebnis aus meiner eigenen Knabenzeit. Im Mutterli *[Biographie der Pestalozzischülerin Lisette Ruepp] und im* Brot der Heimat *[Konrad Escher von der Linth] hiess es erst aus ungezählten Schriften, aus Tagebüchern, Briefen, das Erlebnis zu schaffen, woraus die Freude, die Verpflichtung zu schöpferischer Gestaltung mit Hilfe der eigenen Phantasie sich einstellte.*[9]

Durch ihre Anschaulichkeit erhält diese Art des historischen Romans – und ganz besonders das historische Jugendbuch – über die Informationsfunktion hinaus einen emotionalen Wert, der sich pädagogisch einsetzen lässt. Diese Möglichkeit wurde in der Geschichte der KJL auch immer wieder bewusst wahrgenommen.

Der erzählenden Geschichtsrekonstruktion steht der historische Roman gegenüber, bei dem die Geschichte nur den Ereignisraum bildet: die Geschichtsaussage im Medium der Fiktion. Hier wird auf dem Hintergrund einer bestimmten geschichtlichen Situation durch Auswahl und Modifikation historischer Fakten eine generalisierende Aussage gemacht, die zwar nur für die dargestellte Epoche gültig ist, andererseits auch für die Gegenwart relevant ist. Die historische Erzählung fungiert hier als «verlebendigende Darstellung von und nachzeitige Stellungnahme zu bestimmten geschichtlichen Situationen».[10] Die Nähe zur Geschichtsschreibung ist auch hier gegeben. In weitaus höherem Masse als es der modernen Geschichtsschreibung möglich ist, wirkt jedoch die Verbindung von Geschichte und Erzählung («history» und «story») dahin, dass die Wahrnehmung des Einmaligen einer Epoche überlagert wird von einer analytischen Betrachtung, die Allgemeingültiges, Entwicklungsgesetze zu abstrahieren sucht.

So gut wie fiktional ergänzte Geschichte setzt auch der historische Roman als Geschichtsaussage ein Geschichtsbewusstsein bei den AutorInnen, aber auch bei den LeserInnen voraus. Fehlt diese Voraussetzung, wird der historische Roman zum Kostümroman, zur Romanze, zumindest kann er als solcher gelesen werden.

9 Reinhart: Wie meine Jugendbücher entstanden sind, 58.

10 Schabert: ebd., 20.

1.1.5. Vergangenheitsbezug

Für diese Arbeit wird als grundlegend für den historischen Roman das Kriterium des nachzeitigen Erzählens gebraucht. Das Kriterium eines historischen Denkens des Autors muss jedoch auch einbezogen werden, da die Beziehung der Vergangenheit zur Gegenwart, wie sie in einer historischen Erzählung zum Ausdruck kommt, einerseits das Personal und den Handlungsraum mitbestimmt, andererseits auch in Wechselwirkung mit der im historischen Roman oft angestrebten politischen oder sozialen Aussage steht, das heisst, ideologisch bestimmt und zugleich Ideologie vermittelnd ist.[11] Frei nach Lukács sollen folgende Grundformen des Vergangenheitsbezugs unterschieden werden:
1. Vergangenheit ohne Bezug zur Gegenwart: a) Eine vergangene Epoche kann fiktional dargestellt werden mit der primären Absicht, Geschichtswissen zu vermitteln, ohne den Bezug zur Gegenwart unbedingt herzustellen (Sacherzählung). b) Eine vergangene Epoche, ev. eine exotische Gegend, kann den Handlungsraum abgeben für eine Erzählung, ohne dass die handelnden Personen aus ihrer Zeit heraus charakterisiert werden müssen und ohne dass historische Zusammenhänge und Entwicklungen verarbeitet werden (Kostümroman).
2. Vergangenheit als Spiegel der Gegenwart: Am Beispiel einer vergangenen Gesellschaft werden gegenwärtige Verhältnisse dargestellt, resp. Perspektiven für die Zukunft gegeben. Zeit und Ort der Handlung müssen keine direkte Verbindung mit der angesprochenen Gesellschaft haben, vgl. etwa die Rolle der antiken oder exotischen Völker für die Literatur der Aufklärung in Frankreich (historischer Schlüsselroman, Nähe zur Satire oder Utopie).
3. Vergangenheit als Ursprung der Gegenwart: Der historische Roman zeigt eine Entwicklung zur Gegenwart hin, die Bedingungen für den gegenwärtigen Zustand einer Gesellschaft im Rückblick auf die (landes-)eigene Geschichte. Hier müssen die handelnden Personen aus den Verhältnissen ihrer Zeit charakterisiert werden. Führt die Darstellung bis in die Gegenwart, nähert sich diese, nach Lukács klassische Form des historischen Romans, dem Gesellschaftsroman an (historischer Gesellschaftsroman).

11 Den Begriff «Ideologie» brauche ich hier und im weiteren in der Bedeutung «politisch-soziale Wertvorstellung, als Kombination von Lehren und Wertangaben, die zur Orientierung in der gegenwärtigen Realität und zur Definition und Legitimation der Handlungsziele dienen.» (Dierse: Ideologie, 161)

1.2. Formen des historischen Erzählens

1.2.1. Fiktion und Pädagogik: Der historische Roman für die Jugend

Wenn hier für eine längere Erzählung für die Jugend die eher unübliche Bezeichnung «Roman» statt der verbreiteteren Bezeichnungen «Jugendbuch» oder «Jugendschrift» gewählt wird, geschieht das in erster Linie, um anderen Textformen der KJL gegenüber Eindeutigkeit zu schaffen: Kurzgeschichten, Sachbüchern, die ebenso unter «Jugendbuch» figurieren wie der Roman. Dass Jugendbuchfachleute den Begriff «Roman» nur zurückhaltend für eine Erzählung für die Jugend anwenden, ist einerseits auf literaturgeschichtliche Gegebenheiten, andererseits auf psychologisch-pädagogische Überlegungen zurückzuführen. So erscheint den Literaturpädagogen die Form des Romans als zu kompliziert für die Aufnahmefähigkeit der jungen Leser, der Text schon rein äusserlich zu umfangreich:

Nur selten werden literarische Werke für die Zielgruppe Kinder/Jugendliche mit dem Begriff R[oman] belegt. Traditionell pflegt man unter dem R. Erwachsenenliteratur zu subsumieren. Die Literaturpädagogik, die sich darum bemüht, den jugendlichen Leser in bezug auf Verstehen, Geniessen und kritische Auseinandersetzung «literaturfähig» zu machen, sieht in der Kinder- und Jugendliteratur eine Vorform, zum Teil eine vereinfachte Variante des R.s. Entsprechend wird die Kinder- und Jugendliteratur zur «Propädeutik der Langform», wird Unterrichts- und Übungsmittel, den Weg zum Erwachsenen-R. zu finden. Konsequenterweise kann man nach diesem Verständnis der Kinder- und Jugendliteratur selbst die Qualität des «höherstehenden» R.s nicht zuerkennen. Basis der These, die Form des R.s. sei erst dem erwachsenen Leser zugänglich, ist die spezifische Einschätzung der Lesefähigkeit und -fertigkeit der Jugendlichen. Der R. sei für den Jugendlichen rein äusserlich zu lang und daher, im Gegensatz zu Erzählung und Kurzgeschichte, als Form ungeeignet.[12]

Entscheidender für die zurückhaltende Aufnahme ins Vokabular der Jugendbuchfachleute scheint jedoch die Entwicklungsgeschichte des Romans zu sein: Auch lange nachdem im 19. Jahrhundert der Roman für Erwachsene höhere literarische Weihen erhalten hatte, blieb er den Pädagogen suspekt; sie verbanden den Begriff weiterhin mit dem «niederen» Räuber-, Ritter- oder Liebesroman des 18. Jahrhunderts, einmal, weil ihre Zöglinge wohl tatsächlich diese Lektüre bevorzugten, dann aber vor allem, weil sie in der Romanlektüre eine

12 Dietrich Grünewald: Roman in der Kinder- und Jugendliteratur. In: Lexikon der KJL. Bd. 3. Weinheim und Basel: Beltz 1984, 201.

Gefahr für ihr hauptsächliches literaturpädagogisches Anliegen, die Phantasiedomestizierung (s. S. 31), sahen. In unabsehbarer Folge erschienen bis weit ins 20. Jahrhundert Klagen gegen die Romanlektüre in der Art der nachstehenden:

Ferner kann nicht bestritten werden, dass unzählig viele erzschlechte Bücher im Volke verbreitet sind und dass sie in der Regel am allermeisten, ja oft mit Heisshunger gelesen werden. In diese Klasse gehören ganz besonders jene schlechten Räuber-, Ritter- und Romanengeschichten [hier wohl «Romanen-» synonym mit «Liebesgeschichte»], die so ganz im Stillen manches jugendliche Gemüth verderben, so manche Tugend mit seidener Schnur hinwürgen, und oft die heillosesten Truggewebe und Netze ausbreiten, darin sich Mancher für sein Leben lang verstrickt. Wie schön geschminkt geht nicht das Laster oft in den Romanen über die Bühne und werden diese nicht, wie giftige Schlangen unter Blumen, zu bunten, spielenden Dämonen, die Schritt um Schritt auf den steilen, schlüpfrigen Pfad der Sünde führen, ehe man es wähnt und ehe wir's gewahr werden?[13]

Diese Äusserung steht hier stellvertretend für zahllose ähnliche. Zur Verdeutlichung des Beharrungsvermögens solcher Argumente sei noch die Ansicht zitiert, die der Consistorialrath Friedrich Eberh. Rambach in seiner Vorrede zu *Der Frau Maria Le Prince de Beaumont Lehren der Tugend und Weisheit für die Jugend* 1758 äusserte:[14]

Nimmermehr würden die Romanen, Gespensterhistorien, Robinsonaden, erlogene Reisebeschreibungen und erdichtete Seefahrten sich bis zum Erstaunen gehäufet haben, wo sie nicht unter diesem Theil der Menschen [gemeint ist hier die weibliche Jugend] eine so sichere Niederlage und Vertrieb gehabt. Und dennoch ist der Schade davon allemal das begreiflichste und erweislichste. Der Verstand, der vom Schöpfer zur Erkenntnis der Wahrheit gebildet ist, wird mit allerhand Lügen angefüllet, und die Einbildungskraft mit schädlichen Bildern vergiftet …

Madame Leprince de Beaumont (von welcher der Consistorialrath noch nie gehört hat, spricht er doch zweimal von dem «mir unbekannten Verfasser»), sie selber also hat in ihrem eigenen Vorbericht zu den *Lehren der Tugend und Weisheit* einen viel differenzierteren Zugang zu fiktionalen Texten. Zwar lehnt sie Fénélons *Telemach* oder den *Gil Blas* von Lesage als Lektüre für ihre Schülerinnen (englischer Muttersprache) ab, aber mit der Begründung, sie seien zu

13 Über Jugend- und Volksbibliotheken. In: SLZ 7 (1862), 22. Verfasser nicht genannt. S. dazu auch: Schenda: Volk ohne Buch, 97–106.

14 Maria Leprince de Beaumont: Lehren der Tugend und Weisheit für die Jugend. Zürich: Heidegger und Compagnie 1758, 5/6.

unverständlich: «Man urtheile nun daraus, was für Eckel bey den armen Kindern das Lesen und die Übersetzung des Telemachs oder des Gilblas erregen muss, auf die man gemeiniglich in den Schulen ihr ganzes Lesen einschränkt. Diese Bücher, die in ihrer Art Meisterstücke sind, sind für sie eben so verständlich, als wenn sie griechisch geschrieben wären.» «Erdichtetes», auch Märchenhaftes, verurteilt sie nicht pauschal, sondern untersucht sie auf eine eventuelle Nutzanwendung: «Ich gestehe so gar, dass ich die Erzählungen von der Mère l'Oye, so kindisch sie auch sind, doch noch von mehrerm Nutzen für Kinder gefunden habe, als diejenigen, die in einer erhabnern Schreibart abgefasst worden.»[15]

Sie veröffentlicht in den *Lehren der Tugend und Weisheit* denn auch Märchen, unter anderem ihr wohl berühmtestes, *La belle et la bête*, weil darin Beispiele «der Tugend und Weisheit» anschaulich erzählt werden. Nun nennen die *Lehren der Tugend und Weisheit* zwar nicht im Titel, wohl aber im Vorbericht als Publikum ausdrücklich Mädchen verschiedensten Alters. Da die Verfasserin sich jedoch energisch für eine sorgfältige Ausbildung gerade des Verstandes ihrer Schülerinnen einsetzt, lässt sich dieser unterschiedliche Umgang mit fiktionalen Texten kaum geschlechtsspezifisch deuten, sondern eher als Hinweis auf einen sprachlich-kulturellen Unterschied: Tatsächlich geniesst die kanonisierte Literatur im französischen Sprachgebiet einen grösseren Freiraum, das heisst, sie ist weniger Gegenstand pädagogischen Eifers als im deutschen Sprachgebiet. Allerdings entwickelt die Geistlichkeit, vor allem die protestantische der Romandie, ebenfalls genaue Vorstellungen von Nützlichkeit und Schädlichkeit: «Combien de ces recueils de contes ou d'historiettes, des parens chrétiens peuvent-ils donner à leur jeune famille, sans craindre qu'elle ne soit séduite et corrompue par les mensonges de la religion de ce siècle, ou par la morale impure de ses écoles?» schreibt der Genfer Pastor César Malan im Vorwort zu seinem *Le véritable ami des enfans et des jeunes gens*.[16]

Es erstaunt also nicht, dass die Bezeichnung «Roman» für Jugendliteratur kaum gewählt wurde und wird, im übrigen genauso wenig wie für Erzählungen für das «Volk», mit dem die Jugend den Mangel an Vernunft (und damit die Notwendigkeit des Erzogenwerdens) teilte, sowie – mindestens teilweise – die Literatur: Es gibt die Jugend- und Volksschrift, das Jugendbuch, das Volks-

15 Ebd., 15 und 16.

16 César Malan: Le véritable ami des enfans et des jeunes gens. Genève: Fick 1825, 3. Malan setzt sich offenbar vom *Ami des enfants* (1782–1783) des französischen Schriftstellers Armand Berquin ab, der seinerseits den überaus erfolgreichen *Kinderfreund* (1776–1782) von Christian Felix Weisse im Titel übernommen hatte.

buch, schliesslich zahlreiche Bücher «für die Jugend und das Volk», aber kaum den Jugendroman oder den Volksroman.[17] Die oben zitierte Klage über die Romanlektüre aus der SLZ vom 8. 2. 1862 gebraucht «Volk» praktisch synonym mit «Jugend». Diese Gleichsetzung hält sich bis ins 20. Jahrhundert. So fordert der Glarner Lehrer Carl Bruckner 1910:

7. Bei der Auswahl der Erzählungen für Jugendbibliotheken soll das Bestreben herrschen, die Zahl der Dichtungen, die der allgemeinen Literatur angehören, aber dem kindlichen Verständnis zugänglich sind, zu vermehren und aus der spezifischen Jugendliteratur nichts aufzunehmen, was der Forderung der poetischen Wahrheit nicht genügt. [...] 9. Auch der Bestand der Volksbibliotheken soll einen möglichst grossen Prozentsatz literarisch wertvoller Erzählungen aufweisen. Es fallen jedoch auch für sie alle Werke mit schwieriger psychologischer Entwicklung und heikeln Problemen, [...] sowie alle Dichtungen, zu deren Genuss historische Vorkenntnisse erforderlich sind, ausser Betracht.[18]

Als Erzählung für die Jugend weist der historische Jugendroman Züge auf, die seit dem 18. Jahrhundert für die intentionale KJL charakteristisch sind. Wesentlich für die KJL ist zum einen die bewusste Anpassung an die nach den jeweils herrschenden Vorstellungen angenommenen geistigen Fähigkeiten und seelischen Bedürfnisse des Kindes; zum andern ihre Funktion als Erziehungsmittel. So erhält insbesondere die Erzählung die Aufgabe, sowohl Sachwissen wie gesellschaftliche, d. h. bürgerliche Wertvorstellungen anschaulich und für das angesprochene Alter fassbar zu vermitteln und dabei Nutzen und Vergnügen zu verbinden. Joachim Heinrich Campe, der massgeblich zur Entwicklung der aufklärerischen deutschen KJL beigetragen hat, formuliert dieses Anliegen immer wieder, so z. B. im Vorwort zu seiner Erzählung *Kolumbus oder die Entdekkung von Westindien*:

17 1885 bemerkt Pfarrer August Steiger: «Eine manchem wahrscheinlich etwas auffallende Erscheinung ist die, dass bei uns überall die Erwachsenen sehr häufig Jugendschriften lesen und zwar nicht nur solche, die für die reifere Jugend geschrieben sind und zum Teil ganz wohl auch als Volksschriften gelten können, sondern noch weit mehr die eigentlichen Kinderschriften von Franz Hoffmann, Horn, Nieritz, Ferdinand Schmid u.a. Die betreffenden Leser greifen auch gewiss nicht blos deshalb immer wieder zu diesen Büchlein, um den Jugendtraum wieder zu träumen [...], sondern, weil ihnen diese Schriften nun einmal zusagen. Nach meiner Ansicht beweist dies einerseits, dass viele unserer sogenannten Volksschriften eben doch noch keine wirklichen Volksschriften sind und vielfach über die Köpfe hinausgehen, anderseits aber auch, dass der Geschmack vieler Leser ein äusserst primitiver ist.» (Steiger: Was unser Volk liest, 10/11.) Vgl. dazu auch S. 56 und Müller-Salget, 197–199.

18 Die Bekämpfung der schlechten Literatur vor der Glarner Lehrerschaft. In: SLZ 55 (1910), 484.

Ich entwarf mir vor einigen Jahren den Plan zu einer Folge von angenehmen und lehrreichen Unterhaltungsbüchern für das ganze kindische und jugendliche Alter; weil ich fand, dass es an einer solchen, mit Rücksicht auf eine jede Periode der Kindheit und der Jugend verfertigten Sammlung von dergleichen Schriften gänzlich fehlte. Es kam hiebei vornehmlich auf eine zwekmässige Auswahl und Abstuffung, sowohl der Materien, als auch des jedesmaligen Tons an, damit der junge Geist in jeglichem Alter bei der Lesung dieser Bücher seine Nahrung und sein Vergnügen fände.[19]

Neben der Vermittlung von Wissen und moralischen Wertvorstellungen hebt z. B. Rüdiger Steinlein als weiteren Aspekt eine lesepädagogische Absicht hervor, die schon bei der Schaffung der aufklärerischen KJL eine Rolle spielte, im 19. Jahrhundert zunehmend Gewicht erhielt und bis heute, wenn auch kaum bewusst, fortwirkt: Den Kampf gegen schlechte Literatur, resp. Schmutz und Schund, wie er auch in den zitierten Klagen über das Romanlesen zum Ausdruck kommt. Es geht dabei um das mit der Entfaltung des Buchmarktes im 18. Jahrhundert sich ausweitende Angebot an Lesestoffen und im Zusammenhang damit um die vielzitierte «Lesewut» oder «Lesesucht», die bis weit ins 20. Jahrhundert von den Pädagogen bekämpft wird. Die Diagnose «Lesesucht» meint ein Leseverhalten, bei dem nicht normenbildende, sondern im Gegenteil destabilisierende Texte gelesen würden, die «auf letztlich unkontrollierbare Weise die Phantasie des Lesers freisetzt(en) und in ihr Effekte erzeugt(en), die jeder pädagogischen Bemühung um die Verankerung eines nüchternen, rechtschaffenen Realitätssinnes im werdenden bürgerlichen Subjekt Hohn zu sprechen scheinen.»[20]

Dagegen soll die Phantasie des Kindes nun durch eigens geschaffene, fiktionale Texte in kontrollierter Weise angeregt werden, bzw. für die angestrebten Erziehungsziele eingesetzt werden. So schreibt Campe weiter in seinem Vorwort zu *Kolumbus*:

Denn wenn irgend etwas recht eigentlich dazu geschikt ist, in einem jungen Kopfe aufzuräumen, seine Welt- und Menschenkentniss auf eine leichte und angenehme Weise zu erweitern, den Hang zu romanhaften Aussichten ins Leben und zu arkadischen Träumereien, zu welchen so viel andere Modebücher ihn einladen, zu schwächen, ihm frühzeitig einen heilsamen Eckel gegen das faselnde, schöngeisterische, empfindelnde, Leib und Seele nach und nach entner-

19 Zitiert nach der Ausgabe: Joachim Heinrich Campe: Kolumbus oder die Entdekkung von Westindien, ein angenehmes und nützliches Lesebuch für Kinder und junge Leute. Tübingen: Frank und Schramm 1785. S. 3f.

20 Steinlein: KJL der Aufklärung als «phantasiepädagogisches Projekt», 242.

vende Geschwätz der besagten Modebücher und hingegen einen wünschenswürdigen Geschmak an ernsthaftern und nützlichern Unterhaltungen einzuflössen: so sind es gewiss solche Reisebeschreibungen, bei deren Verfertigung man sowohl in Ansehung der Sachen, als auch des Vortrages, dieses jugendliche Alter einzig und allein unverrückt im Gesicht gehabt hätte.[21]

Zwar nennt Campe seine Erzählung eine Reisebeschreibung, sie lässt sich aber ebensogut als historische Erzählung begreifen. Erzählungen aus der Geschichte und Reisebeschreibungen sind denn auch bevorzugte Stoffe der KJL des ausgehenden 18. Jahrhunderts: Sie scheinen besser als andere Texte den Anspruch auf Unterhaltung mit der Forderung nach sachlicher Wahrheit, prodesse et delectare, verbinden zu können, sozusagen als «ehrbare Verwandte» der verschiedenen Abenteuer-, Räuber- und anderen Romane. Sind diese frühen Erzählungen vor allem noch fiktional ergänzte Geschichte, wie sie in Abschnitt 1.1.4 definiert wurde, werden nun daneben zunehmend auch rein fiktionale Erzählungen für die Erziehungspraxis wichtig.

Allerdings bleibt das Misstrauen gegenüber der Fiktion, der literarischen Unterhaltung bestehen. Vielfach wird befürchtet, die moralischen Grundsätze, die eine Erzählung vermitteln sollte, würden gerade durch die unterhaltenden, affektiv ansprechenden Eigenschaften der Erzählung überdeckt. Campe versucht dieser Gefahr zu begegnen, indem er seine wegweisende Robinson-Bearbeitung, *Robinson der Jüngere* (1779), in einzelne Episoden auflöst und die Erzählung dieser Episoden in einen didaktischen Kommentar in der Form eines Dialogs zwischen Vater und Sohn einbettet. Mit dem didaktischen Dialog und der Beispielgeschichte (vgl. 1.2.2) übernimmt Campe zwei literarische Formen, die eine lange Tradition auch in der KJL aufweisen. Das Exemplum, die Beispielgeschichte wirkt bis in die moderne KJL weiter. Sie ist insbesondere auch einer der Prototypen für die historische Erzählung.

1.2.2. Die Beispielgeschichte

Das Exemplum ist nicht immer eine Erzählung. Exempla kommen nicht nur in Predigten, sondern auch in Lesebüchern vor. Das Exemplum verbindet häufig lehrhafte Züge mit unterhaltenden. Das Exemplum ist von der griechisch-römischen Antike bis zur Gegenwart literarisch nachweisbar. Es will zu allen Zeiten moralisch aufbauen. […] Das Exemplum ist eine didaktische Proposition

21 Ebd., 5.

mit moralisierender Tendenz. Oder etwas deutscher: Das Exemplum ist ein unterhaltsam vorgetragenes Lehrstück, das die Sittlichkeit fördern will. «Exemplum» ist also sowohl ein Sammelbegriff für die verschiedensten literarischen Gattungen als auch gleichzeitig ein Funktionsbegriff, keineswegs eine selbständige Gattungsbezeichnung.[22]

Diese Begriffsbestimmung von R. Schenda genügt, um einen Eindruck von der Vielfalt möglicher Beispielgeschichten zu geben. Für die Kinderliteratur des 18. Jahrhunderts gewinnt das Exemplum zentrale Bedeutung, sowohl für die religiöse und moralisch-sittliche Belehrung als auch in der unterhaltsamen Kinderliteratur. Wie keine andere literarische Form scheint die Beispielgeschichte geeignet, die abstrakten Grundsätze der Vernunft und Moral in sinnlichen Bildern dem Kind zu vermitteln, dem die logisch-begriffliche Erkenntnis noch verschlossen ist: «Es ist eine gemeine Anmerkung, dass die Exempel mehr Eindruck auf das Gemüth machen, als die Lehren, und der Grund dieser Wahrheit dünkt mich sehr leicht zu finden. Die Lehre ist eine Beschreibung, das Exempel aber eine wirkliche Vorstellung, ein lebendiges Gemähld. Gleichwie nun ein Gemähld, oder eine wirkliche Aussicht auf ein schönes Land mehr Eindruck macht als die blosse Beschreibung, so ist es auch mit den Lehren und Exempeln.»[23]

Von Anfang an gehören zu den Stoffen für Beispielgeschichten Begebenheiten aus der Geschichte. Zunächst werden sie in strenger Übereinstimmung mit der historiographischen Tradition erzählt, dann immer mehr ausgeschmückt, bis sich die Dichtung von der Geschichtsschreibung ablöst: «Der Geschichtsschreiber legt uns die Beyspiele, so wie sie sind, vor; und daher sind sie oft unvollkommen. Der Dichter legt sie uns so vor, wie sie seyn sollten,» begründet Charles Batteux diese Trennung.[24] Ähnlich äussert sich ein Rezensent in der Allgemeinen deutschen Bibliothek in einer Rezension zu *Palmblätter. Erlesene morgenländische Erzählungen für die Jugend*:

Der Mensch ist des Menschen vorzüglichster Lehrer; und die unterrichtendsten Beispiele des Menschen wären freilich wohl aus der Geschichte zu nehmen, wenn nur die gewöhnliche Geschichte viele dergleichen lieferte. Man hat sich daher mit historischen Romanen zu helfen gesucht, an denen man aber ehedem mehr Geschmack fand als jetzt. «Wer erdichten will», sagt Hr. H[erder], «der

22 Schenda: Stand und Aufgaben der Exemplaforschung, 79.

23 Johann Georg Sulzer: Versuch einiger vernünftiger Gedancken von der Auferziehung und Unterweisung der Kinder. Zürich 1745, 171.

24 Charles Batteux: Einschränkung der Schönen Künste auf einen einzigen Grundsatz, übersetzt von J.A. Schlegel. Leipzig 1770 (3. Aufl.), 39. Zitiert nach Pech, Beispielgeschichten, 86.

dichte ganz; wer Geschichte schreiben will, habe das Herz, die Wahrheit nackt zu zeigen.»[25]

Zwei Tendenzen werden in diesen Äusserungen angesprochen: Zum einen die zunehmende Fiktionalisierung der KJL, zum andern ein bestimmter Umgang mit der Realität, der die erzählende KJL in wechselndem Ausmass vom 18. Jahrhundert an bis heute prägt. Die erzählende KJL veranschaulicht abstrakte Wahrheiten. Sie zeigt nicht die Wirklichkeit wie sie ist, sondern wie sie sein soll, bzw. werden muss. Sie stimmt darin mit der erzieherischen Volksliteratur des 19. Jahrhunderts überein, wie sich überhaupt immer dann Parallelen ergeben, wenn Literatur eine soziale oder politische Aufgabe zugesprochen wird (erinnert sei an die Diskussion um den sozialistischen Realismus).

Zwar betonen die Verfasser von Beispielgeschichten immer wieder, dass sie ein realistisches Bild der Wirklichkeit gäben. Wie Dieter Richter am Typus der Unglücksgeschichte für Kinder gezeigt hat, besteht dieser behauptete Realismus zum einen darin, dass die Geschichten oft an einen präzisen Ort, in eine genau datierbare Zeit gesetzt werden (Authentizitätsanspruch) und dass sie zum andern aus der früheren Mirakelgeschichte das Wunder des glücklichen Ausgangs, die Rettung, ausschliessen und statt dessen das rational begründete Unglück zeigen.[26] Daraus resultiert jedoch noch nicht eine realistische Darstellung, wie Richter schreibt: «Die literarische Struktur der moralischen Beispielerzählung offenbart allerdings die Widersprüche eines solchen Programms [d. h. des Anspruchs auf realistische Darstellung]. Die Kinder, die in ihnen auftreten, bewegen sich nur scheinbar im Ambiente des bürgerlichen Alltags; in Wahrheit ist ihre Umwelt eine durch und durch künstliche.»[27]

Der Anspruch auf realistische Darstellung besteht jedoch, auch wenn er oft nicht eingelöst wird. Im Laufe des 19. Jahrhunderts wird die Beispielgeschichte allerdings zu Erzählformen mit unterschiedlichem Realitätsanspruch weiterentwickelt, wie K. U. Pech ausführt:

Damit deuten sich bereits in der zweiten Hälfte des 18. Jahrhunderts zwei Entwicklungslinien an, die von der Beispielgeschichte zur längeren Erzählung bis zum Roman für Kinder führen. Die eine Linie betont die realistischen Elemente, die dann vor allem ab der Mitte des 19. Jahrhunderts in der Kinderliteratur stärkere Verwendung finden und ihr eine relativ eigenständige, auch sozialkri-

25 Allgemeine deutsche Bibliothek. 73 (1787), 581/582. Zitiert nach: Von alten Kinderbüchern. Rezensionen und Kritiken. Berlin: Kinderbuchverlag 1986, 110/111.

26 Richter: Das fremde Kind, 71f.

27 Ebd., 49.

tische Existenz gestatten; die andere Linie wird während des Biedermeiers noch mit moralisierenden und ideologisierenden Momenten aufgeladen, so dass sich diese Kinderliteratur nicht von den Anforderungen verschiedenster pädagogischer – und politischer – Auffassungen lösen kann. Die Beispielgeschichte steht als quasi neutrale Form am Anfang dieser Entwicklung epischer Dichtung für Kinder.[28]

Gerade diese zweite Linie gewinnt im 19. Jahrhundert eine besondere Bedeutung für den historischen Jugendroman, wird er doch vor allem nach dem deutsch-französischen Krieg von 1870/71 zunehmend als Instrument einer patriotischen und militaristischen Erziehung sowohl der deutschen wie der französischen Jugend eingesetzt.[29]

Gleichzeitig wird im Laufe des 19. Jahrhunderts der Einfluss eines anderen Genres auf die historische Erzählung und den historischen Roman für die Jugend zunehmend dominanter, nämlich derjenige des Abenteuerromans.

1.2.3. Der Abenteuerroman für die Jugend

Soweit es sich nicht um die besondere Form der biographischen Erzählung handelt (vgl. 1.2.4), weist der historische Roman für die Jugend zahlreiche Übereinstimmungen mit dem Abenteuerroman auf. «Abenteuerromane sind ausführliche Erzählungen, in denen der Held, letztlich erfolgreich, sich auf unabsehbare Ereignisse einlässt.»[30] Diese kurze Definition von Volker Klotz trifft auch auf viele historische Romane zu. Wie im Abenteuerroman findet die Handlung des historischen Romans zwar in einer als real dargestellten Welt statt, die jedoch weder der realen Lebenswelt des Autors noch jener des Lesers entspricht.

Der Held des Abenteuerromans begibt sich meist aus freiem Entschluss aus seiner gewohnten Umgebung weg, in fremde Länder, in ein ihm gänzlich unvertrautes Milieu, wo er überhaupt erst Gelegenheit erhält, Abenteuer zu erleben. Der Held des historischen Romans wird dagegen oft in seiner vertrauten Welt durch Kriege, gesellschaftliche Umwälzungen, politische Machtkämpfe in aussergewöhnliche Ereignisse verwickelt und in fremde Gegenden geführt.

28 Pech: Beispielgeschichten, 97/98.

29 Über die Funktion der Jugendliteratur in der Erziehung zum Krieg vgl. R. Schenda: Schundliteratur; und Marieluise Christadler: Kriegserziehung im Jugendbuch.

30 Klotz: Abenteuer-Romane, 14.

Was Alfred Clemens Baumgärtner als Kern der Abenteuerliteratur bezeichnet, als immer wiederkehrende Handlungslinie, gilt in modifizierter Form damit auch für manche historische Romane: «Die Hauptgestalt oder eine Gruppe zentraler Gestalten verlässt aus freiem Entschluss die relative Sicherheit und Ordnung der heimischen Umwelt und bricht auf in eine aus welchen Gründen immer verlockende Fremde, von der niemand weiss, was sie ausser Überraschungen, Anstrengungen und Gefahren bringen wird.»[31] Exemplarisch dafür ist Robert Louis Stevensons *Schatzinsel*, der Abenteuerroman schlechthin, der nach dem Kriterium des «nachzeitigen Erzählens» gleichzeitig ein historischer Roman ist, wird doch über ein Geschehen berichtet, das mehrere Generationen zurückliegt.

Im historischen wie im Abenteuerroman kann die – freiwillige oder unfreiwillige – Reise des Helden das verknüpfende Moment einer breitangelegten Schilderung örtlich und zeitlich auseinanderliegender Ereignisse und Zustände sein:

Philosophers of history often hobnob with fishermen. They know that the past, like the sea, has many shoals and that what the historian catches in it will depend both on where he casts his net and on what kind of net he casts [..]: it is long, broad, and often intricately meshed. [...] If the historical novelist wishes to portray a time conflict, to portray a past period not as unified age but as two ages, then he must set his novel in a place where the conflict, that disunity, is apparent. [...]

Once the novelist has found this far-flung spot, his novel must find it too. A familiar figure in the genre, therefore, is the traveller. He is often a military expeditioner, as in Scott, Balzac, Pushkin, and Lampedusa. Or he may be a settler or a missionary as in Cooper, Achebe, and J.G. Farrell.[32]

Die räumliche Entfernung im Abenteuerroman, die zeitliche im historischen Roman erlauben zudem grössere Freiheiten im Entwurf von Gegengesellschaften: «Die Freiheit, die in der Realität nicht zur Wirklichkeit gelangte, wird verbogen zur Freiheit der Prärie, die in der Phantasiewelt erlebt werden kann, die von der Realität versagte materielle Gleichheit wird von den Westmännern erlebt, die vermögenslos durch die Prärien ziehen und sich ihren Ruf durch Tüchtigkeit schaffen.»[33] Ebenso können Vorstellungen von einer besseren Gesellschaft in die Vergangenheit projiziert werden, in eine Zeit, die sich übersichtlicher darstellt als die Gegenwart; eine Vergangenheit, in der die sozialen

31 Baumgärtner: Das Abenteuer und die Jugendliteratur, 219.

32 Humphrey: The Historical Novel as Philosophy of History, 21/22.

33 Steinbrink: Abenteuerliteratur des 19. Jahrhunderts in Deutschland, 12.

Beziehungen ursprünglicher waren und der einzelne Mensch, resp. Mann, mehr Spielraum zur Entfaltung hatte, erinnert sei an das Schlusswort Robert Schedlers zu *Der Schmied von Göschenen*:

Wir aber, die Nachlebenden, die wir die Früchte seiner mannhaften Taten in unserm freien Bund der Kantone [...] geniessen dürfen, wollen nie vergessen, dass die Arbeitsfreude und Selbstlosigkeit eines braven, tüchtigen Mannes, seine Liebe zur Freiheit und sein persönlicher Opfermut für das ganze Volk den ersten, wichtigen Eckstein für das Fundament der schweizerischen Eidgenossenschaft geliefert hat.[34]

Der utopischen (und pädagogischen) Insel des Abenteuerromans entspricht hier die historische Ausnahmesituation, die ein aussergewöhnliches, ideales Verhalten ermöglicht.

Zunächst dominierten in der Abenteuerliteratur für die Jugend die Robinsonaden – pädagogische Bearbeitungen des Robinson Crusoe oder Erzählungen, die von Anfang an in pädagogischer Absicht verfasst wurden, wie *Der Schweizerische Robinson oder der schiffbrüchige Schweizer-Prediger und seine Familie* (1812–1827) von Johann David Wyss. Daneben spielten zweifellos – soll man den zahlreichen Klagen von Pädagogen glauben – auch in der Jugendlektüre die Schauer- und Räuberromane eine Rolle, allerdings nicht in der intentionalen Jugendliteratur. Erst nach 1860 wurde exotische Abenteuerliteratur, von James Fenimore Coopers *Lederstrumpf* geprägt, in grösserem Umfang für die Jugend produziert und stiess auch gleich auf geschlossene Ablehnung bei den Literaturpädagogen. So schreibt Heinrich Wolgast:[35]

Aus Zehntausenden von Papierläden beziehen Millionen deutscher Knaben eine ebensosehr den Neigungen der Kinder entsprechende, als den Absichten aller Erziehung und Bildung zuwiderlaufende Lektüre – die Indianergeschichten im grellbunten Umschlag. [...] Der ungeheure Erfolg dieser unterwertigen Literatur, die sich in richtiger Würdigung ihrer Eigenschaften selbst vom Buchhandel und von der öffentlichen Wertschätzung ausschliesst, hat Verleger und Autoren von höherem Ehrgeiz nicht ruhen lassen. Spekulierend auf das ununterdrückbare Interesse der Knaben für die Ferne, für Abenteuer und Metzeleien, ist eine Literatur zur Blüte gelangt, die nach Stoff und literarischem

34 Schedler: Der Schmied von Göschenen, 225.

35 Wolgast: Das Elend unserer Jugendliteratur, 168. Heinrich Wolgast, sozialdemokratischer Hamburger Lehrer, Vertreter der Kunsterziehungsbewegung, forderte in seiner Kampfschrift *Das Elend unserer Jugendliteratur* (1. Auflage 1896) literarisch-künstlerische Qualität als Bewertungskriterium, auch für Jugendbücher. Gleichzeitig wandte er sich dezidiert gegen nationalistische, monarchistische und frömmelnde Jugendschriften, überhaupt gegen jede Tendenzliteratur.

Wert mit jenen lichtscheuen Produkten die grösste Ähnlichkeit hat, nach ihrer äussern Gewandung und ihrem Preise aber den verwöhntesten Anforderungen wohlhabender Kreise Genüge leistet. […] Diese buchladenfähigen Indianergeschichten ordnen sich deutlich in drei Gruppen. Entweder spielen sie auf dem seit Cooper klassischen Boden des rothautbeschrittenen amerikanischen Kontinents oder als Seeroman auf dem seit Marryat nicht minder klassischen Weltmeere oder endlich auf dem für Deutschland ganz modernen Kolonialgebiete.

Tatsächlich verlagerte sich das Schwergewicht nach 1870 auf Erzählungen, die eine deutsch-nationale Tendenz entweder über das Thema Kolonialismus oder über die nationale Geschichte verbreiteten:

Zu den unerfreulichen Dingen, die im Gefolge des Deutsch-Französischen Krieges über die politisch geeinte Nation heraufkamen, gehört auch eine neue Hochflut der Jugendliteratur. Wohl unterschied sie sich wesentlich von den früheren Hochfluten, nur nicht im Wesentlichsten, in der Qualität. Ein neuer Stoff war aufgegangen und wurde von Jahr zu Jahr mehr ausgenutzt. Auch die Tagesliteratur stand erst unter den kriegerischen Eindrücken: aber bald war das vorüber und die Belletristik trottete gemächlich im alten Geleise wieder dahin. Die Jugendliteratur hat, begünstigt durch eine von oben her scharf betonte nationale Richtung in der öffentlichen Erziehung, die nationalen Stoffe bis in die Gegenwart immer gründlicher ausgenutzt.[36]

In welchem Ausmass und bis wann die deutsche Produktion solcher nationalistischer historischer Erzählungen auch in der deutschen Schweiz übernommen wurde, wird in Kapitel 2 darzustellen sein.

Die historische Erzählung für die Jugend übernimmt im Zusammenhang mit dieser nationalen Mission zahlreiche Muster des Abenteuerromans: Kämpfe, Reisen – oftmals kriegsbedingte Wanderungen, sei es auf Eroberungszügen oder auf der Flucht – Intrigen, kurz das ganze Arsenal von Situationen, in denen sich der Held der Erzählung als Mann bewähren kann. Diese Form des abenteuerlichen Erzählens bleibt für den historischen Jugendroman bis in die sechziger Jahre des 20. Jahrhunderts dominierend.

1.2.4. Sagen

In der zweiten Hälfte des 19. Jahrhunderts wurde für die nationale Erziehung besonders die Sage[37] wichtig. Die Bildhaftigkeit der Sage und ihre Verknüp-

36 Ebd., 140. Eine Auswahl an Titeln gibt Schenda: Volk ohne Buch, 38, Anm. 97.

fung mit konkreten Orten oder mit historisch überlieferten Personen liessen sie geeignet erscheinen, Kindern eine erste Vorstellung von der Geschichte zu geben. So heisst es in einer Besprechung von Johannes Jegerlehners *Die Geschichte der Schweiz*:

Dem patriotischen Werk eignet eine durchwegs dem jugendlichen Fassungsvermögen angepasste, breite Schilderung, eine Anschaulichkeit, die wohltuend gegenüber vielen knappen, farblosen historischen Schilderungen absticht. Die weitgehende Berücksichtigung der Sage und des Anekdotischen dürften dazu beitragen, das Interesse der Schüler der mittleren Stufen ganz besonders zu fesseln und dem Buch seinen Ruf als willkommene Hauslektüre zu wahren.[38]

Sagen als geschichtliche Überlieferung

Einzelne Motive und Erzählungen hatten schon zum festem Bestand der geschichtlichen Lehrbücher des 18. Jahrhunderts gehört: die Erzählung von Arnold von Winkelried fehlt weder in Johann Jakob Bodmers *Historischen Erzählungen die Denkungsart und Sitten der Alten zu entdecken* (Zürich, 1769), noch in *Leonard Meisters Helvetischer Galerie grosser Männer und Thaten für die vaterländische Jugend* (Zürich, 1786) noch in den *Souvenirs de l'Histoire de la Suisse* von Frédéric César Laharpe (Lausanne, 1823). Sie wird als wahre Geschichte mitgeteilt, als historisches Ereignis, das tatsächlich stattgefunden hat: «Wer in den Geschichten unseres Vaterlandes nicht ganz unbelesen ist, wird leicht wissen, dass diese Erzählungen historisch sind, und wircklich geschehene Sachen in sich enthalten», schreibt Bodmer im Vorwort zu seinen *Historischen Erzählungen*.[39]

Andere Sagen werden als Hinweis auf den Aberglauben früherer Zeiten in eine Sammlung aufgenommen wie etwa die Geschichte von der Landesverweisung der Würmer bei Leonhard Meister: «Auch ein Kind weiss, dass auf blosse Worte keine Milbe, kein Wurm weicht. Und das wusste der Priester nicht? So war er sehr dumm, und das Volk, das ihm glaubte, nicht weniger dumm. – Hier bekommen wir Anlass von der Barbarey der Vorzeit das Eine oder Andere einfliessen zu lassen.»[40]

37 Die folgenden Überlegungen beziehen sich ausschliesslich auf die normalerweise einepisodische, kurze Volkssage, nicht auf die germanischen oder antiken Heldenepen.

38 Pestalozzianum 20 (1923), 52.

39 Johann Jakob Bodmer: Historische Erzählungen die Denkungsart und Sitten der Alten zu entdecken. Zürich: Orell, Gessner und Comp. 1769, XIV.

40 Leonhard Meister: Leonard [!] Meisters Helvetische Galerie grosser Männer und Thaten für die vaterländische Jugend. Zürich: Bürkli 1786, XII.

Sind es zunächst historische Sagen, das heisst solche, die von einem als tatsächlich geschehen vorausgesetzten Ereignis berichten[41], werden im 19. Jahrhundert für die Schüler zunehmend lokale, bzw. regionale aitiologische Sagen in Lesebücher, Zeitschriften oder Erzählsammlungen aufgenommen, dann auch Erlebnissagen, Berichte über unerklärliche, übernatürliche Erlebnisse, dies zur Intensivierung des Lokalkolorits im Heimatkundeunterricht, aber auch zur sittlichen Erbauung.

Sagen als Spiegel der Volksseele

Immer und immer wieder müssen die heranwachsenden Geschlechter zu diesen uralten Quellen geführt werden, die aus unergründlichen Tiefen menschheitlichen Sinnens und Sehnens emporgestiegen sind.

Es kann, es darf uns noch nicht einerlei oder gar befremdlich sein, wie unsere Altvorderen den schönen Erdenstrich, auf dem wir eben schreiten und schaffen, angeschaut und erlebt, wie sie mit den Naturmächten sich abgefunden und mit den letzten Rätseln des Daseins gerungen haben. In ursprünglich einfacher, herrlich grosser Anschauungsart berichtet uns davon die Sage. Ihr sind Dort und Hier noch nicht aufgehoben durch den hinrasenden Flug der Bahnräder, sind Forst und Fluh, Wiesen und Gewässer noch nicht blosse Nutzungsgebiete. Ihr hat freilich auch noch keine strenge Wissenschaft das Wunder aus der Welt hinaus erklärt. Aber nicht nur vor dem Geheimnis, diesem Urgrund aller Religion im weitesten Sinne, beugt sie sich, sondern auch vor dem, was wir höhere Gerechtigkeit nennen. Oft rauh und herb, immer aber unbestechlich gerecht sieht sie Treue und Ehrbarkeit, Mut und Milde von übermenschlichen Gewalten beschützt und belohnt. Härte und Hochmut, Frevel und Trug aber ereilt die verdiente Strafe: Eine sittliche Gedankenwelt, die wir von den Sternen herunterholen müssten, wenn sie uns nicht in den Gesichten der Sage überkommen wäre.[42]

Ähnliche Formulierungen finden sich seit dem 19. Jahrhundert immer wieder, nicht nur in der deutschen, sondern auch in der französischen Schweiz; auch dort öffnet sich die Seele des Volkes in der Sage: «C'est que l'histoire nous manifeste les actions extérieures d'un peuple, tandis que les légendes nous ouvrent un champ sur les profondeurs de son âme,» schreibt Henri Bise 1946.[43]

41 Die Diskussion um die verschiedenen Sagen-Typen soll hier nicht dargestellt werden. Dazu vgl. Bausinger: Formen der «Volkspoesie» und: Sagenerzähler und Sagensammler der Schweiz, Einführung von R. Schenda.

42 Arnold Büchli im Vorwort zu: Schweizersagen. Nach H[einrich] Herzog herausgegeben von A'B'. Aarau: Sauerländer [1926].

In diesen Sagen, in der Volksliteratur überhaupt, finde also die Volksseele ihren Ausdruck, in ihnen habe sie ihre wahre, ursprüngliche Natur bewahrt: «Darum verdient es aber auch jene altüberlieferte anonyme und unliterarische Volksdichtung, dass sie, als echte Verkörperung deutschen Wesens, zur deutschen Bildung der Jugend herangezogen werde.»[44] Otto von Greyerz betont hier in der Nachfolge romantisch-nationaler Überzeugungen den Zusammenhang zwischen Volksseele und Sprache, andere setzen den Akzent eher auf die Verwandtschaft mit der Ursprungslandschaft der Sage, wie z. B. Henri Bise, der im oben genannten Vorwort zu den *Légendes fribourgeoises* schreibt:

Ils [les contes] manifestent avec évidence cette âme du pays de Fribourg que les étrangers ne connaissent pas entièrement parce qu'elle ressemble à certains visages de femmes qui se détournent légèrement dès qu'ils sentent sur eux le poids d'un regard. Les légendes, plongeant dans les mystères mêmes de la vie, sont plus propres que d'autres récits à restituer ces profils perdus. Elles nous montrent la douceur de la terre fribourgeoise autant que sa noblesse.[45]

Während sich einerseits dem 19. (und auch noch dem 20.) Jahrhundert die Volksseele in der Erlebnissage offenbarte, stellte gleichzeitig die historische Forschung den Wahrheitsgehalt der historischen Sage in Frage. Betroffen war insbesondere die Tell-Sage, aber auch andere, bisher für die nationale Erziehung wichtige Sagen; im ersten Schock darüber schien damit auch ihre Tauglichkeit für den Geschichtsunterricht nicht mehr gegeben. Platz wurde ihnen – wenn überhaupt noch – im Sprachunterricht eingeräumt:

Weil aber geschichtliche Schulbücher bereits der Tell- und Bundessage nicht einmal mehr als eines kulturhistorischen Momentes glauben erwähnen zu dürfen in kritischer Gewissenhaftigkeit und die vierhundertjährige Existenz derselben einfach verheimlichen, so hielt ich dafür, man solle ihr den Platz in den poetischen Lesebüchern um so treulicher aufbewahren.[46]

43 Marie-Alexandre Bovet: Légendes fribourgeoises. Préface de Henri Bise. Fribourg: Imprimerie St-Paul 1946, 7.

44 Von Greyerz: Der Deutschunterricht, 296. Von Greyerz setzt mehrmals «deutsch» = «gesund, ursprünglich, stark», während «französisch» = «gekünstelt» offenbar schon fast synonym mit «dekadent» ist. So schreibt er über Wieland: «Mit dem Volk hat er es durch seine Französelei wohl für immer verdorben.» (297)

45 Bise, wie Anm. 43, 9.

46 Gottfried Keller im Vorwort zu der von ihm redigierten Neuausgabe von Thomas Scherrs *Der schweizerische Bildungsfreund*. Zürich: Orell Füssli 1876. Vgl. dazu auch Scandola, 355f.

Die Diskussion für und gegen Tell- und Bundessage im Geschichtsunterricht wurde heftig und lange geführt. Als befürwortende Stimme sei hier nur Rektor Schachtler aus Aarau zitiert, der sich 1888 wie folgt äusserte:
Hier [im Unterricht der Schweizergeschichte] vor Allem ist es nöthig, nicht farblos den Geschichtsforscher zu spielen, nach allein seligmachender kritischer Beleuchtung zu trachten und schonungslos ehrwürdige und nachahmungswürdige Heldengestalten aus dem Tempel hinauszujagen, weil sie kein urkundenmässiges Existenzdiplom im Goller tragen, sondern im Vertrauen auf Tradition, Glauben und Treue unter ihren Zeitgenossen sich herumtummeln.[47]

Sagen als Kinderliteratur
Auf eine ausführliche Darstellung des Wandels des Sagendiskurses im 19. und 20. Jahrhundert kann hier mit dem Hinweis auf die Einführung zu *Sagenerzähler und Sagensammler der Schweiz* verzichtet werden. Sagen, die als Jugendlektüre veröffentlicht werden, unterscheiden sich weder in der Funktion noch in der formalen Vielfalt von den übrigen Sagen. Auch in der Jugendliteratur kann die Sage verschiedenste Funktionen übernehmen:
das Festhalten und Behalten von historischen Tatsachen, das identitätsbestimmende und gemeinschaftsbildende Anhäufen lokal zusammengehöriger Fakten, das Beweisen dieser oder jener Rechts-Tatsache oder Konfessions-Doktrin, das Erklären von Unverständlichem, das Abwägen von Gut und Böse, das Lehren von Moral, das Rühmen/Tadeln von Freunden/Feinden, das Sich-Vergewissern der Beschaffenheit von Diesseits und Jenseits, das Überwinden und Verarbeiten von Gefährdungen und Zusammenbrüchen des psychischen und/oder sozialen Gleichgewichts.[48]
In Gotthelfs *Der Knabe des Tell* etwa macht die Sage von der verschütteten Alp auf den Clariden das Walten Gottes anschaulich: «Wo die Richter nichts mehr taugen, oder wo am Heiligsten der Mensch sich vergreift oder sich selbst zum Götzen macht und eigenen Götzendienst treibt, da hält Gott selbst Gericht unter Blitz und Donner, und zwar dato noch.»[49] Sagen illustrieren in Prosa und Versform Reiseberichte: Friedrich Meisner bringt in seiner *Reise durch das Berner Oberland nach Unterwalden* (1821) unter anderem die Beatus-Sage in der Versfassung von Johann Rudolf Wyss. In der historischen Erzählung *Balzli der Schwabengänger* (1894) des Sagensammlers und -herausgebers Jakob

47 Schachtler, Über den Geschichtsunterricht, 7.

48 Schenda: Einführung zu: Sagensammler, 12.

49 Gotthelf: Der Knabe des Tell, 82.

Kuoni[50] vertiefen Sagen die Beziehung des Helden zu seiner Umgebung und lehren ihn zugleich erste ethische Vorstellungen. Der Pfarrer Robert Schedler nimmt die Sage von der Teufelsbrücke zum Anlass, gegen Aberglauben anzuschreiben, indem er eine rationale Erklärung für die Entstehung der Geschichte vom Ziegenbock gibt, der als erster die Teufelsbrücke betritt.[51] Isabelle de Montolieu benützt in *Les châteaux suisses* (1816) Sagenmotive als Grundlage für eine Reihe von Gothic novels. Gonzague de Reynold schliesslich erfindet (wie viele andere, die das allerdings nicht bekanntgeben) seine Sagen – in Übereinstimmung mit den Konventionen der Gattung – gleich selber:

On trouvera dans ce receuil trois espèces de légendes. Les unes sont inventées purement et simplement [...] D'autres ont un thème donné [...] D'autres enfin reposent sur des textes. [Es folgt eine Aufzählung der Quellen.] Les histoires merveilleuses, les heroïques aventures, les apparitions, les miracles, les monstres, les génies et les dieux n'intéressent plus guère. Et si, par surcroît, vous éliminez dès le principe toutes les passions de l'amour et toutes les idées philosophiques, il ne demeure, afin de plaire, que peu de chose. Il y aurait encore la ressource du rire: on ne trouvera dans ces pages ni maris trompés ni servantes endiablées ni soudards ivrognes, ni moines paillards. On y trouvera le roi de Berne; il aime la fille du bûcheron, et même il l'épouse, grâce à l'ermite, au corbeau qui parle, aux ours qui partent en guerre, et ce conte finit bien, car le méchant est puni, le juste récompensé. Nous n'avons donc esquivé ni les conventions, ni les traditions d'un genre que nous avons tenté de rajeunir.[52]

Sagen werden bis heute als unverzichtbare Bestandteile von Geschichte und Heimatkunde in der Schule verwendet. Als Jugendlektüre stehen sie – nicht zuletzt wegen ihrer Unterrichtseignung, aber auch wegen ihres Anspruchs auf einen zumindest im Kern vorhandenen Wahrheitsgehalt – zwischen Fiktion und Sachliteratur, ähnlich wie biographische Darstellungen.

1.2.5. Biographische Darstellungen: Anekdote, Vita, Lebensbild

Seitdem aber das schweizerische Volk am Schlusse des vorigen Jahrhunderts zur grössern Theilnahme am politischen Leben berufen wurde, stellte sich die Kenntniss der vaterländischen Geschichte auch als ein Bedürfnis der Volks-

50 Vgl. Heidi Blattmann: Jakob Kuoni, in: Sagensammler, 397–418.

51 Schedler: Der Schmied von Göschenen, 162.

52 Gonzague de Reynold: Contes et légendes de la Suisse héroïque. Lausanne: Payot ^{2}1937, 5/7.

schule dar. Die für die Jugend bearbeiteten «Gallerien berühmter Männer», die «Ehrenspiegel», und ähnliche vaterländische Jugendschriften hatten bereits die Form bezeichnet, in welcher die Geschichte im Kreise der Schuljugend zu erscheinen habe. Es war die Form des biographischen Umrisses und der kurzen elementaren Erzählung eines einzelnen Lebenszuges mit moralischem Schwerpunkte.[53]

Anekdoten – «kurze, schmucklose, oft in e[inem] heiteren Ausspruch gipfelnde Erzählung[en] zur scharfen Charakterisierung e[iner] historischen Persönlichkeit, merkwürdigen Begebenheit, Zeitepoche, Geistesrichtung, Gesellschaftsschicht oder Charaktertype in ihrer besonderen Eigenart an e[inem] episodischen, doch typischen Fall»[54] – können, sofern sie mit einer historisch belegten Persönlichkeit verknüpft sind, als biographische Kürzestdarstellungen aufgefasst werden. Ebenso können sie als didaktisches bzw. moralisches Exempel erzählt werden, oder aber als Sage. Die KJL verwendet Anekdoten in diesen Funktionen oft, da sie sowohl ihrer Kürze wie ihrer Anschaulichkeit wegen besonders als Kinderlektüre geeignet scheinen. Die Biographie dagegen, die wissenschaftliche ohnehin, aber auch der biographische Roman, soweit er «das Charakteristische der besonderen, einmaligen Person und ihres Lebens mit den Mitteln des Romans zum Ausdruck [...] bringen» will,[55] spielt in der KJL bis in die jüngste Zeit weniger eine Rolle. Bei der Lebensdarstellung bemerkenswerter Personen in der KJL handelt es sich, wiederum in Übereinstimmung mit der biographischen Volksliteratur, gewöhnlich um «Lebensbilder» mit deutlichem Beispielcharakter, in denen das historische Material von genrespezifischen Konstellationen dominiert wird.[56]

In Form und Funktion stimmen die Lebensbilder zum Teil überein mit den Heiligenviten; das Prinzip der «imitatio» liegt beiden zugrunde. Die «tätige Tugend», in der sich in der Vita die Heiligkeit manifestiert, ist jedoch im Lebensbild des Politikers, des Forschers, des Philanthropen weltlich bezogen, nicht auf Gott, sondern z. B. auf den Fortschritt der Menschheit oder das Wohl des Vaterlandes. Da für die vorliegende Arbeit vor allem der weltliche Bezug interessiert, werden Heiligenviten nur dort berücksichtigt, wo im Handeln der Heiligen bürgerliche Tugenden angesprochen werden oder wenn sie für Geschichte und Heimatkunde besonders wichtig sind (wie die Erzählungen von

53 Heinrich Herzog: Kleine Erzählungen aus der Schweizergeschichte. Aarau: Martin 1858, V.

54 von Wilpert: Sachwörterbuch der Literatur, 1969, Anekdote.

55 Schabert: Der historische Roman, 41.

56 Vgl. Müller-Salget, 201–204.

Kolumban und Gallus), oder schliesslich die Viten des Niklaus von der Flüe, die sowohl den Heiligen wie den Politiker zeigen.

Für den Geschichtsunterricht schienen die «Lebensbilder» wie die Anekdoten lange unverzichtbar. Rousseaus Gedanken über die Aufgabe und Art des Geschichtsunterrichts, wie er sie in *Emile*, im vierten Buch, erörtert, spielten dabei eine massgebliche Rolle: «Pour connoitre les hommes, il faut les voir agir. Dans le monde on les entend parler; ils montrent leurs discours et cachent leurs actions, mais dans l'histoire elles sont dévoilées, et on les juge sur les faits. Leurs propos même aident à les apprécier; car, comparant ce qu'ils font à ce qu'ils disent, on voit à la fois ce qu'ils sont et ce qu'ils veulent paroitre: plus ils se déguisent, mieux on les connoit.»[57] Die beste Form, den wahren Charakter einer Persönlichkeit aus ihren Handlungen hervortreten zu lassen, ist die präzise Beschreibung dieser Persönlichkeit dort, wo sie nicht auf der Bühne des öffentlichen Lebens steht: «J'aimerois mieux la lecture des vies particuliéres pour commencer l'étude de coeur humain; car alors l'homme a beau se dérober, l'historien le poursuit par tout; il ne lui laisse aucun moment de relâche, aucun recoin pour éviter l'oeil perçant du spectateur, et c'est quand l'un croit mieux se cacher, que l'autre le fait mieux connoitre.»

Bei Plutarch ist diese genaue Beobachtung gegeben. Er besitzt «une grâce inimitable à peindre les grands hommes dans les petites choses, et il est si heureux dans le choix de ses traits, que souvent un mot, un sourire, un geste, lui suffit pour caractériser son héros.»[58] Bei Rousseau bilden diese Darstellungen aus dem Leben bemerkenswerter Menschen noch die Grundlage für eigene Überlegungen, die Voraussetzung dafür, kühl und leidenschaftslos die Menschen zu erkennen. In der KJL ist die Imitatio zentral, darauf weist etwa der Mogelsberger Pfarrer Johann Friedrich Franz, ein besonders fleissiger Verfasser von Lebensbildern, schon im Titel eines Buches hin, das 1827 bei Sauerländer erschien: *Interessante Züge aus dem Jugendleben berühmter Künstler, Gelehrten, Kraftgenies, und anderer merkwürdiger Personen: zur Nacheiferung für die heranwachsende Jugend, und zu einer angenehmen Lectüre für jedermann.* Eine prägende Wirkung positiver Vorbilder wird als natürlich vorausgesetzt, so schreibt z. B. Heinrich Herzog:[59] «Wie eine zarte Pflanze sich gerne an einen Stab anlehnt und sich an ihn hinaufrankt, so halten sich strebsame Jüng-

57 Rousseau: Emile, 526.

58 Ebd., 530 und 531.

59 Herzog: Das Jugendleben ausgezeichneter Männer, Vorwort.

linge bereitwilligst an die Jugend- und Entwicklungsgeschichte berühmter Männer, stärken sich an ihr und nehmen sie sich als Vorbild.»

Diese Funktion behalten die biographischen Darstellungen im wesentlichen bis heute, wenn auch die Auswahl der Vorbilder sich seit den siebziger Jahren stark verändert hat. Gerade in der Bundesrepublik Deutschland sind eine Reihe von Biographien erschienen, die Vorbilder für ein verändertes soziales Verhalten zeigen und eine kritische Auseinandersetzung mit der Vergangenheit in Gang setzen wollen. Besondere Aufmerksamkeit erhalten in den letzten Jahren Frauen, die sich wissenschaftlich oder als Künstlerinnen betätigt haben. Diese Biographien sind Teil der Jugendlektüre auch in der deutschen Schweiz. Die Deutschschweizer Produktion ist dieser Tendenz bisher nicht gefolgt.[60]

In Frankreich hat sich weniger die Wahl der Vorbilder als ihre Präsentation verändert: Im Zuge der allgemeinen Vorliebe für Bandes dessinées wird das Leben grosser Politiker, Erfinder und anderer Männer nun in Bildgeschichten dargestellt. Für die französische Schweiz von besonderer Bedeutung sind hier wohl die Lebensbilder von Jean Calvin und Joseph Schorderet, des Freiburger Priesters (1840–1893), der vor allem als Gründer der St. Paulusstiftung und als Organisator des katholischen Pressewesens in der Schweiz und in Frankreich grosse Bedeutung erhielt.[61]

60 Eveline Haslers Biographie von Emilie Kempin-Spyri, *Die Wachsflügelfrau* (1991) ist zwar Jugendlektüre, aber nicht Teil der intentionalen KJL.

61 Babel, Henry und Anne Wilsdorf: Calvin et la Réforme. Paris: Berger-Levrault; Genève: La Joie de lire, 1986.
Passionné de la vérité: Joseph Schorderet. Par Thierry Lescuyer, Kline, Marie-Hélène Sigaut. Paris: Editions Fleurus; Editions Saint-Paul 1990.

2. Das historische Jugendbuch in der Schweiz

Die Entwicklung der deutschsprachigen KJL als bürgerliches Erziehungsmittel im 18. Jahrhundert ist eingehend dargestellt worden, so z. B. von Rüdiger Steinlein in *Die domestizierte Phantasie* (1987) und von Reiner Wild in *Die Vernunft der Väter* (1987). Die wichtigsten Ergebnisse neuerer Arbeiten finden sich im Sammelband *Aufklärung und Kinderbuch* (1986), der in einer Reihe literaturwissenschaftlicher Aufsätze verschiedene Aspekte dieser Entwicklung beleuchtet.[1] Der Zusammenhang mit der gleichzeitigen Herausbildung eines bürgerlichen Nationalbewusstseins ist in diesen Arbeiten jedoch kaum berührt worden; wie weit die Vernachlässigung dieses Aspekts in den Besonderheiten der deutschen Geschichte – in der Trennung von kulturellem und politischem Bewusstsein[2] – begründet ist, kann hier nicht diskutiert werden.

Im Gegensatz zur deutschen kann die schweizerische KJL des 18. und beginnenden 19. Jahrhunderts kaum ausserhalb des Zusammenhangs mit der Staatsbildung betrachtet werden: Zu ihrem Entstehen trugen massgeblich politisch aktive Vertreter des Bürgertums bei, und zu ihren wichtigsten Funktionen gehörte die Vermittlung von politischen Verhaltensnormen und – verbunden damit – eines gesamtschweizerischen Nationalbewusstseins.

Dieses gesamtschweizerische Bewusstsein, eine nationale Identität, musste in erster Linie politisch begründet werden, da eine Identifikation auf der Grundlage einer gemeinsamen Sprache, eines Kulturraums oder Stammescharakters

1 Nach Abschluss dieser Arbeit ist die *Geschichte der deutschen Kinder- und Jugendliteratur*. Hg. von Reiner Wild. Stuttgart: Metzler 1990, erschienen, eine umfassende Darstellung, die den neuesten Stand der deutschsprachigen KJLforschung zeigt.

2 Vgl. dazu Wiedemann: The Germans' Concern about Their National Identity in the Pre-Romantic Era, und Fertig: Campe.

nicht möglich war. Identitätsbildende Ideen und Bilder wurden vor allem aus der Vergangenheit des Landes und bald einmal auch aus seiner Topographie entnommen[3], wie z. B. der Genfer François Marc Louis Naville 1839 gefordert hatte:

Je voudrais que l'on introduisît dans les classes supérieures du collège un cours de géographie physique, pittoresque et historico-morale *de la Suisse, auquel, dans les années dites* préparatoires aux facultés, *succéderait un cours d'histoire suisse. On rattacherait à ces cours comme applications, d'autres études, afin de faire converger vers la patrie fédérale les pensées des enfants, et on leur demanderait de reproduire, dans une suite de compositions graduées, tout ce que la Suisse offre de plus frappant et de plus intéressant pour eux, de manière à donner à leur imagination, tout en la développant, une direction profitable à l'amour du pays.*[4]

Aus beiden identitätsstiftenden Bereichen, der Geschichte wie der Landschaft, schöpft die KJL der Schweiz in reichem Masse Bilder und Stoffe; Johanna Spyris *Heidi* (1881) ist nicht zuletzt seiner Naturschilderungen wegen das «schweizerischste» Kinderbuch geworden.[5]

2.1. Geschichte erzählen

Seit der 2. Hälfte des 18. Jahrhunderts, und dann vor allem im 19. Jahrhundert, haben sich, wie in 1.2 dargestellt, verschiedene Möglichkeiten des historischen Erzählens in der Kinder- und Jugendliteratur herausgebildet, die bis heute genutzt werden. Bestimmend für die Verbreitung des einen oder andern Typus

3 Dass dieser zweite Aspekt, die Identifikation mit der Schönheit und Grossartigkeit der Natur, d. h. der Alpen, in vielen Fällen auch durch Fremdwahrnehmung, durch Beschreibungen und Bilder ausländischer Reisender bestimmt worden war und zeitweise auch in direkter Übereinstimmung mit den Erfordernissen des Tourismus stand (vgl. dazu Linsmayer: Die Eigenschaft «schweizerisch» ...), spielt in diesem Zusammenhang wohl insofern eine untergeordnete Rolle, als ökonomische und politische Funktion sich jeweils nicht ausschlossen, sondern im Gegenteil ergänzten.

4 Naville: Mémoire, 48.

5 Am 16. 12. 1977 schrieb eine 71jährige Auslandschweizerin in einem Brief an das Geburtshaus Johanna Spyris: «Obwohl in Palermo geboren + aufgewachsen konnte ich die grosse Sommerhitze des Südens nicht recht vertragen, sehr oft fuhren wir in die Heimat zur Ferienzeit, aber doch nicht jedes Jahr. Da nahm ich mir ganz einfach m. geliebten Spyri-Bücher wieder vor und atmete mit Heidi die herrliche Luft auf der Alm, hörte die Tannen rauschen, sah grüne Wiesen mit frischen Bächlein vor mir [...] Direkt physisch genas ich bei dieser Lektüre!»

waren zum einen die Bedingungen des Buchmarktes, zum andern stoffliche oder ideologische Bedürfnisse des Schulunterrichts, vor allem der Fächer Geschichte und Heimatkunde; beide, Buchmarkt und Schulunterricht, beeinflussten sich wechselseitig.

2.1.1. Kinderliteratur und patriotische Erziehung

Der Schulbesuch war zwar in einigen Kantonen bereits vor der Helvetischen Republik obligatorisch, es fehlten jedoch die Mittel, ihn auch durchzusetzen. Der Schulstoff beschränkte sich in der Grundschule bis ins 19. Jahrhundert auf Lesen, Schreiben, Religion, eventuell ein wenig Rechnen oder Singen; allein schon dafür mangelte es an Lehrern, wie eine Vorrede zu einem Leselehrbuch von 1806 belegt:

Als Mitarbeiter an einer Lehranstalt, deren Schüler aus bereits angestellten Landschullehrern von 30 bis 60 Jahren bestehen, die, an eine Mundart gewöhnt, wie die Schweizerische, binnen vier Wochen, auch im Recht- und Schönlesen, im Rechtschreiben und in den Anfangsgründen der deutschen Sprachlehre unterrichten lernen sollen, war der Verfasser genötigt, sich einen eigenen Weg zu bahnen. Wer einen bestimmten, allgemein ausführbaren Zweck dieser Art im Auge hat, der muss theils die Sparsamkeit der Staaten, theils die Vorkenntnisse und Fassungskraft von Dorffschulmeistern, wie sie gewöhnlich sind, theils die Armuth so vieler Eltern berücksichtigen, und daher vor allem auf Einfachheit und Wohlfeilheit bedacht seyn. So entstanden diese Lehrmittel. [...] Zuversichtlich hofft der Verfasser, dass auch der Schwächere in Familien, eine Mutter, ein älterer Bruder, eine Schwester diese Lehrmittel sehr leicht behandeln lernen werde, wenn es historisch wahr ist, dass so viele Landschullehrer es ohne Mühe gelernt haben. Und, wenn es eben so wahr ist, dass für eine Schule von 30–40 Schülern Ein, und für eine von 60–80 Kindern zwey Exemplarien hinreichen, dass also der einzelne Schüler keine eigene Fibel mehr sich anzuschaffen braucht, und dass Lesen, Orthographie und die Anfangsgründe der Sprachlehre zu gleicher Zeit dadurch erlernt werden können; so darf er es getrost andern überlassen, zu berechnen, wie viel alljährlich an Geld sowohl als an Zeit [...] dadurch gewonnen und erspart werde.[6]

6 Carl August Zeller: Fundament des Lesens, der Deutschen Rechtschreibung und Sprachlehre. Zürich: im Verlage des Verfassers 1806, III und V.

Das politisch begründete Interesse an der Geschichte der Schweiz führte bei den Schulreformen, die in der zweiten Hälfte des 18. Jahrhunderts in verschiedenen Städten und Kantonen durchgeführt wurden, dazu, dass Geschichte zum Unterrichtsstoff der höheren Schulen wurde. Die Verfasser der Lehrbücher für Geschichte waren zumeist Vertreter der Reformbestrebungen und vielseitig tätig als Politiker, Wissenschafter (Johann Jakob Bodmer, Leonhard Meister), Pfarrer (Johann Rudolf Maurer, Leonhard Meister), Unternehmer (Karl Kaspar Kolin), einige von ihnen waren Mitglieder der Helvetischen Gesellschaft.[7] Die staatsbürgerliche Erziehung war das primäre Anliegen ihrer Geschichtsbücher, ihr Zielpublikum die «Jünglinge»,[8] die aller Voraussicht nach dereinst für den Staat verantwortlich werden, die Söhne der führenden Schichten. Gegenstand der Darstellung ist die Geschichte der Schweiz, denn auf sie hat sich der zukünftige Bürger zu stützen:

Ich tadle die Mühe nicht, [...] die Jugend zu belehren, was Cäsar, was Scipio [...] merkwürdiges getaan: [...] Aber weit schöner und löblicher ist für den Eidsgenossen, die Erkenntnis der Geschichten und Begebenheiten seiner Väter, des Ursprungs des Eidgenössischen Bundes, und der Heldenthaten und edelmüthigen Handlungen der Stifter und Begründer derselben: Wissen muss er, aus wievielen Cantonen und zugewandten Orten sein Vaterland bestehe; wie viele und was für Verbündete es habe; was unsere Bündnisse, was unsere Verträge, was unsere Abschiede, was unsere besondere Verkommnisse wichtiges in sich schliessen; [...].[9]

Als hauptsächliche Quellen werden von mehreren Autoren die Werke von Johannes von Müller und Aegidius Tschudi genannt. Die frühen Texte historischen Inhalts sind der Sacherzählung, der moralischen Beispielgeschichte oder der Anekdote (vgl. 1.2.4) zuzuordnen, wobei die Übergänge fliessend sind. Diese Form ist einerseits durch die Anlehnung an die Chronik mit ihrem Wech-

7 In der 1761 gegründeten Helvetischen Gesellschaft fanden sich aus der ganzen Schweiz die Männer zusammen, die durch umfassende Reformen die politischen und ökonomischen Probleme der damaligen Schweiz zu überwinden suchten. Vgl. dazu Im Hof: Die Entstehung einer politischen Öffentlichkeit; zu den Mitgliedern insbesondere den zweiten Band. Die Titel, die von diesen Leuten verfasst wurden, finden sich in: Weilenmann: Bibliographie.

8 Immerhin spricht Johann Melchior Schuler im Vorwort zu: Die Thaten und Sitten der alten Eidgenossen. [Zürich]: [s. n.] 1809, XIII, explizit auch die «Töchter meines Vaterlandes» an. Zum Problem der weiblichen Bildung s. auch Im Hof: Die Entstehung einer politischen Öffentlichkeit in der Schweiz, Kapitel 3.3.4.

9 Joseph Anton Felix Balthasar: Historische und Moralische Erklärungen der Bilder und Gemählde auf der Kapell-Brücke der Stadt Luzern. Zürich: Orell, Gessner und Füesslin 1775, Vorwort.

sel zwischen sachlichem Bericht und Anekdote vorgegeben. Anderseits bemühen sich die Autoren im Hinblick auf ihr jugendliches Zielpublikum um eine anschauliche Darstellung der geschichtlichen Ereignisse, was sozusagen von selbst zu einer anekdotischen Erzählweise führt. Neben der Rücksicht auf die kindliche oder jugendliche Rezeption ist es zudem die pädagogische Verantwortung, die zu einer Betonung moralischer Aspekte führt. So finden sich auch unter den frühen geschichtlichen Darstellungen kaum je eindeutige Sachbücher. Auch Leonhard Meister ist der Aufnahmefähigkeit seines Publikums

Leonard Meisters
Helvetische
Galerie
großer Männer und Thaten
für
die vaterländische Jugend
mit
XXV. Schellenbergischen Vignettes.

Zürich.
Bey David Bürkli, 1786.

Abb. 2.1: Titelseite von Leonhard Meisters *Helvetischer Galerie.*

durch die Aufnahme von Illustrationen und die Auswahl der Themen entgegengekommen: «Aus meinen anderweitigen historischen Schriften habe ich solche Erzählungen zusamen gelesen, die mir für die Jugend am fasslichsten und anziehendsten schienen. Beym Anblick der Abbildungen wird sie gereizt, wo nicht die Beschreibung selbst zu lesen, sie doch sich mündlich erklären zu lassen.» Auf einen moralischen Kommentar verzichtet er hingegen:

Tändelhafte Ausmahlungen und andere Auswüchse des Wizes und der Empfindeley vermisst man wol nicht ungern. Jede Geschichte leitet auch in ihrer nackten Darstellung, wo nicht das Kind selbst, doch seinen Führer, ohne weitere Handleitung, zu diesen und jenen lehrreichen Bemerkungen. An sich selbst noch so erbaulich und rührend, taugen sie selten, weder für das Kind noch für den Aufseher desselben. Dieser macht solche Betrachtungen wol von selbst, und vermag er diess nicht, nun, schreibe man zu seiner Belehrung besondere Bücher![10]

Meister spricht hier den Erwachsenen an, unter dessen Obhut sich das Kind mit dem Buch beschäftigt. Wie die meisten anderen historischen Darstellungen dieser Zeit ist auch die *Helvetische Galerie* als Lehrbuch konzipiert, je nach Gegebenheit für die Schule oder für den Privatunterricht. Besonders weit geht Johann Conrad Füssli, der in seinem *Kurzen Innbegriff der Geschichte der Schweizer: für Anfänger: in Frag und Antwort* (1775)[11] die Geschichte der Schweiz auf kurze Fragen und fast ebenso kurze Antworten in der Form eines Katechismus reduziert.

Auch wo ausschliesslich die Form der kurzen Beispielgeschichte oder der Anekdote für die Darstellung historischer Ereignisse gewählt wird, streben die Verfasser ein Bild der gesamten Gesellschaft, des politischen Gefüges an:

Denn wie wol das Naturell eines Haufens Menschen, das ist, eines Volkes, von dem Charackter der absonderlichen einzelnen Menschen vielfältig unterschieden ist, so streuet doch die Kenntnis der Neigungen und Leidenschaften von individualen Personen, ein helles Licht über die Sitten und den Charakter einer ganzen Gesellschaft Menschen. Wir dürfen darum diese historisch-schweizerischen Erzählungen für eine gute Vorübung und Vorbereitung zu den Geschichten der Schweizer anpreisen.[12]

Johann Jakob Bodmer bezieht sich hier offenbar auf Rousseau.[13] Beispielhaft

10 Meister, Helvetische Galerie grosser Männer und Thaten für die vaterländische Jugend, wie Anm. 40, S. 39, VI und VII.

11 J.C. Füssli: Kurzer Innbegriff der Geschichte der Schweizer: für Anfänger: in Frag und Antwort. Zürich: Bürkli 1775.

12 Johann Jakob Bodmer: Historische Erzählungen die Denkungsart und Sitten der Alten zu entdecken. Zürich: Orell, Gessner und Comp. 1769.

13 Bei Rousseau heisst es: «Il est vrai que le génie des hommes assemblés ou des peuples est fort différent du caractére de l'homme en particulier, et que ce seroit connoitre trés imparfaitement le coeur humain que de ne pas l'examiner aussi dans la multitude, mais il n'est pas moins vrai qu'il faut commencer par étudier l'homme pour juger les hommes, et que qui connoitroit parfaitement les penchans de chaque individu pourroit prévoir tous leurs effets combinés dans le corps du peuple». Emile, 530.

ist auch für ihn Plutarch, wie er im Vorwort zu den *Historischen Erzählungen* angibt. Auch in seinen Erzählungen soll der Mensch als Mensch erscheinen, nicht als Träger einer Rolle im öffentlichen Leben:

Es ist ein Unglück, dass die Geschichtsschreiber nur die Zeiten für wichtig halten, da die Staaten in Kriege verwickelt sind. Gefechte, Schlachten, Beraubungen, Zerstörungen, sind gewiss nicht Sachen, die auf das Leben und die Gemüther den nützlichsten Einfluss haben. Wie viel mehrern Nutzen könnte hingegen die Erzählung kleiner, nacketer, das Herz verrathender, Geschichten haben, welche gute Wirkungen vornehmlich auf die erste, neue Denkungsart eines Jungen, ihn zu gewöhnen, dass er von dem Glücke der Menschen nicht nach dem Scheine, sondern nach dem Zustande ihres Herzens urtheilete, wenn er diesen von dem umgebenden Blendwerke und den falschen Vorspiegelungen abgesondert ins Auge fasst.[14]

Nun nehmen auch bei Bodmer Schlachten als Anlass für Treue- und Tapferkeitsbeweise einen breiten Raum ein. Daneben zeigen jedoch tatsächlich viele Anekdoten bedeutende Männer in «unbedeutenden», privaten Situationen. Eine zentrale Figur ist bei Bodmer wie bei anderen zeitgenössischen Autoren Rudolf von Habsburg, der «alle Eigenschaften [hatte], um sich einen grossen Anhang zu machen, Dienstfertigkeit gegen den Freund, und Muth gegen den Feind».[15]

Im 19. Jahrhundert verschiebt sich das Schwergewicht. Schweizer Geschichte ist in der ersten Hälfte des 19. Jahrhunderts fast ausschliesslich Gegenstand von expliziten Schulbüchern oder von Büchern zur Volksbildung, wie etwa *Die Geschichte der schweizerischen Eidgenossenschaft: erzählt für das liebe Schweizervolk und seine Schulen* von Joseph Probst (1835). Nach Daniel Frei erschienen (ohne Unterscheidung der vorgesehenen Schulstufe) zwischen 1798 und 1900 rund 230 Lehrbücher und Abrisse der Schweizer Geschichte,[16] was zeigt, welches Gewicht die Erziehungsbehörden und die besser ausgebildeten Lehrer dem Geschichtsunterricht für die patriotische Erziehung beimassen; allerdings wurde Geschichte (als Teil des Faches Heimatkunde) an den Volksschulen – mit den üblichen kantonalen Unterschieden – erst spät eingeführt. Jakob Stutz etwa beklagt sich in seiner Autobiographie: «Und wie wäre mir wohl zu Mute gewesen, wenn ich damals gewusst hätte, was fast jedes Kind jetzt weiss, dass dort, hinter jenen Alpen, tief, tief im Felsengebirge, die Männer vom Grütli daheimgewesen wären? – Dort Morgarten, Sempach, Näfels

14 Wie Anm. 12, IX/X.

15 Wie Anm. 10, XI.

16 Frei: Das schweizerische Nationalbewusstsein, 243.

usw. lägen? […] Aber von selbiger Zeit an verstrichen noch mehr als ein Dutzend Jahre, ehe ich etwas von der Vaterlandsgeschichte inne wurde.»
Hingegen gewinnt er über die Sage eine Beziehung zur Geographie: «Die March gefiel mir aber am besten und zwar der schönen Weiden und Waldungen wegen. Auch wusste ich die Sage von Frau Vrenelis Gärtli und glaubte sie ganz kindlich.»[17]
Für die Primarschule scheinen Lieder und Sagen (vgl. 1.2.3) als Hinführung zur Geschichte und als patriotisches Erziehungsmittel geeigneter als die eigentliche Geschichtsschreibung. 1909 z. B. äussert ein ungenannt bleibender Autor grundsätzliche Überlegungen zum Thurgauer Lesebuch für die 4. Klasse, das «ganz auf ein Thema abgestimmt ist: Die Heimat»:
Schwieriger [als die Geographie] gestaltet sich die Vorbereitung auf den Geschichtsunterricht, die historische Heimatkunde. Dass Kinder dieses Alters für die Taten eines Diviko und Orgetorix, den Zug der Helvetier nach Gallien, die Kämpfe mit den römischen Feldherren Lucius Cassius und Julius Cäsar noch nicht das richtige Verständnis haben können, dürfte bald allgemein eingesehen werden. […] Also bietet das Buch Kulturbilder aus nicht zu weit zurückliegenden Zeiten und zur Betätigung der kindlichen Phantasie Sagen und Geschichten aus der Heimat.[18]

2.1.2. Unterhaltung und Bildung

Die Sage nimmt im Schulgebrauch eine Zwischenstellung zwischen erzählender Literatur und Sachtext ein. Seit Beginn des 19. Jahrhunderts wird jedoch strenger zwischen erzählender, unterhaltender Literatur und Sachtexten unterschieden, wobei vorerst die erzählende Literatur – damit auch die frühen historischen Erzählungen – fast ausschliesslich aus Beispielgeschichten und längeren moralischen Erzählungen besteht. Oft lässt nur der Untertitel erkennen, ob eine Erzählung für das Volk, für die Jugend, Kinder oder für jung und alt bestimmt ist. Kinderliteratur und Jugendliteratur unterscheiden sich inhaltlich und formal erst seit der Mitte des 19. Jahrhunderts voneinander, die Gleichsetzung von Jugend und Volk setzt sich bis ins 20. Jahrhundert fort (vgl. S. 10).

17 Jakob Stutz: Sieben Mal sieben Jahre aus meinem Leben. Neue Ausgabe nach dem Erstdruck von 1835 mit Einleitung und Anmerkungen von August Steiger. Pfäffikon/ZH: Kunz 1927, 113.

18 Grundsätze und Leitgedanken bei Erstellung neuer Schulbücher. In: SLZ 54 (1909), 361.

Bei diesen frühen historischen, moralischen Erzählungen bilden öfters die französische Revolution, die Feldzüge Napoleons, vor allem aber die Besetzung der Schweiz und Deutschlands durch die Franzosen den zeitlichen Hintergrund (mit durchwegs negativer Darstellung sowohl der Revolution als auch der Besetzung). Andere Erzählungen spielen zur Zeit des Kinderkreuzzugs, des Spanischen Erbfolgekriegs oder einfach «vor längerer Zeit». Die geschichtlichen Ereignisse werden jetzt aber nicht mehr – wie noch bei den Autoren des ausgehenden 18. Jahrhunderts[19] – als Ergebnis menschlichen Handelns gezeigt, sondern sie erscheinen nun als das Wirken Gottes, das einzig dem Menschen Gelegenheit gibt, Demut und Standhaftigkeit im Leiden zu beweisen. Dafür steht dann ein Ende in Glückseligkeit in Aussicht: «Wenn man noch wüsste, was die Gemeinde Dübendorf und die Familie Bremi mit ihr in jenen Jahren [1798 und danach] an Elend und Drangsal, aber auch an wunderbaren Errettungen erlebt hat, es gäbe eine merkwürdige Geschichte zu Ehren Gottes.»[20]

Die dargestellte historische Epoche interessiert allein als Rahmen für das Exempel, nicht in ihren spezifischen politischen und historischen Bedingungen. Nur ein kleiner Teil solcher in der Schweiz veröffentlichten historisch-moralischen Erzählungen stammt von Schweizer Autoren, was sich vor allem in den Personen und Schauplätzen der Handlung äussert, nicht jedoch in einem besonderen politischen oder historischen Bewusstsein.

Blieb die Buchproduktion bis in die ersten Jahre des 19. Jahrhunderts wegen hoher Kosten und des kleinen Anteils Lesefähiger an der Bevölkerung auf einen kleinen Markt beschränkt, so eröffnete die zunehmende Alphabetisierung in der ersten Hälfte des Jahrhunderts neue Absatzmöglichkeiten, die durch technische Verbesserungen und dadurch erreichte Verbilligung noch vervielfacht wurden. Parallel dazu entstand in Deutschland eine neue Schicht von Autoren, die weniger aus pädagogischem, aufklärerischem Impetus schrieben als aus ökonomischem Zwang, z. B. um ihr geringes Lehrergehalt aufzubessern.

19 Johann Rudolf Maurer erklärt in der Einleitung zu *Kurze Geschichte der Schweiz für Anfänger* (Zürich: Orell, Gessner, Füessli und Comp. 1779): «Diese grossen Veränderungen nebst allen andern Begebenheiten, welche sich in der Schweiz von einer Zeit zur andern zugetragen, ereigneten sich nicht von ungefähr; sondern hatten ihre Ursachen und Anlässe, und liessen allerley gute und böse Folgen nach sich. Die Erzählung derselben heisst die Geschichte der Schweiz. Aus der Geschichte lernen wir also den Zustand unsers Vaterlands zu allen Zeiten, und was demselben überhaupt, oder einzelnen Städten und Ländern, oder auch einzelnen Menschen insbesondere heilsam oder schädlich gewesen; damit wir daraus weise Lehren für das Künftige hernehmen. Denn was ehmals geschehen, würde auch uns begegnen, wenn gleiche Ursachen und Anlässe widerkämen.»

20 Banga: Der Pfarrerssohn von Dübendorf, 19. Wieso Johann Jakob Banga, der Verfasser eben dieser merkwürdigen Geschichte, im Konjunktiv spricht, ist nicht ganz ersichtlich.

Ihre Werke fanden in der Schweiz genauso Verbreitung wie in den deutschen Staaten; die Erzählungen von Christoph von Schmid, Gustav Nieritz, Franz Hoffmann, um nur einige zu nennen, gehörten bis ins 20. Jahrhundert zum festen Bestand von Schul- und Volksbibliotheken, wie die nachstehende Tabelle aus einem Bericht aus dem Jahr 1910 über die Glarner Volksbibliotheken zeigt:[21]

	Chr. Schmid	Horn	Schupp	Nieritz	Hoffmann	C. Höcker	Storm	Rosegger	Spyri
1. Volks- und Jugend-bibliothek Bilten .	23	15	9	24	15	6	1	5	5
2. Volks- und Jugend-bibliothek Ennenda	12	13	—	37	14	4	—	10	20
3. Elementarschulbiblio thek Glarus . . .	24	86		48	74		1	4	18
4. Biblioth. der Höhern Stadtschule Glarus	2	7	4	8	16	23	4	3	18
5. Jugend- und Volks-bibliothek Mollis .	25	31	8	34	24	25	—	4	15
6. Jugend- und Volks-bibliothek Netstal .	1	(15) (ausgeschieden)	—	1	2	—	—	10	12
7. Bibliothek der Kirch-gemeinde Schwanden	14	17	4	9	—	6	—	2	—

Eine Erklärung für das Überwiegen von Erzählungen dieser Autoren war schon zehn Jahre früher in der Schweizerischen Lehrerzeitung versucht worden:
Dass die Schriften eben genannter Verfasser, sowie diejenigen von W. O. v. Horn, Chr. v. Schmid, Ottilie Wildermuth etc. immer noch den eisernen Bestand weitaus der meisten Schüler- oder Jugendbibliotheken bilden, ist wohl mannigfach zu begründen und zu erklären. Einmal sind diese Bändchen billig, so dass man eine Bibliothek damit bald gefüllt hat. Dann sind die Bändchen nicht zu umfangreich, so dass auch jüngere Leser meist bis über die Mitte herauskommen. Der Hauptgrund aber wird wohl der sein, dass man bei der Auswahl der Jugendschriften zu wenig sorgfältig umging, d. h. unbedenklich

21 Bruckner: Jugend- und Volkslektüre, 52. Zu diesen Autoren vgl. Schenda: Volk ohne Buch, passim.

anschaffte, was sich auf dem Titelblatt als «für die liebe Jugend dargestellt» anpries.[22]

Eine günstige Aufnahme fanden vor allem die Werke von Gustav Nieritz und Christoph von Schmid auch in der französischen Schweiz. Bis 1913 erschienen Übersetzungen einzelner Werke von Nieritz in Lausanne und Genf, Christoph von Schmids *Henri d'Eichenfels* wird zusammen mit *Rose de Tannenbourg* noch 1922 in Lausanne verlegt. Von 100 Titeln, die im 1842 von Pasteur Naville veröffentlichten *Guide de l'acheteur de livres pour la jeunesse* vorgestellt werden, sind 23 Werke von Schmid. Nieritz ist zu der Zeit noch nicht übersetzt,[23] ist aber in der Nachfolgebroschüre *Compte-rendu des livres destinés à l'enfance* (1852) mit 7 Titeln neben Schmid der meistgenannte Autor. Allerdings werden fast alle seine Werke negativ besprochen.[24]

Der bedeutendste Anteil an historischen Erzählungen in der Jugendlektüre der deutschen Schweiz entfiel auf Werke solcher äusserst produktiven Schriftsteller, so dass Jeremias Gotthelf seine historische Erzählung *Der Knabe des Tell* (1845) ausdrücklich damit begründet, er habe den Versuch machen wollen, «die Kinder vom Nierizischen [!] Brei zu erlösen und an eine kräftigere Kost zu setzen».[25] Und die Herausgeber des *Schweizerischen Jugendfreunds* beklagen sich in der ersten Nummer von 1854:

Die Volks- und Jugendschriften-Literatur ist sehr reich und gebiert fast mit jedem Tage Neues. Wo darf aber heutzutage noch Etwas für die republikanische Jugend geschrieben werden? Nirgends in Europa als in der Schweiz. Dennoch

22 SLZ 45 (1900), 373. Bei den genannten billigen Bändchen handelte es sich vor allem um Bücher aus Reutlingen (Württemberg), bzw. in der französischen Schweiz aus Tours (Frankreich). Vgl. dazu Schenda: Volk ohne Buch, passim.

23 Die ersten Bücher von Nieritz (1795–1876) erschienen in deutsch 1834; in seiner *Selbstbiographie* (1872) gibt Nieritz 117 selbständige Jugendschriften an.

24 So heisst es z. B. zu *Le jeune aveugle*: «Ce livre peut fournir une lecture intéressante et utile aux enfants de 10 à 16 ans et de toutes les conditions sociales. Il y a cependant quelques défauts, d'abord de traduction; mais surtout quelques phrases sur l'avarice et la dureté de coeur des riches, phrases maladroites, exagérées, et d'autant plus mal placées qu'elles sont en contradiction complète avec le rôle que remplissent des personnes riches dans le cour du récit. Ces phrases devaient être retranchées dans le cas d'une réimpression.» In dieser Kritik kommt klar das Selbstverständnis der Genfer philanthropischen Oberschicht zum Ausdruck, vgl. auch 2.5.

25 Jeremias Gotthelf und Karl Rudolf Hagenbach: Ihr Briefwechsel aus den Jahren 1841 bis 1853. Hg. von Ferdinand Vetter. Basel: Lendorff 1910, 51. Hagenbach schenkte das Buch seinem Sohn mit den Versen: «Geschichte, sagst Du, lieb' ich nicht, Weil sie mir gar zu dunkel spricht; Ich hoffe aber, diese da Werd' Dir nun bringen alles nah; Sie ist von Tell und seinem Knaben, Und die wirst Du doch gerne haben.» (ebd., 106.) Für den Hinweis habe ich P. Schuler in Bern zu danken.

strömt eine Fluth fremder Jugendschriften in unser Vaterland. Sie alle passen so gut für die vaterländische Jugend, wie ausschliesslich monarchische Zeitungen für ein republikanisches Volk.[26]

Tatsächlich bleibt der *Knabe des Tell* auf längere Zeit ein Einzelfall; nach wie vor tun sich die Schweizer Jugendschriftsteller schwer mit Erzählungen, die über kurze moralische Exempel hinausgehen.

Die ersten historischen Romane (d. h. längere Erzählungen, die eine bestimmte geschichtliche Situation darstellen), die zur Lektüre der Jugend in der Deutschschweiz werden, sind also fast ausschliesslich von deutschen Autoren verfasst. Vereinzelt werden darüber Klagen geäussert, wie die oben zitierte, im allgemeinen zeigen sich jedoch die Literaturpädagogen bis ins 20. Jahrhundert erstaunlich unempfindlich gegenüber der zunehmend nationalistischen deutschen Produktion, die eine weite Verbreitung in der deutschen Schweiz findet. Die KJL Frankreichs stand ihrerseits der deutschen nicht nach: Wie Marieluise Christadler in *Kriegserziehung im Jugendbuch* gezeigt hat, verfassten deutsche und französische Autoren in unedlem Wettstreit Jugendbücher militaristischen und nationalistischen Inhalts. So erinnert sich der Basler Karl Stückelberger:

Wir waren eifrige Leser der Schriften von Erckmann-Chatrian, besonderen Eindruck machten uns «L'histoire d'un conscrit de 1813» (1864) und «Waterloo» (1865), zugleich eigneten wir uns auch alles an, was über Bismarck, König Wilhelm, Moltke und Roon geschrieben war. Unbewusst gingen wir auf die Suche nach dem Heroischen. Und dies wurde im Verlaufe des Krieges immer mehr auf seiten der Deutschen offenbar. Als Basler folgten wir aber auch der damals herrschenden Sympathie für Frankreich ... So wurden wir innerlich hinundhergezerrt, und unser Trost war, dass wir weder Deutsche noch Franzosen, sondern Schweizer waren.[27]

Nicht alle Schweizer enthielten sich in ähnlicher Weise einer Parteinahme, selbst in der KJL nicht. Zu Beginn des ersten Weltkrieges entstanden drei Bilderbücher, die in krassester Art zur Vernichtung des jeweiligen Feindes aufrufen: Die Malerin Charlotte Schaller, gebürtige Schweizerin, rief in *En guerre*

26 Was wir wollen. In: Schweizerischer Jugendfreund. Herausgegeben von J. K. Bär und H. R. Rüegg. Pfäffikon/ZH: Zwingli 1854, 1.

27 Zitiert nach Hugger: Nationale Identität im Spiegel schweizerischer Autobiographien des 19. Jahrhunderts, 194. Vgl. zu diesem Problem auch Kreis: Die besseren Patrioten. Eine der wenigen kritischen Stimmen zu der verherrlichenden Darstellung deutscher Kriegserfolge findet sich in *L'Educateur*, der Zeitschrift der Société Pédagogique Romande, wo ein E. B. in einer an sich positiven Besprechung der deutschschweizerischen Schülerzeitung *Der Kinderfreund* schreibt: «n'en aurait-on pas trouvé de plus sainement éducative que celle [die Biographie] d'un de Moltke, le massacreur de génie?» (1907, 104)

und *Histoire d'un brave petit soldat* zum Kampf gegen die Deutschen auf, der Berner Herbert Rikli liess in *Hurra – ein Kriegsbilderbuch* Klein-Willi im Traum die Feinde des deutschen Vaterlandes reihum töten.[28]

2.2. Nationale Kinderliteratur und internationale Verständigung

2.2.1. Eine «schweizerische» Kinderliteratur

Beim Durchsehen der *Mitteilungen über Jugendschriften an Eltern, Lehrer und Bibliotheksvorstände, von der Jugendschriftenkommission des schweizerischen Lehrervereins* fallen die wiederholten Empfehlungen von Erzählungen aus der deutschen Geschichte auf, oft mit einem stereotypen Schlusssatz wie z. B. «Ist das Buch auch zunächst für die Söhne Deutschlands und Österreichs geschrieben, so wird es doch auch der Schweizerknabe mit Genuss und Vorteil lesen».[29] Oft fehlt jedoch dieser Zusatz, so wird das 127. Bändchen der Deutschen Jugend- und Volksbibliothek, *Friedrich Friesen und die Lützower* von E. Heinrich, folgendermassen empfohlen: «Schildert die Zeit der deutschen Schmach unter Napoleon I. und die Erhebung des Volkes gegen den Allgewaltigen, und zeichnet zugleich die Lützower im Kampfe für das Vaterland in Deutschland und Frankreich, sowie besonders das erhebende Bild von Fr. Friesen, den Helden voll Kindersinn, Tapferkeit und Wissenschaft. Knaben vom 12. Jahre an und Erwachsenen eine Erzählung, welche die Herzen für Gott und Vaterland begeistert.»[30]

Carl Bruckner unterscheidet in seinem Referat *Jugend- und Volkslektüre* noch 1910 zwischen deutschen und ausländischen Klassikern. Mit «deutsch» meint er die deutschsprachigen, also z. B. Joseph Eichendorff, Ottilie Wildermuth, Joseph Victor von Scheffel, aber auch Gottfried Keller, Jeremias Gotthelf, Josef Viktor Widmann; die «ausländischen» sind Walter Scott, Emile Erckmann und Alexandre Chatrian, Edmondo de Amicis und andere. Erst kurz vor dem Ersten Weltkrieg äussert sich in den *Mitteilungen* eine entschiedene Kritik an nationalistischen Büchern aus Deutschland. Als erste wenden sich Berner Leh-

28 Charlotte Schaller: En guerre. Paris: Berger-Levrault 1914, und Histoire d'un brave petit soldat. Paris: Berger-Levrault 1915.
Herbert Rikli: Hurra – ein Kriegsbilderbuch. Stuttgart: Loewes 1915.

29 So z. B. im 21. Heft, 1897, 77/78, zu *Prinz Eugen, der edle Ritter* von Otto Hoffmann.

30 Mitteilungen 15 (1891), 35.

rer gegen nationalistische Tendenzen in der Jugendliteratur, so Ernst Reinhard in einem Aufsatz in der Zeitschrift *Das Volksbuch*.[31] In den *Berner Seminar-Blättern* schreibt Walter Huber engagiert gegen «patriotische Schundschreiber» jeder Herkunft: «Nationale Farben sind heute den Volks- und Jugenderziehern aller Grade, was den Katzen der Baldrian».[32] Hans Bracher, Geschichtslehrer und später selbst Autor historischer Jugendbücher, schrieb in einer Besprechung des Titels *Mit Vater Blücher nach Paris 1813/1815*:

Es macht fast den Anschein, als ob das gewaltige Anschwellen des nationalen Selbstgefühles der Deutschen unter dem Eindruck dieser historischen Erinnerungen weltgeschichtliche Bedeutung erlangen möchte. – Bücher wie das vorliegende, das nur eines aus der Flutwelle patriotischer Literatur ist, die das Leipziger Schlachtdenkmal umbrandet, lassen zu solchen Gedanken kommen. Ein begeisterter Nationalist hat hier dem deutschen Volke ein historisches Erinnerungsgemälde von packender Gewalt geboten. – Freilich ist es mit diesem Gemälde wie mit den konventionellen Schlachtenbildern: der Feind bekommt Schläge, die «Unsrigen» siegen, dort ist Angst und Feigheit, hier Tapferkeit und Bravour. Und wie auf dem Bilde verstümmelte Leichen, verloren gegangene Schlachtrequisiten, Feldmarschall Soundso auf galoppierendem Pferde und andere pikante Details die Glorie des Siegers hell erstrahlen lassen, so sorgen im Buche interessante Einzelheiten, stimmungsvolle Schlachtmomente, rührende Züge von edler Gesinnung für die innere Wärme, die zum Herzen des Volkes spricht. – Unseres Volkes? So lange wir Schweizer sind, müssen wir solche nationalistisch-chauvinistische Geschichtsdarstellung zurückweisen; wir haben ein direkt nationales Interesse daran, unserer Jugend und unserem Volke das historische Denken rein zu bewahren.[33]

Ein dem deutschen vergleichbares Angebot an spannenden Erzählungen zur Schweizer Geschichte fehlt aber noch länger. Conrad Uhler hatte 1900 im Vorwort zum 23. Heft der Mitteilungen geklagt: «Was unser schweizerischer Boden für die Jugend hervorbringt, sind gute, kräftige, aber leider recht spärliche Früchte. Unsere vaterländischen Dichter und Schriftsteller scheinen für diese Aufgabe keine Zeit oder keinen Geschmack zu finden; das beklagten wir schon letztes Jahr und müssen unser Bedauern auch heute wiederholen.»[34]

31 Ernst Reinhard: Patriotismus als Tendenz in der Volksliteratur. In: Das Volksbuch 1 (1913), 17–20.

32 Walter Huber: Zur Jugendliteratur. In: BSB 9 (1915), 355–358.

33 Mitteilungen 36 (1913), 101.

34 Mitteilungen 23 (1900), IX.

Diese Klage liess sich bis nach Kriegsende wiederholen. Die nach dem Umfang ihrer Jugendbuchproduktion wichtigsten Verlage in der Schweiz gegen Ende des 19. Jahrhunderts waren Benziger & Co. in Einsiedeln mit katholischen, Spittler in Basel mit reformierten Schriften sowie Sauerländer in Aarau, der eng mit der Jugendschriftenkommission des Schweizerischen Lehrervereins zusammenarbeitete. Es erstaunt denn auch nicht, dass beim nach wie vor herrschenden Misstrauen gegen Romane und alles «Romanhafte» die Lehrer – ganz zu schweigen von den religiösen Verlagen – wenig motiviert waren zum Verfassen unterhaltender, abenteuerlicher Jugendbücher. «Lebensbilder hervorragender Männer», Biographien scheinen den Pädagogen weitaus geeigneter für die Charakterbildung der Jugend zu sein. Deshalb empfiehlt z. B. Carl Bruckner:

Hier ist noch ein Gebiet, auf dem ein tüchtiger Lehrer, der aber kein Dichter ist, mit Auszeichnung als Jugendschriftsteller tätig sein könnte, und es wäre zu begrüssen, wenn einmal ein Preis ausgesetzt würde z. B. für eine Lebensbeschreibung Napoleons I. oder Bismarcks, nicht länger als Plutarchs Leben Cäsars oder Alexanders, aber ebenso inhaltsreich und anschaulich wie diese.[35]

1892 erscheint im Auftrag der Schweizerischen Gemeinnützigen Gesellschaft/SGG in 2. Auflage ein Jugend- und Volksschriften-Katalog. In ihm hat «die einheimische Litteratur besondere Berücksichtigung gefunden», aber auch hier sind nach wie vor als praktisch einzige Texte zur Schweizer Geschichte biographische Darstellungen verzeichnet wie z. B. Heinrich Herzogs *Das Jugendleben ausgezeichneter Männer* (1892), sowie Sagen – *Schweizersagen* (1871),[36] auch von Herzog – oder Otto Sutermeisters *Kinder- und Hausmärchen aus der Schweiz* (1869), schliesslich auch Sachtexte, *Helvetia* von Georg Geilfus etwa (1. Aufl. 1852/53).

Bis zum Ersten Weltkrieg wird Schweizer Geschichte also fast ausschliesslich in der Form der Sage, des Sachtextes oder der Biographie, der fiktional ergänzten Geschichte vermittelt. Eigentliche historische Romane – Geschichtsaussage im Medium der Fiktion – erscheinen erst nach dem Ersten Weltkrieg in nennenswerter Zahl, als Teil einer neu sich entwickelnden Deutschschweizer Kinder- und Jugendliteratur.

35 Bruckner: Jugend- und Volkslektüre, 47.

36 Sie waren schon in den *Mitteilungen* von 1872 empfohlen worden: «Solche gut ausgewählte, volkstümliche Sagen gewähren einen belehrenden Einblick ins Volksleben, in den Sittenzustand früherer Zeiten, und nicht minder wirken sie veredelnd auf das Gemüt, indem sie meist einen sittlichen Kern, einen wertvollen Grundgedanken enthalten.»

2.2.2. *Die Förderung einer nationalen Kinderliteratur in der deutschen Schweiz*

Diese Entwicklung fand auf dem Hintergrund des sozialen Wandels und der dadurch entstehenden sozialen Konflikte vor dem Ersten Weltkrieg statt. Die zunehmende Polarisierung sowohl zwischen den verschiedenen Schichten der Gesellschaft als auch zwischen den Sprachgebieten erforderten neue Identifikationsangebote zur Stützung bzw. zur Bildung eines tragfähigen Nationalbewusstseins, als «adäquate ideelle Überformung von beschleunigter wirtschaftlicher und institutioneller Modernisierung».[37] Die Jahresversammlung der Schweizerischen Gemeinnützigen Gesellschaft von 1889 war denn auch dem Thema «Die Pflege des nationalen Sinnes in unserem Volke» gewidmet. Der Hauptreferent, Pfarrer August Steiger aus Herisau, verlangte in seinem Vortrag unter anderem die Verbreitung der «besten schweizerischen Volksschriften zu billigem Preise» sowie die Revision und Ergänzung des 1869 von der Gesellschaft herausgegebenen Jugend- und Volksschriften-Katalogs. Von den Plänen der danach eingesetzten *Kommission zur Pflege des nationalen Sinnes* wurde nur ein kleiner Teil realisiert,[38] so z. B. die Revision des Jugend- und Volksschriften-Katalogs (der 1892 neu erschien, s. oben). In den folgenden Jahren wurde jedoch die Notwendigkeit einer nationalen Identitätsfindung deutlicher. Im Bereich der Schule wurde dem zum Teil in kantonalen Schulplänen Rechnung getragen, so z. B. im bernischen Unterrichtsplan für die Primarschule von 1897: «Neu war [...], dass der Plan für die Realfächer eine explizite didaktische Zielvorstellung formulierte: Sie sollten Liebe zur Natur, Heimat und Vaterland wecken und die Erkenntnis der Entwicklung der Gesetzmässigkeit (!) im Natur-, Menschen- und Volksleben fördern.»[39] Auf die Lesestoffe für die Jugend fiel erneut das Interesse der Politiker: 1905, zum 100. Todestag Friedrich Schillers, wird im Parlament ein Bundesbeitrag zur Verbilligung einer Ausgabe von Schillers *Wilhelm Tell* gefordert, die an die Schuljugend der deutschen Schweiz abgegeben werden soll. Der Antrag wird wie folgt begründet:

In höchster poetischer Vollendung schildert er hier die Zeit und die Ereignisse der Entstehung der schweizerischen Eidgenossenschaft. Ganz besondere Bedeutung besitzt aber das Werk für das Schweizervolk. Allen Angehörigen des deutschen Sprachgebietes, ja allen Nationen und auf alle Zeiten ist hier in

37 Mesmer: Nationale Identität, 14.

38 Vgl. dazu auch Mesmer: Nationale Identität, 18–21.

39 Scandola: Schule und Vaterland, 224.

wunderbarer gebundener Rede und mit herrlicher Kunst geschildert, wie der Drang nach Freiheit den Schweizerbund gegründet hat. Schiller ist der Dichter der Schweizerfreiheit; sein «Wilhelm Tell» ist unser hohes Lied. Keine andere poetische Schöpfung, ja kaum eine der Begebenheiten der Schweizergeschichte seit der Entstehung dieser Dichtung, es wäre denn die Schmach der ersten anderthalb Jahrzehnte und die Stiftung des neuen Bundes in der Mitte des verflossenen Jahrhunderts, hat so sehr wie der «Wilhelm Tell» dazu beigetragen, in unserem Volk den Sinn für unsere Republik, für ihre freiheitliche Grundlage, für die Notwendigkeit des Zusammenschlusses in eine Nation, für die ideale Bedeutung unseres Vaterlandes inmitten des monarchischen alten Erdteils zu wecken, zu heben und zu befestigen. Und insbesondere war und ist der «Wilhelm Tell» von der segensreichsten Wirkung auf die politische Erziehung unserer Schweizerjugend, und wird es bleiben, so lange die Alpen glühen.[40]

Der Nationalrat nahm den Antrag an; dass mit der verbilligten Abgabe (in einer Ausgabe des Vereins zur Verbreitung guter Schriften, s. unten) der *Wilhelm Tell* tatsächlich weite Verbreitung fand, belegt wieder Carl Bruckner:

Aus einer industrielosen, kleinen Berg-Gemeinde erhielt ich Aufzeichnungen über den Besitz an Büchern von etwa 20 glarnerischen bäuerlichen Familien. Da besteht in einem Hause der ganze Vorrat an Gedrucktem ausser der Bibel und der Zeitung in dem «Buch vom Rütlischwur». Gemeint ist das 1907 den Schülern als Geschenk verteilte Büchlein von Pfarrer Hauri: «Was die Alten vom Rütlischwur erzählen». In einer zweiten Familie findet sich daneben noch «Das Buch vom Wilhelm Tell», das 1905 der Schweizerjugend geschenkte Drama Schiller's.[41]

In diesen allgemeinen Zusammenhang gehörte auch die bereits 1889 erfolgte Gründung des Basler Vereins zur Verbreitung guter Schriften, dem sich wenig später gleichnamige Vereine in Bern und Zürich anschlossen. Als Volksschriftenvereine gaben sie neben «für das Volk geeigneten» Klassikern und Heimaterzählungen von Anfang an auch Hefte für die Jugend heraus, zunächst mangels geeigneter intentionaler Jugendschriften Erzählungen für Erwachsene, wenn nötig in bearbeiteter Form, so z. B. *Bei den Tlinkitindianern* und *Donna Carmen* von Josef Viktor Widmann, der am 11. September 1905 an einen Bekannten schrieb: «Zwei von mir verfasste Novellen will diese Kommission auf Weihnachten als Jugendschrift herausgeben. Nun muss ich alles Verfäng-

40 Botschaft von Bundesrat Forrer an den Bundesrat vom 8. 12. 1904, abgedruckt in: SLZ 49 (1904), 458.

41 Bruckner: Jugend- und Volkslektüre, 67.

liche, Erotische herausstreichen und noch diese und jene kleine Änderung vornehmen.»[42]

Mit der Gründung dieser Vereine, später mit der Herausgabe der *Schweizer Jugendschriften* (ab 1922) und anderer, ähnlicher Publikationen[43] beginnt eine Entwicklung, die voll während und nach dem Ersten Weltkrieg zur Entfaltung kam: das Entstehen einer eigentlichen deutschschweizerischen Jugendliteraturszene, mit eigenen Verlagen und einem Vermittlungsnetz, das vor allem über die Schule breite Kreise erreichte.[44]

Abb. 2.2: Hintere und vordere Umschlagseite von Heft 19 der Rütli-Bücher (Basel, 1919). Bei den *Bildern aus der Schweizer Geschichte* handelt es sich um Auszüge aus *Die Geschichte der Schweiz* (1917) von Johannes Jegerlehner.

1914 hatte der Berner Seminardirektor Ernst Schneider in einem Aufsatz dem SLV die Aufgabe zugewiesen, auf die Produktion und die Verbreitung geeigneter Jugendschriften vermehrt Einfluss auszuüben: In den 20er Jahren wird diese Aufgabe praktisch umgesetzt.[45] Neben einer Gruppe von Berner

42 Zitiert nach: M. Widmann: Josef Viktor Widmann, 153.

43 Aus dem Geleitwort zu den ersten Heften der *Schweizer Jugendschriften*: «Diese Jugendschriften sind ein ausschliesslich schweizerisches Werk. In ihnen sollen insbesondere heimatliche Schriftsteller zum Wort kommen. Dies ist doppelt nötig bei der heutigen Überschwemmung unseres Landes mit fremden Erzeugnissen jeder Art.»

44 Im Jahre 1921 erscheint in der SLZ im redaktionellen Teil wiederholt der Aufruf: «Kauft schweizerische Jugendbücher…»

Lehrern und Literaten, darunter vor allem Otto von Greyerz (1862–1940) war der Verlag Sauerländer dabei führend. Zwar waren hier schon während des vorangegangenen Jahrhunderts immer wieder Jugendschriften erschienen, nun aber, 1918, richtete Sauerländer einen eigentlichen Jugendbuchverlag ein:

Die Beschaffung von Manuskripten für die alljährlich erscheinenden Kinder- und Jugendbücher wurde mehr und mehr nach einem bestimmten Plane betrieben. Der Verlag trat von sich aus mit Jugendschriftstellern in Verbindung und ermunterte sie zur Ausarbeitung von Manuskripten, deren Inhalt und Aufbau teilweise voraus besprochen wurde. Man strebte nicht nur darnach, eine grössere Auswahl zu erhalten, sondern das Ziel war vor allem, die vom Verleger aus gesehenen Möglichkeiten, die Erkenntnisse der Jugendschriftenforschung und die Bedürfnisse der Käufer und Leser durch enge Zusammenarbeit mit den Autoren in Einklang zu bringen. […] Eine schwere und im Anfang nicht immer dankbare Aufgabe war die Einführung der schweizerischen Jugendbücher im Buchhandel, bei den Eltern, Erziehern und bei den Lesern, den Kindern und Jugendlichen. Es war nötig, die unschweizerische ausländische Konkurrenz, soweit sie den Schweizer Markt mit ungeeigneten Publikationen versorgte, zurückzudrängen. Vorurteile mussten überwunden werden, Vertrauen galt es zu gewinnen für die Schöpfungen einheimischer Schriftsteller und für die Leistungsfähigkeit des schweizerischen Buchverlages.[46]

Die intensiven Bemühungen um den nationalen Sinn trugen in der deutschen Schweiz schon bald Früchte: Bereits 1915 hatte der Bund Schweizerischer Frauenvereine auf Anregung der Genfer Frauenrechtlerin Emma Pieczynska-Reichenbach beschlossen, «eine Schrift herauszugeben, die insbesondere die Mütter anregen würde, ihren Kindern klare und warme patriotische Vorstellungen zu wecken».[47] 1916 erschien eine solche Schrift, verfasst von Emma Pieczynska-Reichenbach und Léa Burger, unter dem Titel *ABC de l'éducation nationale au foyer domestique*. Hedwig Bleuler-Waser erhielt den Auftrag, dem *ABC de l'éducation nationale au foyer domestique* entsprechend einen deutschen Text zu schreiben. Im selben Jahr, 1916, erschien dieser deutsche Text unter dem Titel *Funken vom Augustfeuer*, als Versuch,

45 Schneider, Ernst: Organisation der Lektüre durch die Schule. In: BSB 8 (1914), 81–86 und 183–190.

46 Hundertfünfzig Jahre Haus Sauerländer in Aarau, 92. Vgl. auch 2.4

47 Aus dem Vorwort zu *Funken vom Augustfeuer* von Hedwig Bleuler-Waser. Bern: Francke 1916.

verschiedenaltrigen und -gearteten Kindern derselben Familie im Laufe eines Jahres, von Bundesfeier zu Bundesfeier, in Beispielen eigener Erfahrung aus dem Tier-, Kinder- und Volksleben die Ursprünge und Anforderungen sozialen Zusammenwirkens überhaupt und unseres eidgenössischen Staatswesens im besonderen zum Bewusstsein zu bringen und zugleich mit dem Interesse auch Anhänglichkeit und Verantwortungsgefühl der engern und weitern Heimat gegenüber zu erwecken».[48]

Die Zielsetzung, die Hedwig Bleuler-Waser hier formuliert, wird für die Mehrheit der Deutschschweizer Autoren, die zwischen 1918 und 1968 Kinder- und Jugendbücher schreiben, verbindlich, ganz besonders auch für die Verfasser von historischen Erzählungen, die im genannten Zeitraum zahlreich erscheinen und zu den vom Vermittlungsnetz meistbeachteten Texten gehören.

Abb. 2.3: Umschlag eines Empfehlungskatalogs für Kinder- und Jugendbücher.

48 Wie Anmerkung oben. Die französische Übersetzung erschien 1918 unter dem Titel *Etincelles des feux du 1er Août* bei Spes in Lausanne, für das *ABC de l'éducation nationale* hingegen lässt sich keine deutsche Übersetzung nachweisen.

2.2.3. *Die Situation in der Romandie*

In der französischen Schweiz war die Ausgangslage etwas anders. Zwar waren die Jahrzehnte vor dem Ersten Weltkrieg eine Periode intensiver Auseinandersetzung mit einem «schweizerischen» Bewusstsein, wie z. B. Georg Kreis ausführt.[49] Das staatsbürgerliche Bewusstsein äusserte sich jedoch offenbar vor allem im Bestreben, die «Heimat», Landschaft, Architektur, Fauna und Flora zu schützen und zu erhalten, was sich etwa in der Gründung der Ligue pour la conservation de la Suisse pittoresque (1905), oder der Société pour la protection des plantes (1886) äussert.[50] Die KJL widerspiegelt diese Bemühungen kaum. Im übrigen findet sich der Ruf nach einheimischer KJL jedoch weder in *L'Educateur* noch in den Buchempfehlungen, den *Bulletins bibliographiques* der Société pédagogique romande/SPR, die von 1902 an mit finanzieller Unterstützung durch die Erziehungsdirektionen der Kantone Neuenburg, Waadt und Genf[51] erscheinen. Das von der deutschsprachigen Jugendschriftenkommission übernommene «Règlement destiné aux membres de la commission [pour le choix de lectures destinées à la jeunesse et aux bibliothèques scolaires et populaires]» verlangt unter Punkt 7 einzig: «Il y a lieu de s'occuper tout particulièrement des publications du pays.»[52] 1904 schrieb die Kommission unter den Lehrkräften der Primarschule einen Wettbewerb aus. Gewünscht war eine Erzählung von 100–150 Manuskriptseiten für neun- bis elfjährige Kinder. Wie aus dem Bericht über den Wettbewerb im Bulletin von 1906 hervorgeht, gingen nur fünf Beiträge ein; vier davon erhielten einen Preis, die erstprämiierte Erzählung wurde in *L'Educateur* vom 4. und 18. August 1906 veröffentlicht.[53] Insgesamt waren die schriftstellerische Produktion und die Verlagstätigkeit in der französischen Schweiz so gering, dass 1914 die Publikation des Bulletins unterbleiben musste: «L'arrêt presque complet de la production du livre dans

49 Kreis: Die besseren Patrioten.

50 Ebd., 65.

51 Also der protestantischen Kantone. Die zweisprachigen, katholischen Kantone Wallis und Freiburg beteiligen sich hier nicht, vgl. dazu 2.4.

52 Bull. bibl. 2 (1903), s. p.

53 Bull. bibl. 5 (1906), 4. Bei der veröffentlichten Erzählung *Histoire de Jean l'écolier* von Louisa Dunand handelt es sich um eine jener breit ausgewalzten moralischen Beispielgeschichten, deren äusserst tugendhafte Helden die LeserInnen ohne Gefahr einer auch nur geringen Aufregung durch ein an Ereignissen armes Leben führen. Mme Dunand ist im weiteren nicht mehr als Schriftstellerin in Erscheinung getreten, ihre Erzählung erschien 1920 immerhin noch als Broschüre bei Payot.

les pays de langue française, la difficulté de correspondre avec Paris nous ont obligé, en 1914, de remettre à plus tard l'impression d'un nouveau fascicule.»[54] 1918 erschien ebenfalls kein Bulletin, 1919 beklagt sich der Präsident der Kommission, Léon Latour: «Les nouveaux livres sont rares et chers, aussi n'avons-nous pu obtenir que peu d'ouvrages de nos auteurs romands et très peu de l'étranger.»[55]

Die Lehrerinnen und Lehrer der französischen Schweiz liessen sich viel schwerer als ihre deutschsprachigen Kolleginnen und Kollegen dazu bewegen, selber Erzählungen für Kinder zu verfassen. Wer Erzählungen schrieb, kam aus einer anderen Schicht als die Lehrkräfte und hatte in erster Linie literarische, nicht pädagogische oder staatsbürgerliche Anliegen (vgl. dazu 2.4). Die Autoren aus dem Kreis der *Société genevoise des publications religieuses*, deren Schreiben politisch motiviert war, treten im 20. Jahrhundert kaum mehr in Erscheinung. Wie in den folgenden Abschnitten ausgeführt wird, erhielt entsprechend auch die staatsbürgerliche historische Erzählung nicht dasselbe Gewicht wie in der deutschen Schweiz; staatsbürgerliches Bewusstsein wurde eher über Lesebuchtexte und vor allem Sachbücher vermittelt. Das Schwergewicht bei der Belletristik lag auf religiösen, das heisst protestantisch geprägten Erzählungen; die wichtigsten Verlagsorte waren Lausanne, Genf und Neuenburg.[56]

2.2.4. Die Diskussion um eine internationale Ethik

In der deutschen Schweiz hingegen waren die Bemühungen um eine «schweizerische» KJL, schweizerisch nach AutorInnen und Verlagen, von durchschlagendem Erfolg gekrönt. Neben verlegerischem Geschick, vor allem in der Zusammenarbeit mit Vermittlungsinstanzen (in erster Linie LehrerInnen), waren auch die politischen Gegebenheiten günstig: Im Hinblick auf eine Abwehr äusserer Einflüsse, zunächst des Kommunismus, später des Nationalsozialismus, und gleichzeitig zur Überbrückung innerer sozialer Gegensätze wird das Leitbild der «Nation» neu gestaltet.[57] Bei diesen Bestrebungen wird auch die KJL eingesetzt.

54 Bull. bibl. 13 (1915), 3.

55 Bull. bibl. 16 (1919), 3.

56 Vgl. auch 2.5.1 und 2.5.2.

57 Vgl. dazu Gruner: Politische Kräfte und Leitbilder.

Die politischen Gegebenheiten sind es offenbar aber auch, die der Entfaltung einer gegenteiligen Tendenz im Wege stehen, nämlich der Erziehung zum Internationalismus, zu einer neuen internationalen Ethik. Nach dem Ersten Weltkrieg finden sich in der Schweizerischen Lehrerinnen-Zeitung zahlreiche Artikel und Diskussionsbeiträge zu dieser Frage, die zum Teil auch auf die Lesestoffe für die Schule eingehen. So erhält z. B. die österreichische Kinderbuch- und Lesebuch-Herausgeberin Helene Scheu-Riesz Gelegenheit, in einem engagierten Artikel *Zur Gemeinwirtschaft des geistigen Besitzstandes* ihre Auffassung von einer geeigneten Literatur für Kinder zu äussern. Nachdem sie feststellt, dass das «Jugendbuch allmählich zu einem Vehikel der Völkerverhetzung und Kriegsverbreitung geworden [sei], zum Werkzeug der jeweiligen Machthaber, die sich nicht scheuten, die geistige Entwicklung ganzer Generationen ihren eigensüchtigen Zwecken zu unterwerfen», fordert sie eine «Universalbibliothek, in der die besten Dichtungen aller Zeiten und Völker entsprechend gekürzt und, wo es unumgänglich notwendig ist, für die Jugend bearbeitet, in kleinen, handlichen Bändchen enthalten sind. Diese Bändchen müssten von einem Weltkomitee ausgesucht und in allen Sprachen so billig gedruckt werden, dass jede Schule ihren Kindern alljährlich etwa ein Dutzend von ihnen schenken könnte.»[58]

An der Diskussion über eine neue internationale Ethik beteiligen sich auch die welschen Lehrerinnen. 1919 hatte die Kommission für nationale Erziehung des Bundes schweizerischer Frauenvereine an 60 Personen (55 Frauen, 5 Männer) einen Fragebogen verschickt, dessen erste Frage war: «Comment initier la jeunesse à l'idéal d'une nouvelle Ethique internationale, lui en faire comprendre les conditions morales et matérielles, et l'orienter dans le sens d'une collaboration pacifique entre tous les peuples?»[59] Aus dem Bericht über die Umfrage geht hervor, dass die Mehrheit der Befragten eine Erziehung im Sinne einer neuen internationalen Ethik befürworten, allerdings zum Teil von einem sehr allgemeinen, idealistischen Standpunkt aus, wie die im Bericht zitierten Stimmen belegen: «J'estime qu'il n'est jamais trop tôt pour faire comprendre à notre jeunesse que toutes les questions sérieuses da la vie: lutte contre le mal sous toutes ses formes, création d'un monde meilleur, etc., sont en dehors de toute nationalité et demandent la collaboration de tous.» Praxisbezogener äussern sich zwei Lehrerinnen aus der Deutschschweiz:

58 SLiZ 26 (1922), 125 und 127. Helene Scheu-Riesz (1880–1970) emigrierte 1934 in die USA, wo sie als Journalistin und Verlagsinhaberin tätig war. 1954 kehrte sie nach Wien zurück.

59 Bericht über die Umfrage von Emma Pieczynska: Une enquête touchant l'initiation de la jeunesse. In: SLiZ 23 (1919), 256–262.

Gewiss ist die Zeit gekommen, wo wir Schweizer über unser Haus hinausschauen müssen. Wie viel innere Schuld und äussere Wirkung in diesem Krieg der einseitig im einzelstaatlichen Interesse betriebene Unterricht, speziell in Geschichte, Volkswirtschaft und in den Sprachen (nationaler Heroenkult), gehabt in den letzten Jahrzehnten […], können wir nie feststellen. Aber das wissen wir heute, dass wir aus der Atmosphäre nationaler Selbstsucht, die in alle menschlichen Gebiete hineinspielt, hinaus müssen.

Näher bei der Realität, d. h. den Niederungen des täglichen Lebens, urteilen die befragten Männer. So schreibt der Redaktor der Lehrerzeitung *L'éducateur*, Monsieur Briod:

Tout en approuvant hautement la pensée généreuse qui est à la base de cette enquête, je dois formuler une réserve au point de vue suisse. Nous sommes petits, exposés à de multiples infiltrations étrangères destructrices de notre caractère national; l'idée nationale doit donc rester vivante chez nous. Sous prétexte de solidarité humaine, nous ne pouvons, p. ex., permettre aux immigrants allemands de venir nous supplanter dans notre industrie et dans notre commerce. L'enseignement projeté ne doit pas perdre ce danger de vue.[60]

In der Zeitschrift des Lehrervereins, der Schweizerischen Lehrerzeitung, findet sich eine ähnliche Diskussion zu dieser Zeit nicht.[61] Ob unter den Lehrern dieses Thema höchstens einer kleinen Minderheit ein Anliegen war, muss hier offenbleiben. Immerhin waren die Lehrer in ihrer überwiegenden Mehrheit fest in das politische Leben – zumindest auf Gemeindeebene – und in die militärische Organisation eingebunden,[62] dies im Gegensatz zu den Frauen, die ihrerseits zum Teil über die Frauenbewegung und deren führende Persönlichkeiten, z. B. Emma Pieczynska-Reichenbach, mit internationalen Organisationen und

60 Alle Zitate aus: SLiZ 23 (1919), 256–262, vgl. oben.

61 Dagegen druckt *L'Educateur*, die Zeitschrift der französischsprachigen LehrerInnen, eine sehr engagierte Empfehlung für eine Broschüre der pazifistischen Genfer Lehrer: «Si tous les lecteurs ne sont pas convaincus par ces pages de l'opportunité d'un désarmement unilatéral de la Suisse, ils y trouveront du moins, pensons-nous, la preuve non seulement de la sincérité, mais de l'ardent patriotisme suisse de cette partie du corps enseignant genevois que l'on a si aveuglément et si sottement calomniée. […] Puisse cette brochure très digne aider ceux qui la liront à parvenir à ce respect des opinions d'autrui, dont nous avons un si grand besoin.» (L'Educateur 64 (1928), 224).

62 Vgl. dazu Mesmer: Ausgeklammert, 136: «Der Lehrerberuf stellte ja, zumal in ländlichen und kleinstädtischen Verhältnissen, eine der wenigen Aufstiegschancen für Unbemittelte dar, und er galt als Sprungbrett für militärische und politische Karrieren. Die Seminaristen entwickelten früh einen ausgesprochenen Korpsgeist, der sich in ein einflussreiches Beziehungsnetz umsetzen liess.» Dieser Text bezieht sich auf die Verhältnisse in der zweiten Hälfte des 19. Jahrhunderts, er trifft jedoch für die 20er Jahre des 20. Jahrhunderts wohl immer noch zu.

dem «Institut Jean-Jacques Rousseau» verbunden waren. Das «Institut Jean-Jacques Rousseau» hatte sich 1922 an der Organisation des «Troisième Congrès International d'Education morale» beteiligt und die Kongressbeiträge unter dem Titel *L'esprit international et l'enseignement de l'histoire* herausgegeben. In diesem Zusammenhang ist auch die schriftstellerische Tätigkeit der Neuenburger Psychologin Alice Descoeudres (s. auch S. 100) zu sehen. Sie war zeitweise Mitarbeiterin des «Institut Jean-Jacques Rousseau» und verfasste eine Reihe von Biographien, *Des héros*, *Vie héroïques* und ähnliche Titel, die zwischen 1931 und 1946 in La Chaux-de-Fonds in der Imprimerie des Coopératives Réunies erschienen. Der erste Band enthält unter anderem Biographien von Pestalozzi, Gandhi, Tolstoj, Auguste Forel, aber auch von Rosa Luxemburg:[63] «C'est volontairement que nous avons choisi nos héros dans les différents temples où l'humanité cherche lumière et force. Les trois grandes religions du jour: catholicisme, protestantisme et socialisme révolutionnaire sont, peut-être pour la première fois, présentés à la jeunesse sous une même couverture.» So begründet Descoeudres ihre Auswahl.

Wie auch immer, in der KJL der Schweiz und vollends in den historischen Erzählungen hinterliess die Diskussion um die internationale Ethik kaum Spuren. 1932 veröffentlichte das Bureau international de l'éducation in Genf noch eine Zusammenstellung von Kinder- und Jugendbüchern aus verschiedenen Ländern.[64] Von wenigen Ausnahmen abgesehen, den erwähnten Biographien von Alice Descoeudres sowie den Erzählungen der beiden Emigranten Lisa Tetzner und Kurt Held etwa, verfolgte jedoch die Schweizer KJL der ersten Hälfte des 20. Jahrhunderts sehr viel stärker Ziele der nationalen als der internationalen Erziehung.

Wohl bekannten sich auch andere Schriftsteller dieser Zeit gelegentlich zu internationaler Offenheit. Gemeint ist dabei aber oft ein Offenstehen anderer Länder für die Schweizer, wenn auch nicht immer so grobschlächtig wie bei Meinrad Lienert, der seine Sagen «in erster Linie» der Schweizerjugend, «dann aber auch der Jugend der ganzen Welt» widmet und seine Eidgenossen «mit schwerem Berglerschritt» die Welt durchwandern lässt:

63 Über Rosa Luxemburg schreibt A. Descoeudres: «Parmis ceux qui cherchèrent à délivrer les masses ouvrières de leur ignorance et de leur misère, en les engageant à prendre en mains leur sort au lieu de rester le jouet inconscient des évènements, Rosa Luxemburg occupe une place de premier plan. On n'est pas vraiment révolutionnaire sans être profondément humain: toute sa vie en est la preuve.» (119)

64 Littérature enfantine et collaboration internationale. Rapport d'une enquête et liste de livres. – Children's books and international goodwill. Book list and report of an inquiry. Hg. B. Weber. Genève: Bureau international de l'éducation 1932.

Wir sind von guter Schweizerart,
Wohlauf zur heissen Welschlandfahrt,
Das Horn von Uri gellt!
Komm her, du treue Hellebart!

Und bin ich nur ein Hirtenknab,
Du bist mein starker Wandelstab,
Du bringst mich durch die Welt.
Haarus![65]

2.2.5. Neue Formen des Erzählens: Zukunft statt Vergangenheit als Spiegel der Gegenwart

Ziemlich genau 50 Jahre dauert die Blütezeit der «vaterländischen» historischen Erzählung: 1918 erscheint Ernst Eschmanns *Remigi Andacher*, eine Erzählung über Pestalozzis Wirken als Waisenvater, 1965 Olga Meyers *Eine Stunde vor Tag*, ein Mädchenbuch, dessen Handlung zur Zeit des Straussenhandels (1839) im Tösstal spielt. Max Frischs kritische Auseinandersetzung mit dem traditionellen Geschichtsbild, *Wilhelm Tell für die Schule*, bezeichnet 1971 auch das Ende des klassischen Jugendbuchs zur Schweizer Geschichte. Zwar erscheinen noch vereinzelt Hefte des Schweizerischen Jugendschriften-Werks mit historischen Themen. Da aber auch der Geschichtsunterricht neu diskutiert und die Lehrpläne in einigen Kantonen neu formuliert werden,[66] entfällt eine der Motivationen des traditionellen Geschichte-Erzählens. Zwar stellt die damalige Leiterin der Luzerner Kreisstelle der Schweizerischen Volksbibliothek, Elisabeth Egli, 1968 fest:

Die historische Erzählung wäre in unsern Jugendbibliotheken in den letzten zwanzig Jahren ein Stiefkind gewesen, wenn nicht das Land- und Bergschulkind nach ihr gefragt hätte. Wie mit den Naturmächten fühlt es sich offenbar mit den grossen Gestalten und Ereignissen der vaterländischen Geschichte viel enger verbunden als das Stadtkind. Seitdem nun Walter Adrian, Adolf Haller, Kurt Held, Anton Krapf und andere den jungen Leuten abgelebte Zeiten in packender Erzählung wiederum vor Augen geführt haben, seitdem es Arnold Jaggi und Franz Meyer gelungen ist, auch dem Schweizer Geschichtsbuch ein neues Gesicht zu geben, fragen freilich viel mehr Buben und Mädchen nach Erzählungen mit historischem Hintergrund als früher. In der Bergschule haben sie ihre Anziehungskraft nie verloren.[67]

65 Lienert: Schweizer Sagen und Heldengeschichten. Stuttgart; Olten: 1913, VIII. Der Titel ist immer noch lieferbar, inzwischen in der 13. Auflage bei Sauerländer in Aarau, vgl. ten Doornkaat: Arnold Büchli in: Sagensammler, 584, Anm. 64.

66 Vgl. Scandola: Schule und Vaterland, 200.

67 Egli: Das Luzerner Bergschulkind, 271.

Aus dem Rückblick wird aber deutlich, dass dieses Interesse nicht von anhaltender Dauer war. In den 50er Jahren hatte sich der Buchmarkt der Produktion deutscher Verlage allmählich wieder geöffnet, neue AutorInnen, neue Themen wurden auch durch Übersetzungen zugänglich, und das Zielpublikum, die Kinder und Jugendlichen, wandte sich diesen neuen Lesestoffen zu.
Die wichtigsten Autorinnen und Autoren von historischen Erzählungen sind gestorben: Josef Reinhart schon 1957, Walter Adrian 1963, Adolf Haller, der seit 1956 keine Erzählung zur Schweizer Geschichte veröffentlicht hatte, 1970, Olga Meyer 1972. Die nachfolgende Generation von Schriftstellerinnen und Schriftstellern wendet sich anderen Themen zu; die Auseinandersetzung mit sozialen Problemen geschieht zunächst, etwa bei Klara Obermüller oder Otto Steiger, in der realistischen Gegenwartserzählung, für die anstehenden Probleme – Drogen, Umweltverschmutzung – drängt sich eine Verarbeitung auf dem Hintergrund vergangener Zeiten nicht auf. Die Geschichte spielt aber in jenen Erzählungen wieder eine Rolle, in denen eine aktuelle, konkrete Situation in die Zukunft weiterentwickelt wird oder in eine fantastische, irreale Welt. Die Zukunfts- oder, in der neuen Schweizer KJL, die fantastische Perspektive können dieselbe Funktion wie der «Entwurf einer alternativen Vergangenheit»[68] haben.
Sicher nicht zuletzt unter dem Eindruck sehr erfolgreicher fantastischer Erzählungen, wie z. B. Michael Endes Erlösungsgeschichte *Momo* (1973), entstehen in der deutschen Schweiz einige fantastische Erzählungen, die sich alle auch mit ökologischen Problemen auseinandersetzen: Franz Hohlers *Tschipo und die Pinguine* (1985), ist die satirische Darstellung der in eine surreale Antarktis versetzten modernen Konsumgesellschaft; *Jonas mit der Wurmbüchse* (1984) von René Hrncir, eine Erlösungsgeschichte, spielt in einem unbestimmten Land, das von einer unkontrollierbaren Maschine und unmenschlichen Technikern in ein graues Gefängnis verwandelt worden ist; schliesslich zeigen Jörg Steiner und Jörg Müller in *Die Menschen im Meer* (1981) eine Parabel von der Zerstörung der Welt durch die hemmungslose Ausbeutung von Menschen und natürlichen Ressourcen. Auch *Das Gletscherkind* (1985) von Marbeth Reif, eine heimatkundliche Erzählung, in der ökologische Probleme ebenfalls unter Einbezug fantastischer Elemente, hier einer Sagengestalt, behandelt werden, gehört in diesen Zusammenhang. Durch diese Sagengestalt wird tatsächlich an die Vergangenheit angeknüpft; gleichzeitig wird die Zukunft einbezogen durch die in der Erzählung noch nicht mögliche Erlösung. Anders als die Erzählungen von Hohler, Hrncir, Steiner, die komplexe gesellschaftliche Probleme sati-

68 Schabert: Der historische Roman, 87.

risch oder gleichnishaft darstellen, ohne direkt die Aktivität des Zielpublikums anzusprechen, knüpft Marbeth Reif an das Heimatkundeprinzip des Tätigen-sich-Aneignens an und versucht, im Verhalten ihrer Figuren, aus ihren Beobachtungen, erste konkrete Möglichkeiten einer Veränderung zu zeigen.
Neben diesen fantastischen Erzählungen erscheinen vereinzelt historische Abenteuererzählungen ohne (engen) Bezug zur Schweizer Geschichte (Ruedi Klapproth: *Fürchte den Stern des Nordens*, 1979; Werner J. Egli: *Der schwarze Reiter*, 1986; Thomas Naef: *Der Schreiber des Pharao*, 1989) und Sacherzählungen (Heinrich Wiesner: *Jaromir bei den Rittern*, 1987; Heinrich Boxler: *Burgenland Schweiz*, 1990). Es dauert einige Zeit, bis auch in der deutschen Schweiz ein Thema aufgenommen wird, das im übrigen deutschen Sprachgebiet seit 1980 eine ganze Reihe von Erzählungen angeregt hat: Die Geschichte der Frauen. 1988 erscheint das Buch *Stärker als ihr denkt* von Karin Grütter und Annamarie Ryter, das «Geschichte von unten» und Frauengeschichte in einem erzählt. Es ist zugleich die erste historische Erzählung, die auch die Frage der politischen Rechte der Frauen mindestens anschneidet.
In den andern Sprachgebieten der Schweiz – vor allem im italienischen und rätoromanischen Sprachraum –, wo historische Erzählungen schon vor 1970 fast ausschliesslich vom Schweizerischen Jugendschriftenwerk verlegt wurden, erscheinen weiterhin vereinzelte Biographien; im gesamten ist jedoch die KJL-Produktion in diesen Gebieten so gering (mit Ausnahme von religiösen Traktaten und Erzählungen in der französischen Schweiz), dass der Frage der Vermittlung von nationaler Identität für diese Gebiete und für die neueste Zeit nur anhand von Lesebüchern nachgegangen werden kann.[69]

2.3. Kinderliteratur und Buchmarkt

2.3.1. Bücher für eine schweizerische Leserschaft

Die nachstehende Grafik zeigt die Anzahl von Erstveröffentlichungen von Erzählungen zur Schweizer Geschichte. Berücksichtigt sind Erzählungen und Biographien, jedoch nicht Sachbücher und -hefte. Als Erstveröffentlichungen sind auch die Übersetzungen gezählt worden.[70]

69 Dazu vgl. die Arbeiten von Barbara Helbling und Doris Senn.

70 Zur Auswahl der hier erfassten Titel siehe S. 14 und S. 81.

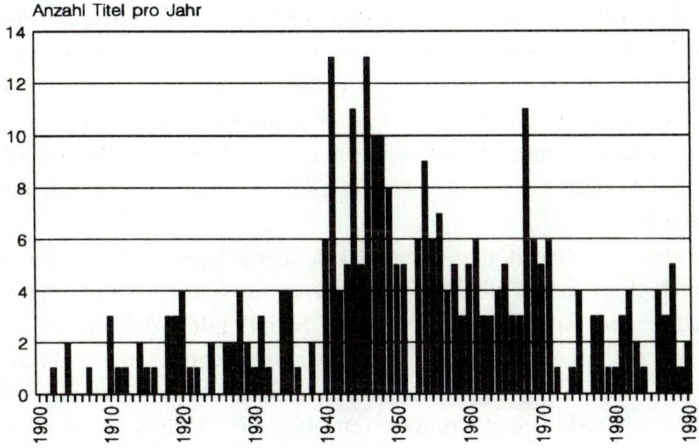

Abb. 2.4: Erzählungen zur Schweizer Geschichte 1900–1990

Die Grafik macht erwartungsgemäss deutlich, dass das Schwergewicht der Veröffentlichungen auf dem Zeitraum 1939–1970 liegt. Es zeigt sich darin zum einen der Rückgriff auf die Geschichte als Instrument einer verstärkten nationalen Erziehung, die angesichts gravierender Probleme notwendig erscheint. Zum andern äussert sich darin die besondere Situation des Schweizer Verlagswesens, vor allem des deutschschweizerischen, während des Zweiten Weltkriegs und unmittelbar danach. Bereits anfangs der zwanziger Jahre hatten Lehrer und Verleger zur Schaffung und Unterstützung einer schweizerischen, d. h. eigentlich deutschschweizerischen KJL aufgerufen (vgl. S. 64). Sie begründeten dies zum einen mit den Anforderungen der Schule in Geschichte, Heimatkunde, Sprache als den hauptsächlichen Bereichen, wo eine nationale Erziehung stattfand; anderseits bezogen sie Argumente aus dem Schmutz- und Schundkampf, wo wirtschaftliche oder gar politische Überlegungen ausgeklammert blieben, bzw. nie explizit formuliert worden waren.

Die KJL liess sich also, gestützt auf den Erziehungsauftrag der Schule sowie auf die Verpflichtung zum Schutz von Minderjährigen schon zu einem Zeitpunkt «nationalisieren», als die Literatur für Erwachsene noch weit von einer Abgrenzung vom Ausland entfernt war. Erst nach 1933 wurde die Trennung des Schweizer Verlagswesens vom deutschen eine politische Notwendigkeit und als solche auch begründet. An einer Tagung der Buchhändler im Frühjahr

1934 wurde erstmals die Abgrenzung von Deutschland und die Förderung des schweizerischen Verlagswesens gefordert:

Die Kleinheit unseres Landes nötigt uns, alle am schweizerischen Schrifttum interessierten Kreise, also Buchhändler, Schriftsteller, Bibliotheken, literarische Vereinigungen und Behörden, zu gemeinsamer Arbeit zusammenzubringen. So können die Bedürfnisse des ganzen Volkes von einer höheren Perspektive aus besprochen und gefördert werden; hier kann der Buchhandel seine Schwierigkeiten nachweisen, hier können ihm auch von aussen nützliche Anregungen zugehen.[71]

Damit setzt eine Entwicklung für den Buchhandel generell ein, die auf dem Gebiet der Jugend- und Volksliteratur Jahre vorher eingeleitet worden war, nun aber einen neuen Antrieb erhielt. Neben Sauerländer, der bereits seit 1918 systematisch die Jugendbuchproduktion ausbaute, legten nach 1933 auch z. B. die Verlage Orell Füssli und Benziger vermehrtes Gewicht auf Jugendbücher. Absatzfördernd wirkte sich im weiteren auch die Abneigung der Schweizer Leser gegen die Fraktur aus, die von Verlagen in Deutschland nach 1933 zunehmend verwendet wurde.[72] Mit der literarischen Produktion überhaupt nahm auch die Produktion von Kinder- und Jugendbüchern zu und damit gleichzeitig die Produktion von historischen Jugendbüchern.

In der Romandie fand eine ähnliche Entwicklung nicht statt. Zwar nahm die Société pédagogique de la Suisse romande die Argumente des deutschsprachigen Schmutz- und Schundkampfes auf,[73] aber ohne nationale Beiklänge – eine politische Notwendigkeit, sich von Frankreich in ähnlicher Weise abzugrenzen wie die deutsche Schweiz von Deutschland, war nicht gegeben.

Die Bemühungen, den Graben zwischen deutscher und französischer Schweiz zu überbrücken, äusserten sich in einer Zunahme der Übersetzungen, allerdings ziemlich einseitig aus dem Deutschen ins Französische seltener umgekehrt. So erschienen als erste französische Hefte des SJW/OSL 1935 Übersetzungen aus dem Deutschen: *Ce n'est que Rudi* von Elisabeth Müller, Traugott Vogels *La guerre du Grand Marais* und ein Sachheft von E. Leemann: *Agilité et Cou-*

71 Anzeiger für den schweizerischen Buchhandel vom 24. Mai 1934. Zitiert nach: Dahinden, 94.

72 Vgl. Dahinden: Das Schweizerbuch, 93.

73 Léon Latour, der Präsident der Commission pour le choix de lectures destinées à la jeunesse […], schreibt im Vorwort zum 17. Heft, 1920: «Aujourd'hui, plus que jamais, nous devons réagir contre l'influence néfaste des mauvaises lectures qui corrompent l'âme, le coeur et l'intelligence; nous devons lutter de toutes nos forces contre les mauvaises influences du ‹cinéma› démoralisateur et pernicieux et l'un des moyens les plus efficaces qui s'offrent à nous est bien celui du livre, intéressant, à la portée du lecteur, moralisateur et instructif.»

rage. Robert Schedlers *Der Schmied von Göschenen* (deutsch erstmals 1920) erscheint französisch in Lausanne 1941, *Die schwarzen Brüder* von Lisa Tetzner (deutsch 1940/41) werden 1943/44 ins Französische übersetzt. Umgekehrt wird Adolphe Villemards *Hautefort* (franz. 1920) deutsch 1946 veröffentlicht. Der erste Band von Alice Descoeudres' Biographien, *Des héros* (1931) wird 1948 von Haupt deutsch herausgegeben mit dem Hinweis: «Wird vorliegender erster Band gut aufgenommen, so folgt der zweite in absehbarer Zeit.» Dass kein zweiter Band folgte, lässt annehmen, dass der erste Band nicht den erhofften Erfolg hatte. Ob das daran lag, dass die Biographien das deutschsprachige Publikum nicht ansprachen, oder dass sie ausserhalb eines eigentlichen Jugendbuchprogramms erschienen und deshalb von der Schule nicht zur Kenntnis genommen wurden, lässt sich nicht abklären.[74]

Bis heute sind es (neben Bilderbuchtexten) vor allem Hefte aus dem SJW, die aus dem Deutschen ins Französische übersetzt werden. Umfangreichere Erzählungen werden selten übersetzt. Wichtige «Schulautoren und -autorinnen» der deutschen Schweiz wie etwa Josef Reinhart, Adolf Haller oder Olga Meyer, bleiben unübersetzt. Unklar ist, ob dabei Mentalitätsunterschiede eine Rolle spielten oder unterschiedliche literarische Ansprüche. Für Adolf Hallers *Heini von Uri* (1942) z. B. hatte der Verlag Payot an die Stiftung Pro Helvetia ein Gesuch um einen Beitrag an eine Übersetzung gestellt. Ohne den lange sich hinauszögernden Entscheid der Pro Helvetia abzuwarten, entschied sich Payot schliesslich gegen eine Übersetzung: «... amenés à prendre cette décision par une communication de la traductrice envisagée attirant notre attention, après avoir examiné encore une fois l'ouvrage, sur les difficultés de la traduction; aussi préfère-t-elle renoncer.»[75]

In der italienischen Schweiz hatte die politische Abgrenzung gegenüber Italien vor allem für die Schullektüre Auswirkungen. Wie Doris Senn ausführt, machte die ideologische Instrumentalisierung während des Faschismus die bisher in den Tessiner Schulen verwendeten Lesebücher aus Italien unbrauchbar. Während der Kriegsjahre waren zudem die Grenzen für Buchimporte aus Italien geschlossen. Die Produktion von Lesebüchern wurde dadurch angeregt,[76] die Produktion von Erzählungen blieb jedoch weiterhin marginal. Auch Übersetzungen von Texten aus der deutschen Schweiz gab es kaum; ein Gutachten zur

74 Eine positive Besprechung in der SLiZ vom 15. Januar 1949 scheint nicht die erhoffte Wirkung getan zu haben. (SLiZ 53 (1949), 114).

75 Brief Payot an den Verlag Sauerländer vom 14. April 1945.

76 Vgl. Doris Senn: «Bisogna amare la patria», 5.3.

italienischen Übersetzung der in der deutschen Schweiz sehr populären Erzählung *Svizzero* (1912) von Niklaus Bolt lässt auf allzu grosse Mentalitätsunterschiede schliessen:

«Svizzero» ha molti pregi indubbiamente, che meritarono all'edizione tedesca larga diffusione e numerose traduzioni.

Quantunque sia alle volte un po' lontano dall'anima latina, (il temperamento, a mo' d'esempio freddo e duro della madre del protagonista indispone perfino) il libro é scritto con intendimenti educativi, e consegue, su quest'importante terreno, l'alto scopo che l'autore si é prefisso.

[...]

Eppure i sottoscritti non si sentono di dare completamente l'ostracismo all'opera, e ne propongono l'inclusione nell'elenco dei libri destinati alle biblioteche delle Maggiori.[77]

Für die italienische und rätoromanische Schweiz wurde in erster Linie das SJW bedeutsam, dessen Broschüren einen gewichtigen Teil der Kinder- und Jugendbuchproduktion in den beiden Sprachregionen ausmachen. Allerdings spielen, wie bereits festgestellt wurde, historische Erzählungen (ausser Biographien) in dieser Produktion kaum eine Rolle.

Nach dem Krieg entstand der deutschschweizerischen Produktion wieder eine starke Konkurrenz in Deutschland. Trotzdem hielt sich die Zahl von Veröffentlichungen von Schweizer AutorInnen bis Ende der sechziger Jahre auf relativ hohem Niveau, wozu sicher auch das gut eingespielte Vermittlungssystem beitrug. Die Forderung, die Konrad Uhler 1908 in seiner Festschrift zum 50jährigen Bestehen der Jugendschriftenkommission erhoben hatte: «Die Jugendlektüre soll sich dem Schulunterricht anschliessen, indem sie den Anschauungskreis erweitert und den Sprachschatz bereichert»,[78] hatte sich weitgehend durchgesetzt. 1964 richtete z. B. der Vorstand der Kantonalen Kommission für Jugend- und Volksbibliotheken ein Gesuch um einen Beitrag an eine Neuausgabe von Olga Meyers *Tapfer und treu* an den Regierungsrat des Kantons Zürich. Begründet wurde das Gesuch wie folgt: «Beim Gesuch [...] handelt es sich darum, zum 75. Geburtstag der Zürcher Dichterin eine Neuauflage des Werkes zu ermöglichen. *Tapfer und treu* ist ein kurzweiliges Jugendbuch von hohem erzieherischem Wert. Da es überdies in lebensnaher Darstellung das Bild des alten Zürich wieder lebendig werden lässt, eignet es sich auch als Ergänzungsliteratur zum heimatkundlichen Unterricht.»[79]

77 Gutachten zuhanden des Erziehungsdepartements des Kantons Tessin vom 18. September 1942. Fondo del Dip. della Pubbl. Educ. Scatola 31: Libri approvati I, 1917–44.

78 Uhler: Die Jugendschriftenkommission, 148.

Tetzner / Held

Auf Texte, die sich gar nicht oder nicht unmittelbar in die Schule einbeziehen liessen, reagierten die LehrerInnen mit vehementer Ablehnung oder zumindest ratlos. Nur so lässt sich z. B. die lange Zeit eher distanzierte Haltung der LehrerInnen den Büchern von Lisa Tetzner und Kurt Held gegenüber erklären. Beide sind nie, auch nicht nach ihrer Einbürgerung in die Schweiz, mit dem Jugendbuchpreis ausgezeichnet worden.[80]

Diese Verbundenheit mit der Schule garantiert auch ansehnliche Absatzzahlen. Gerade Themen aus der Schweizergeschichte erhalten zum Teil eine kräftige Unterstützung durch Aktionen in der Schule, die den heute üblichen Medienverbund vorwegnehmen. So kam 1966 ein von Felix Hoffmann, dem Illustrator von Adolf Hallers Büchern bei Sauerländer, geschaffenes Schulwandbild *Schweizersöldner an der Beresina* heraus. Wie der zuständige Redaktor dem Verlag Sauerländer mitteilte, betrug die Auflage 3000 Exemplare.

Davon werden jeweils 2000 Stück sofort im Abonnement durch Schulen abgesetzt. Die Restauflage wird bei «guten» Bildern jeweils in einigen Jahren verkauft.

Zu jedem Bild geben wir einen Kommentar zuhanden des Lehrers *heraus. [...] Es lag selbstverständlich nahe, Herrn Haller mit der Redaktion des Textes für den Kommentar zu betreuen [!], wobei die Adaption des Textes des bei Ihnen erschienenen Beresinabuches sich von selbst ergab, obschon es sich beim Kommentar um einen Begleittext zu einem Bild zuhanden des Lehrers also um eine Unterrichtspräparation handelt. Selbstverständlich wird an allen passenden Stellen in Fussnoten, im Literaturverzeichnis und auch in den Vorsatzseiten auf das Beresinabuch und auf den Autor der Hoffmannschen Skizzen hingewiesen.*

Es ist darnach ohne weiteres zu erwarten, dass Lehrer, die das Bild im Unterricht behandeln, angeregt werden, die 3. Auflage des Beresina-Buches als Klassenlektüre anzuschaffen. Die Kommentare wirken in diesem Sinne als Buchempfehlung auf lange Sicht; denn die Tafeln des Schweiz. Schulwandbilderwerks werden ihrerseits jahrzehntelang verwendet.[81]

79 Auszug aus dem Protokoll des Regierungsrates des Kantons Zürich. Sitzung vom 1. Juli 1964.

80 Ein Problem mag auch gewesen sein, dass sowohl Tetzner wie Held in ihren Büchern ein Deutsch verwendeten, das sich vom helvetischen Schrift- und Schuldeutsch erheblich unterschied. Offenbar wirkte sich gerade das erschwerend für die Aufnahme in der Schule aus, zumindest lässt darauf das Gutachten eines Lehrers zu *Der Weg durch die Schlucht* von Hans Bracher schliessen: «... dass auch mich der Stil einfach und doch gepflegt dünkt. Ich würde dieses Buch einem Schüler gerne als Muster eines guten Stils in die Hand geben, lieber als z. B. ein Buch von Lisa Tetzner.» (Brief an H.R. Sauerländer vom 8. Januar 1945)

81 Brief des Sekretärs des SLV vom 15. 12. 1965 an den Verlag Sauerländer.

2.3.2. Re-Internationalisierung

Nach 1970 war die «Re-Internationalisierung» des Verlagswesens vollzogen: Schweizer KinderbuchautorInnen veröffentlichen seither wieder vermehrt Texte in der Bundesrepublik, während andererseits z. B. bei Sauerländer der Anteil an Texten deutscher Herkunft oder an Übersetzungen jenen von Schweizer AutorInnen übertrifft. Noch 1935 hatte ein freier Lektor des Verlags Sauerländer mit Bezug auf Literatur von Emigranten geschrieben:

Persönlich halte ich dafür, dass kein durchschlagender Grund vorliege, warum der Verlag H. R. S. keine Emigrantenliteratur aufnehmen sollte. Rücksichten geschäftlicher Natur aufs III. Reich hat der Verlag wahrscheinlich nicht sehr viele zu nehmen, da er doch hauptsächlich dem schweizerischen Leben eingebaut ist. Dieser Umstand legt aber die Erwägung nahe, dass der Verlag diesem schweizerischen Leben Rechnung zu tragen hat. Dies gilt, meine ich, besonders auch bei der Aufnahme von Emigrantenliteratur: die aufzunehmende Literatur muss entweder schweizerisch gewendet sein oder eine so starke allgemeinmenschliche Haltung haben, dass sie ohne weiteres von der schweizerischen Leserschaft aufgenommen werden kann. Mit anderen Worten: der Verlag H. R. S. kann nicht wohl ein Buch herausbringen, bei dem unter uns das Fremde stärker wirkt als das Vertraute.[82]

Seit den siebziger Jahren galt es umgekehrt, alles zu vermeiden, was als spezifisch Schweizerisch – sprachlicher oder thematischer Art – die Aufnahme eines Buches in der Bundesrepublik stören konnte.[83] Die erzählenden Sachbücher aus den 80er Jahren verzichten denn auch darauf, das Geschehen lokal zu fixieren – «Dann stossen sich weder die Hamburger Sortimenter daran noch der Vertreter in Berlin.»[84]

82 Brief von Dr. Carl Günther an den Verlag vom 31. 3. 1935.

83 Bezeichnend dafür ist etwa auch die Umbenennung des «Schweizer Jugend Verlags» in «Aare Verlag» 1978, da der alte Name einer Expansion in die Bundesrepublik hinderlich war.

84 Der Cheflektor des Artemis Verlags, zit. nach Hans ten Doornkaat: Schweizer Defizit beim historischen Jugendbuch. In: Jugendliteratur 1989, Heft 1, 13.

2.4. Historische Stoffe: Auswahl und Überblick

Die nachstehenden Überlegungen sowie die weitere Interpretation (s. Kap. 3 und 4) beziehen sich auf die historischen Romane und Erzählungen, die seit 1880 als intentionale KJL erschienen sind, die vollständige Bibliographie findet sich im Anhang. Der Zusammenstellung der Titel liegt die Bibliographie der Landesbibliothek zugrunde. Nicht berücksichtigt wurden religiöse Biographien, die ausgesprochen als Mittel der religiösen Unterweisung verfasst worden sind, also etwa die Bücher der Innerschweizer Pfarrer Paolo Brenni und Alois von Euw oder die Reihe *L'histoire de la Réforme racontée aux jeunes*, die von 1937 an in Genf bei Labor et Fides erschien. Reine Sachtexte sowie speziell für den Unterricht veröffentlichte Texte, z. B. Erzählungen in den Reihen *Schweizer Realbogen* und *Cahiers d'enseignement pratique* sind ebenfalls nicht berücksichtigt, Ausnahmen werden jeweils angegeben.

2.4.1. Versuch einer Typologie

Auf Grund inhaltlicher Besonderheiten lassen sich die historischen Erzählungen von Schweizer AutorInnen folgenden Typen zuordnen:
1. Die *biographische Darstellung, das Lebensbild* (vgl. 1.2.4): Dies ist in allen Sprachgebieten die häufigste Form des Erzählens von Geschichte, in der italienischen Schweiz ist es praktisch die einzige Form. Die Biographien, bzw. Lebensbilder, die für die Jugend veröffentlicht werden, lassen sich nach ihrer hauptsächlichen Verwendungs- und Vertriebsart wie folgt unterscheiden:
a) Texte, die als Teil des belletristischen Programms, bzw. des allgemeinen Kinderbuchprogramms eines Verlags erscheinen und über den Buchhandel vertrieben werden.
b) Texte, die vor allem als Unterrichtsmittel, vorzugsweise in Reihen mit anderen Sachtexten, erscheinen, so z. B. als *Cahiers d'enseignement pratique* oder in der Reihe *Schweizer Realbogen*. Sie werden hauptsächlich in der Schule verteilt.
c) Texte, die vor allem der religiösen Unterweisung dienen und oft im Religionsunterricht verteilt werden.[85] Religiöse Viten erscheinen hauptsächlich bei

85 Nach Angaben von Gabriel Mutzenberg wurde seine Biographie des Bündners Alexander Blasius, der für seinen reformierten Glauben starb, auf folgende Weise abgesetzt: «800 exemplaires [von einer Gesamtauflage von 3000] ont été distribués aux enfants à Genève quand ils avaient fini de suivre les leçons de religion à l'école. Ces livres leur ont été remis lors

Benziger (deutsch, katholisch), im Verlag des Kanisiuswerks, Fribourg (deutsch, katholisch), bei Reinhardt, Basel (deutsch, reformiert), Labor et Fides, Genève (französisch, reformiert) und in den Editions de la Concorde, dem Verlag der Unions chrétiennes de jeunes gens de la Suisse romande (französisch, reformiert).

d) Die Hefte des SJW. Sie nehmen eine Zwischenstellung ein: Hauptsächlich werden sie in der Schule vertrieben, sind aber sowohl Freizeitlektüre wie schulbegleitendes Material.

Vorbilder sind fast ausschliesslich Männer; die Frauen, deren Leben des Beschreibens für würdig befunden wird, sind z. B. in der deutschen Schweiz Jeanne d'Arc, Bertha von Burgund, Gertrud Kurz, Katharina Morel-Kaufmann, Florence Nightingale, Johanna Spyri, Bertha von Suttner. Die Männer, die als Vorbilder präsentiert werden, sind ungefähr zu gleichen Teilen in der Politik, Industrie/Technik, Militär oder Wissenschaft und Kunst tätig. In dieser Arbeit sind nur die Biographien von Personen berücksichtigt, die einen Bezug zur Geschichte der Schweiz haben.

2. Die *«heimatkundliche» historische Erzählung*: In diesen Erzählungen liegt das Schwergewicht auf kulturgeschichtlichen Faktoren: Technische und wirtschaftliche Entwicklungen, die Lebensverhältnisse vorwiegend der mittleren, eventuell der unteren Bevölkerungsschichten werden detailliert dargestellt (Meyer: *Anneli* und andere Erzählungen; Chausson: *Lausenette*; Keller-Tarnuzzer: *Die Inselleute vom Bodensee*). Diese heimatkundlichen Erzählungen sind nicht sehr zahlreich, vor allem dann nicht, wenn die Sacherzählungen nicht dazu gerechnet werden, das heisst, diejenigen Erzählungen, in denen fiktionale, narrative Elemente dominiert werden von dokumentarischem Material, dem technischen oder naturwissenschaftlichen Sachverhalt (Wiesner: *Jaromir bei den Rittern*). Da die heimatkundliche Erzählung zum Teil explizit den Schulunterricht veranschaulicht,[86] ist das Zielpublikum der heimatkundlichen Erzählungen oft jünger als jenes der «staatsbürgerlichen». In *Vom Geschichts-*

d'une cérémonie qui a eu lieu à la Cathédrale Saint-Pierre. Cette manière de faire remplaçait une autre manière qui était la suivante: à la fin de l'année les élèves les plus fidèles et les plus instruits par les leçons de religion recevaient un prix. Cette distribution générale se voulait un cadeau-souvenir et supprimait ainsi la récompense en matière de religion.» (Gespräch mit Josiane Cetlin-Jeanhenry, am 15. Juni 1989.)

86 Typisch dafür ist etwa das Werk des Lehrers und langjährigen SJW-Redaktors Fritz Aebli, dessen «Schaffen für das Jugendbuch dadurch bestimmt [wurde], dass er bei seiner Schul- und Redaktionsarbeit deutlich den grossen Mangel an kurzweiligem Lesestoff über geographische, geschichtliche und naturkundliche Themen verspürte. [...] Aus dieser Suche nach diesen Stoffen entstanden seine unterhaltsam-belehrenden Bücher.» (Schweizer Jugendschriftsteller der Gegenwart, 6.)

unterricht in der Volksschule erörtert der Berner Seminardirektor Ernst Schneider die Grundlagen des kulturgeschichtlichen, bzw. heimatkundlichen Erzählens in der Primarschule und lässt seine Schüler Beispiele aus der Praxis vorstellen. Unter anderem veröffentlicht Hans Zulliger hier eine erste Fassung seiner Erzählung *Die Pfahlbauer*, die später unter dem Titel *Die Pfahlbauer am Moossee* eines der populärsten Hefte des SJW wird.
Der Bezug zur Gegenwart ist bei diesen Erzählungen nicht unbedingt gegeben. Im Vordergrund steht die Vermittlung von Sachinformationen. Dies im Unterschied zu sozialgeschichtlichen Erzählungen, die sich z. B. mit den Lebensbedingungen einer Unterschicht befassen (Tetzner: *Die schwarzen Brüder*; Grütter/Ryter: *Stärker als ihr denkt*; Schmitter: *Benz*) und die Vergangenheit dabei als Ursprung gegenwärtiger Entwicklungen und Verhältnisse oder als Spiegel der Gegenwart zeigen (vgl. 1.1.5). Solche Erzählungen werden zu den «staatsbürgerlichen» Erzählungen eingeordnet.
3. Die *«staatsbürgerliche Erzählung»*: «Staatsbürgerliche» Erzählung meint jene historischen Erzählungen, deren zentrales Thema das Verhältnis des (meist jugendlichen) Helden, im Einzelfall der Heldin, zu den politischen Strukturen und zur staatsbürgerlichen Verantwortung ist (die schweizergeschichtlichen Romane von Haller, Reinhart, Schedler, Villemard). Ausserdem gehören hierher diejenigen Erzählungen, die eine nationale Identität aus der Abgrenzung gegen eine anders organisierte, meist feindliche Umgebung herstellen (Adrian: *Die Schlacht von Bibrakte*; Chessex: *Divico*; Chaponnière: *Par une nuit de décembre*; Eberhard: *Der Sohn des Venners*; Haller: *Tanz um den Freiheitsbaum*.) In diesen staatsbürgerlichen Erzählungen setzt sich der Autor oder die Autorin gewöhnlich mit einem aktuellen Problem auseinander. Der historische Hintergrund dient als Spiegel für die Gegenwart. So schreibt Adolf Haller über seinen Roman *Heini von Uri* (1942): «Leopold III. war eine edlere Form der Diktatoren, die um uns regierten, während ich die Erzählung schrieb, und Heini verkörperte gleichzeitig die jungen Leute, die auch in der Schweiz nichtsahnend ihnen zujubelten.»[87]
4. Die *Abenteuererzählung*: a) Die «exotische» historische Erzählung, die in einer entfernten Zeit wie auch einer weit entfernten Gegend spielt. Es kann sich dabei um eine Reise-, Eroberungs-, Kriegsdarstellung handeln, aber auch um eine kulturgeschichtliche Erzählung. Von diesen exotischen Erzählungen werden nur diejenigen für die weitere Interpretation beigezogen, die einen Bezug zur Schweizer Geschichte haben, z. B. dadurch, dass darin Schweizer Personal vorkommt, das den Unterschied zwischen Herkunft und Fremde reflektiert.

87 Ein Blick zurück. In: Adolf Haller, 20.

b) Die «Mantel- und Degen-Erzählung», die vorzugsweise in aristokratischem Milieu spielt in Anlehnung etwa an Dumas' *Drei Musketiere*, und in denen es um Intrigen, Verbrechen, Geschicklichkeit im Kampf usw. geht (Chaponnière: *Le trésor de Pierrefeu*). Die historischen Fakten sind hier bedeutungslos, bzw. haben nur als Kolorit Bedeutung. Diese Erzählungen werden in der Untersuchung nicht berücksichtigt.
c) Die «Indianererzählung»: Es handelt sich hier fast ausschliesslich um die Romane von Ernie Hearting (= Ernst Herzig) sowie um einzelne Titel von Federica de Cesco. In der Darstellung der indianischen Kämpfe gegen die Weissen lassen sich zwar bei Hearting viele Züge «schweizerischen Mannesmutes» finden (Herzig war langjähriger Redaktor der Schweizerischen Soldatenzeitung). Trotzdem werden diese Erzählungen in der weiteren Arbeit nur gelegentlich für Vergleiche beigezogen, da der Bezug zum gegebenen Thema doch zu lose ist.
Authentizität, d. h. eine grösstmögliche Übereinstimmung mit historischen Fakten ist vor allem für die heimatkundlichen und die staatsbürgerlichen Erzählungen von Bedeutung. Hier ist der Anspruch an eine historisch getreue Wiedergabe sowohl bei den AutorInnen wie beim Zielpublikum gegeben. Bei den anderen Typen kann der Bezug zur Realität sehr unterschiedlich sein, je nach Vorliebe der Autorin oder des Autors. Die Vermittlung nationaler Werte ist in erster Linie ein Anliegen der heimatkundlichen und staatsbürgerlichen Erzählungen, die folgende Interpretation wird sich deshalb weitgehend auf diese beiden Typen beschränken.

2.4.2. «Nous qui vivons dans des temps plus heureux ...»

«Nous qui vivons dans des temps plus heureux ...», «Wir, die in glücklicheren Zeiten leben», dies ist die vorherrschende Sicht auf die Vergangenheit, unabhängig von der zur Darstellung gewählten Epoche.[88] Die Zusammenstellung der im 20. Jahrhundert erschienenen historischen Erzählungen nach zeitlichem Hintergrund ergibt folgendes Bild (berücksichtigt sind darin neben Romanen und Kurzgeschichten Sacherzählungen, nicht jedoch Biographien):[89]

88 «Nous qui vivons dans des temps plus heureux, gardons précieusement la mémoire de ceux qui nous les ont préparés.» Mit diesem Satz schliesst Emma Willy ihre Erzählung *Aux enfants de Genève*.

89 Mit * sind die Hefte des SJW bezeichnet.

Urzeit:

Zulliger: Die Pfahlbauer. 1922, *1934
*Zulliger: Die Wohnhöhlen am Weissenbach. 1946.
Keller-Tarnuzzer: Die Inselleute vom Bodensee. 1935.
Zweidler: Turigo. 1961.
*Bracher: Rentierjäger der Steinzeit. 1963.
*Bianchi: Quindicimila anni fà. 1941.
Halter: Culan de Crestaulta. 1956.

Antike:

Donauer: Scipio Africanus. 1929.
Bracher: Der Sklave des Tribuns. 1954/*SJW 358.
*Bührer: Zwischen zwei Welten. 1940.
*Heizmann: Kampf um Augusta Raurica. 1949.
*Bracher: Brot und Zirkusspiele. 1950.
*Schwyn: Die XI. Legion. 1957.
Adrian: Die Stadt am Feuerberg. 1960.
Streit: Milon und der Löwe. 1972
Klapproth: Fürchte den Stern des Nordens. 1979.
Naef: Der Schreiber des Pharao. 1989.
Naef: Ameni, Sohn der Wüste. 1990.

Helvetier:

Chessex: Divico. 1942.
*Schütz: Diviko und die Helvetier. 1945.
Adrian: Artos. 1947.
Adrian:Der Weg nach Bibrakte. 1955.
*Eberhard: Diviko und die Römer. 1966.

Mittelalter:

Undatiert:

Carnot: Sigisbert im rätischen Tale. 1899 (Christianisierung)
Müller: Jutta, das Ritterkind. 1907.
Bürcher: Der letzte Sander. 1928.
Faber du Faur: Die Kinderarche. 1935.
*Jenni: Auf Burg Bärenfels. 1956. (Ritterleben)
*Donauer: Das Lied des Wikingskalden. 1958. (Christianisierung)
*Jenni: Im Kloster Stillental. 1959. (Kloster)
*Eberhard: Kolumban und Gallus. 1971. (Christianisierung)
Wiesner: Jaromir bei den Rittern. 1988.
Boxler: Burgenland Schweiz. 1990.
Wiesner: Jaromir in einer mittelalterlichen Stadt. 1990
*Veuve: Le chevalier de Nôtre-Dame. 1976.

Kreuzzüge:

Chausson: En suivant le comte vert. 1945.
Châtelain: Les deux chevaliers. 1921.
*Lüssi: Die Kreuzritter von Bubikon. 1965.
*Heizmann: Auf nach Jerusalem. 1981.
*Caneva: I crociati a Gerusalemme. 1975.

10. Jh.: Carnot: Der kleine Otto der Grosse. 1924.

12. Jh.: Schedler: Der Schmied von Göschenen. 1920. (Gotthard)
Bracher: Der Weg durch die Schlucht. 1946. (Gotthard)
13. Jh.: Gotthelf: Der Knabe des Tell. 1844.
Krapf: Das böse Eisen. 1943.
*Heizmann: Überfall am Hauenstein. 1951.
Knobel: Der Aufstand. 1961.
*Wirz: Freundschaft mit Habsburg. 1962.
Chausson: Lausenette, la boulangère de Nôtre-Dame. 1948.
*Chausson: Le secret du château d'Illens. 1949.
*François: Crétolet. 1953. (Savoyen)
14. Jh: Bucher: Der Müller von Sempach. 1886. (Sempach)
Haller: Heini von Uri. 1942. (Sempach)
*Eberhard: Hütet Euch am Morgarten. 1947.
*Eberhard: Schlimme Tage in Unspunnen. 1955. (Aufstand der Haslitaler).
*Heizmann: Das Gelübde. 1956 (Erdbeben von Basel)
*Schär: Der Überfall. 1958. (Guglerkrieg)
*Zysset: Das goldene Kettlein. 1966. (Guglerkrieg)
*Eberhard: Winkelrieds Opfertod. 1969. (Sempach)
*Spreng: Merkt auf, ihr Leute von Luzern. 1982.
Chausson: Le troubadour du Comte Pierre. 1946.
*Mehr: Jaquette de Montricher. 1960. (Savoyen)
15. Jh.: Donauer: Das sinkende Kreuz. 1928. (Eroberung Konstantinopels durch die Türken)
Eberhard: Der Sohn des Venners. 1941. (Burgunderkrieg)
*Hürlimann: Rolf der Hintersasse. 1944 (Burgunderkrieg)
*Hürlimann: Rolf schafft's. 1945 (Burgunderkrieg)
*Burkhard: Die Armagnaken kommen. 1947. (St. Jakob an der Birs)
*Lüssi: Der Wächter am Rennwegtor. 1961. (Alter Zürichkrieg)
Krapf: Heini. 1962. (Alter Zürichkrieg; St. Jakob an der Birs)
*Schär: Die Burgunder kommen. 1964. (Burgunderkrieg)
*Kuen: Reisläufer und Komtur. 1970.
*Schär: Der Verrat. 1968. (Mailänderzüge)
Neuzeit:
16. Jh.: Haller: Der Page Orteguill. 1959. (Eroberung Mexikos)
*Schranz: Passion im Emmental. 1974. (Wiedertäufer)
Hautesource: Enfant de Genève. 1910. (Genf/Savoyen)
Villemard: Hautefort. 1920. (Savoyen; Bern/Waadt)
17. Jh.: Birnstiel: Rudi Bürki. 1922. (Bauernkrieg 1653)
Donauer: Der Silberbarren. 1926. (Söldner)
Faber du Faur: Die Pilgerkinder. 1940. (Mayflower)
*Eberhard: Der Schwarze Tod im Berner Oberland. 1953. (Pest)
Haller: Wie Tankred seinen Vater fand. 1950. (30jähriger Krieg)
*Schwyn: Schreckenstage im Schwarzwald. 1960. (30jähriger Krieg)
Boissonnas: Coeur d'or. 1891.
Müller: L'Escalade 1602. 1911.
Chaponnière: Par une nuit de Décembre. 1958. (Escalade)
Mutzenberg: Le prisonnier d'Innsbruck. 1960. (Bündner Wirren)
*Coté: Les chandeliers d'argents. 1966. (Auswanderung aus Frankreich nach Kanada)

18. Jh.: Bratschi: Die Melchiorbuben. 1948.
Schmitter: Benz. 1960. (Kanderdurchstich)
*Halder: Der gestohlene Staatsschatz. 1967.
*Schär: Kampf um New-Berne. 1977. (Auswanderung)
*Zysset: Gefangen auf Burg Brandis. 1977.
Diacon: Le Robinson Neuchâtelois. 1895.
Chaponnière: Le trésor de Pierrefeu. 1953.

1789–1815: Banga: Der Pfarrerssohn von Dübendorf. 1884.
Zeerleder: Aus schwerer Zeit. 1916.
Eschmann: Remigi Andacher. 1918.
Reinhart: Die Knaben von St.Ursen. 1928
Reinhart: Die Schule des Rebellen. 1929
Reinhart: Das Licht der Weissen Fluh. 1932.
*Bieri: Mit den «Roten Schweizern an der Beresina». 1938.
*Eberhard: Scharfschützen 1798. 1943.
*Donauer: Das Halskreuz. 1943.
*Eberhard: Um Heimat und Hof. 1946.
Held: Der Trommler von Faido. 1947/1949.
Haller: Tanz um den Freiheitsbaum. 1954.
*Haller: Einer von der grossen Armee. 1954.
Haller: Beresina. 1956.
*Frey: Die Freiämter Deputierten und General Massena. 1957.[90]
Hochheimer: Das Lied der Kameradschaft. 1958.
Meyer: Gesprengte Fesseln. 1961.
*Etter: Im Sturmjahr 1798. 1962.
*Heizmann: Alexander bezahlt alles. 1963.
*Eberhard: Die Waisen von Stans. 1970.
*Heizmann: Der Kaiser braucht Soldaten. 1977.
Willy: Aux enfants de Genève. 1914.
*Laurent: L'enlèvement du Docteur Leblon. 1949.
*Dumesnil: Sous la Terreur. 1954.
*Piveteau: Un soldat de l'an II raconte. 1977.

19. Jh.: Kuoni: Balzli, der Schwabengänger. 1894.
Meyer: Anneli, 3 Bde. 1919–1934. (Tösstal, Textilindustrie)
Eschmann: Der Berg kommt. 1928. (Goldauer Bergsturz)
Tetzner: Die schwarzen Brüder. 1940/41. (Tessiner Kaminfegerbuben)
Meyer: Tapfer und treu. 1942 (Zürich 1860–71)
*Zweidler: Der Brand von Uster. 1949. (Maschinensturm im Zürcher Oberland)
Meyer: Sabinli. 1950. (Tösstal)
*Bosshart: Schaniggel. 1951. (Internierung 1871)
Meyer: Heimliche Sehnsucht. 1955.
Hochheimer: Gold für San Franzisko. 1958.
*Grimm: Zürichtal. 1965. (Auswanderung)
Meyer: Eine Stunde vor Tag. 1965. (Züri-Putsch 1839)
*Freuler: New-Glarus. 1965.
*Streit: Rösli von Stechelberg. 1968.

90 Ausgabe einer 1869 erstmals veröffentlichten Erzählung für das Volk von Jakob Frey.

Egli: Der schwarze Reiter. 1986. (Sezessionskrieg USA)
Grütter/Ryter: Stärker als ihr denkt. 1988. (Basel, Arbeiterinnen)
*Méléra: La singuliére conquête de l'Illinois. 1948.
*Borioli: Carloto e Luzia. 1954.
*Biollay: Il segreto dell'aggi. 1971 (Ägypten)
*Cotti: Due racconti di caccia ticinesi. 1971.

Aus dieser Zusammenstellung wird schnell ersichtlich, dass vor allem das Mittelalter sowie die Jahre 1789–1815 als zeitlicher Hintergrund gewählt wurden. 44 von rund 120 Titeln spielen im Mittelalter, 15 davon berichten von Schlachten der Eidgenossen gegen Habsburg, Burgund und andere Feinde, 6 über die Kreuzzüge, resp. den Krieg gegen die Türken. Das Mittelalter erscheint in diesen Erzählungen als unsicheres Zeitalter, in dem Mord und Totschlag an der Tagesordnung waren. Die Erzählungen, die nicht ohnehin über irgendeine Schlacht berichten, lassen sich unter «Unglücksfälle und Verbrechen» einordnen: Burgbelagerungen, Überfälle auf Transporte, Übergriffe bösartiger Ritter und ihrer Knechte dominieren hier. Das antifeudale Bild der Ritter, wie es z. B. Frédéric César de Laharpe 1823 gegeben hatte, ist sehr langlebig, es bleibt in der KJL auch im 20. Jahrhundert gültig:

D. Ces oppresseurs étoient-ils au moins distingués par quelques qualités recommandables?

R. Ils ne savoient généralement ni lire, ni écrire, ce qui les forçoit, dans toutes leurs transactions, de recourir au Clergé, dont l'ignorance étoit moins crasse que la leur. Occupés exclusivement d'exercices militaires, ils méprisoient les Vilains *qu'ils avoient désarmé, et les forçoient de travailler pour eux. Si ces vilains osoient murmurer, ils étoient enlevés, et transportés dans les souterrains des Châteaux forts, et souvent mis à la torture. Cette période de barbarie et d'oppression, est appelée le* Siècle de la Chevalerie; *jamais les peuples ne furent plus malheureux.*[91]

Gewalttätig geht es schliesslich auch bei der Christianisierung zu – selbst den Helden wird es manchmal zuviel: «Gerade den Schnee entlang flog der Pfeil – der Wolf kugelte herab, nass, blutig, die rote Zunge herausgestreckt. Kaiser Otto kehrte sich weg: Wolf und Blut, er konnte beides nur mit Schauder anschauen – hatte er doch so viel zu tun mit blutigen Schlachten und mit feigen und doch so grausamen Wölfen im grossen Reiche, das er zu regieren hatte.»[92]

91 [Frédéric César Laharpe]: Souvenirs de l'Histoire de la Suisse, présentés sous la forme de dialogues, et dédiés aux jeunes Vaudois qui fréquentent les écoles cantonales, par un citoyen du Canton de Vaud. Lausanne 1823.

92 Carnot: Der kleine Otto der Grosse, 58.

Im allgemeinen sind die Autoren in der Darstellung von Gewalttaten nicht gerade zimperlich, Bedingung ist nur, dass diese Gewalttaten kriegerisch sind, das heisst, im Rahmen militärischer Auseinandersetzungen geschehen und somit staatlich sanktioniert sind. Alexander Isler zum Beispiel schreibt in seinem Lebensbild Pater Paul Stygers, eines fanatischen Kämpfers gegen die Franzosen 1798:

Aber die Granate fiel und zersprang mitten in der feindlichen Batterie, tötete zwei Mann und blessierte fünf. Dass sie richtig musste um sich gegriffen haben, merkten wir an dem Lärmen und Auseinanderspringen in der Batterie.

Der Hauptmann Wagner stieg nun auf den Wall und rief den Vorposten der Franken zu: «Den Apfel hat Euch der Pater Paul Styger geschickt!»

Diese Anekdote zeigt uns ein Bild recht gemütlicher Kriegführung seitens der Österreicher. Ein andermal eröffnete Pater Paul eigenhändig das Feuer auf die Feinde trotz dem Befehle eines Obersten, nicht zu schiessen. Der Pater behielt jedoch Recht; er hatte besser beobachtet, als der hohe Offizier, und eine Umgehung durch den Feind vereitelt. Etwas Mutterwitz und gesunder Menschenverstand sind eben auch im Kriege vonnöten.[93]

Die SPR wird nicht müde, auf die Gefahren der Schundliteratur für Leib und Seele der Jugend hinzuweisen und nimmt keine Romane in ihr Empfehlungsverzeichnis auf, «qui décrivent des aventures invraisemblables, des événements étranges, des drames horribles, des scènes sanglantes ou repoussantes».[94] Aber 1905 empfiehlt Léon Latour – wohl ohne Ironie – den Titel *Les derniers invalides*: «L'auteur est allé auprès d'un grand nombre de guerriers qui terminent dans l'Hôtel des Invalides à Paris, leur glorieuse carrière, il les a interrogés et c'est leurs récits, avec leurs portraits, qu'il donne dans l'ouvrage que nous recommandons à ceux qui aiment les récits de batailles et de guerres, les actes de carnage et d'héroïsme.»[95]

Einwände gegen diese Art von Gewaltverherrlichung finden sich über den ganzen untersuchten Zeitraum kaum. Die seltenen kritischen Stimmen fallen entsprechend auf, so etwa der Einwand von Hans Cornioley, einem der wichtigsten Jugendbuchkritiker der Nachkriegszeit, der in einem Gutachten zu Adolf Hallers *Beresina* schreibt:

93 Isler: Schweizer Charakterköpfe, 264f.

94 Bull. bibl. 3 (1904), Einleitung.

95 Bull. bibl. 4 (1905), 21.

Als entgleisung muss ich auf s. 117 den satz betrachten «Stärker als je in meinem leben spürte ich eine vaterhand über mir, die im letzten elend uns nicht verlässt». Dies nach all dem sinnlosen sterben anderer, wo die vaterhand «uns» im letzten und zweitletzten elend ganz offensichtlich doch *verlassen hat! Ein überlebender zu sein, ist noch kein beweis. Der schuldige an der ganzen tragödie, Napoleon, konnte also von sich auch behaupten, die vaterhand habe ihn nicht verlassen … Man sollte mit Gott nicht derart spielen.*[96]

Wo sich nicht die Menschen totschlagen, da sorgt die Natur für Schrecken und Untergang, wie z. B. in Adolf Heizmanns Erzählung *Gelübde*, die zwar mit dem Wiederaufbau des Münsters endet, vorher aber viel Platz dem Erdbeben von Basel und seinen Folgen widmet. Weniger finster erscheint das Mittelalter nur in Huguette Chaussons Mädchenbuch *Le troubadour du Comte Pierre*, das der Liebe und höfischem Leben mehr Platz einräumt als Gewalttaten.

Auf kriegerischen Ereignissen liegt das Schwergewicht auch bei den Texten über die Zeit der französischen Besetzung 1798–1815. Je nach Herkunft, bzw. Wohnort der AutorInnen variiert jeweils der Schauplatz – der Aargauer Adolf Haller wählt als Handlungsort für *Tanz um den Freiheitsbaum* das Städtchen Klingnau, der Berner Ernst Eberhard Neuenegg, die Zürcherin Olga Meyer das Tösstal. Allen gemeinsam ist aber eine mehr oder weniger negative Sicht auf die französische Besetzung und ihre Auswirkungen. Am differenziertesten äussern sich die beiden deutschen Emigranten Kurt Held und Albert Hochheimer, aber auch Olga Meyer sieht in *Gesprengte Fesseln* die französische Revolution und die Besetzung als Ereignisse, die alte Machtansprüche und ungerechte Lasten aufheben und Platz schaffen für neue Entwicklungen. Dem Autor Haller hingegen teilt der Verlag als Urteil eines Lektors über sein noch unfertiges Manuskript zu *Tanz um den Freiheitsbaum* mit, «dass ihm die Anhänger der neuen Zeit zu verzerrt dargestellt sind, er schreibt sogar, dass ihre Zeichnung stellenweise geradezu zur Karikatur wird. Es fällt ihm unangenehm auf, dass Sie ihre Sympathie vorderhand zu offensichtlich auf der Seite der Vertreter des Alten lassen. Schliesslich habe die Helvetik im Aargau auch andere Männer hervorgebracht.»[97] Haller hat – wie aus seiner Antwort[98] hervorgeht – aus eigenem Antrieb «die Gewichte etwas anders» verteilt und vor allem durch den Helden, Beat Vögeli, eine andere Sicht eingebracht, letztlich jedoch die neue

96 Brief an H. R. Sauerländer vom 15. 3. 1956.

97 Brief des Verlags Sauerländer an Adolf Haller vom 10. 3. 1953.

98 Brief an den Verlag vom 15. 3. 1953.

Ordnung nach wie vor ablehnend dargestellt, wobei er sich auf historische Tatsachen beruft.

François de Capitani weist darauf hin, dass die Helvetische Revolution sehr unterschiedlich bewertet wurde: «Einerseits hat die Helvetische Revolution die Grundlagen der modernen Schweiz gelegt, Anderseits war sie verbunden mit einer ausländischen Intervention. Lange war daher die Helvetische Republik eine unangenehme Episode, die man lieber verschwieg.»[99]

Die historischen Erzählungen haben zwar mehrheitlich aus dieser Periode die kriegerischen Auseinandersetzungen als Hintergrund übernommen, mit der klaren Intention, einerseits die Verteidigungsbereitschaft zu stärken, andererseits die Notwendigkeit der Neutralität deutlich zu machen. Die politischen Auseinandersetzungen werden zwar nicht verschwiegen, sie werden jedoch auf dem Hintergrund aktueller Konflikte interpretiert. Josef Reinhart z. B. antwortet mit seiner Trilogie auf die sozialen Konflikte, die 1918 zum Landesstreik geführt hatten. Hallers *Tanz um den Freiheitsbaum* verarbeitet Erfahrungen aus der Zeit des Nationalsozialismus und des Krieges.[100] Gerade weil eine allgemeingültige Interpretation der bewegten Periode von 1798 bis 1815 fehlte, liess sich daraus Stoff für die verschiedensten Anliegen gewinnen.

Die anschliessenden Auseinandersetzungen, die Bildung des modernen Bundesstaates, kommen höchstens am Rande zur Sprache, etwa in Biographien von Männern, die sich politisch betätigten, wie Konrad Escher von der Linth oder General Dufour. Im übrigen wird die Zeit unmittelbar vor 1848 zum Teil bewusst ausgelassen, so etwa in der Anthologie *Die Schweiz. Land, Volk und Geschichte in ausgewählten Dichtungen*, deren Herausgeber Heinrich Kurz im Vorwort diese Lücke klar begründet: «Dass der Herausgeber die Jahre, welche der Stiftung des neuen Bundes unmittelbar vorangingen, aus der Darstellung hinweggelassen hat, wird man hoffentlich billigen; ein Buch, das die Liebe für das Gesammtvaterland in der Jugend kräftigen will, durfte die kaum vernarbten Wunden nicht wieder aufreissen.»[101]

Die Erzählungen über das 19. Jahrhundert sind mehrheitlich heimatkundlicher, bzw. kulturgeschichtlicher Art (wie übrigens auch die Erzählungen über die Urzeit). Wie alle vorhergehenden Perioden erscheint auch das 19. Jahrhundert mehrheitlich als eher finstere Vergangenheit. Nostalgisch verklärt lassen sich

99 Geschichte der Schweiz – und der Schweizer, Bd. 2, 175.

100 Ev. auch aus dem Kalten Krieg, konkrete Hinweise darauf habe ich jedoch nicht gefunden.

101 Die Schweiz. Land, Volk und Geschichte in ausgewählten Dichtungen. Hg. Heinrich Kurz. Bern: Dalp 1859, VIII.

höchstens Olga Meyers *Anneli* (nur der erste Band) und *Sabinli* lesen. Alle andern Darstellungen des 19. Jahrhunderts zeigen in erster Linie die Armut, die die Leute zum Auswandern zwingt oder sie rechtlos den Anforderungen der Industrie (nicht der Fabrikherren) aussetzt. Positive Auswirkungen der Industrialisierung werden ausschliesslich in Biographien dargestellt.

Aufschlussreich ist auch ein Blick auf die Themen, die nicht behandelt werden. Dass die konfessionellen Auseinandersetzungen des 19. Jahrhunderts nirgends erscheinen – und ihretwegen bis auf wenige Ausnahmen auch nicht die Religionskriege des 16. Jahrhunderts – erstaunt nicht. Auch im 20. Jahrhundert sind die Konflikte nicht völlig ausgeräumt und bleiben schmerzhaft in Erinnerung. Erstaunlicher ist, dass die Idee der Schweiz als Zuflucht für die Verfolgten, als Hort der Freiheit und der Humanität nur gerade in einigen Erzählungen aus Genf und bei den beiden Emigranten Kurt Held und Lisa Tetzner eine Rolle spielt. Die wirtschaftliche Leistung der hugenottischen Flüchtlinge, die kulturelle der deutschen Emigranten im 19. Jahrhundert sind keine Themen der historischen KJL. Dass im Falle der hugenottischen Flüchtlinge die konfessionelle Neutralität gefährdet würde und die deutschen Emigranten sich als Identifikationsfiguren zu einer Zeit der politischen Abgrenzung von Deutschland schlecht eigneten, scheint als Erklärung nicht ausreichend. Dass es versäumt wurde, die Rolle der Schweiz als Asylland ebenfalls als Leistung zu zeigen, kann nur als Hinweis auf eine schon als Borniertheit zu bezeichnende Ablehnung aller Impulse von aussen gedeutet werden.

Mit Ausnahme von Adolphe Villemards *Hautefort* (s. auch S. 145), dessen Thema die Auseinandersetzungen zwischen Bern und dem Waadtland Ende des 16. Jahrhunderts sind, nehmen die historischen Erzählungen die jeweils andere Sprachregion nicht oder nur ganz am Rande zur Kenntnis. Ein interkultureller Austausch findet noch am ehesten über Übersetzungen statt (vgl. S. 76).

Alles in allem ergeben die historischen Erzählungen ein Panorama von Gewalttätigkeiten und Katastrophen. Ganze 21 von den rund 120 genannten Titeln verzichten auf die Beschreibung von kriegerischen Ereignissen oder Aufständen. Von diesen 21 sorgen fünf dafür durch einen Vulkanausbruch, einen Bergsturz, ein Erdbeben, eine katastrophale Überschwemmung sowie die Pest für Spannung. Verglichen mit diesen Katastrophen wirkt die Beschreibung struktureller Gewalt in Hans Schmitters *Benz* oder Karin Grütters und Annamarie Ryters *Stärker als ihr denkt* weniger spektakulär, aber nicht weniger nachhaltig. Von Vergangenheitsverklärung kann in bezug auf die meisten historischen Erzählungen jedenfalls nicht die Rede sein.

2.4.3. Sprachregionale Unterschiede

Schon ein erster, quantitativer Vergleich lässt sprachregionale Unterschiede in der Wahl der dargestellten Epoche und des Schauplatzes erkennen. In der deutschen Schweiz gibt es im 20. Jahrhundert eine ganze Reihe staatsbürgerlicher Erzählungen und Romane, von Robert Schedlers *Der Schmied von Göschenen* (1920) bis zu Karin Grütter und Annamarie Ryters *Stärker als ihr denkt* (1988). Zentrale Themen dieser Erzählungen sind etwa die Etablierung oder Bewahrung einer gerechten sozialen Ordnung, die Erringung oder Bewahrung der staatlichen Unabhängigkeit sowie die Erweiterung des Staatsgebiets, das heisst die Machtentfaltung der Eidgenossenschaft im Mittelalter. Ihnen stehen in der französischen Schweiz nur wenige staatsbürgerliche Erzählungen gegenüber; diese stellen mehrheitlich den Abwehrkampf der protestantischen Republik Genf gegen den katholischen Herzog von Savoyen dar. Die Escalade, Höhepunkt dieses Abwehrkampfes, ist ausserdem Thema einer Saynète, eines kleinen Theaterstückes, sowie einer Sacherzählung.

Konfessionelle Neutralität

In der Frage der konfessionellen Neutralität zeigen sich deutlich sprachregionale Unterschiede. In den oben erwähnten französischsprachigen Erzählungen wird der Abwehrkampf Genfs religiös motiviert; d. h. für die protestantische Romandie ist die religiöse Überzeugung – das, was sie am deutlichsten vom gleichsprachigen Nachbarland trennt – ein zentrales Moment der Identitätsbildung. Besonders auffallend ist in dieser Hinsicht *Les deux chevaliers* von Louise Châtelain, ein Mantel- und Degenroman, der zur Zeit des zweiten Kreuzzugs in Frankreich spielt. Die positiven Helden werden Anhänger von Pierre Valdo und finden alle zum Evangelium. Betont wird die Notwendigkeit eines freien Zugangs zu den biblischen Texten durch Übersetzungen: «Le père Clément leur fait chaque jour une lecture du saint volume qu'il possède depuis quelques semaines. Ce sont des écrits de la Parole de Dieu copiés avec soin par notre pieux chapelain.»[102] Gleichzeitig wird gelegentlich die katholische Kirche angegriffen, so etwa wenn Châtelain den zeitlichen Hintergrund ihres Romans wie folgt charakterisiert: «A l'époque où nous sommes, les secondes Croisades, suscitées comme les premières par la superstition de l'Eglise et par l'ambition des papes, furent cependant un acheminement à la liberté du peuple.»[103]

102 Châtelain: Les deux chevaliers, 175.

In der französischen Schweiz stammen die AutorInnen historischer Erzählungen praktisch ausschliesslich aus den protestantischen Kantonen. Eine KJL protestantischer Ausprägung ist ja zugleich auch das, was das Nachbarland nicht anbietet: Die protestantischen Gebiete im Süden und Südwesten Frankreichs verfügen offensichtlich nicht über eine eigene Kinderbuchproduktion, was sich für das ausgehende 19. Jahrhundert etwa aus den Empfehlungsverzeichnissen und Angebotslisten der protestantischen *Société de publications*[104] ersehen lässt. Das Verlagswesen der französischen Schweiz widerspiegelt bis heute diese Tatsache, gehören doch, nach Anzahl der jährlich publizierten Titel, zu den grössten Kinderbuchverlagen jene protestantischer Ausrichtung.
In der deutschen Schweiz hingegen ist die Auseinandersetzung mit dem jeweils anderen Glaubensbekenntnis offenbar tabu; es wird nicht nur strikte religiöse Neutralität gewahrt, sondern das Problem wird überhaupt nicht angesprochen.[105] So wird z. B. selten explizit gesagt, welchem Glaubensbekenntnis die Helden einer Erzählung angehören. Erzählungen über die Reformation und die Glaubenskriege fehlen, mit einer Ausnahme: Im SJW-Heft *Passion im Emmental* von Hans Schranz wird die Verfolgung der bernischen Wiedertäufer durch die Berner Regierung dargestellt. Dabei handelt es sich jedoch um einen «innerprotestantischen» Konflikt, nicht um den Gegensatz katholisch – reformiert. Der Sonderbundkrieg wird nur in den biographischen Darstellungen General Dufours erwähnt, als nationales Unglück, das nur dank dem Vorgehen Dufours nicht zu einer Katastrophe führte. Ausnahmen im allgemeinen Totschweigen religiöser Gegensätze in der deutschen Schweiz bilden *Rudi Bürkis Auszug und Heimkehr* von Johann Georg Birnstiel, einem reformierten Pfarrer, und Kurt Helds *Der Trommler von Faido*. Birnstiel lässt in seiner Erzählung über den Bauernkrieg von 1653 reformierte Emmentaler Bauern in bestem Einvernehmen mit katholischen Entlibuchern arbeiten und kämpfen: Wie Vater

103 Ebd., 159.

104 Vgl. 2.5.

105 Eine Ausnahme bilden Erzählungen aus religiösen Verlagen. Adele Gründler, Gattin des Königlichen Seminardirektors zu Barby in Sachsen, verfasste um die Jahrhundertwende eine Nacherzählung von Georg Sigrists *Der arme Rudli* (1819, vgl. Anm. S. 129). Sie lässt – ohne grosse Ahnung von Schweizer Geschichte und Geographie – die Titelfigur sich an die Erzählungen des Grossvaters erinnern, der «aus dem Berner Land stammte, das er, ein treuer Protestant, um seines Glaubens willen verlassen hatte. Denn die Katholiken hatten dort in heftiger Religionsfehde einen Bauern, der die Bibel las und anderen erklärte, lebendig verbrennen und sein Haus niederreissen lassen.» [Anm. der Verfasserin: «Wirklich im Jahr 1747 dort geschehen. Menzel, Geschichte der Deutschen, Bd. IV S. 138.] Nach längerem Herumziehen lässt sich der Grossvater dann im «gut protestantischen Unterwalden» nieder.

Bürki den Knecht Christen anstellt, erkundigt sich dieser «‹Doch, stosst ihr Euch nicht am katholischen Entlibucher?›
‹Wie sollt' ich doch! So es Euch nichts macht, Euren Rosenkranz unter reformiertem Dach zu beten, dann steht unserm Handschlag nichts entgegen.›»[106]
Wie empfindlich das konfessionelle Zusammenleben noch lange bleibt, zeigt ein Hinweis auf die Aufnahme von Josef Reinharts Sammlung von Biographien *Schweizer, die wir ehren* (1941): In einem Brief an Reinhart geht der Verleger auf den schleppenden Absatz des Buches ein:
Wenn der erste Band nicht so rasch abgesetzt war, wie Du und wir es wohl erwartet hatten, so waren wir deshalb nicht enttäuscht. Ich bin heute noch der Ansicht, dass sich der Band durchsetzen wird. Uebrigens bin ich erst vor etwa zehn Tagen darauf gekommen, von welcher Seite dem Buche eine gewisse Opposition erwachsen ist. Bei einem Gespräch mit einem Zürcher Lehrer äusserte sich dieser, ohne dass ich ihn fragte, es sei doch schade, dass Professor Reinhart in seinem Buche den Bruder Klaus *aufgenommen habe. Das Buch werde deshalb in protestantischen Kreisen abgelehnt.*[107]

Vorbilder
Die Auswahl der Personen aus der Schweizergeschichte, deren Vita für die Jugend erzählt wird, ist ebenfalls sprachspezifisch. Auffallend ist die grosse Anzahl von Biographien von Persönlichkeiten aus der Reformationsgeschichte in Genf. Neben den einheimischen Reformatoren, Calvin, de Bèze, Farel sind auch Luther, Zwingli oder der Bündner Alexander Blasius Gegenstand von biographischen Darstellungen. Dass diese Darstellungen über die religiöse Bedeutung hinaus Ausdruck politischer Ansprüche ihrer Verfasser waren, wird später ausgeführt (s. S. 99). Die Vorzugsstellung religiöser Biographien in der protestantischen Romandie ist jedoch nicht der einzige Unterschied zwischen den Regionen. Die Wahl der Vorbilder auch der übrigen Biographien ist sprachspezifisch.[108] Als einzige gesamtschweizerische Vorbildfiguren treffen wir Heinrich Pestalozzi und Henri Dunant, diese allerdings immer wieder bis in die neueste Zeit. Neben dem Philanthropen Dunant ist Père Girard in der deutschen und der französischen Schweiz vertreten, ausser ihm nur noch die Generäle Dufour und Guisan sowie der Wissenschaftler Auguste Forel, den

106 Birnstiel: Rudi Bürki, 5.

107 Brief von Sauerländer an Reinhart vom 17.7.42.

108 In den Lesebüchern ist der sprachspezifische Unterschied in der Wahl der Vorbilder weniger ausgeprägt, d. h. es gilt stärker ein gesamtschweizerischer Kanon. Vgl. dazu Helbling: Eine Schweiz für die Schule, Kap. 2.4.

Fritz Wartenweiler in *Meister und Diener* (1934) und Alice Descoeudres in *Des Héros* (1944) aufnehmen. Die französische und noch viel mehr die italienische Schweiz betonen ihre künstlerischen und wissenschaftlichen Leistungen:

Qual'è la storia nostra? Quali i fatti e le tradizioni, la verità ed il mito, il buon terreno ideale, insomma, donde la nostra stirpe ricavi sostanza di fronde nuove? Quali i grandi uomini e le grandi gesta di cui noi, italiani della famiglia elvetica, possiamo sinceramente andar gloriosi? Quali i nostri titoli di nobiltà da mostrare ai fratelli confederati nei giorni di festa o di giustizia? Al tempo in cui cessamo di essere sudditi, i grandi fatti della storia svizzera erano già compiuti; [...] Ma se io apro il gran libro della storia a certe pagine meno tristi, leggo che nel secolo XIII un certo Adamo da Arogno rinnova nelle forme più salde e virili dell'architettura lombarda il duomo di Trento; che un certo Bono da Bissone scalpella al portale del duomo di Parma quei possenti leoni e quegli armoniosi ornati ...[109]

In Künstlern wie Vicenzo Vela oder Giovanni Serodine verkörpert sich also Tessiner Identität, während in der französischen Schweiz Künstler (Léopold Robert z. B.) oder Wissenschaftler (Louis Agassiz) verglichen mit den Kirchenpolitikern doch eher im Hintergrund stehen. Die deutsche Schweiz nimmt diese Personen kaum zur Kenntnis. Dafür fehlt in der französischen und italienischen Schweiz das ganze Spektrum der Persönlichkeiten, die zur wirtschaftlichen Entwicklung des Landes beigetragen haben: Konrad Escher von der Linth, Carl Franz Bally, Johann Jakob Sulzer und seine Söhne, aber auch der Genfer Louis Favre. Es gibt kein französisches Heft des SJW, das etwa die Uhrenindustrie des Jura darstellt. Noch nicht einmal Jacob Suchard oder die Schokoladenherstellung überhaupt werden einer Darstellung für würdig befunden.[110] Dies fällt umso mehr auf, als gerade die erfolgreichen Erfinder, Technikpioniere, Firmengründer in der KJL der deutschen Schweiz bis in die sechziger Jahre sehr präsent sind, vor allem durch Erzählungen des Solothurners Josef Reinhart, des Zürchers Ernst Eschmann und des Thurgauers Fritz Wartenweiler.

109 Patrizio Tosetti: Antologia di prose e poesie moderne. Bellinzona: Salvioni 1914, 391f. Zit. nach Doris Senn: «Bisogna amare la patria», 5.1.4.

110 Der Verlag 24 heures gibt (für Erwachsene) seit 1987 eine Serie *Les grands Suisses* heraus, in der Biographien folgender Persönlichkeiten erscheinen sollen: Borromini, Cendrars, Dunant, Dufour, Eynard, Gessner, Giacometti, Gotthelf, Hodler, Jung, Keller, Lavater, Nicolas de Flüe, Paracelsus, Pestalozzi, Piccard, Ramuz, Rousseau, Toepffer, Zwingli. Auch hier ist die Schweiz der Industrie also ausgeklammert.

Es fehlen aber in der italienischen und der französischen Schweiz nicht nur biographische Darstellungen von Männern aus Wirtschaft und Technik. Es fehlen überhaupt Erzählungen, die im 19. Jahrhundert spielen – in der KJL der Romandie hat die Industrialisierung nicht stattgefunden. Georg Kreis führt in *Die besseren Patrioten* aus, dass die Romandie sich dem raschen technischen und sozialen Wandel, der gegen Ende des 19. Jahrhunderts einsetzte, stärker ausgeliefert fühlte als die dynamischere Deutschschweiz. Die Romandie habe mit einer stärkeren Betonung kultureller Leistungen und mit einem verstärkten Patriotismus auf die soziale Entfremdung und das Inferioritätsgefühl der wirtschaftlich stärkeren Deutschschweiz, bzw. Deutschland gegenüber reagiert. Die KJL der Romandie widerspiegelt demnach bis weit ins 20. Jahrhundert diese Zurückhaltung der wirtschaftlichen Entwicklung gegenüber, darauf wird im Zusammenhang mit den hauptsächlich vermittelten Wertvorstellungen noch zurückzukommen sein.

2.5. Personen und Institutionen

Überregional von zentraler Bedeutung scheint es zu sein, ob ein historischer Roman oder eine Erzählung von einer Autorin oder einem Autor verfasst worden ist. Die Autorinnen bringen eine spezifische Sicht in ihre Bücher ein, das Ergebnis einer spezifisch weiblichen Sozialisation und ihrer Erfahrungen als Frauen in der Gesellschaft. Unterschiede zwischen historischen Jugendbüchern in der deutschen Schweiz und der Romandie ergeben sich damit weniger aus der Zugehörigkeit zu einem jeweils anderen Sprachgebiet als unmittelbarer aus der Tatsache, dass die deutschen Romane vorwiegend von Männern, die französischen von Frauen verfasst worden sind. Eine Grundfrage ist also, warum im 20. Jahrhundert sich in der französischen Schweiz weder die Lehrer noch die Pfarrer als Autoren betätigen, warum andererseits in der deutschen Schweiz die Autorinnen sich historischen Themen gegenüber zurückhaltend zeigen.
Wenn man sich in Erinnerung ruft, dass in der KJL der Anteil von Autorinnen praktisch gleich gross ist wie jener der Autoren – für 1980 hat Helmut Müller in einer Untersuchung für die Bundesrepublik[111] einen Anteil von 44,3% festgestellt – erstaunt die geringe Anzahl von Autorinnen von historischen Jugend-

111 Helmut Müller: Zur Lage der Jugendbuchautoren. Eine Untersuchung über die soziale Situation der Kinder- und Jugendschriftsteller in der Bundesrepublik Deutschland. Weinheim: Beltz 1980.

büchern doch. In ihrer überwiegenden Mehrheit sind die historischen Erzählungen in der deutschen Schweiz von Männern verfasst worden. 1921 hatte der Schweizerische Lehrerinnenverein im Anschluss an einen Vortrag von Maria Wyss über *Die Reform des Geschichtsunterrichts*[112] einen Wettbewerb über «Frauenbilder zur Schweizergeschichte» ausgeschrieben:

Die Bilder können entweder Einzelpersonen oder Frauengruppen (z. B. die Nonnen eines Klosters) darstellen. Die Absicht besteht, die besten Bilder in einem Band zu sammeln, der bei der Vorbereitung für den Geschichtsunterricht gute Dienste leisten soll. Es ist daher nicht so sehr auf populäre Darstellung, als auf wissenschaftliche Genauigkeit unter Angabe der Quellen Gewicht zu legen. Auf lebendige, fesselnde Schilderung braucht deswegen nicht verzichtet zu werden.[113]

Aus einem Bericht der Redaktorin Ida Somazzi in der Schweizerischen Lehrerinnen-Zeitung vom 15.11.1922 geht hervor, dass die Beteiligung am Wettbewerb sehr gering war:

Die geringe Beteiligung hat allerlei Erklärungsversuchen gerufen [!]. Häufig heisst es: es ist halt kein Stoff da. Das stimmt nun nicht völlig, nur zum Teil, und vor allem nicht so, dass es entmutigen müsste. Wohl tritt die Frau in der geschichtlichen Überlieferung zurück; denn diese ist fast ausschliesslich von Männern und von Männer-Interessen aus geschrieben, ist vorwiegend politischen Inhalts und ist durch Schrifttum übermittelt. Zur Politik sowohl wie zur schriftlichen Auswirkung waren den Frauen früherer Jahrhunderte durch innere und äussere Gründe die Wege versperrt oder doch dermassen erschwert, dass im Verhältnis zu Überlieferungen männlichen Wollens und Handelns die der Frauen natürlich bedeutend zurücktreten.[114]

2.5.1. Autorinnen und Autoren in der französischen Schweiz

Diese Erklärung Ida Somazzis trifft in der deutschen Schweiz für die ganze erste Hälfte des 20. Jahrhunderts zu. In der französischen Schweiz sind insgesamt viel weniger historische Erzählungen erschienen, hier sind jedoch die Autorinnen im 20. Jahrhundert in der Mehrzahl. Ein Grund mag sein, dass die

112 SLiZ 24 (1920), 194–199, 213–217, 233–237.

113 SLiZ 25 (1921), 100, und SLZ 66 (1921), 172.

114 Ida Somazzi: Zum Preisausschreiben des Schweizerischen Lehrerinnenvereins. SLiZ 27 (1922), 33.

KJL im gesamten französischen Sprachgebiet traditionell noch viel weniger Ansehen hatte als im deutschen, wo sie immerhin als Erziehungsmittel von den – männlichen – Pädagogen und Geistlichen ernstgenommen und in ihren Tätigkeitsbereich einbezogen wurde.
Tatsächlich gibt es in Perioden verstärkter politischer Auseinandersetzungen auch in der französischen Schweiz vermehrt Männer, die sich um die Volks- und Jugenderziehung und damit auch um die Jugendliteratur kümmern. Unter diesem Gesichtspunkt muss z. B. die schriftstellerische Tätigkeit der Genfer Pastoren gesehen werden, die in der zweiten Hälfte des 19. Jahrhunderts Erzählungen für die Jugend veröffentlichten: Felix Bungener etwa oder Jean-Louis Boissonnas, beide zeitweise Mitglieder der Société genevoise des publications religieuses, die sich besonders die Verbreitung «guter» Literatur unter dem Genfer Volk und der Jugend zur Aufgabe machte. Beide waren Vertreter jener konservativen, protestantischen Genfer Bourgeoisie, zu deren Selbstverständnis philanthropische Bemühungen um die niederen Schichten gehörten, Bemühungen, die sich allerdings nicht mit rein karitativen Aktionen begnügten, sondern darauf abzielten, durch Erziehung die durch «Fehlverhalten selbstverschuldete» missliche Lage der Armen zu verbessern.[115]
Wie Jean-François Pitteloud und Anne-Marie Käppeli ausführen, ist das soziale Engagement der Genfer Bourgeoisie, in unserem Falle also auch der Pastoren, zugleich aber auch Kompensation für den Verlust politischer Macht, den die neue Kantonsverfassung von 1847 vor allem auch durch die Trennung von Kirche und Staat gebracht hatte. Es erstaunt deshalb nicht, wenn diese Pastoren Genf als Ort der religiösen Freiheit (natürlich im Sinne einer ungehinderten Ausübung des protestantischen Glaubens) und zugleich ökonomischen Wohlverhaltens, als Ort vollendeter Bürgertugenden zeigen. In den Figuren der Kirchengeschichte – Théodor de Bèze und natürlich Calvin, aber auch Luther und andere –, deren Leben mehrfach für die Jugend dargestellt wird, sind kirchliche und politische Macht untrennbar verbunden. Dieses theokratisch geprägte Bild dominiert in den historischen Erzählungen von Genfer Autorinnen auch im 20. Jahrhundert noch, als die Philanthropen selbst vom Mythos von Genf als «protestantischem Jerusalem» abgekommen waren und einen neuen Mythos schufen, «celui de la Genève du XXe siècle, de la place financière et de la cité internationales».[116] Als der Pfarrer Alexandre Guillot, auch er zeitweise Mitglied der Société genevoise des publications religieuses, zwischen 1893 und

115 Vgl. dazu Pitteloud: Philanthropie et lecture populaire, und Käppeli: Le Féminisme protestant.

116 Pitteloud: Philanthropie, 420.

1895 eine *Petite bibliothèque Helvétique* herausgibt, ist auch die Auswahl dieser helvetischen Bibliothek einmal durch Genf, dann durch den Protestantismus bestimmt, wie ein Blick auf die Liste der dargestellten Persönlichkeiten zeigt, unter denen sich neben Genfer Reformatoren, Politikern und Schriftstellern Huldrych Zwingli und seine Frau Anna Reinhard, der Zürcher Naturwissenschafter und Stadtarzt Konrad Gessner und der Neuenburger Reformator Jean-Frédéric Osterwald befinden.

Auch die Autorinnen des 20. Jahrhunderts schreiben vor diesem kulturellen Hintergrund: Rosine Tissot-Cerrutti (1870–1937), die ihre Erzählungen unter dem Pseudonym L. Hautesource veröffentlichte, gehört ebenso zur Genfer Oberschicht wie später Pernette Chaponnière (geb. 1915), die von ihrem Vater, dem Schriftsteller Paul Chaponnière, zum Schreiben ermuntert wurde.

Vom Genfer Milieu des tätigen Protestantismus ist auch Alice Descoeudres (1877–1963) geprägt, die Tochter eines Genfer Pfarrers, die allerdings ihr Engagement beträchtlich ausweitet, neben vielen anderen Bereichen in der Frauenbewegung aktiv ist, Militärdienstverweigerer betreut und sich für den Zivildienst einsetzt, neben ihrer Berufsarbeit als Psychologin (s. auch S. 71). Ihre Biographien, *Héros*, *Encore des héros* und andere, sind Ausdruck dieses Engagements und gleichzeitig Ausdruck ihrer Offenheit für verschiedenste philosophische, politische und religiöse Richtungen. Schliesslich ist auch Emma Pieczynska-Reichenbach (s. S. 65) eine Vertreterin des Genfer Philanthropismus; auf ihre Aktivitäten und Veröffentlichungen weist Alice Descoeudres, die als Mitarbeiterin des «Institut Jean-Jacques Rousseau» an der Redaktion von *L'Educateur*, der Zeitschrift der Société pédagogique romande, beteiligt ist, immer wieder hin.

Geographisch und sozial anderer Herkunft ist Louise Châtelain (1868–1945 oder 52). Wie ihre Nichte berichtet, wuchs Châtelain im Jura, in Corgémont auf. Ihre Mutter war Arbeiterin, der Vater früh gestorben. Über ihre Lebensumstände mag eine Anekdote Aufschluss geben, die in ihrer Familie erzählt wird:

Un jour que monsieur Gobat, inspecteur scolaire, passait dans la classe où elle se trouvait – c'était à l'école secondaire –, il s'est arrêté devant elle et lui a dit «Comment tu t'appelles, fillette, avec ta robe aux couleurs des 22 cantons» (il faut dire que sa mère était très pauvre et qu'elle ravaudait les habits de ses enfants jusqu'à plus pouvoir). Louise en a été tellement blessée pour sa mère, que devant l'inspecteur elle a ramassé ses livres et ses cahiers et elle est allée chez le maire qui l'a consolée et l'a encouragée à retourner à l'école.[117]

117 Gespräch mit Josiane Cetlin-Jeanhenry, 1988.

Begabt auf verschiedenen Gebieten, verdiente sie sich ihren Lebensunterhalt mit wechselnden Arbeiten, ohne einen bestimmten Beruf zu lernen, und konnte mit der Zeit dank dem Erfolg ihrer Bücher fast ganz von ihrer schriftstellerischen Tätigkeit leben. Auch Châtelain wählt als Hintergrund ihrer Erzählung *Les deux Chevaliers* die Auseinandersetzungen zwischen Katholiken und Protestanten. Schauplatz ist jedoch Frankreich, Genf spielt keine Rolle. Darin ist sie ihrer berühmteren Kollegin T. Combe (Pseudonym für Adèle Huguenin, 1856–1933) ähnlich, die – ebenfalls aus bescheidenen Verhältnissen stammend und ebenfalls Jurassierin – in zahlreichen Erzählungen für Erwachsene und Kinder «mettait en scène les habitants d'un coin de terre bien neuchâtelois, mais orienté vers la France, où la tristesse du Jura se fait moins âpre que sur le sommet des plateaux.»[118] Aber anders als T. Combe, die Ferien für Arbeiterinnen organisierte, für die Abstinenz kämpfte und sich für Fragen der Frauenbildung einsetzte, scheint Louise Châtelain nicht in dieses weite Netz von Gemeinnützigkeit integriert gewesen zu sein, das ihre schreibenden Kolleginnen verband.

Huguette Chausson (1905–1986), Lausannerin, der Landschaft und Geschichte der Waadt ebenso verbunden wie die Genfer AutorInnen ihrer Heimatstadt, verfügt ebenfalls über eine gute Ausbildung und ein gutbürgerliches Elternhaus – beides erlaubt ihr ein einigermassen unabhängiges Leben. Unverheiratet wie A. Descoeudres und T. Combe scheint sie sich jedoch weniger philanthropisch, bzw. politisch engagiert zu haben. Hinweise darauf, dass sie der Frauenbewegung zumindest nahe stand, sind ihrem Werk zu entnehmen, vor allem *Lausenette*, wo neben der nach Unabhängigkeit strebenden Heldin eine weitere starke Frauenfigur, die Bäckerin Jaquine, mit viel Sympathie gezeichnet wird. Auch ist es wohl kein Zufall, dass in Chaussons einzigem Roman mit einer männlichen Hauptfigur, *En suivant le Comte Vert*, der Held entscheidende Einsichten durch die Begegnung mit zwei Frauen gewinnt, mit einer alten, weisen Frau und mit Katharina von Siena.[119]

Im allgemeinen waren also die AutorInnen von historischen (und anderen) Jugendbüchern Angehörige der politischen und wirtschaftlichen Elite der Romandie, «hommes et femmes de lettres», vielseitig gebildet, sozial engagiert und – mindestens im 19. Jahrhundert – prononciert protestantisch. Die VolksschullehrerInnen betätigten sich kaum schriftstellerisch; darauf wurde bereits

118 Jean Violette: Nos écrivains. Un conteur neuchâtelois. In: La patrie suisse. 12 (1905), 205.

119 Ob das Buch *Catherine de Sienne* von Josephine Butler, der Vorkämpferin für den Abolitionismus, dabei eine Rolle spielte, kann nur vermutet werden. Vgl. dazu Käppeli: Le féminisme protestant, 106.

im Zusammenhang mit dem Wettbewerb von 1906 (vgl. S. 67) hingewiesen. Auch am OSL (Oeuvre suisse de lecture pour la jeunesse), der 1935 eingerichteten Zweigstelle des SJW, beteiligen sich viel weniger Lehrkräfte als in der deutschen Schweiz, soweit sich das überhaupt nachprüfen lässt – biographische Hinweise auf die VerfasserInnen der Broschüren sind nur in jenen Fällen zu erhalten, wo das OSL gekürzte Fassungen von Werken bekannter Schriftsteller herausgab, wie die Biographie Léopold Roberts von Dorette Berthoud oder jene General Dufours von Edouard Chapuisat. Der langjährige Leiter des OSL, François Rostan, erinnert sich nicht mehr an die einzelnen AutorInnen; er erinnert sich jedoch, dass in den ersten Jahren nach der Gründung die AutorInnen mehrheitlich schweizerischer Nationalität waren (bei den ersten Heften handelte es sich vor allem um Übersetzungen deutschsprachiger Hefte), dass danach aber vor allem Französisch als Muttersprache im Vordergrund stand. So schreibt das OSL seit Kriegsende regelmässig, alle zwei bis drei Jahre, den «Prix littéraire OSL» in Zeitschriften der gesamten Frankophonie aus, zum einen, um möglichst viele Manuskripte zu erhalten, zum andern, weil man sich damit verbesserte Absatzmöglichkeiten im Ausland verspricht.[120]
Die Zurückhaltung der Lehrkräfte, die Scheu, selber Texte zu schreiben, die auch aus einem grösseren Respekt für literarische Werke resultiert, kommt ebenso in den welschen Lesebüchern zum Ausdruck. Wie B. Helbling in ihrer Untersuchung feststellt, schreiben die Lesebuchherausgeber der französischen Schweiz viel seltener selbst Texte, auch nicht heimatkundliche, sondern übernehmen, wo immer möglich, literarische Texte auch von französischen AutorInnen, ohne sie zu verändern. In der deutschen Schweiz dagegen sind Adaptionen deutscher Texte an das Schweizer Schriftdeutsch bis heute üblich.

2.5.2. Jugendschriftenkommissionen in der französischen Schweiz

Auch als Kontroll- und Vermittlungsinstanz betätigten sich die welschen LehrerInnen zögernder als jene der deutschen Schweiz. Zunächst war es die Genfer Bourgeoisie, die sich um die Lektüre der Jugend kümmerte: 1842 erschien ein *Guide de l'acheteur de livres pour la jeunesse, par une association de dames*, herausgegeben von Pastor F. M. L. Naville; eine Fortsetzung, *Compte-rendu des livres destinés à l'enfance* folgte 1852. In der zweiten Hälfte des Jahrhunderts übernahmen verschiedene Gesellschaften, nach englischem Vorbild der Traktatgesellschaften gegründet, die Sorge um die richtige Lektüre der Jugend,

120 Gespräch mit Josiane Cetlin-Jeanhenry am 5. 9. 89.

sowohl mit eigenen Publikationen wie mit Empfehlungsverzeichnissen; so die bereits erwähnte 1851 gegründete Société genevoise des publications religieuses, der sich 1871 die Société genevoise pour l'encouragement de l'oeuvre des bibliothèques populaires zugesellte. Vor allem im Kanton Neuenburg werden die Empfehlungen der Société de Publications pour l'enfance et la jeunesse verbreitet, die 1871 von der Conférence pastorale évangélique nationale du Midi ins Leben gerufen wurde und vor allem aus Pastoren der protestantischen Kirche Frankreichs bestand, aber mit Schweizer Protestanten zusammenarbeitete. So amtierte 1872 und 1873 als Vizepräsident des Comité de la Société der Theologe Georges Godet, damals Pfarrhelfer in La Chaux-de-Fonds.
Die welschen LehrerInnen hielten sich zunächst zurück. Erst nachdem 1901 die Jugendschriftenkommission des SLV, der Deutschschweizer Lehrer also, an das Departement des Innern gelangt war mit der Bitte um finanzielle Unterstützung, bildete sich eine Commission pour le choix de lectures destinées à la jeunesse et aux bibliothèques scolaires et populaires der SPR. Bundesrat Ruchet hatte nämlich den Wunsch ausgesprochen,
dass auch der Lehrerverein der romanischen Schweiz zu einer gleichartigen Tätigkeit in bezug auf die in den romanischen Sprachen erscheinende Jugendliteratur bewogen werde. «Eine vereinte Tätigkeit der beiden Lehrervereine», heisst es in der Antwort, «für Auswahl [!] der besten Jugendschriften aller schweizerischen Sprachen würde nicht nur die allgemeine Sympathie des Volkes verdienen, sondern, wie wir glauben, auch der Unterstützung der Bundesbehörden sicher sein».[121]
Die daraufhin gebildete Commission gab ab 1902 jährlich ein *Bulletin bibliographique, dédié aux Parents, au Personnel enseignant et aux Comités des bibliothèques* heraus. Die Grundsätze der Kritik werden in einem Reglement festgehalten, das mit dem Reglement der deutschen Schweiz weitgehend übereinstimmt. Danach kann die Commission jene Werke ohne Vorbehalte empfehlen, «qui ont une valeur morale et instructive, qui conviennent à la jeunesse par la forme et le contenu et sont réellement intéressants. Les ouvrages de caractère nettement confessionnel doivent être indiqués comme tels.»[122]
Der Beitrag des Bundes von Fr. 1000.-- wurde zu gleichen Teilen auf die Kommissionen des SLV und der SPR aufgeteilt. Von den französischsprachigen Kantonen trugen Genf, die Waadt und Neuenburg zur Finanzierung des Bulletins bei, die katholischen Kantone blieben abseits.[123] Nun mag dort den verant-

121 Uhler: Die Jugendschriftenkommission, 170.

122 Bull. bibl. 2 (1903), s. p.

wortlichen Behörden die Kontrolle der Jugendlektüre durch die katholische Kirche ausreichend erschienen sein, die Literaturversorgung aus Frankreich ohnehin. Schwerer wog aber wohl ein mindestens teilweise berechtigtes Misstrauen den protestantischen Kollegen gegenüber, ein Misstrauen, das auch in der deutschen Schweiz gegenüber dem sich als konfessionell neutral erklärenden SLV herrschte (s. unten). Die ersten Mitglieder der Commission stammen denn auch aus den protestantischen Kantonen, es sind F. Guex, Chefredaktor des *Educateur*, Lausanne, L. Latour, Neuenburger Schulinspektor, Ch. Perret, Lehrer in Lausanne, W. Rosier, Professor in Genf (später Conseiller d'état), und A. Gylam, Schulinspektor im Berner Jura.

2.5.3. Die Jugendliteraturszene in der deutschen Schweiz

In der deutschen Schweiz sind es schon seit den ersten Jahrzehnten des 19. Jahrhunderts vor allem Lehrer, mit der Zeit auch Lehrerinnen, die Jugendbücher verfassen. Bereits 1858 entsteht die Jugendschriftenkommission/JSK des SLV, die 1861 ein erstes Verzeichnis empfohlener Bücher vorstellt und es 1862 in der SLZ veröffentlicht. Von 1870 an gibt die JSK jährlich die *Mitteilungen über Jugendschriften an Eltern, Lehrer und Bibliotheksvorstände* heraus. Auch hier halten sich die konservativen katholischen Kantone abseits. Zwar wurde der SLV 1849 von einem Katholiken gegründet, dem Aargauer Augustin Keller. Als Vertreter eines liberalen Katholizismus vertrat Keller indessen nicht die Interessen z. B. der Innerschweizer Lehrer. Der SLV verstand sich als konfessionell neutral; indem er jedoch für eine Trennung von Kirche und Schule eintrat, nahm er im Kulturkampf Partei gegen die Katholisch-Konservativen. Aus katholischer Sicht hält denn auch Josef Niedermann in der Festschrift zum 75-Jahr-Jubiläum des Katholischen Lehrervereins der Schweiz/KLVS fest:
Die liberal-radikalen Angriffskräfte benützten das neue Mittel der Demokratie, eine Vereinsbildung über die Kantonsgrenze hinaus, rascher und entschiedener als die kirchlich-gläubigen Kreise. Überkonfessionelle Verbandsbildung auf dem Gebiet des Turnens, des Schützenwesens, des Gesangs und der Musik musste zugleich Hilfe für die nationalschweizerischen Bundesbestrebungen sein. Sie wurden aber leider vielfach Vorkämpfer für eine antikonfessionelle Einstellung. Der Begriff «Neutralität» hatte damals eine ähnliche Verschleierungsaufgabe wie der heutige Begriff der Koexistenz. Aus diesem Geist heraus

123 Ähnlich verhielten sie sich in der Frage einer verbesserten Mädchenerziehung zu Beginn der zwanziger Jahre. Vgl. Käppeli: Le féminisme protestant, 163f.

gründete der Wettinger Seminardirektor Augustin Keller 1849 den Schweizerischen Lehrerverein, […][124]

Es überrascht deshalb nicht, dass die *Mitteilungen* nur von liberalen Erziehungsdirektionen an die Lehrerschaft verteilt wurden, nämlich in den Kantonen Zürich, Bern, Graubünden, Glarus, Aargau, Solothurn, Thurgau, den beiden Basel. Die Mitglieder der JSK stammten mehrheitlich ebenfalls aus diesen Kantonen. Über einen längeren Zeitraum dominierten Seminardirektoren und Mittelschullehrer, einzelne Mitglieder der JSK betätigten sich ausserdem als Schriftsteller oder Herausgeber. Allen voran sind hier Otto Sutermeister, Heinrich Herzog, Josef Viktor Widmann, Jakob Kuoni oder Jakob Christoph Heer zu nennen, später Otto von Greyerz, Josef Reinhart, Adolf Haller oder Olga Meyer. Die JSK wurde denn auch für die Kinder- und Jugendlektüre nicht nur als Empfehlungsinstanz bedeutsam, sondern viel stärker noch als einer der Knotenpunkte eines dichten Beziehungsnetzes, in dem sich das Schreiben und Verlegen, Empfehlen und Verkaufen von Jugendbüchern abspielten sowie auch das Herausgeben von Lesebüchern für die Kantone der deutschen Schweiz, soweit sie nicht katholisch-konservativ waren.

Andere Knotenpunkte dieses Netzes waren das SJW und vor allem der Verlag Sauerländer, der von Anfang an eng mit der JSK zusammenarbeitete. Bei Sauerländer erschienen die *Mitteilungen* von 1870 bis 1900. Otto Sutermeister, Heinrich Herzog, später Josef Reinhart, Olga Meyer und andere veröffentlichten hier wichtige Werke. In der Festschrift *Hundertfünfzig Jahre Haus Sauerländer in Aarau* konnte der Verlag 1957 darauf hinweisen, dass der vom SLV 1943 erstmals ausgesetzte Schweizerische Jugendbuchpreis neunmal von insgesamt dreizehnmal für Werke aus dem Verlag Sauerländer vergeben worden war. Die Liste der Autorinnen und Autoren des Verlags aus den Jahren 1920 bis 1960 weist zudem die meisten Namen auf, die in der Lesebuchdiskussion und im SJW eine grössere Rolle spielten. Politisch waren die verschiedensten Anschauungen vertreten: vom Solothurner Bauernsohn Josef Reinhart, dessen Gesellschaftsideal die «bäuerliche Gemeinschaft» war, der sich dem Fortschritt aber doch nicht verschliessen konnte und wenigstens das bäuerliche Ideal des «ganzen Hauses» (vgl. 3.2) in eine paternalistische, ständische Industriegesellschaft zu retten versuchte, bis zu den Emigranten Kurt Held und Lisa Tetzner, die aus ihrer revolutionären Vergangenheit ein egalitäres, demokratisches Bewusstsein mitbrachten.

124 Niedermann: Eine historische Rückschau, 15.

Gemeinsamer Nenner der meisten bei Sauerländer erschienenen historischen Jugendromane war ein ausgeprägtes gesellschaftliches Engagement, das sich in einem – von Kurt Held und Lisa Tetzner abgesehen – kaum hinterfragten, nicht bewusst diskutierten Rahmen politischen Wohlverhaltens bewegte. Die grossen Ideen der Helvetik und des frühen 19. Jahrhunderts haben Kurt Held und Lisa Tetzner übernommen – bei den «eingeborenen» Schweizer AutorInnen hat die Trinität «Liberté – égalité – fraternité» tatsächlich einer anderen Platz gemacht: «Santé – ordre – propreté», wie es Geneviève Heller formuliert.[125] Es spielt dabei kaum eine Rolle, woher die Autoren kommen, ob sie eher dem Berner Kreis um Otto von Greyerz und Simon Gfeller angehören, dem letzten Endes auch Josef Reinhart zuzurechnen ist, oder ob sie den Zürcher Jugendbuchkreisen nahestehen, die sich vor allem um das SJW konzentrieren.
Nach Herkunft und Interessen seiner Gründer gehörte das 1931 geschaffene SJW durchaus in das KJL-Beziehungsnetz der liberalen Kantone, und Josef Niedermann stellt in der bereits erwähnten Festschrift fest: «Auch das SJW, das in engem Anschluss an den SLV entstanden war, aber seinen Absatz überall in unsern Kantonen suchte, verhielt sich gegen katholische Jugendschriftsteller und Jugendschriften in engster Auffassung seiner Neutralität abweisend, so dass sich sogar die Lehrersynode Basel-Land für [den katholischen Lehrer und Schriftsteller] Josef Hauser wehrte.»[126]

2.5.4. Die katholische Kinderliteratur

Erst 1952 wurde der Zentralpräsident des KLVS Mitglied des engeren Vorstandes des SJW, in verschiedene Redaktionen des SJW wurden zudem katholische Mitarbeiter aufgenommen.[127] Im übrigen hatte der 1892 gegründete KLVS sich seinerseits um die Lektüre der Jugend gekümmert durch die Herausgabe des Schülerkalenders *Mein Freund* (ab 1922) und durch die 1936 eingesetzte Katholische Jugendschriftenkommission. Die Geschichte der Schweiz als Hintergrund von Erzählungen für die Jugend und als Mittel der nationalen Erziehung spielte jedoch zu keiner Zeit eine derartige Rolle wie im liberalen Jugendbuchwesen. Aufschlussreich ist in dieser Hinsicht ein Vergleich der

125 Geneviève Heller: Propre en ordre. Lausanne: Ed. d'En-bas 1979.

126 Niedermann: Eine historische Rückschau, 38.

127 Dass sich die Zürcher Lehrer tatsächlich lange gegen alles, was katholisch war, abweisend verhielten, belegt auch der bereits zitierte Brief des Verlegers Sauerländer an Josef Reinhart, vgl. S. 95.

beiden Schülerkalender, des katholischen *Mein Freund* und des neutralen *Pestalozzikalenders.* Vom erstmals 1908 herausgegebenen *Pestalozzikalender* unterscheidet sich *Mein Freund* äusserlich kaum; Format, Einbandgestaltung, Umfang sind praktisch gleich. Während aber der *Pestalozzikalender* als erste Information jeweils einen Überblick über die Bundesräte gibt, fängt *Mein Freund* – nach dem Jahreskalender – mit kirchlichen Texten, z. B. Gebeten, und Heiligenviten an.[128] Erst in den 80er Jahren werden die beiden Kalender auch inhaltlich praktisch identisch.

Auch in der erzählenden katholischen KJL ist die kirchliche, nicht staatliche Ausrichtung lange dominierend. Die Jesuitenpater Joseph Spillmann und Anton Huonder veröffentlichten beide zahlreiche Erzählungen im Herder Verlag, vor allem in den Reihen *In der Neuen Welt* und *Aus fernen Landen*, darunter auch historische Romane. Bei diesen Reihen handelte es sich jedoch um katholische Missionsschriften, deren «Ziel und Zweck» Spillmann wie folgt beschreibt:

Statt der geographischen und ethnographischen Werke, welche durch Inhalt oder Illustration dem Glauben oder der Herzensunschuld Gefahren bereiten, sollten zunächst der katholischen Jugend und dann der Familie überhaupt sittenreine, belehrende und veredelnde Bücher in die Hand gegeben werden, welche durch Wort und Bild die Kenntnisse über fremde Länder und Völker erweitern und das Herz durch den Hinweis auf die heroischen Arbeiten der Glaubensboten mit neuer Hochschätzung und Liebe zu unserer heiligen Religion erfüllen können.[129]

Die Luzerner Lehrerin Elisabeth Müller veröffentlichte bei Benziger in der Reihe *Sonnenschein* eine historische Erzählung, *Jutta das Ritterkind* (1907), die in Anlehnung etwa an Christoph von Schmid ein Beispiel frommer Tugend zeigt, die über die finstere, gottlose Gewalt eines Raubritters triumphiert. Schauplatz der Handlung ist ein nicht näher bezeichneter Ort in Deutschland. Der Schwyzer Erziehungsrat und Kantonsratspräsident Friedrich Donauer wählt als Hintergrund seiner historischen Romane das antike Rom, bzw. Byzanz. Weder bei Müller noch bei Donauer ergibt sich irgendein Bezug zur Geschichte oder Gegenwart der Schweiz.

128 Eine ähnliche Gewichtung stellt B. Helbling in *Eine Schweiz für die Schule* fest: die katholischen Lesebücher legen noch lange Wert auf Texte, die das Verhältnis Kind – Kirche – Gott regeln (Kap. 1.3.).

129 Vorwort zu: In der Neuen Welt. Erste Hälfte: Westindien und Südamerika. Freiburg im Breisgau: Herder 1894.

Bemerkenswert vor allem seiner Entstehungsgeschichte wegen ist *Sigisbert im rätischen Tale* von Pater Maurus Carnot. 1897 hatte die Kreislehrerkonferenz Vorderrhein beschlossen, ein eigenes romanisches Lesebuch für die zweite Klasse zu schaffen, nachdem sie die vorgesehenen deutschsprachigen Schulbücher abgelehnt hatte. Als Thema schlug sie die Klostergründung Disentis vor, was sowohl für die heimatkundliche wie religiöse Erziehung sinnvoll schien. P. Carnot übernahm es, den Text zu schreiben, in Deutsch, da er zu diesem Zeitpunkt noch nicht ausreichend sicher im Romanischen war. 1899 erschien das Buch sowohl in der romanischen Übersetzung wie in Deutsch, stiess aber bei den Schulbehörden auf Widerstand. Die Auseinandersetzung um das Schulbuch kann hier nicht dargestellt werden.[130] Ausserhalb der Schule fand die Erzählung jedoch weite Verbreitung, auch sie ein Beispiel dafür, dass es vor allem die Vergangenheit der Kirche ist, die im Zentrum des Interesses steht.
Im Ganzen sind die katholischen LehrerInnen für die KJL weniger bestimmend als ihre konfessionell neutralen KollegInnen. Der Anteil der Pfarrer und Pfarrhelfer unter den Autoren ist vergleichsweise gross, und es überrascht nicht, dass sie – wenn sie Themen aus der Geschichte wählen – vor allem Heiligenviten erzählen oder Biographien von Kirchenmännern, wie z. B. Walter Armin Diethelm, Aloys von Euw oder Paolo Brenni.
Eine Sonderstellung nimmt die Briger Hotelière Catherine Bürcher-Cathrein mit ihrem Roman aus der Walliser Geschichte *Der letzte Sander* (1928) ein, der inhaltlich viel Ähnlichkeit mit dem weitaus bekannteren Roman *An heiligen Wassern* (1898) von Jakob Christoph Heer aufweist. Wie Heers Roman ist auch *Der letzte Sander* von Personal, Schauplatz und Konflikt her ein Heimatroman. Weshalb der Roman vom Stuttgarter Verlag Thienemann überhaupt als Jugendbuch veröffentlicht wurde, ist nicht ganz klar, geht es doch auf weite Strecken darum, dass die HeldInnen sündige Triebe bekämpfen, bzw. dafür bestraft werden, dass ihr Kampf nicht erfolgreich war. Nun hatte bekanntlich Erotik im Jugendbuch nichts verloren, auch nicht als Sünde. Möglicherweise verhalf der Erfolg anderer Schweizer Jugendbücher, vor allem die Walliser Geschichte *Der Geisshirt von Fiesch* von Ernst Eschmann, zur Aufnahme in das Verlagsprogramm, und das reiche Angebot an heimatkundlicher Information liess die Jugendschriftenkommissionen über die erotischen Verwicklungen hinwegsehen.[131] Immerhin fanden ganze Teile aus dem Roman Aufnahme in das 4. Schulbuch für die oberen Klassen der Primarschulen des Kantons Wal-

130 Vgl. dazu Deplazes: Geschichte der sprachlichen Schulbücher, Kapitel 2: Robinson contra Sigisbert, 150 ff.

lis. Ausserdem wurde er zweimal dramatisiert und in den Walliser Dialekt übertragen. Bürcher-Cathrein ist wohl auch ein Beispiel für eine grössere Nachsicht AutorInnen aus Randregionen gegenüber, die in der Literatur sonst wenig vertreten sind. Eine solche Nachsicht wird jedenfalls auch Toni Halter gegenüber geübt, der 1960 für sein Buch *Culan da Crestaulta* mit dem Schweizerischen Jugendbuchpreis ausgezeichnet wird. In der Laudatio stellt Heinrich Altherr fest:

Toni Halter hat aus diesem Stoff eine Erzählung gestaltet, in der sich historische Tatsachentreue und dichterische Phantasie in schöner Weise die Waage halten. Der jugendliche Leser mit seinem starken Bedürfnis nach Spannung wird voll auf seine Rechnung kommen. Hinsichtlich Stoff und Sprache hätte man dieses Buch gerne als geschichtlichen Begleitstoff für die Mittelstufe benützt; wegen einiger Szenen mit deutlich erotischem Charakter – sie sind aber sauber und taktvoll dargestellt – eignet sich die Erzählung nur für reifere Leser (ab 16. Altersjahr).[132]

Die Gegensätze zwischen katholischer und «neutraler» KJL verwischen sich erst in den 60er Jahren. Die Zwischenkriegs- und Nachkriegsgeneration wird abgelöst, die Kinderliteratur ist international geworden und neue Konflikte – der Kalte Krieg, dann die Studentenbewegung mit ihrem neuen Kinderliteraturkonzept – lassen konfessionelle Fragen in den Hintergrund treten. Zugleich ist das Beziehungsgeflecht AutorInnen – Verlage – Vermittlungsinstanzen – Schule aufgelöst oder zumindest stark aufgelockert worden. Gerade noch zu einer Glosse im Tages-Anzeiger reichte es, als 1989 die Zürcher NA-Gemeinderätin Wally Widmer vom Stadtrat Auskunft verlangte, wie er sich zu Lesungen ausländischer AutorInnen in den Zürcher Schulen stelle: «Ist der Stadtrat nicht auch der Ansicht, dass wir genügend einheimische Autoren hätten, die eine solche Beschäftigung sehr gern übernehmen möchten – resp. die Anforderungen von einheimischen Autoren für diesen Zweck vollauf genügen würden?»[133]

131 Wie empfindlich die Rezensenten normalerweise auf Erotik reagieren, belegt eine Äusserung Hans Brachers zu seinem Manuskript *Der Sklave des Tribuns*: «Herr Cornioley [...] wies mich auf die erotische Stelle S. 213 Mitte hin, die ungebührlich deutlich sei: ‹...verwegenes Spiel mit dem Letzten, was Mann und Frau sich zu schenken haben›. Ich habe die Stelle abgeändert in: ‹...verwegenes Spiel mit dem sittlich Unzulässigen.› Die übrigen ‹erotischen› Elemente sind meiner Ansicht nach tragbar; sie gehören zum Kulturbild wie die römischen Grausamkeiten, was Herr C. auch zugibt.» (Brief von H. Bracher an den Verlag Sauerländer vom 23. November 1952.)

132 Heinrich Altherr: Jugendbuchpreis 1960. In: Das Jugendbuch. Mitteilungen über Jugend- und Volksschriften. 26 (1960), 1215.

133 Christian Rentsch: Rettet unsere Kinder! In: Tages-Anzeiger vom 10. März 1989, 19.

Die neuen AutorInnen stehen der Schule ferner oder sie schreiben, wenn sie für die Schule schreiben, Sachbücher oder erzählende Sachbücher. Die Verlage orientieren sich auch am ausländischen Markt, und neue Vermittlungsinstanzen entstehen und nehmen Einfluss auf die KJL.

Teil II: Das Bild der Schweiz – und der Schweizer

3. Bindung und Ordnung

Plus j'approchois de la Suisse, plus je me sentois ému. L'instant où, des hauteurs du Jura je découvris le lac de Geneve [!] fut un instant d'extase et de ravissement. La vue de mon pays, de ce pays si chéri où des torrens de plaisirs avoient inondé mon coeur; l'air des Alpes si salutaires et si pur; le doux air de la patrie, plus suave que les parfums de l'Orient; cette terre riche et fertile, ce paysage unique, le plus beau dont l'oeil humain fut jamais frapé [!]; ce séjour charmant auquel je n'avois rien trouvé d'égal dans le tour du monde; l'aspect d'un peuple heureux et libre; la douceur de la saison, la sérénité du Climat; mille souvenirs délicieux qui réveilloient tous les sentimens que j'avois goûtés; tout cela me jettoit dans des transports que je ne puis décrire, et sembloit me rendre à la fois la jouissance de ma vie entière.[1]

Schönheit, die sich sowohl aus der Grossartigkeit der Landschaft wie der Vollkommenheit der sozialen Ordnung ergibt – dieses Bild der Schweiz, wie es hier Rousseaus Saint-Preux überwältigt, wird für zwei Jahrhunderte Vorbild für die Beschreibung von Heimat, auch wenn der Ton mit der Zeit weniger überschwänglich wird.

Praktisch alle Erzählungen aus der Schweizer Geschichte sind durch die dargestellten Ereignisse und/oder durch die Herkunft ihrer Hauptfiguren mit einem bestimmten Ort, einer bestimmten Region verbunden. Ganz besonders trifft das auf die heimatkundlichen Erzählungen zu, die durch kulturgeschichtliche Darstellungen die Kenntnis einer begrenzten Region, der «engeren Heimat», der «petite patrie» vertiefen, so etwa *Die Inselleute vom Bodensee* von Karl Kel-

1 J-J. Rousseau: La nouvelle Héloïse. Oeuvres complètes, II. Ed. Bernard Gagnebin et Marcel Raymond. Paris: Gallimard 1969, 419. (Bibliothèque de la Pleiade 153).

ler-Tarnuzzer oder *Tapfer und treu* von Olga Meyer. Es gilt aber auch für die «patriotische», bzw. staatsbürgerliche Erzählung, die zwar für die Geschichte der gesamten Schweiz bedeutsame Ereignisse darstellt, sie aber doch in erster Linie vom Standpunkt *eines* Ortes und in der Auswirkung auf *einen* Ort zeigen, wie etwa Ernst Eberhards Erzählung zu den Burgunderkriegen, *Der Sohn des Venners*. Im Vordergrund steht der Heldenmut Berns, die Erzählung schliesst mit dem Satz: «Über allem leuchtet mir ein Ziel, klar und unwandelbar: ein herzhafter Berner will ich sein, ein biderber Eidgenosse und will's Gott – ein Mann!». Für die historischen Erzählungen lässt sich also ein ähnlich partikularer Charakter feststellen, wie ihn Georg Kreis bei den nationalen Denkmälern, besonders den Schlachtendenkmälern beschreibt: «Die *Schlachtendenkmäler* rufen zwar einen entscheidenden Moment der nationalen Geschichte in Erinnerung, immer heben sie aber auch die lokale Bedeutung des Ereignisses stark hervor [...]»[2]

Am ehesten kommt eine Idee von der gesamten Schweiz noch in denjenigen Erzählungen zum Ausdruck, deren Thema die Bildung der frühen Eidgenossenschaft ist, die Erschliessung des Gotthards oder Erlebnisse von Schweizern im Ausland, insbesondere die Verteidigung der Tuilerien oder des Beresinaüberganges durch Schweizertruppen. Auf die Schweiz als Gesamtstaat weist in diesen Erzählungen nicht nur das für die staatliche Entwicklung bedeutsame Ereignis hin, sondern vor allem der «Schweizer Heldenmut» als nationale Tugend, die für alle Schweizer Bürger verpflichtend ist.

Neben Ereignissen aus der nationalen Geschichte, neben der Landschaft und politischen Institutionen sind denn solche nationalen Tugenden die wichtigsten Symbole für die Schweiz als gefühlsmässige oder politische Einheit. Das durch diese Symbole gebildete Referenzsystem, das für die gesamte Schweiz – oder zumindest für eine gesamte Sprachregion – gilt, stellt die Beziehung zum Gesamtstaat auch in jenen Erzählungen her, deren Handlung sich ausschliesslich in einem Kanton oder einer bestimmten Region abspielt.

Im Zusammenhang mit dem Problem «nationale Identität» haben verschiedene Begriffe, die – zuweilen synonym – für Teilaspekte der nationalen Identität oder für nationale Identität überhaupt stehen, eine zentrale Bedeutung: Heimat, Vaterland, Volk, Gemeinschaft. Gemeinsam ist diesen Begriffen, dass sie konkrete Gegebenheiten und Strukturen bezeichnen können, aber ebenso auch Wertorientierungen, Ziele; die jeweilige Bedeutung lässt sich nur aus dem Kontext erschliessen.

2 Kreis: Der Teil und das Ganze, 10.

In den folgenden Abschnitten soll gezeigt werden, wofür diese Begriffe in den historischen Erzählungen für die Jugend gebraucht werden, in was für historischen und geographischen Bildern und soziokulturellen Beziehungen sie sich manifestieren.
Für die Interpretation war zuerst das Bedeutungsspektrum dieser Begriffe zu klären, wobei allerdings nicht die ganze in verschiedenen Disziplinen geführte Diskussion berücksichtigt wurde, sondern nur einzelne Beiträge, die Wesentliches zur vorliegenden Arbeit aussagen, d. h., vor allem volkskundliche, resp. kulturanthropologische sowie historische Untersuchungen.

3.1. Heimat

Die zufällige Örtlichkeit der Geburt und der Kinderjahre gewinnt erstaunlich schnell schicksalsähnliche Bedeutung. Wenn es selbstverständlich ist, dass wir mit jenen Menschen besonders vertraut sind, in deren Gemeinschaft wir aufwachsen, so bleibt doch einigermassen rätselhaft, wie bald auch der äussere Lebensraum als der eigene prätendiert wird. In die soziale Einbettung und Zugehörigkeit schleicht sich unversehens ein territorialer Anspruch, und kurioserweise ergibt erst die Vereinigung beider Bedürfnisse jenes Amalgam, das wir als Heimatgefühl bezeichnen.[3]
Iso Camartin nennt hier Komponenten des Heimatgefühls – soziale Einbettung und Zugehörigkeit sowie einen territorialen Anspruch –, die in allgemeinerer Bedeutung auch die Kulturanthropologin Ina-Maria Greverus in *Der territoriale Mensch* (1972) und in späteren Aufsätzen als Konstituenten von «Heimat» ausweist.

3.1.1. Aspekte des Heimatbegriffs

Greverus unterscheidet in Übereinstimmung mit anderen volkskundlichen Arbeiten «Heimat» als terminus technicus für eine rechtliche Zuständigkeit und «Heimat» als Wertbegriff für eine subjektiv erlebte Beziehung. Als terminus technicus ist «Heimat» ein inhaltsoffener Begriff und kann unterschiedliche Sachen, von «Haus» bis «staatsbürgerliche Zugehörigkeit» bezeichnen. Die

3 Camartin: Vermessenes Zuhause.

konkrete Vorstellung von Heimat als Besitz, als «Haus und Hof» kommt im schweizerdeutschen «s'Heimet» zum Ausdruck, die rechtliche Zuständigkeit der Schweizer BürgerInnen im «Heimatort». «Heimat umschreibt also zunächst einen konkreten Raum, dem der Mensch zugeordnet ist, in dem er seine Zuständigkeit hat. Diese Zuständigkeit kommt einem Besitzanspruch gleich. Die Heimat ist das ultimum refugium des Bürgers als Schutzraum und Aktionsraum und auch als Identifikationsraum in diesem zunächst juristischen Sinne.»[4] «Heimat» als Relation hingegen ist nach Greverus ein gehaltsoffener Begriff für einen subjektiv-emotional besetzten, soziokulturellen Raum, der einem Individuum «Identität gegen Anonymität und Fremdheit» bietet, der aber auch «aktiv, in wohnender und selbstgestaltender Aneignung erworben wird».[5] Ähnlich hatte bereits 1839 der Genfer Pfarrer François Marc Louis Naville die grundlegenden Elemente der Liebe zur Heimat, bzw. dem Vaterland erklärt:

1. L'amour de la patrie est un attachement aux localités, qui résulte de l'association des idées. C'est là que l'on a reçu les caresses d'une mère, les solennelles exhortations d'un père, que l'on a joué, ri, pleuré avec ses frères, ses soeurs et ses autres amis d'enfance, que le coeur a battu des premières émotions qu'y ont excitées les beautés de la nature et les tendres affections. Sur ce sol sacré, chaque édifice, chaque arbre se lie à quelque souvenir. [...]

Nous trouvons un second principe de l'amour de la patrie dans la sympathie qu'établit entre nous et nos compatriotes une communauté de souvenirs, d'idées, de préjuges et de moeurs. On a les mêmes intérêts, on se comprend sans qu'il soit nécessaire de s'expliquer, on s'aime pour s'être connu ou parce que l'on connaît les mêmes personnes. [...]

Un troisième principe de cet amour, c'est la vie politique, le rôle que l'on est appelé à jouer dans l'administration de son pays. On s'attache par habitude, par amour-propre et par le sentiment du devoir aux choses dont on s'occupe, et l'on s'y attache d'autant plus qu'il s'agit d'intérêts plus généraux et plus importants, que l'activité que l'on exerce peut avoir des effets plus étendus, plus durables et d'un ordre plus élevé.[6]

Einen Raum, in dem sich vorgebildete und erlernte Strebungen verwirklichen lassen, der Identität, Sicherheit, Aktionsmöglichkeiten gewährleistet, stellt Ina-Maria Greverus als ein dem Menschen immanentes Bedürfnis fest. Diesen

4 Greverus: Der territoriale Mensch, 28.

5 Greverus: Auf der Suche nach Heimat, 14.

6 Naville: Mémoire, 29f.

Raum bezeichnet sie nicht als Heimat, sondern als Satisfaktionsraum. «Die Grenzen des Identitätsraums werden durch die für eine Identifikationsgruppe verbindlichen Werte, ihre Darstellung in allen Mitgliedern verständlichen Symbolen und das ‹naive› Handelnkönnen in einem Territorium bestimmt. Dieses Handelnkönnen ist von einer ‹geordneten› Umwelt abhängig, in der das Individuum sich auskennt, die es anerkennt und von der es anerkannt wird: eine ‹Wohn- und Rangordnung›.»[7] Diese Beziehung zwischen einem subjektiven Anspruch auf Heimat im Sinne eines individuellen Satisfaktionsraums und dem Anspruch der Umwelt auf Anerkennung gemeinsamer verbindlicher Werte und Normen weist auf einen weiteren Gehalt von «Heimat»: «Heimat» als «objektiven» Wert, dem individuelle, egozentrische Bedürfnisse zugunsten übergeordneter, gemeinschaftlicher Ansprüche unterzuordnen sind. Je nach Betonung des einen oder anderen Aspekts ergeben sich unterschiedliche Konzeptionen des Phänomens Heimat. So stellt Greverus in Bezug auf amerikanische Untersuchungen von Minderheiten fest:

Die auf «adjustment» hin ausgerichtete Forschung versucht Heimat von der Person her als zu gewinnenden sozial-kulturellen Satisfaktionsraum abzustecken, während die auf «Beharrung» konzentrierte Forschung Heimat als ein existentes überindividuelles Wertgefüge betrachtet, dem die Person zugeordnet ist. Symptomatisch für diese Sicht wird der Raum Heimat mit der historischen Dominante Gemeinschaft erfüllt, wobei – und das ist entscheidend – nicht der jeweilige subjektive Erlebnisraum betrachtet wird, sondern der Dreiklang Heimat-Tradition-Gemeinschaft in einer überindividuellen Dimension gesehen wird und damit den Charakter eines objektiven Wertes erhält, dem ein «objektiver Unwert» Gesellschaft (mit Traditionslosigkeit und Heimatlosigkeit) gegenübergestellt wird.[8]

Der Anspruch auf Anerkennung von «Heimat» als objektivem Wert, auf Anerkennung des Gemeinwohls, wird umso dringlicher, je mehr der individuelle Satisfaktionsraum, die subjektive Heimat, in Frage gestellt wird, z. B. bei Gefährdung der Sicherheit durch Krieg oder ökonomische Umwälzungen, bei Erschwerung der Identifikation durch soziale Veränderungen oder durch die Einschränkung der Aktionsmöglichkeit bei einer bestimmten Arbeits- oder Wohnorganisation.

7 Greverus: Territorialer Imperativ, 37.

8 Greverus: Der territoriale Mensch, 39.

Emma Pieczynska-Reichenbach und Léa Burger formulieren in der Einführung zu ihrem *ABC de l'Education nationale au Foyer domestique* (1916) diese Zusammenhänge sehr genau:

D'autre part, un patriotisme inculte ne résiste pas longtemps aux rancoeurs de l'amertume lorsqu'on se sent victime, dans sa patrie, d'injustice ou d'hostilité, ou quand on n'y peut atteindre aux buts auxquels on aspire. Les coeurs se durcissent, alors, et renient par ressentiment cette appartenance qui les a déçus. Ils se détachent de la solidarité nationale et lui préfèrent d'autres communautés d'idées et d'autres associations. Ou encore, ils dédaignent toute espèce de solidarité et, se repliant sur eux-mêmes, cessant de se soucier d'autre chose que de leur propre avantage, ils s'inspirent désormais de la devise: Ubi bene, ibi patria. [...]

Au contraire, quand l'idée de patrie, en nous, s'associe à des principes que nous vénérons, à un ensemble d'aspirations, de croyances et de convictions idéales, ces éléments d'ordre supérieur constituent une âme collective qui, par l'amour qu'elle nous inspire, nous élève plus haut que nous mêmes et devient notre éducatrice. Plus cet idéal national est grand, moins notre patriotisme pourra se complaire en un sot orgueil en le contemplant; l'humilité nous sera imposée par la vue de tout ce qui manque encore à notre peuple pour y atteindre. Nous souffrirons profondément des contradictions et des inconséquences par lesquelles notre pays se donne parfois un démenti à lui-même, et semble bafouer son propre idéal; mais cette souffrance et cette humiliation, loin de nous désintéresser de notre patrie, seront l'aiguillon qui stimulera notre zèle à la servir. Nous voudrons être de ceux qui lui aident à réaliser sa propre pensée, et tous ceux qui tendront à ce but se sentiront unis, de ce fait, par un très noble lien.[9]

Hier, bei der Umfunktionierung des aus der Gefährdung oder dem Verlust des Satisfaktionsraums entstehenden «Heimwehs» in Heimat- oder Vaterlandsliebe, wird «Heimat» Synonym zu «Vaterland»: Nicht «ubi bene, ibi patria» soll gelten, sondern umgekehrt, «Wenn es dem Vaterland wohl geht, so gehts auch euch und euern Verwandten wohl», erklärte Emanuel Stierlin der Jugend und lobte die Väter, denn «sie wohnten klein, aber das Vaterland wurde gross».[10] Wird den Anforderungen des Gemeinwohls jedoch nicht gleichzeitig der Anspruch des Individuums auf bestimmte Rechte entgegengesetzt, drängt sich die Frage auf, ob «Vaterland» nicht Identifikationsangebot sein soll für jene, die

9 Pieczynska-Reichenbach: L'ABC de l'Education nationale, 11/12.

10 Emanuel Stierlin: Schweizerischer Ehrenspiegel. Bern: Stämpfli 1813. VII, IX.

«Heimat» als Satisfaktionsraum nicht haben können. So stellt Bausinger für das 19. Jahrhundert fest:

Immer deutlicher aber bildete sich daneben auch ein politisches Beschwichtigungsangebot *heraus, das mit dem Heimatbegriff verbunden wurde: die* nationale Beschwörung des gemeinsamen Vaterlandes, *die weitgehende* Gleichsetzung von Heimat und Vaterland. *Haus und Hof waren für die Mehrheit der Bevölkerung keine Haltepunkte mehr, und für viele war auch die Bindung an einen einzelnen Ort verlorengegangen. Heimat sollten trotzdem alle haben – Heimat im Sinne von Vaterland.*[11]

Besonders die AutorInnen der französischen Schweiz betonen allerdings den wechselseitigen Anspruch von Individuum und Gesellschaft auf die Sicherung des individuellen und gemeinschaftlichen Wohles, so etwa, neben Pieczynska-Reichenbach, der Freiburger Literaturprofessor Louis Bornet in einem *Cours gradué d'instruction civique* für die Freiburger Schulen: «Ce qui fait la beauté de la patrie, c'est moins la fécondité de son sol, la douceur de son climat, le riant aspect de ses vallées, la majesté de ses fleuves et de ses montagnes, que l'équité de ses lois, les moeurs et les vertus de ses enfants. Celle-là mérite le plus d'amour qui les embrasse tous dans la même sollicitude.»[12]

Die «kollektive Seele», wie sie bei Pieczynska-Reichenbach als Ausweg aus einer unbefriedigenden Gegenwart entworfen wird, kann ihre Wertorientierungen der Vergangenheit nicht nur entnehmen, sondern sie auch wieder dort ansiedeln – in einem retrospektiven Heimatraum, der einen verlorenen, ideal geglaubten Zustand wiederherstellen soll. Die verklärende Erinnerung an das Elternhaus, an den Ort der Kindheit ist die verbreitetste Form einer solchen Orientierung.[13]

Ebenso möglich ist jedoch eine Projektion in die Zukunft, die erst eine Heimat im Sinne eines Satisfaktionsraums bieten wird. Solche «prospektivischen Utopien» sind etwa die «himmlische Heimat»,[14] wo der fromme Christ nach einem

11 Bausinger: Heimat 97.

12 Louis Bornet: Cours gradué d'instruction civique. Manuel de l'école, de la famille et du citoyen. Fribourg: Marchand 1856, 66.

13 Vgl. Helbling: Eine Schweiz für die Schule, Kap. 3.3.

14 «das wahre Vaterland aller Menschen, wo des Herren Gnade auf die Guten wartet», Emanuel Stierlin: Schweizerischer Ehrenspiegel. Bern: Stämpfli 1813, XI. Bei Samuel Descombaz in: Histoire de la Suisse, findet sich die Formulierung: «Jeunes amis, la patrie vous comptera un jour parmi ses défenseurs; vous en serez le véritable ornement et la joie, si, tout en vous dévouant à elle, vous n'oubliez pas qu'il est pour le chrétien une patrie encore meilleure, une bourgeoisie céleste, que notre Dieu-Sauveur a préparée pour ceux qui l'aiment.» Lausanne: Bridel 1864 (6e éd., revue et augmentée), 11.

mühseligen Erdengang Ruhe findet, oder soziale, bzw. sozialistische Utopien, die gleicherweise eine ideale Zukunft einer problembeladenen Gegenwart gegenüberstellen.

«Heimat» als Gegenentwurf zur Gegenwart, als Identifikationsangebot für ein bestimmtes Zielpublikum beinhaltet in Abhängigkeit von den jeweils anstehenden Problemen wechselnde Orientierungen und Symbole. Um wirksam zu werden, müssen diese Orientierungen und Symbole bekannt sein; ihre Vermittlung ist denn auch als grundlegende Aufgabe der Sozialisation von der Schule in verschiedenen Bereichen übernommen worden, so besonders in den Fächern Heimatkunde und Geschichte, aber auch Sprache und Literatur. Auch die Jugendliteratur hat hier, bei dieser Vermittlung, eine entscheidende Funktion; denn unabhängig von den jeweiligen politischen oder gesellschaftlichen Verhältnissen stellt die Adoleszenz im Lebenslauf eines Individuums einen Abschnitt dar, der bestimmt ist von der Suche nach einer «Heimat» im Sinne eines zunächst individuellen Satisfaktionsraums.

Die Adoleszenz ist die letzte und abschliessende Phase der Kindheit. Der Prozess der Adoleszenz ist jedoch nur dann wirklich abgeschlossen, wenn das Individuum seine Kindheitsidentifikationen einer neuen Form von Identifikation untergeordnet hat, die es in der intensiven Gemeinschaft und im Wetteifer mit Gleichaltrigen errungen hat. Diese neuen Identifikationen sind nicht mehr durch das Spielerische der Kindheit und die Probierfreude der Vorpubertätszeit charakterisiert. Unerbittlich zwingen sie den jungen Menschen, Entscheidungen zu treffen, die mit wachsender Beschleunigung zu immer endgültigeren Selbstdefinitionen, zu irreversiblen Rollen und so zu Festlegungen «fürs Leben» führen. […] Die Identitätsbildung schliesslich beginnt dort, wo die Brauchbarkeit der Identifikationen endet. Sie entsteht dadurch, dass die Kindheitsidentifikationen teils aufgegeben, teils einander angeglichen und in einer neuen Konfiguration absorbiert werden, was wiederum von dem Prozess abhängt, durch den eine Gesellschaft (oft mittels Untergesellschaften) den jungen Menschen identifiziert, indem sie ihn als jemanden annimmt und anerkennt, der so werden musste, wie er ist.[15]

Die intentionale Jugendliteratur, von vornherein für das Zielpublikum Jugendliche verfasst, nimmt auf die spezifischen Probleme dieses Lebensabschnitts Rücksicht. Aus dieser Rücksicht bezieht sie gleichzeitig ihr Selbstverständnis und ihre Existenzberechtigung. Was Malte Dahrendorf für das Mädchenbuch feststellt, gilt in leicht modifizierter Form für die Jugendliteratur überhaupt:

15 Erikson: Identität und Lebenszyklus, 136 und 140.

Das Mädchenbuch versteht sich wie die Jugendliteratur nicht als «Kunstwerk», sondern als ein aus einem gewissen Aktualitäts- und Realitätsbezug und aus einem gewissen Leserbezug existierendes «Sprachwerk», das dem jungen Menschen lesende Selbstbegegnung ermöglicht, ihm Wirklichkeit aufschliesst als ein Raum der Erfahrung und mitgestaltender Bewährung. [...] Der junge Mensch darf lesend bereits sein, was er in der Realität noch lange nicht ist, und das ist anders als durch «Entwirklichung» der Wirklichkeit gar nicht denkbar. Nicht nur vom Alltagsdruck entlastet die Literatur, sondern von niederdrückender Selbsterfahrung in der Vorreife- und beginnenden Reifezeit; daher die Vorliebe für die literarischen Gegenwelten, die omnipotenten Helden, die so selbstsicheren, opferbereiten Frauen, an denen die Leser und Leserinnen ihre Zukunftsentwürfe vollziehen.[16]

Diese Gegenwelt, in der kompensierende Leistungserfahrungen möglich werden, ist jedoch klar eingebunden in die zur gegebenen Zeit vorherrschenden Normen und Wertvorstellungen der Gesellschaft, in die sich die Jugendlichen einzuordnen haben. Über die Lektüre geschieht also auch die Auseinandersetzung mit einem vorgegebenen Bild der Gesellschaft, mit der «âme collective», wie sie Pieczynska-Reichenbach vorstellt, mit der «Heimat», die sie vorfinden oder die sie gestalten müssen.

3.1.2. Heimat im historischen Jugendbuch

In den historischen Jugendbüchern findet sich das ganze Spektrum der Bedeutungen von «Heimat», wie es in 3.1 skizziert worden ist. Insbesondere kommen die beiden gegensätzlichen Auffassungen von «Heimat» als «Form der inneren Einstellung», die «weithin an Erinnerungen festgemacht» wird, und von «Heimat» als «Ausdruck von Lebensqualität», die an «äussere Bedingungen gebunden» wird, zur Geltung: «Heimat kann begründet werden in der Tradition und den Traditionen, kann aber auch als Ergebnis gegenwärtiger Aneignungen und Auseinandersetzungen verstanden werden.»[17] Diese beiden gegensätzlichen Auffassungen schliessen sich jeweils nicht unbedingt aus. Olga Meyer z. B. setzt in *Eine Stunde vor Tag* eine «naturgegebene», unauflösliche Heimatbindung voraus, wenn sie bei der Rückkehr des schwerverwundeten Bauern Lattmann seinen Nachbarn bewusst werden lässt, was Heimat ist:

16 Dahrendorf: Mädchenbuch, 135 und 137.

17 Bausinger: Heimat 90f.

Mit einemmal ging es den Leuten auf, was es hiess, daheim sein zu dürfen – zwischen diesen Feldern und Wäldern – auf Höhen – in verborgenen Tälern. Daheim in seiner Behausung, und wäre sie noch so klein.
[...]
Der Kranke öffnete die Augen weit. [...] Er war daheim – wieder daheim! Nie mehr wollte er seine Scholle verlassen. Hier allein konnte er glücklich sein.[18]
Versagt die «natürliche» Heimat als Satisfaktionsraum, lässt sich woanders eine neue Heimat schaffen. Diese Möglichkeit lässt Olga Meyer in der gleichen Erzählung für den jugendlichen Jacques offen, nachdem er in der alten Heimat zum Aussenseiter geworden ist.
Josef Reinhart hingegen schliesst diese Möglichkeit aus. Der Mensch ist bei ihm in eine feste Ordnung hineingeboren, in die er sich einzufügen hat, will er sich nicht selbst verlieren:
«Ja, ja , Buben!» sagte er [Amadée, der Kutscher des Ratsherrn Gibelin] mit tiefer Stimme, «ja, ja, schaut das Land nur an; Mancher kehrt ihm den Rücken, er meint, die Welt und das Wesen in den fremden Städten sei ein halber Himmel; dann vergisst er, wo er her ist, braucht die Augen ab am Spiegelglanz, lernt mit der Zungenspitze reden und meint, die Welt sei am schönsten im weissen Kerzenlicht.»
Die Knaben schauten einander an und lächelten. «Ja, lacht nur, Buben! Bin nicht so dumm; bin auch bei allerhand Leuten gewesen und rede welsch wie einer, wenns sein muss. Aber das müsst ihr glauben: Wenn einer vergisst, wo er daheim gewesen, und wenn er nicht mehr Freude haben kann daran, so ist er halber krank; er ist wie eine Glocke, der der Klöppel ausgefallen. Denkt dran, Buben, das haben die alten Eidgenossen auch so gehalten, eh sie der Geldteufel verführt.»[19]
Als Identitätsraum, in dessen Ordnung das Individuum sich auskennt, erscheint «Heimat» bei Lisa Tetzner:
Giorgio wurde wieder wütend und wollte auf sie losgehen; der Meister hielt ihn fest: «Lass das!»
«Aber sie lachen mich aus!»
«Mich auch», sagte der Meister leicht. «Es gehört nun einmal zu unserem Beruf, dass uns die Kinder nachlaufen und uns verspotten, daran musst du dich gewöhnen.»

18 Meyer: Eine Stunde vor Tag, 170/171.

19 Reinhart: Die Knaben von St. Ursen, 117.

«Ich weiss nicht, ob ich das kann», entgegnete Giorgio trotzig. «Wenn mich in Sonogno einer auslachte, habe ich ihn verprügelt.»
«Hier bist du in Mailand», sagte der Meister, «und nicht in Sonogno. Und hier wird nicht geprügelt, sonst bekommst du auch von mir noch deinen Teil.»[20]
Der territoriale Aspekt von Heimat als «Schutz- und Aktionsraum» wird deutlich in Hans Zulligers *Die Pfahlbauer*:
«Wir wissen alle, dass die Gegend hier günstig wäre, um Wohnungen zu bauen. Da auf dem freien Platz könnten wir Korn und Gerste pflanzen und unser Vieh weiden. Das Bächlein bringt uns gesundes Wasser zum Trinken, und der Wald ist voll Wild. Auf dem Hügel können wir eine Erdburg errichten, um uns im Falle der Not vor Feinden zu flüchten und zu schützen. Die Häuser aber müssen wir aufs Wasser bauen. Wir fanden im Wald zahlreiche Spuren von Urochs und Bär, wir hörten nicht ferne ein Rudel Wölfe heulen, und auf einer Eiche sah Witt eine fauchende Wildkatze. Diese Tiere würden uns in der weissen Jahreszeit zu gefährlich!»[21]
Bei Josef Reinhart spielt der Aspekt «Schutz- und Aktionsraum» kaum eine Rolle (auf den Zusammenhang mit seiner Auffassung von «Gemeinschaft» und «Volk» wird noch einzugehen sein). Bei anderen Autoren, Robert Schedler, Olga Meyer, wird er in enger Beziehung mit Besitz und/oder politischen Rechten gesehen. Bemerkenswert ist, dass der Aspekt Besitz im Zusammenhang mit «Heimat als Betätigungsfeld» gerade für zwei weibliche Hauptfiguren besonderes Gewicht hat: In Huguette Chaussons *Lausenette, la boulangère de Nôtre-Dame* (1948), einer Erzählung, die in Lausanne, im 13. Jahrhundert spielt, richtet sich die gleichnamige Heldin eine Bäckerei ein. Die Voraussetzung für die Durchführung ihres Plans ist durch ihr Erbteil, ein kleines Haus mit Garten, gegeben. In *Das abenteuerliche Leben einer Soldatenmutter*[22] ist weniger der Besitz im Vordergrund als sein Erwerb: Regina Käser-Häusler zeichnet hier das Bild einer geschäftstüchtigen Unternehmerin im 19. Jahrhundert, der Wirtin Katharina Morel-Kaufmann, die sich «leicht anpassen konnte,

20 Tetzner: Die schwarzen Brüder, I, 184.

21 Zulliger: Die Pfahlbauer, 7. In diesem Abschnitt kommt zugleich auch die Bedeutung der historischen Erzählung für den Heimatkundeunterricht zum Ausdruck: Die Darstellung der urzeitlichen Wohnweise ergänzt der Lehrer Hans Zulliger mit einer detaillierten Aufzählung des zugehörigen Wildbestandes. Vgl. auch S. 83.

22 Käser-Häusler: Das abenteuerliche Leben, 25. Die Bezeichnung «Soldatenmutter» schien offenbar für den Titel eines SJW-Hefts passender als «Wirtin» oder gar «Marketenderin». Bezeichnenderweise wird in dieser Biographie das politische Engagement Katharina Kaufmanns (vgl. Mesmer: Ausgeklammert, 65f.) mit ganzen drei Sätzen erwähnt. Gegenüber der geschäftlichen Tätigkeit und der Sorge um den Ehemann bleibt diese Seite bedeutungslos.

ohne Vergangenem nachzuhängen», solange sie an einem Ort einen ihr zusagenden Wirkungskreis einrichten konnte. Bei Olga Meyer erwächst aus dem Besitz die Verpflichtung zu verantwortungsvollem Handeln:

Wie ein friedlicher Garten Gottes lag die Landschaft vor dem Mann ausgebreitet: Wiesen und Äcker, auf denen noch vor kurzem die goldene Frucht gestanden. Bäume, deren Äste sich von der Last der Früchte zu senken begannen. Welcher Reichtum! Was für ein Segen! Hier war er daheim! Dieses schöne Stück Land und noch einiges dazu hatten die Vorfahren erworben und weitergegeben an ihn, Hans Heinrich Kägi, damit er es nach besten Kräften, nach bestem Wissen und Können verwalte und weitergebe an das folgende Geschlecht.[23]

Dass die Gestalt Kägis und seines Hauswesens genau dem Bild des «Hausvaters» entspricht, wie es für die Ausformung des Zivilrechts im 19. Jahrhundert bestimmend war, ist später, im Zusammenhang mit dem Familienbild noch zu präzisieren.[24] Allerdings ist die Anlehnung an die Schriften der Bauernaufklärung in *Eine Stunde vor Tag* nicht zu übersehen: Olga Meyer berührt darin alle zentralen Punkte der Bauernaufklärung:[25] Erziehung zur Vernunft, Genügsamkeit, Sauberkeit, Kampf gegen Aberglauben, ökonomische Erziehung – sowohl sittliche (Arbeitsethos) wie technische – bis hin zur Einführung neuer Düngemethoden, die jedoch bemerkenswerterweise von einer Frau, der Chirurgenfrau Rebsamen, eingeführt werden.[26] Die Figur des Hausvaters scheint also durch die Texttradition, an die sich Olga Meyer hier anlehnt, vorgegeben zu sein – keine der übrigen Erzählungen Olga Meyers weist eine ähnlich dominierende Vaterfigur auf.

3.1.3. Heimatauffassungen und Erzählabsicht

Tendenziell lassen sich die verschiedenen Auffassungen von «Heimat» mit einem bestimmten funktionalen Schwergewicht der einzelnen Erzählungen in Verbindung bringen: Wo die kulturgeschichtliche, heimatkundliche Information im Vordergrund steht, wird Heimat eher als Betätigungsfeld gezeigt. So in

23 Meyer: Eine Stunde vor Tag, 20f.

24 Vgl. dazu auch Mesmer. Ausgeklammert, Kap. 1.

25 Vgl. dazu Lichtenberg: Unterhaltsame Bauernaufklärung.

26 Für die historische Existenz von Elisabeth Rebsamen oder einer Frau andern Namens, die sich in dieser Weise im Tösstal betätigt hat, habe ich keinen Hinweis gefunden.

Huguette Chaussons *Lausenette*, bei Olga Meyer in den Erzählungen aus dem Tösstal, aber auch in *Tapfer und treu* (1954), das um 1860 in der Stadt Zürich spielt. Bei Hans Zulliger ist es ein ganzes Dorf, das sich in einer neuen Gegend niederlässt und neue Lebensgrundlagen schafft (*Die Pfahlbauer*). Wie weit die Autorinnen und Autoren bei der Darstellung von Heimat als Aktionsraum ihre persönliche Haltung zum Ausdruck bringen und wie weit hier das heimatkundliche Prinzip des «Tätigen-sich-Aneignens» eine Rolle spielte – mit Ausnahme von Huguette Chausson waren die oben genannten Autorinnen und Autoren alle Lehrerinnen, bzw. Lehrer –, kann im Einzelfall kaum bestimmt werden.
Die Möglichkeit, sich eine Heimat neu anzueignen, zeigen auch zwei Erzählungen mit sozialgeschichtlicher Thematik: In Lisa Tetzners *Die Schwarzen Brüder* (1940/41) und in *Stärker als ihr denkt* (1988) von Karin Grütter und Annamarie Ryter, zwei Erzählungen also, deren Entstehungszeiten weit auseinanderliegen, ist es nicht der Besitz von Land oder von Produktionsmitteln, sondern die Solidarität einer Gruppe, die zeitweise Ersatz für die Heimat – so bei Tetzner – oder Heimat überhaupt werden kann.
Wie die sozialgeschichtlichen spielen auch die heimatkundlichen historischen Erzählungen alle in einer bestimmten Stadt (Lausanne bei Huguette Chausson; Zürich bei Olga Meyer; Basel bei Karin Grütter/Annamarie Ryter) oder einer klar begrenzten Region (Lisa Tetzner: Verzascatal; Olga Meyer: Tösstal; Karl Keller-Tarnuzzer: Bodensee). Die Schweiz als Staat, als Vaterland, als politische oder militärische Grösse erscheint kaum in diesen Texten, nicht einmal als geographische Einheit.[27]
Auch in den staatsbürgerlichen historischen Erzählungen, die soziale oder politische Probleme der Gegenwart auf geschichtlichem Hintergrund behandeln, ist jeweils nicht unbedingt die Schweiz, bzw. die Eidgenossenschaft angesprochen. Oft ist es auch hier eine Stadt, eine Region, eventuell ein Kanton, um deren Entwicklung oder Verteidigung es geht, so z. B. bei Adolf Haller, Josef Reinhart, Adolphe Villemard. Auch wo die (spätere) Schweiz als Gesamtstaat eine Rolle spielt, z. B. im *Schmied von Göschenen* (1920) von Robert Schedler oder in Hans Brachers *Der Weg durch die Schlucht* (1946), ist es meist eine begrenzte Region – die Urschweiz in den beiden Beispielen –, die den Hintergrund der Erzählung bildet.

27 Dagegen ist die Schweiz als Ganzes Thema von Büchern, die explizit die staatsbürgerliche Erziehung fördern wollen, wie z. B. Pieczynskas *ABC de l'éducation nationale...* (1916), *Funken vom Augustfeuer* (1916) von Hedwig Bleuler-Waser oder *Mon beau pays* (Neuchâtel 1925) von Marthe Reymond. Bei diesen Büchern handelt es sich aber nicht um historische Erzählungen.

Heimat, in diesen staatsbürgerlichen Erzählungen oft Vaterland, ist hier, wo es um politische, wirtschaftliche oder militärische Konflikte geht, viel eher Schutz- und Identitätsraum. Sie wird fraglos als gegeben vorausgesetzt: als Erbe, das verpflichtet, zunächst ganz rational, weil die «Väter» durch ihre Leistungen den Nachfahren ein Leben in Frieden und Freiheit ermöglicht hatten; später aus rein gefühlsmässigen Gründen:

Bruder Klaus kniete in jenen Tagen fast ununterbrochen in seiner Kapelle. Wenn es jetzt nicht gelang, die Einigkeit wiederherzustellen, dann war es um den Bund der Eidgenossen und wohl auch um die bluterkaufte Heimat geschehen. Dann rötete Bruderblut den Boden, der heilig war um der Liebe willen, mit der ein starkes Geschlecht ihn erbaut und vererbt hatte. Dann sank alles zusammen, was gross und schön gewesen war im Schutze der Einigkeit. Und Klaus fühlte wie nie zuvor, dass er sich noch nicht ganz losgelöst hatte von der Welt. Weib und Kinder, Haus und Hofstatt hatte er schon dahingegeben, um Gott zu dienen, aber an einem hing er noch zäh: am Vaterland. Er spürte dieses geheimnisvolle Band; er wusste um seine leidenschaftliche Liebe zu seinem Volke. Sein Blut war von jenem, das in den ersten Freiheitskämpfen von Morgarten und Sempach geflossen war [etc. etc...][28]

Solche Sätze haben zweifellos dazu beigetragen, dass viele allein schon das Wort «Heimat» schaudern machte. Immerhin gibt es neben diesem und andern, ähnlich penetranten Texten auch staatsbürgerliche historische Erzählungen, die sich selbst zur Zeit der geistigen Landesverteidigung differenzierter mit «Heimat» auseinandergesetzt haben. Adolf Haller veröffentlicht 1939 Pestalozzis politisches Testament unter dem Titel *An mein Vaterland*; viel später zitiert er daraus in einem autobiographischen Text:

Unsere Kinder gehören gottlob noch uns und durch uns und durch niemand anders dem Vaterland, dem Staat. Wir sind, durch Gesetz und Recht untereinander verbunden, unser Staat selber ... Lasst uns Menschen werden, damit wir wieder Bürger, damit wir wieder Staat werden können ... Vaterland! [...] Deine Bürger sind dem Staat um kein Haar mehr wert als sich selbst, und jeder Glaube an den Staatswert von Bürgern, die keinen Individualwert für sich selbst haben, ist ein Traum, aus dem du früher oder später mit Entsetzen erwachen musst.[29]

28 Dutli-Rutishauser: Niklaus von Flüe, 22.

29 Haller in: Adolf Haller, 18.

Adolf Haller – und ähnlich wie er Kurt Held – betont in seinen historischen Erzählungen die Verantwortung des einzelnen der Gesellschaft gegenüber, aber auch die soziale Gerechtigkeit als Voraussetzung für das Wahrnehmen dieser Verantwortung. «Heimat» ist der Ort, wo seine Helden diese Verantwortung wahrnehmen können. Die, den politischen Gegebenheiten entsprechend ausschliesslich männlichen Helden können mehrheitlich als soziale Aufsteiger eingeordnet werden. Heimat ist denn auch bei Adolf Haller selten identisch mit dem Geburtsort, sondern sie findet sich in Städten, bzw. Kleinstädten, in denen ein solcher Aufstieg, beruflich und politisch, möglich ist.
In den historischen Romanen zwischen 1920 und 1960 dominiert die Auffassung von «Heimat» als etwas, das sich jeder schaffen kann und muss, eine Auffassung, die beispielhaft bereits Johann David Wyss in *Der Schweizerische Robinson*[30] zum Ausdruck gebracht hatte. Die unbewohnte Insel, auf der der schiffbrüchige Prediger mit seiner Familie strandet, wird sogleich erforscht und durch Namengebung topographisch erschlossen, das heisst, zu einem Raum gemacht, in dem sich die Familie auskennt. Gleichzeitig wird ein geschützter Platz eingerichtet und die Insel wirtschaftlich erschlossen, indem die landwirtschaftliche Versorgung sowie die Salz- und Gipsgewinnung organisiert werden. Schliesslich werden Perlen und Korallen gesammelt, als Sparkapital für die Rückkehr nach Europa. Als nach mehr als zehn Jahren diese Rückkehr möglich wird, entschliessen sich der Prediger und seine Gattin, auf der Insel zu bleiben «und die zweydeutigen Vorteile des europäischen Welttreibens mit gutem Vorbedachte abzuweisen» (Bd. 4, 434). Zwei seiner Söhne entlässt der Vater nach Europa mit den Worten: «Wo ihr gut seyd und nützlich seyd, da ist eure Heimath» (Bd. 4, 440).
Der Glaube der aufklärerischen Pädagogik an die Notwendigkeit, gut und nützlich zu sein und sich durch Nützlichkeit eine Heimat zu schaffen, hat 200 Jahre angehalten. Erst seit den siebziger Jahren ist dieser Glaube auch in der KJL erschüttert. Er wird abgelöst durch das Gefühl, Heimat gerade durch Übernutzung, durch Übertechnisierung verloren zu haben. Am anschaulichsten hat diesem Gefühl der Grafiker Jörg Müller in seiner Bilderserie *Alle Jahre wieder saust der Presslufthammer nieder* (1973) Ausdruck gegeben. Erscheint auf dem ersten Bild, datiert mit «Mittwoch, 6. Mai 1953», die Landschaft noch als überblickbarer, Geborgenheit versprechender Raum, in dem Kinder Spielmöglichkeiten finden, so ist die Industrie- und Konsumlandschaft auf dem letzten

30 Der Schweizerische Robinson oder der schiffbrüchige Schweizer-Prediger und seine Familie. Ein lehrreiches Buch für Kinder und Kinder-Freunde zu Stadt und Land. 4 Bände. Zürich: Orell Füssli 1812–1827.

Bild vom «3. Oktober 1972» feindlich: Bremsspuren auf der Autobahn zeugen von Unfällen und weisen darauf hin, dass diese Landschaft nicht nur kein Schutzraum ist, sondern auch nirgends Aktionsmöglichkeiten bietet. In *Die Menschen im Meer* (1981) geht Jörg Müller, nun in Zusammenarbeit mit Jörg Steiner, noch weiter. Gezeigt wird jetzt die unwiderrufliche Zerstörung der Heimat durch die hemmungslose Ausbeutung aller Ressourcen: «Heimat» wird in den 80er Jahren wieder etwas, das nicht neu zu schaffen, sondern zu bewahren oder wiederherzustellen ist.

3.1.4. «Lueget vo Bergen und Tal ...» – Ansichten der Heimat

Die gängigste Art, Heimat zu veranschaulichen, ist, sie an einer Landschaft, einer idealtypischen Landschaft meist, festzumachen. Die oben erwähnte Bildfolge von Jörg Müller ist ein eindrückliches Beispiel dafür aus neuerer Zeit. Als ältere Beispiele liessen sich zahlreiche Lieder anführen, etwa *Der Schweizerknabe* oder das Rütlilied *Von ferne sei herzlich gegrüsset*, die zur Grundausstattung der Lieder- und Lesebücher aller Deutschschweizer Kantone gehören. Auch das Heimweh, der Ausdruck des Heimatverlustes, äussert sich oft in der Sehnsucht nach der Landschaft der frühen Kindheit, wobei gerade auch die seit dem 18. Jahrhundert vertretene Theorie, dass Bergbewohner mehr als andere dem Heimweh ausgesetzt seien, von Zeit zu Zeit aufgegriffen wird, nicht nur in Johanna Spyris *Heidi*.[31] Allerdings sind die Schweizer AutorInnen in dieser Beziehung eher zurückhaltend, und es bleibt AutorInnen aus dem Ausland vorbehalten, Erzählungen aus der Schweizer Geschichte üppig mit Landschafts- und Heimweh-Stereotypen auszustatten. So lässt etwa die bereits erwähnte Gattin des Königlichen Seminardirektors zu Barby in Sachsen, Adele Gründler (s. S. 94), in einer Nacherzählung von Sigrists *Der arme Rudli* die Titelfigur schon bei einer eintägigen Reise am Ufer des Vierwaldstättersees heftigstes Heimweh nach der heimatlichen Gschwändalp empfinden: «‹Weisst, mir will's

31 Der Luzerner Stadtschreiber Joseph J. Xaver Pfyffer zu Neueck gibt in seinem *Neujahrsgeschenk für die Jugend. Auf das Jahr 1836* (Bern: C. Fischer 1836) dafür ein besonders einfaches Bild, wenn er im Vorwort schreibt: «Und welche andere Neigung hätte ich bei dir [der Jugend] mit mehr Zuversicht als vorherrschend voraussetzen dürfen, als gerade diejenige, welche, wenn auch dem Schweizer in höherem Masse, doch allen Völkern der Erde eigen ist, – nämlich die Sympathie für das Heimische.
Der Lappe liebt sein starres Schneegefilde,
der Neger den versengten Strand;
Der Kanibale [!] selbst, der rohste Wilde,
fühlt Liebe für sein Heimatland.» (IV)

doch gar nicht hier drunten im Land gefallen, und schon seit der ganzen Zeit, dass Du fort bist, verlangt's mich wieder heim, – dort nach unsern schönen hohen Bergen, – › und dem frohgemuten Schweizerbuben brachen die hellen Thränen aus den Augen.»[32]

Die Art der Landschaftsdarstellung und ihre Funktionen zeigen verschiedene Traditionen: die reine Naturbegeisterung des 18. Jahrhunderts, aber ebenso die wissenschaftlich-merkantilistische Aneignung der Natur jener Zeit; nationale Stereotypen, die ebenfalls auf das 18. Jahrhundert zurückgehen und sich in der Zeit der Helvetik und vor allem im 19. Jahrhundert verfestigten, wie z. B. das Bild der Alpenfestung, des naturgegebenen Schutzwalls; schliesslich findet sich die «Besänftigungslandschaft»[33] als Projektion des durch einen raschen sozialen Wandel verunsicherten Bürgertums.

Die AutorInnen des 20. Jahrhunderts schöpfen je nach Bedarf aus den Bildern ihrer Vorgänger, übernehmen manchmal fast wörtlich Beschreibungen, wobei jedoch unter Umständen fast gleichlautende Beschreibungen je nach ihrem Umfeld für unterschiedliche Inhalte stehen können.

Gewöhnlich wird Landschaft aus der Sicht von Oben beschrieben. Der Autor oder die Autorin lässt dazu jemanden aus dem Personal der Erzählung eine Höhe ersteigen und sich am Anblick der ausgebreiteten Landschaft begeistern. Bei dieser Landschaft kann es sich um eine Idealansicht der Schweiz oder um einen Blick auf die engere Heimat, das Dorf, die Umgebung, in der die Personen der Erzählung leben, handeln. Dann erscheint sie eher als Betätigungsfeld, wie in der zitierten Stelle aus Olga Meyers *Eine Stunde vor Tag* (s. S. 124), bzw. als Ort eingeschränkter Betätigungsmöglichkeit, wie in Adolf Hallers *Tanz um den Freiheitsbaum*, wo der junge Beat seiner Schwester beim Blick auf ihr Heimatdorf erklärt, dass er fortgezogen ist, «um die Freiheit zu suchen», die er zu Hause als unfreier Bauer nicht hat. Der Blick auf das Dorf entspricht der weithin, «in allen Mittelgebirgslandschaften»[34] gültigen Vorstellung von Heimat: «Eine Viertelstunde oberhalb Klingnau lag am Ausgang des Surbtales das Dorf Döttingen und ihm gegenüber am andern Ufer der Aare der Weiler Kleindöttingen, ihr Heimatort. Dort sahen sie unter den Nuss- und Ap-

32 Georg Sigrist: Der arme Rudli, ein Schweizer-Knabe: oder: Das glückliche Wiederfinden. Solothurn: Schwäller 1819. Zahlreiche weitere Ausgaben.
Adele Gründler: Rudi. Zürich: Christliche Vereinsbuchhandlung [um 1900] (Himmelsblumen 1), 4.

33 Vgl. Bausinger: Heimat, 94–96.

34 Bausinger: Heimat, 96.

felbäumen das niedrige dunkle Strohdach, unter dem sie geboren waren, unter dem ihre Eltern und Geschwister lebten.»[35]

Die Landschaft der engeren Heimat ist vor allem Produktionslandschaft, mit «Haus und Hof», eingebettet in Baumgärten, Äcker, Wiesen. Als feste Formel erscheint dieses Bild in den verschiedensten Erzählungen, mit leichten regionalen Anpassungen. So gehört in der französischen Schweiz der See, meist der Genfersee, zum Bild der Heimat, mit den Reben, wie bei Huguette Chausson:

Le vert des arbres et des prés se mèle au vert des vignes, et tout cela rebondit jusqu'au lac qui s'incurve en lignes harmonieuses. Tout en bas, les quelques maisons de Cully se serrent les unes contre les autres. Le lac est marbré de grandes taches violettes. Le Jura s'estompe et les montagnes sont pâles et lointaines.[36]

Landschaft als Konstante

Wenn sich die Landschaften verändern, dann nur, um wechselnde Stimmungen der Betrachtenden zu widerspiegeln. In ihren Grundzügen vermitteln diese Ansichten ein Gefühl der Dauer, sie versprechen Sicherheit und eine feste, dauernde Ordnung, gerade in Zeiten des Umbruchs – hier erscheint «Heimat als Besänftigungslandschaft, in der scheinbar die Spannungen der Wirklichkeit ausgeglichen sind.»[37] Die Beständigkeit wird zuweilen ausdrücklich betont:

Nun musste schon bald die Stelle kommen, wo man jenseits hinuntersah, zur heimatlichen Seebucht. […]

Da war er auf der Weghöhe – und ja, schau! jetzt umfasste der Blick den alten, vertrauten Seezipfel, der so ruhig dalag wie immer. Es war, als hätte er in unendlicher, gleichmütiger Treue immer auf den Heimkehrer gewartet. […] Da war im Saum der Seebucht auch das Schilf, das viele Schilf in seinem graugelben, verblichenen Schimmer, wo die Buben und Burschen tagelang auf der Vogeljagd umherstreiften. Und dahinter, in Weidenhecken und Baumgärten geborgen, dort mussten sie selber liegen, die Schilf- und Schindeldächer, die Ställe und Hütten von Tenodunum! Man ahnte, ja man sah sie sogar, ganz winzig und fern, wenn man die Augen mit der Hand gegen das blendende Sonnenlicht abschirmte, das über den See hinglitzerte.[38]

35 Haller: Tanz um den Freiheitsbaum, 24 und 25.

36 Chausson: En suivant le Comte Vert, 14.

37 Bausinger: Heimat, 96.

38 Adrian: Artos der Tiguriner, 90.

Auch bei Huguette Chausson bleibt – neben der Geschichte – als einziges unverändert in einer Gesellschaft, die sich grundlegend wandelt, der See:

Un jour, annonce-t-elle d'un ton pompeux et comique, d'immenses maisons s'élèveront au bord de l'eau, les gens porteront des costumes extraordinaires et vivront d'une façon toute différente de la nôtre. Des véhicules, marchant tout seuls, sillonneront le pays, des bateaux magiques parcourront le lac, et des oiseaux fabriqués transporteront les voyageurs à travers les airs! [...] Pourtant, même à ce moment-là, poursuit elle, reprenant son sérieux, l'esprit, le fond, n'aura pas changé. Le lac restera immuable, il y aura toujours des êtres prêts à tout supporter pour ne pas le quitter, et l'on parlera encore du Comte Pierre.[39]

Landschaft als Zufluchtsort

Landschaft, wenn sie für «Heimat» steht, bedeutet in den historischen Jugendbüchern der deutschen Schweiz immer bäuerliche, jedenfalls nicht städtische Landschaft. Vorgegeben ist das offensichtlich vor allem durch die literarische Tradition, durch die Heimatbilder des 19. Jahrhunderts, weniger durch die Schauplätze der Geschichten. Einige Erzählungen spielen ja durchaus in Städten, wobei die Gegenüberstellung Land = Geborgenheit, Stadt = Wurzellosigkeit, Dekadenz nicht gemacht wird. Für städtische Heimat scheinen jedoch die Bilder zu fehlen. Umsomehr fällt auf, welche Rolle in den Erzählungen der französischen Schweiz die Stadt spielt, und in der Stadt vor allem die Kathedrale. In Huguette Chaussons Erzählung *Lausenette, la petite boulangère de Notre-Dame* begleitet die Kathedrale Notre-Dame in Lausanne alle wichtigen Ereignisse und Entscheidungen im Leben der Heldin, von deren Geburt am Tage der Weihung der Kathedrale bis zum Tag, an dem Lausenette ihre eigene Bäckerei eröffnet. Eine ebenso wichtige Rolle spielt die Genfer Kathedrale Saint-Pierre in den Erzählungen *Enfants de Genève* von L. Hautesource und *Par une nuit de Décembre* von Pernette Chaponnière. Wie die Lausanner Kathedrale gibt auch Saint-Pierre Schutz: «Enserrées par l'étreinte protectrice des massives murailles, les maison de la vieille Genève dormaient comme dort le troupeau qui sent rôder le loup autour du pacage. Semblable au berger qui veille, la cathédrale plongeait dans la brume argentée son clocher trapu et ses deux tours pareilles.» Über diesen Schutz, die emotionale Bindung hinaus verweist die Kathedrale aber auch auf eine übergeordnete, geistige Ordnung: «La ville grise devenait peu à peu une ville aux teintes douces et gaies. Enlacée par ses murailles protectrices et ses fossées, où dormait une eau lourde verdie de

39 Chausson: Le troubadour, 161f.

mousses, elle semblait une île perdue au milieu des campagnes rousses. Mais, debout sur sa colline, Saint-Pierre, nimbé d'un poudroiement de lumière éblouissante, semblait, comme un espoir, s'élancer dans le ciel bleu.»[40]
Landschaft als engere Heimat, als petite patrie, wie sie in den zitierten Stellen zum Ausdruck kommt, trägt zuweilen geradezu weibliche, bzw. mütterliche Züge: Sie ist ein intimer, familiärer Ort, der Ort, an den die Helden zurückkehren können aus Prüfungen und Abenteuer, an dem sie immer erwartet werden. Ähnlich wie Adrians Artos (s. S. 130) wird Huguette Chaussons Held aus *En suivant le Comte Vert* von seiner Heimat wieder aufgenommen: «Oh! mon pays! tu es là et tu m'accueilles. C'est pour mieux pouvoir te servir que je t'ai quitté. Et voilà que je te reviens, t'aimant plus encore. Je t'apporte toute ma bonne volonté, toutes les forces, les connaissances et les biens que j'ai acquis en suivant le Comte Vert![41]
Nicht nur für ihre eigenen Kinder ist diese Heimat Zuflucht, sondern auch für Flüchtlinge. Allerdings spielt dieser Aspekt nur in den Genfer Erzählungen eine Rolle. In L. Hautesources *Enfant de Genève* berichtet ein junger Genfer über seinen Reisebegleiter, einen Flüchtling aus Frankreich: «Il pleura quand il vit, par-dessus nos remparts, se dresser notre vieux Saint-Pierre. [...]
– Ami, me dit-il, recueillons-nous et remercions Dieu par une ardente action de grâce. Nous retrouvons tous deux une patrie, toi, celle de tes pères, et moi, celle de mon âme.»[42]

Nutzlandschaft

Landschaft als vertrauter Lebensraum, Ort der Geborgenheit, ist es auch, die in der neueren KJL in ihrer Gefährdung oder sogar Zerstörung gezeigt wird, in den Bilderfolgen von Jörg Müller besonders anschaulich, aber auch in Marbeth Reifs *Das Gletscherkind* oder in einigen Bilderbüchern des Waadtländer Illustrators Etienne Delessert.[43] In diesen je nachdem pessimistischen oder zur Umkehr auffordernden Bildern von Landschaft und Natur kommen zwei ver-

40 Hautesource: Enfant de Genève, 8 und 32. Vgl. dazu Auguste Rodin: Les Cathédrales de France. Paris: Colin 1921 (1. Aufl. 1914), der z. B. schreibt: «Or, la Cathédrale s'élevait pour dominer la ville assemblée autour d'elle comme sous des ailes, pour servir de point de ralliement, de refuge, aux pèlerins perdus dans les routes lointaines, pour être leur phare, pour atteindre les yeux vivants aussi loin dans le jour que les angélus et les tocsins pouvaient atteindre dans la nuit les oreilles vivantes.» (3)

41 Chausson: En suivant le Comte Vert, 140.

42 Hautesource: ebd., 86.

43 Z. B. Il était une fois la souris. Paris: Gallimard 1977.

schiedene Seiten von Landschaftsvorstellung zur Deckung. Zum einen äussert sich darin die Enttäuschung – oder auch Einsicht –, dass die «Besänftigungslandschaft» für den Umgang mit der Realität keine adäquaten Vorstellungen vermittelt. Zum andern erscheint die Zerstörung als Ergebnis einer Sehweise, die Landschaft und Natur nur unter dem Gesichtspunkt ihres ökonomischen Nutzens wahrnimmt, einer Sehweise, deren Kehrseite wiederum die Sehnsucht nach einer Besänftigungslandschaft ist.

Der Nutzungsgesichtspunkt wird tatsächlich bis in die 70er Jahre ungebrochen vermittelt, in erster Linie natürlich in den Erzählungen, die Wert auf Innovationsbereitschaft legen. Als z. B. Heini, «der Schmied von Göschenen», nach langen Lehrjahren zum erstenmal wieder nach Hause zurückkehrt, kommt er in eine Landschaft, die ihn nicht mütterlich aufnimmt, sondern ihm als Herausforderung begegnet: «Er schaute über die Teufelswand hinab in die Schöllenen. Da brauste und zischte die wilde Reuss wie ehedem um die Felsen. Er begrüsste den steilen Absturz des Kilchberges als alten Bekannten.

‹Wart nur›, rief er hinüber, ‹dir rück ich bald näher auf den Leib. Dich will ich bezwingen.›»[44]

Neben der Erschliessung durch Verkehrswege sind es vor allem die Gewässerkorrekturen, in denen die Zähmung der Natur, ihre Nutzbarmachung als eindrückliche Leistung gezeigt wird, allerdings ausschliesslich in der deutschen Schweiz. In der französischen Schweiz kommt ihre Darstellung höchstens in den Lesebüchern vor. Ähnlich wie in *Der Schmied von Göschenen* von Robert Schedler verspricht die Landschaft in *Benz* von Hans Schmitter oder in Peter Bratschis *Die Melchiorbuben* nicht Geborgenheit oder Ruhe, sondern ist im Gegenteil feindlich: «Der Fluss war noch nicht gezähmt. Er war gefesselt. Er glich jedoch einem gereizten Tiere, einem Kettenhund, den man angebunden weiss, der aber wütet und rast und dessen Wüten und Rasen einen im Innern doch erschreckt. Seit Wochen zeigte er seinen wilden Zorn, biss und nagte, wo er zupacken konnte.»[45]

Hans Schmitter stellt die Kanderkorrektur von 1711–1714 zwar als bedeutenden Entwicklungsschritt dar, aber ausschliesslich aus der Sicht der Region. Die rund 100 Jahre später durchgeführte Linthkorrektur wird hingegen als nationale Aufgabe gezeigt, deren Gelingen nur dank der Solidarität des ganzen Landes möglich war. Johann Konrad Escher wird zum nationalen Helden – mit dem Text der Gedenktafel, «Eidgenossen, Euch sei er Vorbild», schliessen alle Bio-

44 Schedler: Der Schmied, 140.

45 Schmitter: Benz 220.

graphien Eschers. Neben dem Gotthard als Verkehrsweg ist so die Linthebene die zweite Landschaft, in der die Schweiz als gemeinsame Aufgabe verkörpert ist. Beide Landschaften sind sowohl durch ihre geographische Situierung wie durch ihre historische Aussage viel konkreter – und deswegen auch in der Bedeutung eingeschränkter – als eine andere, sehr viel häufigere Ansicht, die auch für die Schweiz als Ganzes steht: die einmalig schöne Landschaft, wie sie – seit ihrer Entdeckung durch die Reisenden im 18. Jahrhundert – die Schweiz vor allen anderen Ländern auszeichnet.

Die Ideallandschaft

Die Ideallandschaft der Schweiz findet sich in zahlreichen Erzählungen bis in die 60er Jahre; auch sie wird gewöhnlich in der Aussicht von oben gezeigt. Beschränkt sich jedoch die «mütterliche», schützende Heimat auf das Elternhaus, das Dorf und seine nächste Umgebung, so weitet sich der Blick auf die Berge, wenn es um Heimat im politischen Sinne, um das Vaterland geht:

Es war ein klarer Herbsttag, tiefblau der Himmel; ein leiser Föhnwind hatte allen Nebel aufgelöst. Als sie nun auf die Höhe kamen, ein Plätzchen mager Weidland von Stubengrösse, da blieben die Knaben stehen, wie gebannt vom Bilde, das sich ihnen bot. Erst tasteten ihre Augen, verwirrt von allem Neuen, ein wenig unstät und fast erschreckt umher. Vor ihnen die Zackenreihe der Schneeberge, wie aus dem blauen Himmel geschnitten, dann die Stöcke, Ketten und Rippen der Voralpen, grün und dunkelblau, bald breit und langgezogen, sanft gewellt oder schrattig durchfurcht, bald zitterig steil aufstrebend, tief abstürzend, wieder sanft ansteigend und im Blauen verdämmernd. Dort blinkte ein See auf hinter violetten Bergesschatten, ein Fluss schlängelte sich durchs breite Land, es war die Aare.[46]

Die verschiedenen Grüntöne von Wiesen und Wäldern, das Blau der Seen und Flüsse, das Weiss der Alpen sind feste Bestandteile dieser Ideallandschaft:

Immobile, la poitrine haletante, il regarde: il y a d'abord un moutonnement de chaînes et de vallons. Le vert sombre des forêts alterne avec le vert éclatant des prés et les carrés ocres des terres moissonées. Cela s'étend encore et toujours. Puis tout se confond et devient bleuâtre. Loin, plus loin encore, et c'est la ligne aérienne et légères des Alpes, dont la blancheur étincelle. Sur la droite, une écharpe de moire bleue négligemment jetée: le lac Léman.[47]

Auch diese Landschaft ist ewig, unveränderlich:

46 Reinhart: Die Knaben von St. Ursen, 116.

47 Chausson: Le troubadour du Comte Pierre, 91f.

Des champs parsemés d'arbres, des bouquets de bois, puis des vignes étalées jusqu'au bord du lac dont l'eau bleuâtre, légèrement agitée, scintillait, semée de mille diamants; plus loin les forêts, les hameaux, les prairies du plateau de Vaud et de Fribourg; plus loin encore les Alpes, cimes pointues, arrondies, couvertes de neige et de glace, blanches et roses, toujours les mêmes et toujours belles.[48]

Aber wo die Unveränderlichkeit der intimen Landschaft Ruhe vor sozialem Wandel verspricht, trägt die Ewigkeit der weiten Landschaft religiöse Züge:

Da, aus dem Gehölz tretend und den Blick rückwärts wendend, erschaute er sie auf einmal wieder in ihrer lichten, luftigen Entrücktheit: die Kette der Schneeberge über dem Tal der Arura, wie sie schon den Blick des Knaben auf sich gebannt hatten.

Wie ein reihenweise sich hinziehendes, leuchtendes Gezelt hielten sie in blendendem Weiss hinter dem grünen, waldhügeligen Mittelland den Horizont besetzt, halb der Erde, halb schon dem Himmel zugehörig.[49]

Am weitesten geht Kurt Held in *Der Trommler von Faido*: der Gotthard ist hier ein Dom, Freistätte für die Menschheit:

«Sieh, Vinicio», sagte [Pater Roberto] und beschrieb mit seinen festen, behaarten Händen einen grossen Bogen, der das Hospiz, den Stall, den ganzen Hügel, den Schnee und alles, was unsere Augen noch erfassen konnten, einschloss, «das alles ist unser grosser Dom.»

[...]

«Weisst du überhaupt, wo du hier stehst?» fragte er mich.

«Auf dem Gotthard», antwortete ich schnell.

«Auf dem Gotthard», wiederholte er. «Ja! Auf dem höchsten und auf dem mächtigsten und berühmtesten Bergmassiv Europas, vielleicht sogar der Welt. «Das Dach der Welt» sagen sie ihm diesseits und jenseits des Berges in den Tälern, und du bist hier Gott und dem Himmel am nächsten. Dort» – er zeigte auf einen der höchsten Berggipfel, um den wie eine Krone ein leichter Wolkenschleier hing, aus dem nur wie eine gläserne Kuppel die Spitze herausragte – «stösst die Erde schon direkt in den Himmel hinein, und wenn wir bis zu diesem Gipfel hinaufsteigen könnten, wären wir Gott wahrscheinlich ganz nahe!»[50]

48 Diacon: Le Robinson neuchâtelois, 50.

49 Adrian: Artos der Tiguriner, 89.

50 Held: Der Trommler von Faido, I, 119f.

Die Berge, die von beinahe überall in der Schweiz zu sehen sind, verbinden die einzelnen Landesteile.[51] Durch sie erhält die Heimat eine religiöse Weihe über alle Konfessionen und Sprachgrenzen. In den 60er Jahren verschwindet dieses Bild aus der KJL. Landschaft wird, wenn überhaupt, als zerstört wahrgenommen, und diese Zerstörung macht nicht halt an Staatsgrenzen, ist keine nationale Angelegenheit, wie Marbeth Reif in *Das Gletscherkind* deutlich macht: Tschittanna, die Titelfigur, wird erst erlöst werden, wenn überall dort, wo das Wasser aus dem Jagdgebiet ihrer Familie hinfliesst, kein Tier mehr unnötig stirbt, wenn Pflanzen und Tiere wieder Lebensraum erhalten. Die Schweiz als Ideallandschaft spielt hier keine Rolle mehr. Hingegen greift Reif ein anderes Bild auf: die Schweiz als Herz Europas, von wo aus die Flüsse in alle Richtungen, in vier verschiedene Meere fliessen, wo sich gleichzeitig die verschiedenen Kulturen und Sprachen begegnen. Dieses Bild taucht in den historischen Erzählungen und Romanen sonst kaum auf, weder in den früheren noch in den heutigen. Ausnahmen sind Robert Schedler, der am Gotthard Urner, Tessiner, Bündner und Walliser zusammenkommen lässt, und Kurt Held, in dessen *Trommler von Faido* Tessiner, Walliser und Urner kurze Zeit gemeinsam gegen die fremden Truppen am Gotthard kämpfen. Ausser in diesen Titeln wird Landschaft nicht als Begegnungsort wahrgenommen.

Landschaft als Verkörperung der Schweiz, Landschaft als Lebensgrundlage, als Produktionslandschaft, und schliesslich Landschaft als Kristallisationspunkt einer emotionalen Heimatbeziehung – dies sind über den ganzen untersuchten Zeitraum hinweg die wichtigsten Funktionen der Landschaftsdarstellung in den historischen Jugendbüchern. Huguette Chausson drückt es in *En suivant le Comte Vert* kurz und bündig aus: «Vois-tu, garçon, les gens, la terre, la vigne et le lac, ça se tient. Ca forme ce que l'on appelle un pays, le pays de Vaud.»[52]

51 Dieser Aspekt spielt in der nationalen Erziehung immer wieder eine Rolle. Pfarrer Christinger schreibt z. B. in seinem Aufsatz *Ueber nationale Erziehung*: «Da scheint es auf den ersten Blick und ist ja auch von Unkundigen schon vielfach ausgesprochen worden, als ob dem schweizerischen Volke die innere Einheit, der nationale Charakter vollkommen fehlte. Allein das ist doch nur der Eindruck, den der oberflächliche Betrachter empfängt und entbehrt durchaus der Richtigkeit. Sind es nicht die gleichen Berge, zu denen sie alle emporblicken und die ihnen ihre klaren Wasserströme als tägliche Segensgabe zusenden?» (15)

52 Chausson: En suivant le Comte Vert, 15.

3.2. Gesellschaft – Volk – Gemeinschaft

Bezieht sich «Heimat» im gängigen Sprachgebrauch – so auch im historischen Jugendbuch – vor allem auf einen bestimmten geographischen Raum, eventuell auf politische und soziale Institutionen, so wird die Gesamtheit der Personen, die diesem Raum zugeordnet werden, gewöhnlich mit «Volk» bezeichnet:

...was wäre aus der Schweiz und den Schweizern geworden, wenn sich die Väter nicht als solche Männer gezeigt hätten. Unser Land wäre verschlungen worden von den gewaltigen Monarchien, die um dasselbe her sich bildeten, eine unbedeutende Provinz wären wir [...] Durch häufige Kriege, welche dem mächtigen Fürsten nicht leicht fehlen, wäre unser Volk zusammengeschmolzen, durch harte immer steigende Auflagen wäre alles erschöpft, und das Land selber bey vernachlässigtem Anbau grossentheils wieder verwildert. Ungeschätzt wäre unser Volk, nicht einmal einen eigenen Namen hätten wir, vergessen wären unsere Geschichten, denn wer frägt jetzt noch nach den Geschichten jener Städte und Gegenden, die vor 500 Jahren frey waren, wie die Schweizer, aber nun längst von den anwachsenden Reichen verschlungen worden, und darin verloren gegangen sind.[53]

Ähnlich wie «Heimat» lässt sich auch «Volk» nicht allgemeingültig definieren, sondern nur aus dem jeweiligen Kontext heraus bestimmen. Verschiedenste Bedeutungen können in einem Text unmittelbar nebeneinander stehen:[54]

«Wir Bergvolk, dieseits und jenseits des Gotthard, wollen zusammenhalten, solang Grund und Grat steht», rief Heini, «hier meine Hand darauf!»

«Das wollen wir, das werden wir!» riefen viel hundert Stimmen in redlicher Begeisterung.

Ein fröhliches Volksfestchen auf dem grünen Wiesenplan schloss sich an die Feier an. Natürlich spielte dabei Knopfli der Spielmann die erste Rolle. Drei verschiedene Sprachen schwirrten durcheinander. Aber alle, die Alamannen aus dem Reusstal, die Italiener aus Livinen und die rätischen Romanen aus dem Vorderrheintal verstanden sich, weil sie sich gegenseitig wohlwollten und es begriffen, dass im harmonischen Zusammenspiel der verschiedenen Gaben und Kräfte das Glück der Völker liegt.

[...]

53 Emanuel Stierlin: Schweizerischer Ehrenspiegel: Edle Züge aus der Geschichte der Väter. Mit moralischen Bemerkungen zum Gebrauch für Landschulen. Bern: Stämpfli 1813, IIIf.

54 Schedler: Der Schmied, 176.

Nach der Beratung traten auch sie wieder unter das Volk und nahmen teil an der geselligen Freude.

Die hauptsächlichsten Bedeutungen für unseren Untersuchungsbereich sind:

- Volk als ethnische Einheit: Die Alamannen, die Italiener, die rätischen Romanen bei Robert Schedler.
- Volk als politische Einheit, wie z. B. bei Stierlin (s. oben).
- Volk als soziale Einheit, in der Bedeutung von «ungebildeter Unterschicht».

Schliesslich wird im 20. Jahrhundert auch für die KJL die volkskundliche Auffassung bestimmend, wie sie Richard Weiss in *Die Volkskunde der Schweiz* formuliert hat: Auf die Bedeutung von «Volk» als «Unterschicht» wird verzichtet, eine Teilung des Volkes (als politische Einheit) in Oberschicht und Unterschicht abgelehnt. Dafür wird ein «unterschichtlicher» Bereich bei jedem Menschen vorausgesetzt: Das «Volk» wird durch das «Volkstümliche» ersetzt: «Volk bedeutet also fortan nicht mehr eine soziale Gruppierung, sondern eine Art des Verhaltens, an der jeder mehr oder weniger starken Anteil nimmt.»[55]
Kennzeichnend für den volkstümlichen Menschen sind Gemeinschaftsbindung und die Bindung an Traditionen. Durch diese Bindungen unterscheidet sich der volkstümliche Mensch von der Masse, der alle möglichen negativen Eigenschaften zugesprochen werden:

Die Tradition, welche die Gemeinschaft im volkskundlichen Sinn auszeichnet, ist auch in einem demokratischen Staatswesen der notwendige Schutz vor der wankelmütigen Masse, dem schlimmsten Feind der Demokratie. Erst wo sich die Gemeinschaftsbindungen wahren Volkslebens lösen, muss die unpersönliche staatliche Organisation immer mehr Aufgaben des sozialen und wirtschaftlichen Lebens übernehmen. Wo gemeinschaftsgebundenes Volksleben schwindet, entsteht Massenleben und zentralistische staatliche Organisation. Jetzt erst, in der individualistischen, beziehungslosen Masse ist die Persönlichkeit bedroht, weil sie den eigenen Wurzelgrund im volkstümlichen Leben verliert, aus dem auch die grossen, schöpferischen Individuen ihre Nahrung ziehen.[56]

Wenn Jugendliteratur als Identifikationsangebot verfasst und ihrem Zielpublikum vermittelt wird, kommt der Darstellung der gesellschaftlichen Gliederung gerade für den Aspekt der nationalen Identität zentrale Bedeutung zu: Wie die übergeordnete, grössere Erwachsenengruppe, die angestrebte «Wir-Gruppe», in die sich die Jugendlichen einzuordnen haben, horizontal und vertikal organi-

55 Weiss: Volkskunde der Schweiz, 8.

56 Weiss: Volkskunde der Schweiz, 14.

siert erscheint, welche sozialen, eventuell politischen Rollen zur Auswahl angeboten werden, steht in direkter Wechselwirkung mit Leitbildern auf einer gesamtstaatlichen Ebene. (Was für Leitbilder gewählt wurden, erlaubt jedoch nur Rückschlüsse auf den politischen Standort der Autoren; über mögliche Wirkungen beim Zielpublikum lassen sich kaum Aussagen machen.) Es wird also zu untersuchen sein, ob eine «Gemeinschaft», wie sie lange von der Volkskunde als Ideal formuliert wurde, auch in der KJL, im Speziellen im historischen Jugendbuch, als ideale Gesellschaftsform dargestellt wird, bzw. an was für anderen Modellen Jugendliche Erfahrungen durch Lektüre vorwegnehmen können.

Ein erster Vergleich der historischen Erzählungen – eingeschlossen die fantastischen Erzählungen der letzten Jahre – zeigt, dass die KJL die beiden wichtigsten in der politischen Öffentlichkeit diskutierten Modelle übernimmt, das heisst, je nach Standpunkt des Autors, ein eher autoritär-paternalistisches Modell oder ein demokratisch-genossenschaftliches.

Natürlich können sich in einer Erzählung die verschiedenen Vorstellungen überlagern. So orientieren sich manche Erzählungen, die zwar die Gesellschaft als Verband selbständiger Individuen mit gemeinsamen, z. B. ökonomischen Interessen zeigen, gleichzeitig an paternalistischen Leitbildern. Trotzdem geben diese beiden Modelle eine gute Grundlage für die Interpretation der historischen Erzählungen.

3.2.1. Landesväter – Landeskinder

Auf das alteuropäische, bäuerliche Ideal vom «ganzen Haus» lässt sich die autoritär-paternalistische Vorstellung vom Staat, bzw. dem Volk als politische Einheit zurückführen.

Mit dem Begriff «das ganze Haus» bezeichnete der konservative deutsche Gesellschaftstheoretiker Wilhelm Heinrich Riehl 1854 das «Haus» als wirtschaftliche und soziale Grundeinheit, die alle darin lebenden Personen – die engere Familie wie das Gesinde – mit allen Produktionsmitteln umfasst. Die Herrschaft über, aber auch die Verantwortung für das Haus hat der Hausvater, er als einziger hat auch politische Rechte.

Alle Abhängigkeitsverhältnisse im Haus sind auf den Hausherrn bezogen, der als der leitende Kopf aus ihnen überhaupt erst ein Ganzes schafft. Dazu befähigt ist eben nur der Mann, der nach Aristoteles allein alle dazu nötigen Tugenden besitzt. Das Haus (Oikos) ist also ein Ganzes, das auf der Ungleich-

artigkeit seiner Glieder beruht, die durch den leitenden Geist des Herrn zu einer Einheit zusammengefügt werden.[57]

Die wesentlichste Qualität des Hausvaters ist die Führungsqualität, die Fähigkeit, so zu befehlen, dass die Untergebenen gern gehorchen. Diese Fähigkeit wird denn auch in biographischen Darstellungen gerne hervorgehoben. Fritz Wartenweiler schreibt z. B. über Hans Konrad Escher von der Linth: «Aus Liebe zu ihm führten die Arbeiter schliesslich vieles aus, was sie auf Befehl nie getan hätten.»[58] Die führende Stellung bedeutet gleichzeitig auch eine strenge moralische Verpflichtung, mit ihr wird ein ganzer Tugendkatalog verknüpft: rastloser Fleiss, Genügsamkeit, Gerechtigkeitssinn, etc. etc. (vgl. Kap. 4).

Die Herrschaftsverhältnisse in der Wirtschafts- und sozialen Einheit des Hauses überträgt z. B. Gotthelf in *Der Knabe des Tell* auf eine nächste Stufe, auf das Land:

Wenn der Winter kam, die Menschen von allen Bergen her die Täler suchten, in sichern Wohnstätten sich bargen, dann sah man oft um Tells Herd achtbare Männer sitzen, hörte ernste Gespräche sie führen ohne Geheimniskrämerei, Knechte, Mägde, Kinder blieben alle zugegen, hörten schweigend die weisen Reden der Männer. Landeskinder waren alle; alle, welche in einem Haus wohnten, waren Hausgenossen, und wenn Knecht und Magd weise Reden hören, vernehmen, was zu des Landes Heil beraten wird, so wird es dem Hause nicht zum Schaden sein und dem Lande nicht. […] Und wenn Knecht, Magd und Kind zugegen waren, so lähmte es die Weisheit der Männer nicht, sondern bewahrte und schärfte sie, jeder hielt sich zu hoch in Ehren, um als Tor sich zu zeigen an einem Herde, um den die Hausgenossen sassen vom kleinsten bis zum grössten.[59]

Parallel dazu sieht Gotthelf das Abhängigkeitsverhältnis zum Kaiser als Vater-Kind-Beziehung:

Aber ferne war der Kaiser oft, war oft kaum imstande, sich selbst seiner Feinde zu erwehren, konnte beim besten Willen seinen besten Freunden oft nicht den nötigen Schutz gewähren. Des zürnten jedoch die Eidgenossen dem Kaiser nicht, sie waren treue Kinder, welche vom Vater nicht verlangten, was über seine Kräfte ging, ihn mit gleicher Innigkeit liebten, wenn er auch schwächer war als ihre Wohlfahrt es wünschbar gemacht hätte. Darum verbanden sie

57 Brunner: Das «Ganze Haus», 112.

58 Wartenweiler: Hans Conrad Escher von der Linth, 47.

59 Gotthelf: Der Knabe des Tell, 18/19. Zitiert nach der Ausgabe von 1965.

sich, durch die Not gedrungen, untereinander, wie auch die Kinder tun, wenn der Vater krank oder nicht zu Hause ist.[60]

Sicher hat Gotthelf hier versucht, eine Kindern besonders gut verständliche Formulierung zu finden. Das Bild des Landesvaters ist jedoch nicht einfach eine Anpassung an das kindliche Verständnis, sondern liegt einer weitverbreiteten Auffassung von gesellschaftlicher Ordnung auch in der demokratischen Schweiz zugrunde. Beatrix Mesmer spricht denn auch, allerdings im Zusammenhang mit der Stellung der Frau, von «Hausväterdemokratie».[61] Mit diesem Begriff lässt sich auch die gesellschaftliche Ordnung beschreiben, die Leitbild mehrerer deutschsprachiger historischer Erzählungen aus dem ganzen hier diskutierten Zeitraum ist. Insbesondere scheinen bei der Auswahl und der Darstellung der Helden von biographischen Erzählungen «hausväterliche» Qualitäten zum Zuge gekommen zu sein: Genauso väterlich wie Hans Konrad Escher für die Arbeiter am Linthkanal sorgt etwa Louis Favre für die Arbeiter, die den Gotthardtunnel bauen: «Und väterlich kümmerte er sich um sie, baute ihnen Baracken in Göschenen und Airolo, sorgte für gesunde Nahrung und Pflege in kranken Tagen».[62] Bei einer Besichtigung in der Schuhfabrik Bally erklärt ein «Vertrauter des Unternehmens» dem Autor Ernst Eschmann:

«So eine Fabrik ist ein Staat im Staate. Und hier wie dort gilt als oberstes Gesetz, Ordnung zu halten in allen Dingen, jedem Gebiet sein Departement zuzuweisen, dieses besondere Einteilungen treffen zu lassen und das Kunststück zu vollbringen, den rechten Mann an den rechten Posten zu stellen. Und wie in jedem Staate, müssen Zufriedenheit und ein guter Wille regieren, brauchen wir einen aufbauenden Geist, der den geringsten Arbeiter wie den führenden Chef beseelt, wenn er gedeihen soll. Nur so greifen die Räder ineinander, nur so gelangen wir zu einem Schuh, der wie aus einem Gusse geschaffen zu sein scheint.»[63]

Dass die Fabrik zugleich ein familiärer Verband ist, wird in der Bezeichnung «Papa» für Carl Franz Bally deutlich:

«Wir haben auch dieses Gebiet [die Fürsorge] weitergeführt und ausgebaut, wie es immer im Sinne Papa Ballys lag.»

«Papa Bally?»

60 Ebd.,19.

61 Mesmer: Eingeklammmert, 12. Bezeichnenderweise kommen im zitierten Text von Gotthelf «Frau» und «Mutter» als soziale Ränge nicht vor.

62 Eschmann: Männer und Taten, 93.

63 Eschmann: Männer und Taten, 170.

«Sie nannten ihn so im ganzen Dorfe, den Gründer unseres Hauses, Franz Carl [!] Bally.»[64]

Ähnlich zeigt Josef Reinhart Carl Franz Bally in *Der Fabrikant*:

Der Fabrikant will keine Söldner dingen; er will Helfer, die seine Ideen am Rad in nützliche Waren umwandeln; er gibt dem Arbeiter den verdienten Lohn, damit er nicht hungern muss. Aber meint ihr, das ist genug? Nein! Der Fabrikant, er hat ein Herz, das sagt ihm: jeder, der letzte Handlanger ist ein Mensch, und Menschen brauchen mehr als Brot.[65]

Die Erzählung *Der Fabrikant* war kaum als Handlungsanleitung für zukünftige Fabrikanten gedacht; in der Reihe *Jugendborn-Sammlung* erschienen, richtete sie sich an ein breites Publikum. Die Jugendliteratur, zumindest die historische Erzählung der Zwischenkriegs- und Kriegszeit, widerspiegelt mit solchen Darstellungen die zu dieser Zeit vorherrschenden politischen Strömungen. «Eine autoritäre Mentalität, die in weiten Kreisen der politischen und gesellschaftlichen Elite Eingang gefunden hatte»,[66] lässt sich nicht nur in den erwähnten Biographien nachweisen. Sie kommt insbesondere in Josef Reinharts Trilogie *Die Knaben von St. Ursen* (1928), *Die Schule des Rebellen* (1929) und *Das Licht der weissen Fluh* (1932) zum Ausdruck. Diese Trilogie kann wohl als exemplarisch bezeichnet werden für eine weitverbreitete Gesellschaftsauffassung zwischen Landesstreik und Geistiger Landesverteidigung.

Josef Reinhart erzählt auf dem Hintergrund der französischen Revolution die Geschichte zweier durch Herkunft und Charakter unterschiedlicher Buben. Schauplatz ist Solothurn. Unschwer lässt sich erkennen, dass die dargestellten Ereignisse ein Spiegel der Konflikte sein sollen, die zum Landesstreik geführt hatten. Hauptfigur ist der rothaarige, aufbrausende Dursli Riedweg. Sein Vater ist Pächter auf dem Landgut des Ratsherrn Gibelin, mit dessen Sohn Viktor Dursli eine Freundschaft verbindet, die allerdings immer wieder durch Standesinteressen in Frage gestellt wird. In den beiden Figuren Dursli und Viktor stehen sich Bauern und Aristokraten, Stadt und Land gegenüber. Dursli, mit einem ausgeprägten Gerechtigkeitssinn ausgestattet, hat nur allzuoft Anlass zur Empörung, immer wieder stellt er fest, dass Rechte und Pflichten ungleich verteilt sind: «‹Vater,› sagte Dursli, ‹warum gehört der Berg, das Holz, den Herren in der Stadt?› […]‹Warum? Weil wir nicht dabei gewesen, als der Herrgott die Welt verteilt hat.›»[67] Durslis Versuche, Unrecht eigenmächtig zu rächen oder

64 Ebd., 177.

65 Reinhart: Der Fabrikant, 17.

66 Geschichte der Schweiz und der Schweizer, Band III, 109.

zu korrigieren, führen zu neuem Unrecht, so dass Dursli ausser der Bestrafung durch die Obrigkeit noch schreckliche Gewissensbisse zu erleiden hat.

Dursli muss im Laufe der Erzählung lernen, sich selbst zu beherrschen und inneren Frieden zu erlangen, wie der Holzer Lippi, eine positive Nebenfigur. Lippi wird dafür bestraft, dass er seinen heimlich aus Frankreich zurückgekehrten, todkranken Sohn nicht bei der Obrigkeit angezeigt hat. Dursli ist über die Bestrafung zutiefst empört, aber Lippi belehrt ihn: «‹Meinst wohl, sie haben es gern beschlossen, die Herren in der Stadt? Meinst, es hat ihnen nicht auch weh getan? Ist wie im Wald, die Bäume; muss halt der grössere dem kleinen weh tun, wenn der zu breit die Aeste spannen will. Ist recht so, nachher gibt er ihm Schermen, wenn das Wetter kommt!›»[68] Am Ende des dritten Bandes ist Dursli so weit geläutert, dass er weiss: «‹[..] das Regieren muss verstanden sein, und von heut auf morgen kann man die Welt nicht anders machen, das haben sie erfahren in Paris.›»[69]

Aber auch Viktor Gibelin hat zu lernen: «‹Wer herrschen will, muss Herr sein über sich!›», bringt ihm schon früh seine Mutter bei, und sein Onkel lehrt ihn: «‹Auch die Obrigkeit muss ein Herz besitzen; nur muss sie aufrecht stehen, sonst macht jeder, was er will, und dann gibt's Schutt und Scherben.›»[70] Viktors Vater, sein Onkel und die übrigen Ratsmitglieder müssen ihrerseits lernen, sich auf die neue Zeit einzustellen: «‹helle Köpfe, gläubige, freudige Herzen, Menschen, die als Brüder leben, die brauchen wir, wenn wir uns schützen wollen vor der Blutpest der Jakobiner!›»[71]

In Zukunft werden Leute wie Dursli und Viktor Gibelin gemeinsam für die Heimat arbeiten – jeder an seinem Platze: Viktor in der Regierung, Dursli als Bauer. Wer in der Gemeinschaft von Brüdern keinen Platz hat, sind die Sansculotten, die verhetzte Masse, die keine Ordnung anerkennt und ohne Bindung an eine Heimat ist, aber auch Leute wie der Doktor Schwendimann, die der jakobinischen Propaganda geglaubt haben und jetzt, nach dem blutigen Terror in Paris, enttäuscht resignieren. Mit einer Begegnung zwischen dem Doktor und Dursli schliesst der dritte Band:

67 Die Schule des Rebellen, 7.

68 Die Knaben von St. Ursen, 169.

69 Das Licht der weissen Fluh, 213.

70 Die Knaben von St. Ursen, 86 und 227.

71 Das Licht der weissen Fluh, 230.

«Hast recht! Geh heim und rod und pflanz! Mach, dass dem Unkraut Meister wirst! Ist gescheiter als mit dem Maul die Welt verbessern! Hab's erfahren, ich!» Der Husten schüttelte ihn; dann liess er Dursli stehen. Er strebte müden Schrittes nach der Brücke, dem Spitale zu.

Dursli sah dem Doktor nach. Dann zog er aus; mit langen Schritten ging's gassauf, durchs Tor hinaus und hügelan der Heimat zu.[72]

Josef Reinhart hat hier das Bild einer Volksgemeinschaft entworfen, deren Zerstörung durch das vernünftige Entgegenkommen der bisher Stärkeren und den Verzicht der Schwächeren auf unvernünftige Forderungen verhindert werden kann. Der Hintergrund dieser Darstellung ist einerseits in Josef Reinharts konservativer, stark dem Kulturpessimismus verpflichteten Geisteshaltung zu sehen, andererseits offenbar in der Parteipolitik der zwanziger Jahre, die

im eigenartigen Gegensatz [steht] zwischen der Abwehr der nationalen Kräfte gegen den mit dem Bolschewismus identifizierten Sozialismus und dem Willen, den bisher vernachlässigten Sozialgruppen zum Recht zu verhelfen. Da werden zwar Gewerkschaften noch immer als schlechthin revolutionär betrachtet, und da plant man einen antirevolutionären Staatsschutz. Aber man konzediert doch den 8-Stunden-Tag, zwar umstritten, bereitet die Alters- und Hinterbliebenen- und eine Arbeitslosenversicherung vor.

Das Parteileben der unmittelbaren Nachkriegsjahre steht also unter dem Zeichen gegenseitigen Aushandelns.[73]

Die ehemaligen Klassenfeinde werden im Verlaufe dieses Aushandelns zu Sozialpartnern, wobei Josef Reinharts Volksgemeinschaft sich nur aus Bauern, Handwerkern sowie Aristokraten (Militär, Administration) und Lehrern und Geistlichen zusammensetzt. Die Industrie und mit ihr die Arbeiter sind in dieser Gemeinschaft nicht vorgesehen, und dem Handel gegenüber hat Josef Reinhart offensichtlich Vorbehalte. Jedenfalls betrachtet Dursli in einem zentralen Kapitel des ersten Bandes lange und mit Begeisterung im Lieblingsbuch seiner Mutter, *Die Nachfolge Christi von Thomas a Kempis*, das Bild von Jesus, wie er die Händler aus dem Tempel vertreibt (181). Und in Paris, wohin es Dursli verschlagen hat zur Läuterung, und weil er für einen emigrierten Adligen das zurückgelassene Bildnis seiner Frau holen soll, sind es neben den Sansculotten die Geldwechsler und Händler, denen Bonaparte entgegentreten muss, um wieder «Ordnung in diese Hölle» zu bringen.

72 Das Licht der weissen Fluh, 236.

73 Gruner: Politische Kräfte und Leitbilder, 202/203.

Die Ordnung ist bei Josef Reinhart nicht etwas, das neu geschaffen wird. Sie wird nur wiederhergestellt, ist sie doch etwas Gottgegebenes, Ewiges, wie das Wachsen der Bäume im Wald, genauso ewig und unveränderlich wie die Gemeinschaft, für die sie gilt. Der Volkskundler und Germanist Paul Zinsli würdigt denn auch Josef Reinhart als Dichter, der

eben nicht ein tendenziöser Schriftsteller ist, der die Anliegen einer sozialen Schicht vertritt, sondern ein Dichter, der um jene innere Schicht weiss, die uns Menschen über Wände und Stände hinweg verbindet, uns gemeinsam ist. Nennen wir es das «Volkstümliche»; wir meinen damit Grundkräfte des menschlichen Erlebens, schlichte Gegebenheiten des Daseins, Naheliegendes im räumlichen und zeitlichen Sinne, das wohl unser früheres und tieferes Besitztum ist als der darüberlagernde Raum von Kultur und Bildung, in den man erst hineinwächst.[74]

Eine familienähnlich autoritär gegliederte Gesellschaft stellt auch Adolphe Villemard in *Hautefort* (1920) dar.[75] Am Rande geht es auch Villemard um einen sozialen Ausgleich. Sein Hauptanliegen ist es jedoch, zwischen welsch und deutsch zu vermitteln. Die Handlung beginnt im Jahre 1588, die positiven Hauptfiguren sind der junge Waadtländer Aristokrat Pierre de Hautefort und sein Freund Philibert Mauvrier, ein wohlhabender Genfer Bürger. Der Vater und der ältere Bruder Pierres sind in eine Verschwörung gegen Bern verwickelt, das seit einigen Jahrzehnten die Waadt regiert. Im Bunde mit dem Herzog von Savoyen sucht die Waadtländer Aristokratie ihre alten Privilegien wiederherzustellen, die ihnen die Berner weggenommen haben. Die Verschwörung wird von Waadtländer Adligen verraten, die dem unzuverlässigen, katholischen Herzog die vernünftige Berner Regierung vorziehen: «Messire Isbrand de Crousaz, co-seigneur de Chexbres, et la demoiselle Valentine, sa soeur [...] sont de loyaux Vaudois, au coeur franc, ayant dit adieu pour toujours à la Savoie et à ses mirages pour accepter la chrétienne domination des Bernois.»[76]

74 Josef Reinhart, 8. Vgl. auch oben S. 138, Zitat von R. Weiss.

75 Der Roman wird im Bull. bibl. 18 (1921), 27 sehr positiv besprochen, wobei der Rezensent seltsamerweise als Hauptfigur Amédée, den jungen Anhänger des Herzogs von Savoyen, erscheinen lässt. Zwar zeigt sich der Autor tatsächlich merkwürdig schwankend in seiner Haltung Bern gegenüber, einmal fasziniert von aristokratischer Eleganz, die durch Savoyen verkörpert wird, dann wieder voll Bewunderung für die bürgerlichen Tugenden der Genfer und die staatsmännischen Erfolge der Berner. Ob die Hervorhebung der Figur Amédées Vorbehalte des Rezensenten gegenüber Bern, bzw. der deutschen Schweiz überhaupt zum Ausdruck bringt, muss offen bleiben.

76 Villemard: Hautefort, 104.

Die Bauern haben durch die Herrschaft Berns gewonnen. Elie, ein Sohn des Pächters von Hautefort «dit carrément que le paysan est plus heureux sous Messieurs de Berne que sous le duc de Savoie. Il est devenu quelqu'un et paie moins d'impôts. Elie sait lire et écrire, car il a été à l'école de sa paroisse, les Bernois voulant que chacun s'éclaire suivant son état. Nous ne sommes plus au temps de l'évêque et des chanoines.»[77]
Trotzdem ist die Bindung zwischen Messire de Hautefort und seinem Gesinde so stark, dass Elie gegen seine eigentlichen Interessen die Verschwörer unterstützt. Die Familie de Hautefort ihrerseits ordnet sich nach dem Scheitern der Verschwörung in die «Berner Familie» ein: Der einflussreiche Berner Patrizier Oberst von Herrenberg setzt sich mit allen Mitteln für die Begnadigung von Vater und Sohn de Hautefort ein, da sein Sohn Rudolf Catherine de Hautefort liebt. Die Heirat der beiden steht für das Bündnis zwischen Bern und Waadt, wobei es zweifellos von Bedeutung ist, dass Bern durch den Mann, die Waadt durch die Frau repräsentiert werden: Die Machtverteilung in der Familie spiegelt die Machtverteilung auf Landesebene wieder.
Freiheit bedeutet bei Adolphe Villemard Unabhängigkeit von Savoyen und eventuell das Recht auf alte Privilegien; Gleichheit kann es höchstens zwischen Angehörigen des gleichen Standes geben. Die Umgangsformen zwischen oben und unten sind genau vorgegeben und werden kaum in Frage gestellt: Elie begegnet dem gleichaltrigen Pierre mit Respekt, «Amédée [der ältere Sohn de Hautefort], volontiers cassant et hautain envers ses égaux, est toujours fort doux envers ses inférieurs».[78]
Das Bild des Staates als «ein Ganzes, das auf der Ungleichartigkeit seiner Glieder beruht, die durch den leitenden Geist des Herrn zu einer Einheit zusammengefügt werden»[79] findet sich in den historischen Erzählungen der deutschen Schweiz bis in die 60er Jahre. In *Heini, der Knecht des Ital Reding* von Anton Krapf (1962) etwa wahren die Männer der Familie Reding, «eine uralt Bauernschaft, freie Männer auf freiem Boden» auch immer «des Landes Ehre und Kraft».[80] So, wie sie über ihren Hof verfügen, bestimmen sie die Entwicklung des ganzen Landes Schwyz, vom Schicksal oder der Natur oder wem auch immer dazu vorgesehen: «Ital der Jüngere auf dem Redinghof zu Arth wurde wie sein Vater einer der führenden Männer des Landes Schwyz. Als Landammann

77 Ebd., 32

78 Ebd., 71.

79 Brunner: Das ganze Haus, vgl. S. 140.

80 Krapf: Heini, 33

[…] überliess er die Sorge um Haus und Hof oft für längere Zeit seiner Frau und den herangewachsenen Söhnen Ruedi und Jörg. Aber auch in diesen beiden rollte das Blut der Redinge und trieb sie zu Amt und Würden.»[81]
Es liegt auf der Hand, dass beim «Hausvätermodell» «Heimat» vor allem der Ort, das Milieu ist, in das jemand hineingeboren wird: Heimat ist zuerst einmal Identifikationsraum. Dem Individuum steht nur eine beschränkte Auswahl von Handlungsmöglichkeiten offen. Soziale Mobilität wird nicht als wünschenswert dargestellt, Veränderungen können und sollen auch gar nicht stattfinden. Eine neue Heimat zu schaffen ist fast unmöglich. Dies ist einer der zentralen Unterschiede zu den Erzählungen, die einem eher genossenschaftlichen Leitbild folgen. Damit im Zusammenhang ergibt sich ein weiterer Unterschied: technische Innovationen spielen in der paternalistisch-autoritären Literatur – mit Ausnahme der biographischen Darstellungen – eine viel kleinere Rolle.

3.2.2. Ein freier Bund von freien Männern

Das genossenschaftliche Leitbild – der Zusammenschluss gleichberechtigter Männer, die ein gemeinsames Ziel verfolgen – begegnet in verschiedenen Erzählungen über den gleichen Zeitraum wie das Hausvätermodell, mit Schwergewicht zwischen 1920 und 1960. Zentrales Thema dieser Erzählungen ist neben dem sozialen Ausgleich der technische Fortschritt als Basis für eine ökonomische Besserstellung der gesamten Bevölkerung (Robert Schedler, Hans Bracher, Walter Adrian). Beinahe gleichzeitig haben zwei freisinnige Pfarrer ihre politischen Vorstellungen in historischen Erzählungen zum Ausdruck gebracht: Robert Schedler in *Der Schmied von Göschenen* (1920) und Johann Georg Birnstiel in *Rudi Bürkis Auszug und Heimkehr* (1922).
Robert Schedler stellt den Bund der Eidgenossen auf eine ökonomische Basis, indem er die These aufgreift, erst die Erschliessung des Gotthardpasses durch den vom «Schmied von Göschenen» konstruierten Steg durch die Schöllenen habe den Stauferkönig veranlasst, dem Gebiet die Reichsfreiheit zu verleihen. Dies wiederum ist nach der Darstellung Schedlers die erste Bedingung dafür, dass die ökonomischen Vorteile der Passstrasse nicht einseitig, nämlich durch Habsburg, genutzt werden können. Gleichheit ist die zweite Voraussetzung für eine gerechte Verteilung des Nutzens:

81 Krapf: Heini, 202.

Eine Dienstbarkeit nach der andern brachten sie mit vereinten Kräften schliesslich an sich und wurden ein freier Bund von freien Männern. In gemeinsamer Arbeit am öffentlichen Wohl förderten sie auch das Wohl jedes Einzelnen. [...]
Der Bau der Brücke durch die Schöllenen darf mit Recht als der Beginn der Schweizerfreiheit gelten. Die Brücke öffnete das Tal Uri und gab dessen Bewohnern das Mittel, ihre Volkskraft zu entfalten und in die richtigen, gesunden Bahnen zu lenken.
Einer für alle und alle für einen! – das war des Schmieds von Göschenen vaterländischer Glaube. In diesem Grundsatz liegt noch jetzt die Bedingung für das Gedeihen unseres Volkes, ja aller Völker, des grossen Völkerbundes, dessen bescheidenen Anfang unsere Zeit erleben durfte.[82]
1946 nimmt der Berner Lehrer Hans Bracher dasselbe Thema wieder auf in seiner Erzählung *Der Weg durch die Schlucht*. Als Motto für die Erzählung wählt auch er «Einer für Alle – Alle für Einen!» (s. S. 175) und fährt fort:
Aus dieser Einstellung für die gemeinsame Sache erwuchs die Schweizerfreiheit. Weil die Talleute sich selber zu helfen wussten, konnten sie sich auch selber regieren. Die Freiheit wurde der Markgenossen und späteren Eidgenossen höchstes Gut. Sie ist es für uns alle, die wir uns Eidgenossen und Schweizer nennen, bis heute geblieben.[83]
Im Unterschied zur ökonomisch und rechtlich vielfältig gegliederten Bevölkerung bei Robert Schedler besteht jedoch die Talgenossenschaft, zu der Hans Brachers Hauptfigur Urs Indergand gehört, bereits aus lauter gleichgestellten Bauern. Soziale Unterschiede ergeben sich höchstens in geringem Masse aus der je nachdem grösseren oder geringeren Tüchtigkeit der Individuen. Ob hier die Sozialpartnerschaft bis zur Gleichheit weitergedacht ist oder ob sich das konservative Wunschbild von Gemeinschaft durch die Hintertür eingeschlichen hat, lässt sich nicht mit Sicherheit entscheiden.
Bei Johann Georg Birnstiel hingegen finden sich die sozialen Gegensätze noch in ihrer ganzen Härte. Auf dem Hintergrund des schweizerischen Bauernkriegs von 1653 zeigt er die Notwendigkeit gegenseitigen Entgegenkommens und sozialen Ausgleichs. Im Gegensatz zu Josef Reinhart etwa bemüht er jedoch keinerlei verderblichen Einflüsse aus dem Ausland, um die Unzufriedenheit der Bauern zu begründen. Er erklärt die wirtschaftlichen Probleme der Bauern infolge wiederholter Geldabwertungen, hoher Schuldzinsen und eines Preiszer-

82 Schedler: Der Schmied, 224f.

83 Bracher: Der Weg durch die Schlucht, 8.

falls. Vor allem macht er die ungerechte Verteilung von Rechten und Privilegien zwischen Stadt und Land deutlich, indem er etwa den Knecht Christen, eine positive Nebenfigur, erklären lässt:

«[…] diese Vögte eurer Berner Regierung, die auf sechs Jährlein gewählt sind, sich als Statthalter und Richter gebärden, ihre Abgaben einziehen, ihre Schergen und Spione durchs Land schicken, den gemeinen Mann mit Bussen schinden und auf alle Art ans Reichwerden denken. […] Aber mir geht immer ein Tröpflein Galle ins Blut, wenn ich mir sage, wir sollten als die Söhne Tells und Winkelrieds doch eigentlich freie Eidgenossen sein und sind nichts anderes als die vielgeschundenen Untertanen der ‹Wohledlen, gestrengen, ehren- und notvesten, frommen und fürsichtigen, gnädigen Oberen und Väter›, die sich das Katzenbuckeln und Speichellecken der Unteren von Herzen wohlgefallen lassen!»[84]

Sein politisches Credo bringt Johann Georg Birnstiel zum Ausdruck in einem Gespräch zwischen Käthi, der Mutter Rudi Bürkis, seinem Grossvater und seiner Braut:[85]

[Frau Käthi] fuhr weiter: «Sieh, ich hab' der Sache auch schon vielmals nachgedacht und bin auf ähnliche Gedanken gekommen wie der Bürki und sein Vater. Ich muss ja beim ganzen Handel auch öfters an die andern denken, weisst du, an die Städter, an die Reichen, Hochgestellten und an alle, die es besser haben als tausend arme, schwergeprüfte Bauern. Da sag ich mir: Die Regierungsleute und die Herrschaftlichen sind ja nicht an all dem Elend schuld, bei weitem nicht, ja, sie haben auch ihr Kreuz und ihre Sorgen. Ach Gott, wenn man's nur glaubte! Doch eines werf' ich dem grossen Haufen unter ihnen vor: Sie geben sich zu wenig Mühe, sich in unsern Stand und seine schwere Last hineinzudenken. Es kümmert sie nur ihre eigene Not, nicht auch die unsre. Tausende haben nicht die Ahnung von dem, was Armsein heisst, oder sie meinen, ihr Reichtum und unsere Armut verstehe sich von selbst und sei von Gott für ein- und allemal so geordnet. Das ist nicht recht, es fehlt das Gefühl, dass wir Glieder sind an einem Leib, einander verpflichtet und verbunden, und dass, wenn eines leidet, alle leiden.»[86] *[…]*

84 Birnstiel: Rudi Bürki, 15.

85 Mit Käthi Bürki und Vreneli Grädel, der Braut Rudi Bürkis, hat Birnstiel zwei bemerkenswert selbständige Frauenfiguren geschaffen, die sich durch Intelligenz und Willen zum Handeln von all den Dulderinnen unterscheiden, mit denen andere Autoren ihre Helden umgeben.

86 Es sei daran erinnert, dass die Parabel *Die Glieder* nach der Fassung von J.H. Campe vielen Kindern aus dem Lesebuch bereits vertraut war (Hinweis von B. Helbling).

«Und, wenn ich [der Grossvater] auch was sagen darf: Sie reden heut wieder viel vom Vaterland, mehr als seit langem, die Herren eifriger als die Bauern. Sie tun in ihrem Respekt vor dem Gesetz und vor der Obrigkeit recht eigentlich, als ob nur sie, ja just sie das Vaterland wären. Uns nennen sie Vaterlandsverderber, Verräter und Rebellen. Da sage nun auch ich: Es ist nicht recht! Nirgends steht geschrieben, dass die Satten und Zufriedenen oder die schwertbewehrten, zum Losschlagen stets bereiten Hüter alter Ordnungen, die wirklichen und besten Vaterlandssöhne seien. Das Vaterland lieben kann auch zu gewissen Zeiten heissen: ein besseres Vaterland wollen, ein Land, darinnen Gerechtigkeit und Friede wohnen und wo alle Menschen, auch die Armen, als freie Leute wirkliches Wohlsein finden…»[87]

Auch Johann Georg Birnstiel schliesst – wie Robert Schedler – mit dem Lob der Zusammenarbeit. Anknüpfend an die Episode «Das Gewitter» in Gotthelfs *Ueli der Knecht* lässt er Männer und Frauen gemeinsam einen schweren Wagen vor einem ausbrechenden Gewitter ins Trockene bringen; mit dem Satz «Wenn alle fest zusammenstehen, so muss es gehen» schliesst er die Erzählung.

Abb. 3.1: Illustration aus *Ruedi Bürkis Auszug und Heimkehr* von J. G. Birnstiel

87 Ebd., 210ff.

Birnstiel nimmt hier ebenso deutlich Stellung zu den sozialen Konflikten, die im Landesstreik 1918 gipfelten, wie einige Jahre später Josef Reinhart. Aber im Gegensatz zu Josef Reinhart stellt er «Ewige Ordnungen» in Frage. Wenn sich bei Johann Georg Birnstiel Vater Bürki auf Gottes Ordnung beruft, «Es muss halt immer Arme und Reiche nebeneinander geben, nach Gottes Willen. Unser Herr Jesus hat selbst einmal gesagt zu seinen Jüngern: ‹Arme werdet ihr allezeit bei euch haben.› So denk' ich, sollen wir Gottes Ordnung doch nicht ändern wollen.»,[88] so wird er durch den Gang der Ereignisse gezwungen, seine Meinung zu ändern.

Dreissig Jahre nach Johann Georg Birnstiel zeigt der Aargauer Lehrer Adolf Haller in seiner Erzählung *Tanz um den Freiheitsbaum* (1954) die Auflösung der alten Ordnung 1798 und die Versuche, eine neue zu etablieren. Am Anfang erhofft sich die Hauptfigur Beat Vögeli, der Sohn eines Kleinbauern, eine radikale Verbesserung seiner Lage. Mit uneingeschränkter Begeisterung feiert er die Aufrichtung eines Freiheitsbaums im Städtchen Klingnau. Seine Begeisterung wird allerdings kaum geteilt: Mit Ausnahme der Klingnauer Wirte und einiger anderer, denen jede Ordnung recht ist, die gute Geschäfte erlaubt, will kaum jemand die von den Franzosen aufgezwungene Freiheit. Auch die Eltern von Beat sind skeptisch: «Der Vater blies eine Wolke von sich, dann sagte er bedächtig: ‹Will's Gott, dass das alles nicht nur leeres Gestürm ist! Lange genug hätten wir gefront und geduldet. Aber selbst wenn es wahr wäre: wo wollen der Staat, die Gemeinden, die Kirche das Geld für die Ausgaben hernehmen? Auf die oder jene Art wird man doch wieder uns arme Schlucker bluten lassen.›»[89]

Am ablehnendsten ist der Stadtschreiber Schleuninger, dessen Familie dieses Amt seit 200 Jahren innehat, ist er doch der Ansicht, «für die Freiheit [seien] die wenigsten geschaffen».[90] Die Besetzung durch die französischen, österreichischen und russischen Truppen macht alle gleich, das heisst arm: «‹Jetzt sind wir alle gleich geworden›, fasste der alt Stadtschreiber das Ergebnis zusammen und wies seine leeren Hände vor, er, der der Wohlhabendste in der Stadt gewesen war. Und nach einer Weile fügte er hinzu: ‹Aber wir haben einer den andern auch nie nötiger gehabt als jetzt.›»[91] Auch bei Haller steht im Zentrum der

88 Ebd., 29.

89 Haller: Tanz, 50.

90 Ebd., 35.

91 Ebd., 226.

soziale Ausgleich, der nur unter der Bedingung gleicher Rechte für alle möglich ist.
Am ausgeprägtesten genossenschaftliche Züge gibt Kurt Held der Tessiner Bevölkerung in *Der Trommler von Faido* (1947/1949). Den zeitlichen Hintergrund bilden wie bei Haller die Besetzung durch die Franzosen 1798 und die daran anschliessenden kriegerischen Auseinandersetzungen mit Österreich. Nachdem bekannt wird, dass die österreichische Armee die französische an mehreren Orten geschlagen hat und dass Schwyz und Unterwalden sich gegen die Besetzung erheben, schliessen sich die Tessiner dem Aufstand an. Der Beschluss wird jedoch nicht mit einhelliger Begeisterung gefasst; die Brüder Ariost und Dante Raspese, Schmiede aus dem Dorf Faido und Freunde der Titelfigur, des Trommlers Vinicio, ziehen nur in den Krieg, weil sie den Entscheid der Mehrheit respektieren. Der Autor macht offenbar vor allem Ariost zu seinem Sprachrohr, wenn er ihn noch einmal nach dem Scheitern des Aufstands im Gespräch mit dem Tessiner Kommandanten Camossi seine politische Überzeugung formulieren lässt: «‹Meine Idee von der Freiheit schliesst das Vaterland ein, und ein Land, in dem alle frei sind, ob nun vor Gott oder nur vor ihrem Gewissen, und in dem alle gleich sind, die oben und unten, die arm und reich, so ein Land hat nichts zu fürchten. Mach alle frei, und wir werden jeden Sturm überstehen, ob er nun vom Süden oder vom Norden kommt.›»[92] In diesem egalitären Anspruch trifft sich der politische Emigrant Kurt Held, ehemaliges Mitglied des Bundes proletarisch-revolutionärer Schriftsteller, mit dem liberalen Pfarrer Johann Georg Birnstiel.

3.3. «Der Geist des Mannes ist mehr schaffend ...»

3.3.1. Das Familienbild

Der Familie als Kernzelle des Staates wird auch in den historischen Jugendbüchern eine grosse Bedeutung beigemessen. Damit nur scheinbar im Widerspruch steht die Anzahl historischer Erzählungen, in denen eine unvollständige Familie gezeigt wird. In zahlreichen Fällen handelt es sich bei den Helden oder den gelegentlichen Heldinnen um Vollwaisen oder zumindest Halbwaisen, wobei mehrheitlich der Vater gestorben oder zumindest lange abwesend ist und die Mutter noch lebt.[93]

92 Held: Der Trommler von Faido. Band II, 115.

Nun wird niemand, der eine auch nur flüchtige Kenntnis der KJL hat, über diese zahlreichen Waisen erstaunt sein: Die Helden vielgelesener Werke der KJL sind elternlose Kinder oder Jugendliche, von *Heidi*, *Pippi Langstrumpf*, Hector Malots *Sans famille*, Enid Blytons *Fünf Freunde* bis zu Donald Duck und seinen Neffen oder dem jugendlichen Detektiv Tintin. Für dieses Überwiegen unvollständiger Familien gibt es verschiedene Gründe: Zum einen waren Waisen, der Tod von Eltern oder Geschwistern, in vielen Zeitabschnitten, die den Hintergrund historischer Erzählungen bilden, soziale Realität. Zum andern entspricht der Status der Elternlosigkeit offenbar einem entwicklungspsychologischen Bedürfnis: er zwingt die Identifikationsfigur, selbständig in der Welt der Erwachsenen zu agieren, und gestattet so dem jugendlichen Leser, sich in der Arbeit, in Konfliktsituationen antizipierend zu bestätigen. Von besonderer Bedeutung ist dabei die Übernahme der Rolle des verstorbenen Elternteils durch die jugendliche Identifikationsfigur, z. B. die Unterstützung der alleingebliebenen Mutter durch den Sohn.[94] Schliesslich kann der Tod der Eltern oder eines Elternteils die Voraussetzung oder der Auslöser für den Aufbruch des Helden in neue Verhältnisse oder fremde Gegenden sein, wie er für den Abenteuerroman und für den abenteuerlichen historischen Roman kennzeichnend ist (vgl. 1.2.3). Je mehr sich denn auch die historische Erzählung der Abenteuererzählung nähert, desto weniger spielen gewöhnlich familiäre Bindungen eine Rolle, bzw. desto störender werden sie.

Wo vollständige Familien gezeigt werden, findet sich erwartungsgemäss das bürgerliche Familienkonzept mit geschlechtsspezifischen Eigenschafts- und Verhaltenszuweisungen, die als naturgegeben vorausgesetzt werden:

Der Geist des Mannes ist mehr schaffend, aus sich heraus in das Weite hinwirkend, zu Anstrengungen, zur Verarbeitung abstracter Gegenstände, zu weitaussehenden Plänen geneigter. Unter den Leidenschaften und Affecten gehören die raschen, ausbrechenden dem Manne, die langsamen, heimlich in sich selbst gekehrten dem Weibe an. Aus dem Manne stürmt die laute Begierde; in dem Weibe siedelt sich die stille Sehnsucht an. Das Weib ist auf einen kleinen Kreis beschränkt, den es aber klarer überschaut; es hat mehr Geduld und Ausdauer in kleinen Arbeiten. Der Mann muss erwerben, das Weib sucht zu erhalten; der

93 Hierzu sind auch «funktionale» Waisen zu zählen, wie etwa Giorgio in Lisa Tetzners *Die schwarzen Brüder*, der von seinen Eltern aus Not nach Mailand verkauft wird und erst nach vielen Jahren wieder, als erwachsener Mann, zu ihnen zurückkehrt.

94 vgl. dazu Zitat Dahrendorf auf S.120. Auf die psychoanalytische Deutung dieser Rolle als Mittel der Auseinandersetzung mit dem Oedipuskomplex kann ich nicht eingehen, vgl. dazu z. B. Käte Friedländer: Kinderbücher und ihre Funktion in Latenz und Vorpubertät.

Mann mit Gewalt, das Weib mit Güte oder – List. Jener gehört dem geräuschvollen öffentlichen Leben, dieses dem stillen häuslichen Zirkel. Der Mann arbeitet im Schweisse seines Angesichts und bedarf erschöpft der tiefen Ruhe; das Weib ist geschäftig immerdar, in nimmer ruhender Betriebsamkeit. Der Mann stemmt sich dem Schicksal selbst entgegen, und trotzt schon zu Boden liegend der Gewalt; freiwillig beugt das Weib sein Haupt, und findet Trost und Hülfe noch in seinen Thränen.[95]

Diese Vorstellung leitet die Autoren ohne Ausnahme. Sie bestimmt das Familienbild, ganz gleich, ob die Erzählung im 14. oder im 19. Jahrhundert spielt. Selbst von den Pfahlbauern nimmt Karl Keller-Tarnuzzer an, dass der Priester «für ein Weib sorgte, das den Fiebernden betreuen sollte», und dass den heiligen Tanz «keines Weibes und keines Kindes Auge schauen durfte, ohne dass ihm der Tod gegeben wurde. Es war ein Tanz, der den Göttern geweiht war und nur im Waldesdunkel ausgeübt werden durfte, den die Knaben erst erlernten, wenn sie nach langen Übungen in die Gemeinschaft der Männer aufgenommen wurden.»[96]

Greti und Ernst Herzig, die ihre »Indianergeschichte für Mädchen», *Minito*, in einem Vorwort rechtfertigen, erklären zwar, dass das Mutterrecht bei bestimmten Indianervölkern existiere, dass es dort Frauen waren, die «massgeblich über die Geschicke ihres Volkes bestimmten. Sie wachten über sein Wohl und Wehe; sie entschieden über Krieg oder Frieden, und sogar die mächtigsten Häuptlinge und die grimmigsten Krieger unterzogen sich ohne Widerstreben den Beschlüssen ihrer weiblichen Regierung!»[97] Danach beeilen sie sich aber, die natürliche Ordnung wiederherzustellen: «Im übrigen aber – wir wollen das gerne zugestehen – war den indianischen Frauen ein Leben der Arbeit beschieden. [...] Wie bei uns, war auch bei den Indianern die Tätigkeit beider Geschlechter ihrem Können und ihrer Bestimmung gemäss verschieden. Der Mann war Ernährer und Beschützer, die Frau Hüterin des Häuslichen, und beide widmeten sich gemeinsam der Erziehung ihrer Kinder.»

Hedwig Bleuler-Waser hat in *Funken vom Augustfeuer* die ideale Familie im Bild der Seilschaft auf einer Bergwanderung festgehalten:

95 Conversations-Lexikon oder Hand-Wörterbuch für die gebildeten Stände, Bd. 3, 2. Aufl. Leipzig 1813, 458f.

96 Keller-Tarnuzzer: Die Inselleute, 52 und 61.

97 Herzig: Minito, 8.

[…] aber das Seil, woran der vorsichtige Vater seine Häuptlein alle angebunden, erinnerte ihn mit energischem Zug daran, dass es hier in der steilen Schuttrinne nicht zu springen, sondern sorgfältig Fuss vor Fuss zu setzen galt, um in dem Schiefergeschiebe aufwärts zu kommen. – In der Reihe bleiben, gleichmässig gehen! befahl der Vater: So, jetzt stemme ich meinen Stock tief ein, damit ihr euch ausruhen könnt, aber alle zugleich! Ihr werdet es schon noch lernen im Leben, fügte er nachher hinzu, wie eigentlich jede Familie immerzu mit so einem Stricklein zusammengebunden entweder einer Höhe entgegenwandert oder auch gemeinsam in die Tiefe rutscht. […] Wir halten einander, wir lassen keines fallen! ertönte immer wieder der Zuspruch.[98]

Die Rollenverteilung entspricht dem – von seltenen Ausnahmen abgesehen – nie in Zweifel gezogenen Geschlechterdualismus. Die Führungsfunktion des Vaters ist unbestritten, er gibt Schutz und setzt das Ziel. Seiner Autorität ist in einzelnen Erzählungen höchstens noch Gott oder der Heiland übergeordnet, wie etwa in Josef Reinharts *Die Knaben von St. Ursen.*

Nur selten wird ein Vater gezeigt, der den Ansprüchen der bürgerlichen Familienideologie nicht genügt: In Hans Schmitters *Benz* verlässt der Vater seine Familie, da er angesichts ständig wiederkehrender Naturkatastrophen keine Hoffnung auf eine Besserung seiner verzweifelten Lage mehr hat. Für diese Pflichtvergessenheit lässt ihn der Autor erst in der Fremde, dann, nach seiner Rückkehr, in der Heimat büssen. Geläutert übernimmt der Vater schliesslich die Verantwortung für seine Familie wieder, nachdem sich auch die ökonomischen Verhältnisse, in diesem Falle durch eine Gewässerkorrektur, zum Besseren gewandelt haben.

Hier wird das Fehlverhalten des Vaters noch als tatsächliches Fehlverhalten gezeigt, wenn auch durch von ihm nicht beeinflussbare Naturkatastrophen und ungünstige soziale Gegebenheiten nachvollziehbar gemacht. In anderen Erzählungen dient die Beschreibung von Verstössen gegen das Ideal des massvollen, verantwortungsbewussten Mannes gelegentlich eher dazu, Männlichkeit, Stärke und Führerqualität zu betonen. So zeigt Anton Krapf in *Heini, Knecht des Ital Reding* mit kaum verhüllter Bewunderung Ital Reding als hochfahrenden, gewalttätigen Regenten, dessen «stürmisches Blut» seiner Frau Anna ausgiebig Gelegenheit gibt, Geduld und Ausdauer im Leiden zu beweisen. Der Himmel ist ihr dafür gewiss, denn «Le seigneur Jésus a commandé aux femmes d'être douces et obéissantes; il faut commencer de bonne heure à suivre ce commandement», hatte schon D. A. Chavannes in seinem *L'Ami des enfans vaudois* den Mädchen empfohlen.[99]

98 Bleuler-Waser: Funken, 9.

So ist denn geduldiges Warten die Hauptaufgabe der weiblichen Nebenfiguren in den untersuchten Erzählungen, insbesondere der Ehefrauen bedeutender Männer, deren Biographien der Jugend erzählt werden. Wenn diese Ehefrauen überhaupt erwähnt werden, dann gewöhnlich nicht, um ihren Beitrag zum reibungslosen Funktionieren ihrer hervorragenden Männer hervorzuheben, sondern eher, um die Leistung des Helden noch dadurch zu unterstreichen, dass sein Verzicht auf häusliche Annehmlichkeiten beschrieben wird.
Die Durchsetzungskraft des bürgerlichen dualistischen Familienbildes wird besonders deutlich bei Verhaltensweisen, die von der Norm abweichen, wie sie zur Zeit der Entstehung einer Erzählung gilt. In *Tapfer und treu* und in den Tösstaler Erzählungen hat Olga Meyer die Jugend ihrer Eltern und Verwandten literarisch verarbeitet. Beide Eltern waren von alleinstehenden Müttern erzogen worden. Die Grossmutter mütterlicherseits hatte früh ihren Mann verloren, die Mutter des Vaters war geschieden. Olga Meyer zeichnet beide Grossmütter als willensstarke, unabhängige Frauen, passt aber die geschiedene Grossmutter den gesellschaftlichen Normen und den Anforderungen der KJL an, indem sie deren Mann einfach sterben lässt. Den Vater mütterlicherseits, den früh verstorbenen Maler Lüssi, zeigt Olga Meyer als lebenslustigen, jedoch realitätsfernen Mann, dem jeder Sinn für das Geschäftliche abgeht. Solange er lebt, hat die Mutter aber kein Recht, sich um das Geschäft zu kümmern: Der Witwenstand allein gibt den Frauen das Recht auf Arbeit und Unabhängigkeit, wenn diese Arbeit auch immer nur gerade knapp das Überleben sichert.
Verstösse gegen die bürgerlichen Normen erlaubt Olga Meyer nur Nebenfiguren, für die sie dann aber Verständnis und Achtung fordert. Mehrfach führt sie in ihren Erzählungen als positive Nebenfiguren Mütter von unehelichen Kindern ein, was bei anderen AutorInnen dieser Zeit kaum denkbar ist.

3.3.2. Lebensentwürfe

Es liegt auf der Hand, dass Wesen, in denen «stille Sehnsucht siedelt», und die «dem stillen häuslichen Zirkel gehören», als Trägerinnen bedeutsamer historischer Rollen nicht taugen. Da ihr Geist auch kaum schaffend ist, kommen sie nicht einmal als Beobachterinnen historischer Ereignisse in Frage, geschweige denn als Heldinnen von Abenteuergeschichten. Auf die seltenen Ausnahmen wird noch einzugehen sein.

99 Lausanne: 1835, Bd. I, 105.

Die männlichen Hautpfiguren überwiegen in der deutschen Schweiz ganz deutlich; weniger deutlich in der französischen Schweiz. Weibliche Hauptfiguren finden sich ausschliesslich in Erzählungen von Autorinnen: bei Olga Meyer, Huguette Chausson sowie natürlich in der Erzählung zur Frauengeschichte, *Stärker als ihr denkt*, von Karin Grütter und Annamarie Ryter. Weibliche Nebenfiguren treten in wechselnden Funktionen und mit sehr unterschiedlichem Gewicht auf. Einzelne Autoren kommen praktisch ohne weibliches Personal aus (W. Adrian, M. Carnot, K. Keller-Tarnuzzer). Die Darstellung der weiblichen Figuren schwankt zwischen Verehrung für die mütterliche Hingabe und Opferbereitschaft (A. Haller, J. Reinhart) und karikaturistischer Zeichnung bösartiger Lästerzungen und unbeherrschter, schwacher Wesen (R. Schedler).

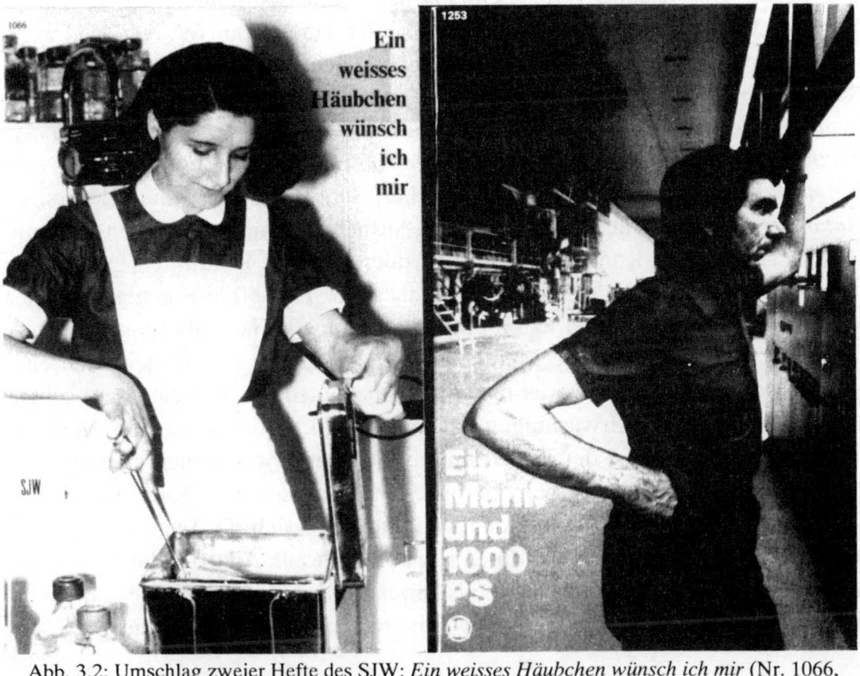

Abb. 3.2: Umschlag zweier Hefte des SJW: *Ein weisses Häubchen wünsch ich mir* (Nr. 1066, 1969) und *Ein Mann und 1000 PS* (Nr. 1253, 1973)

Männliche Rollen

Die dualistischen Eigenschaftszuweisungen bestimmen auch die Lebensentwürfe der Hauptfiguren. Die Jugendliteratur berücksichtigt die Interessen des Zielpublikums, für das sie «gemacht» wird, unter anderem dadurch, dass sie meist den Werdegang Jugendlicher beschreibt, die etwas älter als die angesprochenen Leser sind. Dies im Sinne der antizipierenden Lebenserfahrung, wie sie Dahrendorf anspricht (vgl. S. 120). Auch die Helden der historischen Jugendbücher sind meist junge Männer an der Schwelle zum Erwachsenenleben. Ihre Entwicklung wird oft auf dem Hintergrund politischer Umwälzungen oder kriegerischer Ereignisse dargestellt, nach hauptsächlich zwei Mustern: Der Jugendliche, unerfahren, noch nicht gefestigt, verliert in den wirren Zeiten die Orientierung und muss lernen, das Richtige, das Vernünftige zu erkennen und sich in die Gesellschaft einzuordnen (J. G. Birnstiel, A. Haller, K. Held). Oder der Jugendliche lernt, sich im Kampf gegen widrige Umstände durchzusetzen und in der Gesellschaft oder Gemeinschaft Verantwortung zu übernehmen, eventuell für sie Grosses zu leisten (R. Schedler, H. Bracher, W. Adrian).[100]

Für das erste Muster, die Einordnung in die Gesellschaft, stehen etwa Josef Reinharts Trilogie *Die Knaben von St. Ursen*, *Die Schule der Rebellen*, *Das Licht der weissen Fluh*, Adolf Hallers Romane *Heini von Uri* und *Tanz um den Freiheitsbaum*, Kurt Helds *Der Trommler von Faido*, *Rudi Bürkis Auszug und Heimkehr* von Johann Georg Birnstiel, Hans Schmitters *Benz* und schliesslich *Hautefort* von Adolphe Villemard. Mit Ausnahme von Benz sehen sich die Helden aller dieser Romane politischen oder sozialen Konflikten gegenüber; die Welt der Erwachsenen zeigt sich ihnen als Kampfplatz gegensätzlicher Meinungen, von denen aber kaum eine als «richtig» einfach übernommen werden kann. Es gilt also, diese Meinungen gegeneinander abzuwägen, sich eine eigene Meinung zu bilden, was meist gleichbedeutend ist mit einem Abschied von hochgespannten Erwartungen und einem Akzeptieren des im Moment Möglichen. Zugleich ist der Eintritt in die Welt der Erwachsenen an die Übernahme einer nützlichen Arbeit gebunden: J. G. Birnstiels Rudi Bürki und J. Reinharts Dursli Riedweg werden sich, nachdem sich die Lage etwas beruhigt hat, der Landwirtschaft widmen. Beat Vögeli aus Adolf Hallers *Tanz um den Freiheitsbaum* wird eine Lehre als Zimmermann beginnen und so am Wiederaufbau seiner zerstörten Heimat mitarbeiten. Die Vorbereitung auf die

100 Als Entwicklungsromane können diese Romane – mit Ausnahme vielleicht von Josef Reinharts Trilogie – meines Erachtens jedoch nicht bezeichnet werden, da die Psychologie des Helden eine untergeordnete Rolle spielt. Reflektiert werden vor allem soziale und politische Fragen.

Arbeit beginnt schon früh: Karl Keller-Tarnuzzers Pfahlbauer werden schon als Halbwüchsige «zur Arbeit herangezogen. So hatte jedes seine Arbeit, seine Pflicht; jedes füllte sein bescheidenes Plätzchen aus, aus dem ihm das Selbstbewusstsein und der bescheidene Stolz, der jedem Menschen nötig ist wie das tägliche Brot, erwuchs.»[101]

Am deutlichsten verknüpft Hans Schmitter in *Benz* Arbeit und Menschenwürde: Sein Benz ist der Sohn eines armen Kleinbauern, dessen Gütchen im besten Fall die Familie knapp ernährt, für das aber «zwei Männer ungefähr drei Arme zuviel haben». Der junge Schmied Bläsi stellt Benz, der nach dem Verschwinden seines Vaters zu verwahrlosen droht, als Gehilfen bei der Kanderkorrektur an. Benz zeigt sich gelehrig und interessiert, seine Herkunft verbietet aber jeden Gedanken an eine Lehre als Schmied. Trotzdem verwendet sich Bläsi für ihn bei seinem Meister:

«Am Amboss arbeitet er, weil es ihm selber Freude bedeutet, weil ihn das Klopfen und Wenden und Formen des Eisens auf eine fast rätselhafte Weise reizt. [...] Schmied müsste er trotz aller Widerstände werden können, dann gäbe es einen Mann aus ihm. So aber – ». Bläsi machte eine wegwerfende Handbewegung. «Ich habe schon gedacht, es sei mit ihm wie mit der Kander. Die richtet alles Üble an mit ihrer überschüssigen Kraft, bis der Lauf geordnet ist.»[102]

Wenn auch in anderen deutschschweizerischen Romanen die erzieherische, ja sogar therapeutische Funktion der Arbeit nicht so deutlich zum Ausdruck kommt, so ist doch klar, dass durch die Arbeit der Wert des Mannes, seine Stellung in der Gesellschaft definiert wird. Dabei scheint es weniger wichtig, welcher Art diese Arbeit ist, als wie, mit welcher Hingabe sie gemacht wird. Rastloser Fleiss ist denn auch eine zentrale Tugend in den historischen Jugendbüchern der deutschen Schweiz (vgl. Kap. 4).

Kaum eine Rolle spielt die Arbeit in den Erzählungen *Heini von Uri* (1942) von Adolf Haller, *Der Trommler von Faido* (1947/49) von Kurt Held und *Hautefort* (1920) von Adolphe Villemard. Hier wird der Held nicht dadurch erwachsen, dass er in eine Arbeit hineinwächst, sondern dadurch, dass er Einsicht in die richtige Ordnung der Gesellschaft gewinnt. Alle drei Romane sind als Antwort auf aktuelle Probleme entstanden. Kurt Held soll, nach einem Bericht von Lisa Tetzner,[103] die erste Idee zu *Der Trommler von Faido* kurz vor

101 Keller-Tarnuzzer: Die Inselleute, 21.

102 Schmitter: Benz, 206/207.

103 Tetzner: Das war Kurt Held, 48.

der Ausreise aus Deutschland gehabt haben. Er habe das Buch als Abrechnung mit der kommunistischen Partei geplant und zeigen wollen, dass man «nicht auf den Spitzen der Bajonette die Freiheit von einem Land ins andere tragen» könne. Adolf Haller schrieb unter dem Eindruck des Zweiten Weltkriegs, Adolphe Villemard reagierte auf die Spannungen zwischen deutscher und französischer Schweiz. Vor allem Kurt Held und Adolf Haller stellen in erster Linie die Staatsform zur Diskussion, nicht die Einordnung des einzelnen in eine bestehende Gesellschaft.

Die Helden des zweiten Typs von Entwicklungsdarstellungen, jene, die in der Gesellschaft Führungsfunktionen einnehmen werden, zeichnen sich eher durch Lerneifer und damit verbunden durch erhöhte Innovationsbereitschaft aus (Schedler 1920, Bracher 1946, Halter 1956) bzw. durch eine besondere Expansionslust (Adrian 1947 und 1955). Diese Eigenschaften befähigen sie, mehr als andere Verantwortung für politische Entscheidungen zu übernehmen. Es liegt in der Natur der Sache, dass in diesen Romanen nicht nur die Jugend, sondern auch das spätere Leben des Helden erzählt wird, jene Lebensabschnitte, in denen diese Verantwortung wahrgenommen wird.

Das Entwicklungsziel für männliche Helden ist in jedem Fall der mündige, selbstverantwortliche Bürger, der sich seine Identität über seine Arbeit und sein staatsbürgerliches Bewusstsein, eventuell über seinen Besitz schafft.

Weibliche Aufgaben

Für die weiblichen Hauptfiguren trifft dies erst in jüngster Zeit zu: erst Lisa in *Stärker als ihr denkt* (1988) von Karin Grütter und Annamarie Ryter entwirft ihr Leben in einem gesellschaftlichen Zusammenhang. Für die Heldinnen früherer historischer Erzählungen ist die in Mädchenbüchern häufig auftretende Zwiespältigkeit die Regel: Zwar wird dem Mädchen vor dem Erwachsenwerden noch eine Zeit des Suchens und eine scheinbare Vielfalt der Möglichkeiten zugestanden, übrig bleibt aber schliesslich als einzige Lebensperspektive die Ehe, die Tätigkeit als Gattin, Hausfrau und Mutter. Ein charakteristisches Beispiel dafür ist Huguette Chaussons *Le troubadour du Comte Pierre* (1946). Die Heldin soll nach England an einen unbekannten Mann verheiratet werden. Auf der Überfahrt wird ihr klar, dass sie eine solche Heirat nicht will. Mit Hilfe eines begleitenden Dieners täuscht sie einen Unfall vor: Sie hinterlässt ihre Mädchenkleider an einem Flussufer und kehrt als Troubadour verkleidet in ihre Heimat zurück. Nach einer abenteuerlichen Reise nimmt sie in Schloss Chillon an einer Versammlung teil, an der unter dem Vorsitz von Pierre I., dem Grafen von Savoyen, die Bildung des Pays de Vaud beschlossen wird. Bald danach

enthüllt sich ihre wahre Identität. Sie wird einen ihrer Reisebegleiter heiraten und mit ihm «construire leur nid comme deux oiseaux industrieux, retourner péniblement le sol, l'ensemencer.»[104] Auch wo diese Perspektive nicht gegeben ist, fehlt die Einbettung in einen gesellschaftlichen Zusammenhang. Huguette Chaussons Heldin Lausenette in *Lausenette la boulangère de Notre-Dame* (1948) bildet sich in einem Beruf aus. Das ist ihre einzige Möglichkeit, ihre Unabhängigkeit zu bewahren. Während sie an der Arbeit ist, denkt sie jedoch keineswegs an die Zukunft ihrer Heimatstadt, sondern an Othon de Grandson, den sie aus der Ferne mit scheuer Verehrung liebt. Den männlichen Helden von *En suivant le Comte Vert* hingegen lässt Chausson nach seiner Abenteuer- und Bildungsreise in den Orient zurückkehren mit dem hochgestimmten Vorsatz «Oh! mon pays! tu es là et tu m'accueilles. C'est pour mieux pouvoir te servir que je t'ai quitté. Et voilà que je te reviens, t'aimant plus encore. Je t'apporte toute ma bonne volonté, toutes les forces, les connaissances et les biens que j'ai acquis en suivant le Comte Vert.»[105]
Olga Meyer lässt ihre Mädchenfiguren den eingeschränkten weiblichen Aufgabenbereich immer wieder erweitern: Elisabeth von Breitlandenberg und Magdalena Kägi, die Heldinnen von *Gesprengte Fesseln* und *Eine Stunde vor Tag*, interessieren sich lebhaft für die umwälzenden Entwicklungen ihrer Zeit und nehmen Partei, in der Hoffnung, auch ihr Schicksal als Frau verbessern zu können. Wie die Titelheldin aus der *Anneli*-Trilogie und Magdalena Lüssi in *Heimliche Sehnsucht* setzen sie gegen den Widerstand ihrer Familien ihren «eigenen Weg» durch. Dieser eigene Weg führt sie aus der Familie, aus dem Tösstal hinaus, in die Stadt als Ort der unbegrenzteren Möglichkeiten, mit kulturellen Anregungen und der Aussicht auf eine berufliche Ausbildung.
Aber, obwohl Olga Meyer die Notwendigkeit einer beruflichen Ausbildung der Mädchen und selbständigen Handelns immer wieder betont, entfernt sie sich doch nicht allzu weit vom gültigen Frauenbild: Ihre Mädchenfiguren zeichnen sich zwar durch Bildungshunger aus, aber vor allem auch durch warme mütterliche Gefühle ihren Mitmenschen gegenüber. Und alle finden nach harten Kämpfen um ihren eigenen Weg einen ebenbürtigen Partner, an dessen Seite sie fortan wirken können, immer im Rahmen spezifisch weiblicher sozialer Aufgaben:

104 Chausson: Le troubadour, 160.

105 Chausson: En suivant, 140.

Jakob war es, der unter unendlichen Schwierigkeiten den Frauen des Steinenbachtales Flachs verschaffte und sie, unter Elisabeths Anleitung, wieder ans Spinnrad zurückführte.
Alles besprach er mit Elisabeth. Sie war seine getreue Helferin, und trotz der Härte der Anforderungen, die an sie gestellt wurden, glücklich, wie nie zuvor. [...]
Ohne Scheu trat sie, die Frau, vor die Behörden und forderte Hilfe für mittellose Familien, die ihr auch gewährt wurde. So etwas war noch nie dagewesen, löste Staunen aus.
Ein Schritt vorwärts auf dem steinigen Weg der Befreiung der Frau, ein Lichtblick, und dabei war sich Elisabeth kaum bewusst, was sie getan. Sie folgte einfach der Stimme ihres Herzens.[106]
Was Olga Meyer – und andere Autorinnen und Autoren – hier als Stimme des Herzens bezeichnet, ist seit dem 19. Jahrhundert Leitbild für weibliche Arbeit ausserhalb der Familie. So erklärte der Vorstand des Schweizerischen Gemeinnützigen Frauenvereins/SGF 1889: «Das gemeinnützige Arbeitsfeld der Frauen umfasst eben nicht nur die Unterstützung der Bedürftigen und die Krankenpflege, sondern hauptsächlich die *Erziehung* der *Mädchen* zu *nützlichen erwerbsfähigen* Gliedern der menschlichen Gesellschaft und dann die *Verschaffung* von Arbeit an bedürftige Personen.»[107]
Zwischen den Polen «Dienen» und «Kulturelle Mission»[108] bewegen sich auch die gesellschaftlichen Perspektiven für weibliche Figuren in den historischen Romanen und Erzählungen, immerhin mit Schwergewicht auf kultureller Mission. Das Dienen ist doch eher für den häuslichen Bereich vorgesehen. Eine Figur wie Christine aus *Der Kaiser braucht Soldaten* (1977) von Adolf Heizmann weicht jedoch keineswegs von der weiblichen Norm ab, wenn sie an einer neuen Arbeitsstelle – als Hilfe für eine kranke Mutter – fragt: «‹Habe ich denn von Lohn gesprochen? [...] Es muss ja auf dieser Welt auch noch Menschen geben, denen Dienen wichtiger ist als Verdienen.›»[109] Auch diejenigen Frauen, die ihren Geschlechtsgenossinnen mehr Handfertigkeit und bürgerliche Tugenden beibringen, tun dies gewöhnlich aus lauter Menschenliebe und Muttersinn. Olga Meyer kann nachvollziehbar machen, dass ihre Heldin Elisabeth

106 Meyer: Gesprengte Fesseln, 224.

107 Die Gemeinnützige Schweizerin, vom 15. Juni 1889. Zitiert nach B. Mesmer: Ausgeklammert, 180.

108 «Kulturelle Mission» gemeint als Propagierung bürgerlicher Tugenden und weiblicher Handfertigkeiten und ihre Verfestigung durch Erziehungsmassnahmen.

109 Heizmann: Der Kaiser, 29.

von Breitlandenberg (*Gesprengte Fesseln*) die Tätigkeit als «Armenmutter» als sinnvolle Bereicherung ihres bis anhin untätigen Lebens empfindet. Andere Autoren verzichten dagegen auf Motive wie den Wunsch nach Entfaltung eigener Talente oder gar ökonomische Berechnung, um desto heller die weibliche Selbstlosigkeit erstrahlen zu lassen. Frau Cecile Bally, «Mama Bally» aus Josef Reinharts biographischer Skizze *Der Fabrikant* kümmert sich also ganz uneigennützig um die Arbeiter: «Was ich auf meinen Gängen gesehen, was ich in der Arbeitsschule erfahren, das zeigt sich hier: Die Frauen können nicht kochen, wenn sie aus der Fabrik in den Haushalt kommen, keine rechte Suppe, kein Gemüse, immer dasselbe. Sie denken zu wenig; sie wissen nichts anzufangen mit der lieben Zeit. Darum ist der Mann auch nicht gesund.»[110]

Dass Josef Reinhart hier der historischen Figur eventuell gerecht wird, macht die Sache nicht besser. Tatsächlich war die Familie Bally den Bestrebungen des SGF gegenüber aufgeschlossen; in ihren Fabriken hielt Rosina Gschwind, eine der Vorkämpferinnen für eine verbesserte Ausbildung der Mädchen und Frauen, ihre ersten Kochkurse für Arbeiterfrauen. Die Überlegung, «dass eine ordentliche und zudem billige Haushaltführung, wie sie in den Kursen des SGF gelehrt wurde, dazu beitrug, die Arbeitnehmer auch bei niedrigen Löhnen leistungsfähig und gesund zu erhalten»,[111] lässt Josef Reinhart jedoch nicht einmal von ferne ahnen. Nicht ökonomische Überlegungen bewegen Cecile Bally in seiner Erzählung, sondern ihre mütterliche Güte. Die Moral von der Geschicht, dass Armut und Krankheit Folgen des Fehlverhaltens der Unterschicht sind und durch Fleiss, Ordnung und Lernbereitschaft zu beheben sind,[112] hält sich hartnäckig bis in die neuesten Erzählungen über die Verhältnisse in der Dritten Welt.

Gegen die Auffassung, dass durch historische Figuren wie Cecile Bally einfach historische Verhältnisse richtig wiedergegeben werden, sprechen im weiteren ähnliche Frauengestalten in anderen Texten. So lässt Hans Bracher in *Der Weg durch die Schlucht* (1946) Aloisia, die Frau seines Helden Urs Indergand, im 13. Jahrhundert im Schächental ganz im Sinne des Programms des SGF von 1889 wirken: Aloisia pflegt Kranke, sie zeigt den anderen Frauen die Vorzüge der Reinlichkeit und eines gepflegten Haushalts. Ihre Tochter lässt sich bei den Klosterfrauen im Nähen und Stricken ausbilden, wobei der Vater die stille Hoffnung hegt, sie möchte dann «die im Kloster erworbenen Fertigkeiten zum

110 Reinhart: Der Fabrikant. In: Helden und Helfer, 167.

111 Mesmer: Ausgeklammert, 182

112 Vgl. Mesmer: Ausgeklammert, 60

Nutzen der Familie gebrauchen und den Spiringer Frauen, denen solches Können noch bitter mangelte, weitergeben».[113]
Dass das Leitbild der weiblichen Kulturmission nicht nur für alle Zeiten Gültigkeit hat, sondern auch für alle Völker, setzt schliesslich die Berner Autorin Katharina Zimmermann voraus, wenn sie das Dayak-Mädchen Murni in einer Stadt eine Ahnung von verfeinerter Lebensweise gewinnen lässt: «Hinter der Kirche stösst sie auf einen Garten mit Blumen und blühenden Sträuchern. Sie bleibt stehen und staunt. Noch nie hat sie eine solche Pracht gesehen. Das muss der Garten dieser weissen Leute sein.»[114] Als Murni zurückkehrt in ihr Dorf im Urwald, bringt sie Blumensamen und Seife mit. Sie richtet einen Kindergarten ein, in den nur sauber gewaschene Kinder aufgenommen werden; ausserdem wird sie den Frauen das Nähen beibringen.
Soweit die Frauen überhaupt als Mitglied der Gesellschaft, und nicht nur als Bestandteil des «ganzen Hauses», wahrgenommen und in der KJL dargestellt werden, erhalten sie nur die Bereiche Fürsorge und Lehre (auf einer niederen Stufe) als Tätigkeitsbereiche zugewiesen. Daran hat sich in der Schweizer KJL bis jetzt, von wenigen Ausnahmen abgesehen, nichts geändert.

113 Bracher: Der Weg durch die Schlucht, 80.

114 Katharina Zimmermann: Murni: Ein Dayak-Mädchen wagt den Flug. Bern: Blaukreuz 1983, 97. K. Zimmermann hatte mit ihrer Familie mehrere Jahre in Kalimantan verbracht, wo ihr Mann für die Basler Mission tätig war. Für ein anderes Jugendbuch, das die Geschichte eines Dayak-Buben erzählt, erhielt sie 1983 den Jugendbuchpreis des Schweizerischen Lehrer- und Lehrerinnenvereins.

4. Der Schweizerische Ehrenspiegel

In seinem Vorwort zum *ABC de l'éducation nationale* von Emma Pieczynska und Léa Burger hat Gonzague de Reynold die Schweiz im Bild einer Kathedrale wiedergegeben:

Je vois la Suisse comme une cathédrale construite avec le granit dur des Alpes et la molasse facile à sculpter du Plateau. On n'est point allé chercher les pierres ailleurs que dans le sol; on a pris le bois dans les forêts prochaines. Ainsi la cathédrale est la fille même de la terre.

[...] Approchez d'elle maintenant. Dès l'extérieur vous sentirez qu'elle vit. Il y a là tous les hommes et toute l'histoire, et tout ce qui existe de l'enfer au ciel: [...] Mais vous trouvez la paix dans l'intérieur; dans l'intérieur vous trouvez ce qui donne à l'édifice l'unité, la solidité. C'est par l'intérieur qu'on édifie une telle cathédrale et c'est à l'intérieur qu'il faut se placer pour la comprendre et pour voir en elle une conception de la vie et du monde. Il y a, dans toute cathédrale, dans toute patrie, si vaste et si haute qu'elle soit, une commune mesure, et c'est la mesure des hommes qui l'ont construite.[1]

Die Notwendigkeit einheitlicher, überregional gültiger Vorstellungen von einem schweizerischen Nationalcharakter als Voraussetzung für die nationale Integration wurde mit wechselnder Dringlichkeit seit der Helvetik immer wieder diskutiert. Erinnert sei an den bereits zitierten Pasteur Naville, der als eines der Grundelemente der Liebe zum Vaterland die gegenseitige Sympathie der Bevölkerungsgruppen nennt, die sich durch «une communauté de souvenirs, d'idées, de préjugés et de moeurs»[2] einstelle.

1 Pieczynska: ABC, 5f. Der Text klingt sehr an Auguste Rodins *Les Cathédrales de France* (1914) an. Ob Gonzague de Reynold sich auf dieses Buch bezieht oder ob aus ihm der «Zeitgeist» spricht, weiss ich nicht.

Der für «den Schweizer» verbindliche Tugendkatalog und die daraus abgeleiteten Verhaltensnormen sind im ausgehenden 18. Jahrhundert formuliert worden und haben ihre Gültigkeit mit gewissen Modifikationen behalten, zumindest in der KJL. Leitbild in der KJL war einerseits die Idee des Gesellschaftsvertrags, wie sie Rousseau formuliert hatte,[3] und damit einhergehend die Idee des aufgeklärten Staates in der Form der Republik, der die «Glückseligkeit der Bevölkerung» fördert und gewährleistet. Zum andern war das Leitbild der bürgerlichen Leistungsgesellschaft bestimmend, die ebendiese Glückseligkeit auf der Grundlage eines neuen Arbeitsverständnisses durch Produktionssteigerung und Wertakkumulation ermögliche. Von Anfang an sind politische und ökonomische Anforderungen eng verbunden, bedingen sich gegenseitig, wie es etwa der nachstehende Abschnitt aus einem «Politischen Katechismus für die erste Jugend der Schule Zürich» aus dem Jahr 1773 zum Ausdruck bringt:

Frage: Was nennet man einen Staat oder ein gemeines Wesen?

Antw. Ein Staat oder gemeines Wesen ist eine aus vielen Haushaltungen zusammengesetzte Gesellschaft, die sich untereinander verbunden haben, die allgemeine Glückseligkeit mit vereinigten Kräften zu befördern, und sie gegen alle äussere Anfälle zu behaupten.

Fr. Welches ist also der Zweck und die Absicht solcher bürgerlichen Vereinigung in eine Gesellschaft?

Antw. Der Zweck und die Absicht der bürgerlichen Gesellschaften ist die Beförderung der gemeinschaftlichen Glückseligkeit des gegenwärtigen Lebens; und die Behauptung derselben gegen alle auswärtige Feinde.

Fr. Worinne bestehet wol die gemeine Glückseligkeit eines Staats oder des gemeinen Wesens?

Antw. Sie bestehet:

1. in einem frommen und tugendhaften Leben aller und jeder Mitglieder: denn die Laster hindern auch die Ruhe und Wolfahrt des gegenwärtigen Lebens;

2. in dem Ueberfluss desjenigen, was zu des Lebens Nothdurft, Bequemlichkeit und Vergnügen erforderlich ist;

3. in dem ruhigen und ungestörten Besitz und Genuss seines Eigenthums;

4. In dem, dass ein jeder unschwer darzu gelangen kann, was ihm andere zu thun und zu leisten schuldig sind;

2 Naville: Mémoire, 30.

3 So z. B. in Livre I von *Du contract social*: «Chacun de nous met en commun sa personne et toute sa puissance sous la suprême direction de la volonté générale; et nous recevons en corps chaque membre comme partie indivisible du tout.» Du contract social, 361.

5. in dem, dass man sich im Stand befindet, die gemeine Ruhe und Wolfahrt gegen alle äussere Feinde, die solche stören wollen, zu beschützen.
Fr. Wozu verbindet diese gesellschaftliche Vereinigung ein jedes Mitglied, das seines Anspruchs an die Rechte und Vortheile der Gesellschaft nicht verlustig werden will?
Antw. Sie machet einen jeden verbindlich an die allgemeine Pflicht-Forderung: Unterlass, was der gemeinen Wolfahrt und Sicherheit zuwider ist.
Thue, was die gemeine Wolfahrt und Sicherheit befördern kann.
Fr. Darf also keiner seinen eigenen Vortheil zum Nachtheil des gemeinen Besten suchen?
Antw. Nein: Denn dieses läuft gerade zu wider den Zweck der bürgerlichen Gesellschaft.
Fr. Was würde daraus entstehen?
Antw. Weil die bürgerliche Gesellschaft einzig darauf beruhet, dass alle Mitglieder mit vereinigten Kräften das gemeine Beste befördern; so würde ja die Gesellschaft gänzlich aufhören, wenn ein jeder, statt dessen, seinen eigenen Vortheil zum Nachtheil des andern suchen würde. Würden aber nur etliche eigennützige Mitglieder sich so was erlauben, so handelten sie ungerecht gegen alle übrige Mitglieder, und verdienten nicht weiter Glieder des Staats zu seyn.[4]

Der anonyme Autor bezieht sich zwar nicht ausdrücklich auf Montesquieu, die Nähe zu dessen Ausführungen über die Tugend als Triebkraft der Republik in *De l'esprit des loix* ist jedoch offensichtlich.[5] Auch andere Autoren dieser Zeit äussern sich in Erziehungsschriften ausführlich über die Pflichten der Bürger in einer Republik, so Isaak Iselin in den *Ermahnungen eines Eidsgenossen an seinen Sohn* (1770), Joseph Anton Felix Balthasar in seinen *Historischen und Moralischen Erklärungen der Bilder und Gemählde auf der Kapell-Brücke der Stadt Luzern* (1775) oder Friedrich Bernet in *Kurze Geschichte der Stadt und Republick St. Gallen* (1781).[6]

4 Kleiner Politischer Katechismus für die erste Jugend der Schule Zürich. Zürich: Bürgkli [!] 1773.

5 Vgl. auch D. Frei: Das schweizerische Nationalbewusstsein, S. 81.

6 Weitere Titel sind z. B. *Catéchisme vaudois ou principes de Philosophie, de Morale et de Politique Républicaine.* Recommandé par J. J. Cart aux Instituteurs et Institutrices de la jeunesse des deux sexes, et à tous les Pères de famille. Lausanne: Hignon 1804, oder das *Lehr- und Lesebuch, der zwey deutschen und zwey ersten Realschulen des Gymnasiums der Stadt und Republik St. Gallen.* St.Gallen: Diethische Buchdruckerey 1788.

Nicht zufällig handelt es sich bei den letztgenannten Titeln um Darstellungen aus der Schweizer Geschichte. Die nationale Geschichte lieferte einerseits identitätsstiftende Bilder, andererseits knüpfte die Tugenderziehung an das «Vorbild der Väter» an: Die – mindestens teilweise mit einem neuen Gehalt versehenen – Tugenden, über die der künftige Bürger (im Sinne sowohl von citoyen wie bourgeois) verfügen musste, wurden zu traditionellen, spezifisch schweizerischen Nationaltugenden erklärt, die zwar zeitweise verlorengehen können, in der Anlage jedoch immer vorhanden sind:

Wir wollen nicht ungerecht gegen unsere Zeitgenossen seyn, wir glauben auch nicht, dass wir es seyen, wenn wir sagen, dass wir viel von unserm ursprünglichen National-Charakter verlohren haben, dass unsere National- und Bürgerliebe lau geworden, dass anstatt unsers alten Muths, unsrer Aufrichtigkeit und Ehrlichkeit; niedrige Furcht, Heucheley, innere Verderbnis, Tugenden, die nur Oberfläche der Kenntnisse verrathen, Weichlichkeit und Luxus die Stelle eingenommen haben […] Aber Jünglinge, denkt nicht, dass nicht auch in euch noch Anlagen, einst zu grossen Thaten seyen; […]

Menschensinn, Freyheitssinn und Schweizermuth müsse durch euch herrschend werden. Des Vaterlandes Genius wache über euch und vermehre eure Zahl.[7]

Die Bemühungen um einen Schweizer Nationalcharakter sind eingebettet in europäische geistesgeschichtliche Strömungen, die ihrerseits ebenfalls ein ideales Bild der Schweiz entwerfen: Hier finden sich die Ideale der Aufklärung – die Freiheit, die Natürlichkeit, die Tugend – beschrieben von Reisenden aus dem Ausland wie von Schweizern selbst. Der Tugendkatalog des schweizerischen Nationalcharakters findet sich in zahlreichen Schriften des 18. und beginnenden 19. Jahrhunderts in immer gleichen Worten; stellvertretend für verschiedene Autoren sei hier Joseph Anton Felix Balthasar zitiert, der die Tugenden der Väter gleich im ersten seiner historischen Bilder beschreibt:

Der Ursprung und Anfang der Eydsgenossenschaft unsers gemeinsamen Vaterlands, der Ursprung und Anfang Lucerns, unserer werthesten Vaterstadt, waren wie unbemerkt, klein und geringe. Wahre Frömmigkeit, ungeheuchelte Redlichkeit, Liebe zum Vaterland, zur Freyheit, Ehrfurcht und Gehorsam gegen die Vorsteher, Sparsamkeit und Eingezogenheit, unabtreiblicher Muth und Stärke, und endlich das so fest geknüpfte Band der Liebe und Freundschaft zwischen Städten und Ländern – blüheten allgemein, brachten die schweizerischen Cantons und Völkerschaften in Aufnahm; ihre Grösse wuchs mit ihrem

7 Friedrich Bernet: Kurze Geschichte der Stadt und Republick St. Gallen. Zum Gebrauch der Jugend. St. Gallen: Reutiner 1781, VI/VII und VIII.

Ruhm und mit ihren Siegen, und die Glückseligkeit dieses republikanischen Volkes stieg, mit Gottes offenbarem Segen, auf einen Grad, der, wo der stets unzufriedenen und kurzsichtigen Menschen ihn erkennen wollten, gewissermassen vollkommen ist.

[...]

Jünglinge! Durchgehet und betrachtet doch die Begebenheiten eurer Väter mit Bedacht, mit Rührung und mit Mitleiden, und denket: Wenn wir auch in diesen Verlegenheiten, in dieser Noth, in diesem blutigen Gedränge gewesen, wie würde es uns zu Muth gewesen seyn? Mit diesen und dergleichen kindlich- und menschenfreundlichen Gedanken werdet Ihr am besten erkennen lernen, wie viel Dank, Liebe und Hochschätzung Ihr euren Vätern schuldig seyd; wie theuer und kostbar Euch das Vaterland und die Freyheit seyn soll und wie gross Eure Pflichten.[8]

Verstand, Redlichkeit, Mut und Tapferkeit, Biederkeit, Gottesfurcht, Fleiss, Eintracht, Mässigkeit, Treue, Opferbereitschaft für das Vaterland – darauf werden die Mitglieder der bürgerlichen Gesellschaft verpflichtet. Hatten aber z. B. Balthasar, Bernet oder auch Isaak Iselin noch vor allem die Söhne der regierenden Familien aufgefordert, «durch [...] tugendhaftes Beyspiel und durch [...] Weisheit das gemeine Beste zu fördern»,[9] erweitert sich im 19. Jahrhundert der Adressatenkreis: Zur «Beförderung der Wohlfahrt» müssen jetzt alle beitragen, als selbstverantwortliche Mitglieder der bürgerlichen Gesellschaft. Ein Mitglied, das ungebildet ist, lasterhaft, nicht auf Leistung ausgerichtet, ist für die Entwicklung der gesamten Gesellschaft ein Hindernis. Bereits 1813 veröffentlichte der Berner Lehrer Emanuel Stierlin für ein breiteres Publikum seinen *Schweizerischen Ehrenspiegel*, eine Schweizer Geschichte für die Landschulen.[10] Auch er bringt den «Schweizer-Knaben und Mädchen» die Tugenden nahe, die nötig sind, des Vaterlandes «Wohlstand zu befördern und unser Volk geachtet zu machen».[11] Wie Bernet oder Balthasar beruft sich auch Stierlin auf die «Tugenden der Väter», deren Verstand, Redlichkeit und Mut das Vaterland schufen und erhielten, er wendet sich aber ausdrücklich an «Schweizer-Knaben und Mädchen» aller Stände:

8 Joseph Anton Felix Balthasar: Historische und Moralische Erklärungen der Bilder und Gemählde auf der Kapell-Brücke der Stadt Luzern. Zürich: Orell, Gessner, Füesslin 1775, 12 und 15.

9 Bernet: ebd., III.

10 Emanuel Stierlin: Schweizerischer Ehrenspiegel: Edle Züge aus der Geschichte der Väter. Mit moralischen Bemerkungen zum Gebrauch für Landschulen. Bern: Stämpfli 1813.

11 Ebd., V.

[...] er [Gott] wird euch helfen dass ihr brave Menschen und nützliche Bürger werdet; dann seyd ihr tüchtig dem Vaterlande Gutes zu thun, jeder in seinem Stande, und euch als würdige Söhne der alten Schweizer zu zeigen, und wann ihr dann alles gethan habt, was zu thun möglich war, so trauet auf Gott: Er schützt euch und das Vaterland.[12]

Die Glückseligkeit des Volkes, das heisst, die Beförderung des allgemeinen Wohlstands, die Verbesserung der Lebensbedingungen einerseits, die staatliche Unabhängigkeit andererseits – sie bestimmen die Anforderungen, denen die «Schweizer Tugenden» zu entsprechen haben. Folgerichtig nennen J. K. Bär und H. R. Rüegg, die Herausgeber der Zeitschrift *Schweizerischer Jugendfreund*, «die Vorbildung auf das bürgerlich-staatliche und das bürgerlich-berufliche Leben»[13] als Hauptzweck ihrer Publikation, das heisst mit andern Worten die Bildung sowohl des citoyen wie des bourgeois.

Als gegen Ende des 19. Jahrhunderts die Bemühungen um eine nationale Erziehung verstärkt wieder einsetzen, betont Pfarrer Christinger in seinem Referat *Ueber nationale Erziehung* (1884) zunächst die Notwendigkeit, «dass das schweizerische Volk erzogen werden soll zur *Wehrhaftigkeit*, zur Gesundheit und Kräftigkeit des Körpers und zur Bereitschaft, mit einer verhältnismässig grössten Summe von organisierten Kräften seinen angestammten Boden und sein gutes Recht zu wahren und zu schützen.» Danach kommt er auf den andern Aspekt zu sprechen: «Anlage und Bedürfnis des schweizerischen Volkes weisen aber auch dahin, dass die nationale Erziehung abzielen soll auf seine *Tätigkeit*, ich meine zunächst auf eine verständige, vielseitige und lohnende *Erwerbsamkeit*.»[14]

Dieses doppelte Ziel der nationalen Erziehung lässt sich auch in der Mehrheit der von Männern verfassten deutschsprachigen historischen Erzählungen des untersuchten Zeitraums feststellen. Je nachdem, auf welchem Aspekt in einer Erzählung das Schwergewicht liegt, stehen die einen oder die anderen Tugenden im Vordergrund, bzw. werden Begriffe in bestimmter Weise besetzt. Geichzeitig ergibt sich eine jeweils unterschiedliche Gewichtung der Komponenten des Heimatbegriffs, wie er in Kap. 3.1. definiert wurde, nämlich der Heimat als Identitäts-, Schutz- und Aktionsraum.

12 Stierlin, ebd., XII/XIII.

13 Schweizerischer Jugendfreund. Pfäffikon: Zwingli 1854, Vorwort zur ersten Nummer.

14 Christinger: Ueber nationale Erziehung, 20 und 21.

4.1. Freiheit und Brüderlichkeit

Das Bild der Schweiz als Hort der Freiheit ist im ausgehenden 18. Jahrhundert fester Bestandteil der nationalen Ideologie geworden[15] und im 19. Jahrhundert vor allem in Schulbüchern und über Liedertexte der Jugend nahegebracht worden. In den historischen Erzählungen des 19. Jahrhunderts, mehrheitlich moralischen Beispielgeschichten (vgl. 2.1) ohne staatsbürgerlichen Bezug, spielt dieses Bild kaum eine Rolle. Das ändert sich mit den verstärkten Bemühungen um eine nationale Erziehung Ende des Jahrhunderts: in der Idee der Freiheit und Brüderlichkeit findet die Schweiz als Vaterland der verschiedenen Sprach-, Kultur- und religiösen Gruppen ihren allgemeinsten Ausdruck.

Zunächst sind es Erzählungen aus der französischen Schweiz, in denen die Schweiz, genauer Genf, als Zufluchtsort für Verfolgte erscheint, als Ort, wo in Freiheit der (richtige) Glaube gelebt werden kann: *«[...] l'antique rocher ne sépare plus que deux pays amis, deux peuples frères, les cantons de Vaud et de Genève; à droite comme à gauche, l'Evangile et la liberté,* schrieb 1870 der Genfer Pastor Felix Bungener, 1840 in Genf eingebürgert, in seiner Weihnachtserzählung *Noël ou le refuge*[16] über die Pierre-à-Pény, einen markanten Felsen an der Kantonsgrenze. Bungeners Helden sind zwei Hugenotten, die 1705 aus Frankreich fliehen. Ein anderer Genfer Pfarrer, Jean-Louis Boissonas, berichtet, ebenfalls in einer Weihnachtsgeschichte, über die Flucht von Waldensern aus dem Piemont nach Genf 1686/87.[17]

Religiöse Freiheit und bürgerliche Freiheit bedingen sich nicht nur bei Bungener und Boissonnas gegenseitig. Auch spätere Erzählungen zeigen den freien Zugang zu den biblischen Texten als Grundlage für Recht und Freiheit, so *Les émigrants salzbourgeois en 1732* von Paul Margot, Mme Decorvets *Il y avait des géants ...*[18] bis hin zu Louise Châtelains Mantel- und Degenroman *Les deux chevaliers* (1921). Die Menschen, die für ihren Glauben kämpfen, kämpfen gleichzeitig für ihre Rechte als freie Bürger, aufgerufen dazu durch Gott, dessen Willen sich die menschliche Freiheit wiederum unterordnet. Im Roman

15 Vgl. dazu Frei: Das schweizerische Nationalbewusstsein, 87ff.

16 Zitiert nach dem Sammelband Souvenirs de Noël. Lausanne: Bridel 1875, 150.

17 Boissonnas: Coeur d'or, 1891.

18 Paul Margot: Les émigrants salzbourgeois en 1732. Lausanne: Pache-Varidel 1904; Mme Boris Decorvet: Il y avait des géants ... Récits tirées de l'histoire des vallées vaudoises. Paris: Les bons Semeurs 1935. Beide Erzählungen werden nicht weiter behandelt, da sie offensichtlich für den konfessionellen Unterricht verfasst worden sind. Über die schriftstellerische Tätigkeit der Genfer Pastoren s. Kap. 2.5.

Les enfants de Genève (1910) von L. Hautesource und in *Par une nuit de Décembre* (1958) von Pernette Chaponnière kommt diese Unterordnung unter den göttlichen Willen in einer schon fast wieder negativen Darstellung der kirchlichen Autorität zum Ausdruck. Aber auch in diesen beiden Romanen spielt Genf als Zufluchtsort für protestantische Flüchtlinge noch eine Rolle. Es wird jedoch hier weniger der Aspekt der Freiheit betont als jener des Schutzraums für Verfolgte.

Seit dem ersten Weltkrieg, bzw. seit dem Landesstreik 1918, erscheinen auch in den deutschsprachigen, nicht konfessionell verpflichteten historischen Jugendbüchern Freiheit und Brüderlichkeit, viel seltener Gleichheit, als Garanten eines menschenwürdigen Daseins in einer Heimat, die dem Individuum Schutz und Entfaltungsraum bietet. Die Schweiz ist hier nicht Zufluchtsort für Flüchtlinge aus dem Ausland, sondern Heimat für Schweizer: Brüderlich sollen die Beziehungen in erster Linie unter Schweizern sein, als es nach 1918 darum geht, einen Ausgleich zwischen den feindlichen Parteien zu finden. So wandte sich im Dezember 1918 z. B. die Zürcher Frauenzentrale mit dem Aufruf zur Zusammenarbeit an «die Frauen aller Stände»:

Schweizerfrauen! *Was lehren uns die letzten Tage? Dass wir mehr* Schweizergeist *brauchen, wenn wir unser Schweizerhaus davor bewahren wollen, in Flammen aufzugehen. Wir wollen uns wieder als Bürgerinnen eines Staates fühlen, dessen höchste Aufgabe es ist, das* Wohl des ganzen Volkes *zu fördern!*

Bürgerliche Frauen! *Ganz anders als bisher müssen wir dafür eintreten, dass jeder Schweizer sich in seinem Lande wohl fühlen kann. Mit Rat und Tat, mit treuer Arbeit und finanziellen Opfern, mit dem Stimmzettel [sic!] und unserem persönlichen Einfluss müssen wir für die gerechten Forderungen der Arbeiterschaft einstehen [...]*

Arbeiterfrauen! *Wir brauchen Euern Rat und Euere Hilfe, wenn es besser werden soll, Euer Vertrauen und Euere Mitarbeit an dem Bau der neuen Ordnung. [...] Wir wollen* mit-, *nicht gegeneinander arbeiten. Machet Front gegen die unschweizerischen Tendenzen, welche die Arbeiterbewegung vergiften [...]*[19]

Vor allem Johann Georg Birnstiel nimmt in *Rudi Bürkis Auszug und Heimkehr* solche Gedanken auf; später, auf seine Art (vgl. S. 144), Josef Reinhart. Robert Schedler hingegen betont viel mehr den Gedanken der bürgerlichen Freiheit als Grundlage ausgeglichener wirtschaftlicher und menschlicher Beziehungen untereinander.[20] In enger Anlehnung an Rousseau formulieren mit fast hundert Jahren Abstand Jeremias Gotthelf und Huguette Chausson die Idee des Gesell-

19 Flugblatt, zitiert nach SLiZ 23 (1919), 63.

schaftsvertrags. Gotthelf sieht in Walter Fürst und Werner Stauffacher die idealen Vertreter der demokratischen Ordnung:

Sie wurden rätig, nicht weiter zu gehen als in allen drei Ländern eine Verständigung der achtbarsten Männer zu vermitteln, da sei dann abzuraten, ob man Ferneres dulden oder aber gegen das drohende Joch sich erheben wolle und auf welche Weise. Wider ihren Willen oder ihnen unbewusst die Brüder zur Gewalt fortzureissen, zur Wagnis sie mit Gewalt zu drängen, das fiel den beiden freien Männern nicht bei, sie achteten die andern so frei als sich selbst und sich nicht für berechtigt, die Folgen ihres Gutdünkens ihnen aufzubürden; das wäre auch ein Joch gewesen und wahrlich kein besseres als dasjenige, welches in den Händen der Vögte über ihrem Nacken schwebte.[21]

Huguette Chausson lässt die Heldin ihrer Erzählung *Le troubadour du Comte Pierre* – als Mann verkleidet (s. S. 160) – an einer Versammlung teilnehmen, an der 1247, unter der Leitung des Grafen Pierre von Savoyen, die Grundlagen für die Schaffung einer unabhängigen Waadt formuliert werden:

Nous sommes réunis pour jeter les bases d'un pays, le Pays de Vaud. Nous ne le voulons plus divisé, mais uni. Chacun de nous s'efforcera de travailler à sa cohésion. Chacun de nous mettra les intérêts du pays au-dessus de ses intérêts propres. Chacun de nous cherchera à comprendre les besoins des autres.

Ensemble nous allons élaborer les lois nouvelles. Chaque texte devra être approuvé par la majorité d'entre vous. Il sera discuté, modifié ou refusé, s'il y a lieu.[22]

Anschaulicher als an solchen, politisch zwar bedeutsamen, aber doch eher von abstrakten Ideen als von konkreten Handlungen geprägten Situationen lassen sich Freiheit und Einigkeit in Reaktion auf ihre Gefährdung darstellen. Mit der Unabhängigkeit und Sicherheit des Staates setzt sich rund ein Viertel der untersuchten historischen Erzählungen auseinander. Nur zum kleinen Teil handelt es sich dabei um eine direkte Reaktion auf eine aktuelle Bedrohung von aussen. Adolf Hallers *Heini von Uri* (1942) ist in diesem Zusammenhang etwa

20 Nur einmal wird auf die Möglichkeit des Missbrauchs dieser bürgerlichen Freiheit deutlich hingewiesen. In seinem SJW-Heft *Der Brand von Uster* schreibt Zweidler: «Wir erlebten die Kehrseite der Freiheit, und das ist der schonungslose, ungehinderte Vernichtungskampf des Stärkern gegen den Schwächern.» (21)

21 Gotthelf: Der Knabe des Tell, 68. Rousseau hatte die Aufgabe des Pacte social einmal so formuliert: «‹Trouver une forme d'association qui défende et protege de toute la force commune la personne et les biens de chaque associé, et par laquelle chacun s'unissant à tous n'obéisse pourtant qu'à lui-même et reste aussi libre qu'auparavant›. Tel est le problème fondamental dont le contract social donne la solution.» (Du contract social, 360.)

22 Chausson: Le troubadour du Comte Pierre, 111.

zu nennen, Kurt Helds *Trommler von Faido* (1947/49) oder *Der Sohn des Venners* (1941) und einige SJW-Hefte von Ernst Eberhard. Auf innere Konflikte, die das Bestehen des Staates gefährden könnten, nehmen Robert Schedler mit *Der Schmied von Göschenen* (1920), Johann Georg Birnstiel mit *Rudi Bürkis Auszug und Heimkehr* (1922), Adolphe Villemard mit *Hautefort* (1922), schliesslich Josef Reinhart mit seiner Trilogie (1928–32) Bezug. In der Mehrzahl der Erzählungen, in denen es um die Verteidigung des Vaterlandes gegen Angriffe von aussen geht, hat die Darstellung kriegerischer Ereignisse weniger die Funktion, die Verteidigungsbereitschaft zu stärken, als durch die Abgrenzung gegen aussen ein schweizerisches Identitätsgefühl zu schaffen. Schon der bereits mehrmals zitierte Pasteur Naville hatte ja bemerkt:

Sous les armes, le Genevois sent qu'il est Suisse, car il ne les prend que pour se mettre à même de défendre la Suisse. [...] Si les exercices militaires sont le véritable champ où peut se développer l'esprit politique suisse, comme cela me paraît évident, il importe donc qu'ils soient suivis avec goût, avec intérêt, avec ardeur.[23]

Explizit kommt die Rolle des Militärs als Faktor der nationalen Identität in den historischen Erzählungen nie zur Sprache. Sie zeigt sich einzig darin, dass Truppen aus verschiedenen Landesteilen als «Schweizer Soldaten» gemeinsam gegen Angreifer kämpfen und dass sie zudem eben über bestimmte «Schweizertugenden» verfügen: Mut, Tapferkeit, Freiheitssinn. In zahlreichen Kampfschilderungen versuchen die Autoren, mitunter offensichtlich fasziniert von der Gewalt des Krieges, diesen «Schweizersinn» fassbar zu machen.[24]

Neben diesen Kampftugenden wird ebensoviel Wert auf den Willen zur Eintracht, auf Treue (in verschiedensten Zusammenhängen, vgl. S. 176) und auf Besonnenheit, bzw. Mässigung gelegt. In manchen Erzählungen über Kriegszüge der Eidgenossen, bzw. bereits der Helvetier, wird die Notwendigkeit einträchtigen Handelns betont: Die Eintracht zwischen den verschiedenen eidgenössischen Ständen und ihre Treue zum alten Bündnis in Verbindung mit unerhörter Tapferkeit bringen den Sieg über das burgundische Heer Karls des Kühnen. Ernst Eberhard[25] lässt denn auch Adrian von Bubenberg vor der

23 Naville: Mémoire, 35. So kann denn auch E. Pieczynska einen jungen Genfer von der Schlacht bei Sempach erzählen lassen: «Il y avait des Suisses et des Autrichiens. Nous les Suisses avons été attaqués par les ennemis.» (ABC, 38.)

24 Zum Problem der Ästhetisierung des Krieges kann ich mich hier nicht äussern. Beispiele für die Faszination durch Gewalt finden sich bei Chessex (1942), Adrian (1947 und 1955), Krapf (1962).

25 Eberhard: Der Sohn des Venners, 139.

Schlacht von Murten beten: «Möge uns Gott Kraft und Einigkeit verleihen». Und in Adrians *Der Weg nach Bibrakte* ist es gerade die Zwietracht unter den gallischen Stämmen und ihre Treulosigkeit den Helvetiern gegenüber, die erst zur Niederlage der Helvetier, schliesslich zur Eroberung von ganz Gallien durch die Römer führt.

Eintracht ist jedoch nicht nur im Falle eines Angriffs von aussen notwendig. Viel wichtiger ist sie in innenpolitischem Zusammenhang für das Bestehen des Staates und für das Wohlergehen der Bevölkerung. Wo der Zusammenhalt des Staates einzig auf dem Gesellschaftsvertrag beruht, auf dem Gemeinwillen, muss das gemeinsame Interesse, die Übereinkunft, auf die sich die Körperschaft verpflichtet, immer wieder bekräftigt werden. «Einer für alle, alle für einen» – wörtlich oder sinngemäss wird die «schweizerische» Devise beschwörend immer wiederholt. Emma Pieczynska wählt sie als Titel für das dritte Kapitel ihres *ABC de l'Education*, in dem sie die Schlacht von Sempach und die interkantonale Solidarität behandelt:

«Un pour tous, tous pour un.»

– C'est la devise de la Suisse! s'écrie triomphalement Eliane.

– Oui, Madame Grand nous l'a expliqué. Nous devons nous dévouer les uns pour les autres. Lorsqu'un canton est en danger, les autres doivent venir à son secours. Et chaque canton doit prêter son aide à ses frères quand c'est nécessaire.[26]

Johann Georg Birnstiel wählt das Bild vom Staat als Körper, dessen Glieder einander «verpflichtet und verbunden» sind und alle leiden, «wenn eines leidet». Das Unglück für das Land kommt daher, dass «viele nur das Ihre suchen … oder weil sie nicht die richtige Treue haben».[27] Gegenseitige Rücksichtnahme und einträchtiges Bemühen allein können Hilfe bringen: «[…] des Grossvaters Wort war es wert, eine Losung für das ganze und vor allem für das leidende und nach Erlösung trachtende Volk zu werden: ‹Wenn alle fest zusammenstehen, so muss es gehen!›» Mit diesem Satz schliesst Johann Georg Birnstiel seine Erzählung. Robert Schedlers *Der Schmied von Göschenen* seinerseits schliesst mit dem Appell: «Einer für alle und alle für einen! – das war des Schmieds von Göschenen vaterländischer Glaube.»[28]

26 Pieczynska: ABC, 40.

27 Birnstiel: Rudi Bürki, 211 und 194, vgl. auch S. 148.

28 Vgl. 3.2.2.

Eintracht, Einigkeit gegen aussen, aber auch im Überwinden innerer Konflikte, wird in den historischen Erzählungen bis in die fünfziger Jahre als Grundlage für die Existenz der Schweiz dargestellt. Dass dies auch auf dem Hintergrund der in der Zwischenkriegszeit vorherrschenden Bemühungen um einen sozialen und politischen Ausgleich zu sehen ist, wurde bereits angedeutet (vgl. 3.2.1). Die Eintracht ihrerseits ist wiederum abhängig von der Treue, womit einerseits – in der ursprünglichen Bedeutung des Wortes[29] – die alten Verträge der Eidgenossen, bzw. die auf dem Rütli beschworenen Vereinbarungen gemeint sind, andererseits der Wille zur Einhaltung dieser Verträge, das heisst, zur Einhaltung der alten schweizerischen Freiheit. Diese alte Freiheit findet sich bereits bei den Helvetiern, wo Orgetorix, wie sowohl Pierre Chessex in *Divico* als auch Adrian in *Artos* darstellen, das schlimmste Vergehen gegen Recht und Gesetz der Helvetier beging, als er aus Machtgier und Hochmut nach der Königswürde strebte:

Orgetorix, euer Herr, hat das alte Recht und die Satzungen der Götter gebrochen. Er will sich zum König eines Volkes machen, das frei sein will.

[...]

Sollt ihr eurem Herrn die Treue halten oder sollt ihr zurückkehren zur alten und wahren Treue für unser Volk und sein ewiges Recht, seine alte Freiheit?[30]

Treue ist in vielen Erzählungen in erster Linie als Gesetzestreue zu verstehen, wie sie schon Montesquieu als notwendig für das Bestehen einer Republik beschrieben hatte:

Car il est clair que dans une monarchie, où celui qui fait exécuter les loix se juge au-dessus des loix, on a besoin de moins de vertu que dans un gouvernement populaire, où celui qui fait exécuter les loix sent qu'il y est soumis luimème, et qu'il en portera le poids.

Il est clair encore que le monarque qui, par mauvais conseil ou par négligence, cesse de faire exécuter les loix, peut aisément réparer le mal: il n'a qu'à changer de Conseil, ou se corriger de cette négligence même. Mais lorsque, dans un gouvernement populaire, les loix ont cessé d'être exécutées, comme cela ne peut venir que de la corruption de la république, l'Etat est déjà perdu.[31]

29 Vgl. Artikel «Treue» in: Deutsches Wörterbuch von Jacob und Wilhelm Grimm. Bd. 22. München: dtv 1984, Sp. 287ff.

30 Adrian: Artos, 107/108.

31 Montesquieu: De l'esprit des loix, 56.

In diesem Sinne braucht etwa Adolf Haller «Treue» in *Heini von Uri*: eidgenössische Treue, das Festhalten an alten Abkommen und traditionellen Normen ist – neben Tapferkeit im Krieg – der wichtigste Garant für die Bewahrung der Unabhängigkeit. Als schlimmstes Vergehen des Herzogs Leopold erscheint in *Heini von Uri* seine Treulosigkeit der Stadt Treviso gegenüber. Dieses «Recht auf Treulosigkeit» ist es auch gleichzeitig, wodurch sich Leopold von den rechtschaffenen, tugendhaften Schweizern unterscheidet.[32]

Schliesslich hat Treue aber auch eine absolute Bedeutung, sie bezeichnet nicht mehr ein Verhältnis zu einer Sache oder einer Person, sondern das Wesen eines Menschen, ganz besonders eines Schweizers:[33] «So ein rechter Schweizerbub hatte aber mehr zu lernen als man es sich denkt, wenn er ein rechter Schweizermann werden wollte: tüchtig zu Berg und Tal, in Haus und Feld, in Krieg und Frieden, ein Held in allen Dingen, das heisst fähig, treu zu sein im kleinen und im grossen und bis in den Tod.»[34] So beschreibt Gotthelf den Sohn des Tell.

Ihre Treue beweisen die Schweizer bei der Verteidigung der Tuilerien und vor allem des Beresina-Übergangs. Beide Ereignisse bilden den Rahmen mehrerer Erzählungen und Romane, allerdings nur in der deutschen Schweiz;[35] die Verteidigung der Tuilerien zum Teil mit gewissen Zweifeln am Sinn dieses Opfers, jene des Beresina-Übergangs mit vorbehaltlosem Stolz. Wenn durch diese Darstellungen auch die militärische Tüchtigkeit, die Abwehrkraft betont wird, so ist dennoch die zivile Botschaft unüberhörbar: die Botschaft vom Schweizer, der, wo auch immer und unter welchen Umständen auch immer, pflichtbewusst und zuverlässig funktioniert. Treue wird so zur Arbeitstugend, das Vaterland zur wirtschaftlichen Unternehmung.

32 Vgl. Haller: Heini von Uri, 212.

33 Dass die Deutschen «Treue» – wie auch andere «Schweizer» Tugenden – ebenfalls als zentrale Nationaltugenden beanspruchen, spielt für die identitätsstiftende Funktion dieser Tugenden für die Schweiz keine Rolle. Einzig in einem SJW-Heft findet sich eine Geschichte, die die Vorstellung «deutsche Treue – welsche Tücke» unbesehen übernommen hat: Friedrich Donauer lässt in *Die Flucht* (SJW 192, 1954) einen Franzosen, den ein Tiroler in der Schlacht verschont, seinem Retter nach dem Leben trachten. Die Geschichte ist von ausgesuchter Bösartigkeit. Die Frage stellt sich, ob sie im SJW erscheinen konnte, weil die – mehrheitlich reformierte, zürcherische – Verlagsleitung der katholischen Innerschweiz durch die Veröffentlichung eines Textes des Schwyzer Politikers (vgl. auch 2.5.4) entgegekommen wollte.

34 Gotthelf: Der Knabe des Tell, 41.

35 In der französischen Schweiz sind es ausschliesslich Sachbücher, die diese Ereignisse aufnehmen, wie z. B. *Nos dernières pages d'histoire héroïque* von Emile Küpfer (Lausanne: Payot 1912) oder wie Abb. 4.1.

Abb. 4.1: Zuverlässige Erfüllung eingegangener Verpflichtungen: Die Schweizer in den Tuilerien. Aus: L'Histoire suisse en bandes dessinées: Du service étranger à la fondation de la République helvétique. Neuchâtel 1982.

4.2. Fortschritt und Wohlstand

Die Schweiz als Betrieb – autoritär oder genossenschaftlich organisiert (vgl. 3.2) – ist ein Bild, das sich im 20. Jahrhundert oft findet. Ein herausragendes Beispiel dafür ist Robert Schedlers *Schmied von Göschenen*, in dem sich die verschiedensten Bevölkerungsgruppen im gemeinsamen Bemühen um eine Verbesserung der ökonomischen Basis treffen. Grundlage dafür ist die Reichsfreiheit, dann die Freiheit und Gleichheit des einzelnen sowie eine starke Innovationsbereitschaft. Als Produktionsgemeinschaften, noch nicht spezialisierte Betriebe, erscheinen die urzeitlichen Dörfer in Hans Zulligers *Pfahlbauern am Moossee*, in Hans J. Zweidlers *Turigo*, Karl Keller-Tarnuzzers *Die Inselleute vom Bodensee*. In allen wird nicht einfach das Leben in einem urzeitlichen Dorf beschrieben, sondern der Übergang zu neuen Methoden, vor allem der Werkzeugherstellung. Auch in Toni Halters Abenteuererzählung *Culan de Crestaulta* ist die technische Innovation ein zentraler Aspekt: Die Hauptfigur dieser Erzählung ist der junge Culan aus dem in den Bündner Bergen gelegenen Dorf Crestaulta, die Handlung spielt im Übergang von der Steinzeit zur Bronzezeit. Culan muss aus seinem Dorf fliehen, gelangt in ein Pfahlbauerdorf, wo er als Sklave arbeiten muss, gleichzeitig aber in die Metallverarbeitung eingeführt wird. Nach langer Irrfahrt kehrt er in sein Dorf zurück, wo er sein neues Wissen zum Wohle aller einsetzen wird.

Dieser Innovationsaspekt verbindet die staatsbürgerlichen Romane wie Robert Schedlers *Schmied von Göschenen* oder Hans Schmitters *Benz* mit biographischen Darstellungen von Industriellen oder Pionieren der Technik. Hat etwa Ernst Eschmann in seinem Porträt von Carl Franz Bally die Firma mit einem Staat im Staate verglichen (vgl. S. 141), so erweitert Bruno Knobel in seiner Geschichte der Firma Sulzer den Bereich der Firma und lässt Gesellschaft, Firma und Staat alle eins werden:

Männer wie Johann Jakob Sulzer, Vater, oder J. J. Sulzer-Hirzel – sie waren begeisterte Förderer des jungen schweizerischen Bundesstaates. Nicht nur das Gedeihen des eigenen Unternehmens, sondern das des Landes lag ihnen am Herzen.

[...]

Seit Salomon Sulzer seine Messinggiesserei gegründet hatte, standen an der Spitze des wachsenden Unternehmens – neben zahlreichen anderen tüchtigen Männern – stets seine direkten Nachfahren, deren Ziel sich jederzeit unter die Devise stellen liess: «Zum Wohle des Landes, des Unternehmens und der Mitarbeiter.»[36]

Bruno Knobel als langjähriger Pressechef der Firma Sulzer verfügte zweifellos über Einblick in die Firma und über die «richtige» Sehweise. Im nachhinein befremdet es zwar, dass im SJW eine Firma sozusagen eine hauseigene Darstellung veröffentlichen konnte. Bei genauerem Hinsehen zeigt sich jedoch, dass die Zusammenarbeit mit der Industrie von den Redaktoren des SJW durchaus als nationale Aufgabe gesehen wurde. Der Chefredaktor, Fritz Aebli, schreibt 1954:

Das SJW-Verkehrsheft Nr. 381: «Schnell, immer schneller», das heute in grösseren Städten im Verkehrsunterricht verwendet wird, wurde nur durch die Unterstützung des Touring Clubs der Schweiz ermöglicht. So sind im Laufe der Jahre viele Aufgaben an das Jugendschriftenwerk herangetragen worden, die in Zusammenarbeit mit unseren Bundesbahnen, mit der Eidgenössischen Telephondirektion, mit der Eidgenössischen Postverwaltung, mit dem Schweizer Heimatschutz und mit wichtigen Industriezweigen unseres Landes gelöst werden konnten. Es zeigt sich vielerorts, dass in Fabriken, in eidgenössischen Betrieben und in vielen Arbeitsgebieten sich nicht mehr genügend junge Leute melden, so dass sich in Zukunft unliebsame Berufslücken bilden (z. B. Giesser, Krankenschwestern usw.); auch bei solcher Aufklärung hilft das Schweizerische Jugendschriftenwerk mit.[37]

36 Knobel: Ein Weltunternehmen entsteht, 29 und 32.

Jugendliteratur als Mittel der staatsbürgerlichen Erziehung und die staatsbürgerliche Erziehung ihrerseits im Dienste der wirtschaftlichen Entwicklung: Die Förderung der allgemeinen Glückseligkeit ist hier, in der deutschen Schweiz,[38] fast 200 Jahre nach den ersten hochgemuten Beschwörungen in nüchterne Kalkulation eingemündet. Nun handelt es sich bei den erwähnten Broschüren des SJW mehrheitlich um Sachhefte, nicht um fiktionale Texte, auch ist die direkte Umsetzung ökonomischer Bedürfnisse in Jugendschriften SJW-spezifisch und kann nicht verallgemeinert werden. Für die historischen Romane und Erzählungen, für die, wenn auch nicht unbedingt als «Hauptzweck», so doch mindestens als Begleitintention die «Vorbereitung auf das bürgerlich-staatliche und das bürgerlich-berufliche Leben» angenommen werden kann, sind jedoch dieselben Tugenden, im wesentlichen Arbeitstugenden zentral.

Beim Zielpublikum der historischen Jugendbücher konnte im 20. Jahrhundert das Tugendbündel «Ordnung – Fleiss – Sparsamkeit»[39] zwar bereits als weitgehend verinnerlicht vorausgesetzt werden. Ordnungssinn und Fleiss im Sinne einer zielgerichteten, ausdauernden Durchführung einer konkreten Arbeit werden von den ersten Jahren, spätestens den ersten Schuljahren an als Teil einer allgemeinen moralischen Bildung eingeübt, und auch die Aufforderungen zum Sparen richten sich an kleinere Kinder, wie etwa das *Sparkassenlied* von Konrad Meyer:[40]

«Es Räppli hüt, es Räppli morn
Git z'letzt en Guldi drus.»
Und Wegge bringt das guldni Chorn,
Und 's Spare Glück is Hus.
Lueg nu das flissig Imbli a,
Wie das au z'sämme treit,
Wie das au lustig spare cha
Und Hung in Beicher leit.
[...]
En Bettler wird, wer nüd recht spart,
Wer nüd dei emsig schafft,
Wer nu, na Müssiggänger Art,
In Strassen umme gafft.
[...]

Die Arbeitshaltung, die in den historischen Jugendbüchern und vor allem in den deutschsprachigen Biographien als vorbildlich gezeigt wird, geht über den auf eine bestimmte Aufgabe gerichteten Fleiss hinaus; sie ist bis zur Mitte des

37 Aebli: Das volkstümliche Jugendschriftenwerk, 91. (Vgl. auch Bild S. 160)

38 In den andern Sprachregionen ist die Jugendliteratur zwar in den Dienst von Natur- und Heimatschutz getreten, aber nie eine so enge Verbindung mit den Interessen der Industrie eingegangen.

39 Vgl. dazu Schenda: Fleissige Deutsche, fleissige Schweizer.

40 Konrad Meyer: Sparkassenlied für brave Kinder. Separatabzug aus Heft 4 *Ueber Berg und Thal* 1891.

20. Jahrhunderts von der physiokratischen Arbeitsauffassung und dem bürgerlichen Leistungsprinzip des ausgehenden 18. Jahrhunderts bestimmt. Um «den Ueberfluss desjenigen, was zu des Lebens Nothdurft, Bequemlichkeit und Vergnügen erforderlich ist» und damit die «gemeine Glückseligkeit» (vgl. S. 166) zu fördern, genügt Fleiss bei der Erledigung anstehender Aufgaben nicht mehr. Erforderlich ist eine nicht auf konkrete Aufgaben ausgerichtete Bereitschaft zu ständiger Tätigkeit: Arbeitsamkeit an sich oder Industriosität. Johann David Wyss lässt in seiner bereits zitierten Robinsonade seinen Schweizer Prediger auch diesen Aspekt in der Erziehung seiner vier Söhne berücksichtigen:

Da wir uns noch erst etwa in der Mitte der Regenzeit befanden, und doch manche Arbeit schon abgethan war, auch das Zureiten des Strausses, dem wir in regenlosen Stunden fleissig oblagen, uns die Zeit lange nicht hinlänglich ausfüllte; so wären mir die Knaben gegen alle Regel eines guten Hausstandes schier in Unthätigkeit und Faullenzerey versunken, wenn ich nicht alsobald zur Ausführung irgend eines neuen, uns erspriesslichen Projectes von Arbeit aufgefordert hätte.[41]

Auf Arbeitsamkeit, dem ständigen Willen, tätig zu sein und damit auch ständig neue Tätigkeitsbereiche zu schaffen, beruht die Erhöhung sowohl des individuellen Wohlstandes wie des Bruttosozialprodukts – der gemeinen Glückseligkeit. Was zunächst Leitbild für Unternehmer der ersten Hälfte des 19. Jahrhunderts war, erscheint in manchen historischen Jugendbüchern der deutschen Schweiz als gültig für die männliche Jugend überhaupt:

Harte Arbeitsanforderungen an sich selbst und den Arbeitern gegenüber, «Rastlosigkeit», Arbeit als Gottesgebot und Erfüllung des Lebens, Bewährungsbewusstsein in der von Gott gesegneten Arbeit, Gewinnstreben für das Wachstum der Unternehmung, nicht dagegen für persönlichen Genuss oder gar Luxus – [...] – Erziehung zur Arbeit und durch Arbeit, Scheu vor jeglicher Zeitaufopferung, ausser der «Berufsarbeit», dem Gottesdienst und – weit verbreitet – der Tätigkeit für das öffentliche Wohl – das alles kennzeichnet den Arbeits- und Berufsbegriff vieler oder jedenfalls der als repräsentativ geltenden Unternehmer vor und nach der Jahrhundertmitte [des 19. Jahrhunderts].[42]

Am deutlichsten nehmen dieses Leitbild die Biographien auf, neben den bereits erwähnten «Lebensbildern» C. F. Ballys andere Erzählungen von Ernst Eschmann und Josef Reinhart, aber auch Adolf Hallers Biographien von Staatsmännern aus England und den USA. Am idealsten findet es sich in der Person

41 Wyss: Der schweizerische Robinson, Bd. 4, 90.

42 Conze: Arbeit, 190f.

Johann Konrad Eschers von der Linth verkörpert: wissenschaftliche Neugier, rastloser Fleiss, Einsicht in die Bedürfnisse der industriellen Entwicklung und Uneigennützigkeit verbinden sich in ihr zu glücklichster Wirksamkeit für das Land und für die einzelnen Einwohner. Als Wohltäter des Landes geht Escher denn auch in die Lesebücher aller Sprachregionen ein, und Josef Reinhart schliesst seine Biographie *Brot der Heimat* mit dem Text der Gedenktafel in der Linthebene:

«Dem Wohltäter dieser Gegend
Johann Konrad Escher von der Linth,
Geb. den 24. August 1767, gest. den 9. März 1823.
Die Eidgenössische Tagsatzung.
Ihm danken die Bewohner Gesundheit,
Der Fluss den geordneten Lauf,
Der Boden die Früchte.
Natur und Vaterland hoben sein Gemüt.
Eidgenossen,
Euch sei er Vorbild!»[43]

Die Tugenden, die Escher und andere Männer zu Vorbildern machen – Bildungseifer, Arbeitsamkeit, «Gemeinsinn» –, treten aber nicht nur in den Biographien in Erscheinung, sie zeichnen auch die Helden der historischen Romane aus. Zunächst, in den Erzählungen aus den ersten Jahrzehnten des untersuchten Zeitraums, liegt das Schwergewicht auf dem Erwerb von Bildung, so in *Balzli der Schwabengänger* von Jakob Kuoni (1884) oder *Le Robinson neuchâtelois* von Max Diacon (1895). Beide Helden stammen aus armen Verhältnissen, beiden ermöglichen jedoch Gönner – bei Kuoni ein reicher Mann aus der Gegend, bei Diacon Rousseau höchstselbst – eine Ausbildung, die Balzli zu einem «der beliebtesten und geachtetsten Professoren einer höheren Schule» (S. 194) werden lässt, Henri Brun, den Neuenburger Robinson, zum Tierarzt. Die Wahl dieser intellektuellen Karrieren mag auf dem Hintergrund der Bildungsförderung und der Entwicklung zu sehen sein,[44] die das Schulwesen in der ganzen Schweiz in den letzten Jahrzehnten des 19. Jahrhunderts durchläuft. Im 20. Jahrhundert sind es dann vorzugsweise handwerkliche Berufe, für die sich die Helden entscheiden.

43 Reinhart: Brot der Heimat, 310.

44 Vgl. dazu auch Helbling: Eine Schweiz für die Schule, Kap. 1.

Auf Lerneifer und eine solide Ausbildung legen die deutschsprachigen historischen Jugendbücher des ganzen Zeitraums viel Gewicht, so Robert Schedlers *Der Schmied von Göschenen*, Ernst Eschmanns *Remigi Andacher*, die Solothurner Trilogie von Josef Reinhart, die historischen Mädchenbücher und *Tapfer und treu* von Olga Meyer, schliesslich Adolf Hallers Romane zur Schweizer Geschichte und Hans Schmitters *Benz*. In der französischen Schweiz findet sich dieser Aspekt ausser im bereits erwähnten *Le robinson neuchâtelois* nur in zwei Romanen von Huguette Chausson: *Lausenette, la boulangère de Nôtre-Dame* und *En suivant le Comte vert*. Der Akzent liegt aber, wie bereits in 3.3 ausgeführt, in *Lausenette* etwas anders: Die berufliche Ausbildung gibt der weiblichen Heldin die Möglichkeit, selbständig ihren Lebensunterhalt zu verdienen; sie kann jedoch nicht Grundlage für eine bürgerlich-staatliche Tätigkeit sein, die den Männern vorbehalten bleibt. Den männlichen Helden aus *En suivant le Comte Vert* lässt Chausson, ähnlich wie Robert Schedler seinen Schmied von Göschenen, offen für alles Neue eine Lehrzeit in der Fremde durchmachen, ohne dabei je das eigentliche Ziel, die Verbesserung der sozialen und wirtschaftlichen Verhältnisse in der Heimat zu vergessen. Die Verbesserung kann sich jedoch nicht auf eine einmalige Massnahme beschränken. Wie zuvor schon Johann David Wyss in seiner Robinsonade macht Robert Schedler deutlich, dass Zufriedenheit und Stillstand, auch nachdem ein Ziel erreicht ist, keineswegs angebracht sind: Nach der Erschliessung der Schöllenen und der Erlangung der Reichsfreiheit überlegt sich der Schmied sogleich neue technische Verbesserungen.

Nie sich zufrieden geben mit dem momentanen technischen Stand, sondern stets versuchen, Besseres zu leisten; nie auf Fortschritt warten, sondern – forschend und entwickelnd – ihn selber vorantreiben. Nicht nur erstklassige Produkte liefern, sondern dem Kunden ständig beistehen, damit diese Erzeugnisse auch fachgerecht unterhalten werden. Nicht der Gewinn steht im Vordergrund, sondern die Zufriedenheit der Kunden, denn die Erfahrung hat die Richtigkeit der grossväterlichen Ermahnung bewiesen: «Eine gute Arbeit bringt drei neue Arbeiten ein.»[45]

So deutlich und werbewirksam wie Bruno Knobel in seiner Firmengeschichte formulieren andere Autoren die Grundsätze für «schweizerisches Geschäftsgebaren» natürlich nicht, aber «Fortschritt» und «Zuverlässigkeit» (Treue) erscheinen bis heute als zentrale Werte vieler historischer oder phantastischer Jugendbücher, zunächst als positive Werte, dann, seit den siebziger Jahren, – im Zusammenhang mit der Umweltdiskussion und der ökologischen Bewe-

45 Knobel: Ein Weltunternehmen entsteht, 21f.

gung – negativ, als Leitbilder, denen Widerstand entgegengesetzt werden muss. Franz Hohler führt in *Tschipo und die Pinguine* (1985) im Bild der durchorganisierten Pinguinkonsumgesellschaft Fortschritt und Arbeitsamkeit ad absurdum. Andere phantastische Erzählungen zeigen eine Technik, die Selbstzweck geworden ist und sich die Menschen unterworfen hat (Andreas Kündig: *Der fremde Bruder*; René Hrncir: *Jonas und die Wurmbüchse*). Jörg Müller und Jörg Steiner lassen in *Die Menschen im Meer* (1981) einen ganzen Zyklus ablaufen: eine langsam einsetzende Entwicklung mit technischen Hilfsmitteln, die zunächst noch als «Glückseligmachung» des grösseren Teils der Bevölkerung aufgefasst werden kann; dann ein Übergehen zu immer frevelhafterer Ausbeutung von Menschen und Natur aus zügelloser Gier, schliesslich die Rache der Natur, der völlige Untergang der Insel. Hatte im *Schweizerischen Robinson* die Familie des Predigers noch die Natur domestiziert, indem sie das wildwachsende Zuckerrohr und andere Pflanzen auf einem ordentlichen Feld anbauten und dadurch erst richtig aus Unkraut zu Nutzpflanzen machten, so soll der Natur jetzt wieder mehr Raum gegeben werden, wie z. B. in *Das Gletscherkind* (1985) von Marbeth Reif.

In diesen sonst sehr verschiedenartigen Erzählungen findet eine Neubewertung der Arbeit statt: Arbeitsamkeit ist nicht mehr ein positiver Wert an sich, sie ist im Gegenteil zerstörerisch, ruft sie doch künstliche Bedürfnisse und Raubbau an der Natur hervor. Demgegenüber soll Arbeit in einer veränderten Gesellschaft nur die Befriedigung «wirklicher» Bedürfnisse – im Kinderbuch vor allem die Ernährung – sicherstellen. Nach dem Untergang des ausbeuterischen Königs und seiner Minister können in Müller/Steiners *Die Menschen im Meer* die Bewohner der kleinen Insel wieder zu ihrem früheren Leben zurückkehren, als noch keiner reich werden wollte und sie «viel Zeit zum Spielen, zum Singen, zum Tanzen, zum Drachenfliegen, überhaupt zum Leben»[46] hatten. Die alte Tugend «Arbeitsamkeit» wird durch eine neue, «Kreativität», ersetzt.

Das Wort «Bescheidenheit» kommt in keiner der genannten Erzählungen vor. Genau diese Tugend wird jedoch vorausgesetzt, wenn auf übersteigerte Bedürfnisse verzichtet werden soll. Mässigkeit und Leben in Übereinstimmung mit der Natur – in diesen Vorstellungen klingen die «Tugenden der Väter», das einfache, natürliche Leben der alten Schweizer, wieder an, bei Müller/Steiner noch hervorgehoben durch die Beschwörung einer Gesellschaftsform, die sich mit «Freiheit – Gleichheit – Brüderlichkeit» umschreiben lässt:

Es wird berichtet, dass die Bewohner der kleinen Insel nicht daran dachten, sich an den Grossen zu rächen.

46 Müller/Steiner: Die Menschen im Meer, o. S.

Sie halfen den Geretteten an Land und führten sie in ihre Häuser. [...]
[Grosse und Kleine] lebten nicht mehr nebeneinander, sondern miteinander.
Sie liessen es nicht zu, dass die grosse Insel für alle Zeiten verloren war.
Nach dem langen Regen fingen sie an, Felstrümmer wegzuräumen, Äcker anzulegen, Bewässerungsanlagen und Häuser zu bauen.
Kein König zwang sie zur Arbeit.
Kein Minister verbot ihnen, sich auszuruhen, wenn sie müde waren.[47]

Die Geschichte kann damit neu anfangen: Ein neues Paradies kann geschaffen werden. Jetzt aber nicht mehr wie in den früheren Erzählungen mit ungebrochenem Optimismus und im Vertrauen auf die unbegrenzte Vernunft und Lernfähigkeit des Menschen und auf eine unerschöpfliche Natur, sondern immer im Bewusstsein der in der Vergangenheit begangenen Fehler. Eine tatsächliche Alternative zu dem, was als Fortschritt 200 Jahre lang angestrebt wurde, gibt es noch nicht. Die neue Utopie erweist sich als Heimweh nach einem kleinen, bescheidenen Glück, dessen Grundlage Brüderlichkeit und Gleichheit sind.

47 Müller/Steiner: Die Menschen im Meer, o. S.

Zusammenfassung

Literatur für Kinder hat von vornherein ein utopisches Element. Sie richtet sich an jene Menschen, denen noch alle Möglichkeiten offenstehen und die für die Zukunft verantwortlich sein werden. Und die Literatur versucht, Bilder für diese zukünftige Welt vorzugeben. In diesen Bildern kommen immer auch die Vorstellungen einer Gesellschaft von sich selber und von ihren Hoffnungen und Wünschen zum Ausdruck.

Nun beziehen die Kinder und Jugendlichen in der Schweiz ihre Lesestoffe seit jeher zur Hauptsache aus dem jeweils gleichsprachigen grösseren Nachbarland, zu dessen Kultur sich die Sprachregionen der Schweiz zugehörig fühlen. Nur in Zeiten oder in Bereichen, in denen diese kulturelle Zugehörigkeit in Frage gestellt war, gab es weitreichende Anstrengungen, eine eigene, schweizerische KJL zu entwickeln. In der französischen protestantischen Schweiz gilt das für die religiöse KJL, in der deutschen Schweiz für die Zeit der beiden Weltkriege und des Nationalsozialismus.

Der Ruf nach einer «schweizerischen, republikanischen» KJL ertönte allerdings schon im 19. Jahrhundert regelmässig. In erster Linie wurde ihm mit der Schaffung von Lehrbüchern zur nationalen und regionalen Geschichte entsprochen. Gegen Ende des 19. Jahrhunderts wird allmählich auch eine erzählende KJL geschaffen, die explizit der staatsbürgerlichen Erziehung dient. Diese Funktion der staatsbürgerlichen, heimatkundlichen Erziehung wird die KJL der deutschen Schweiz bis in die heutige Zeit beibehalten.

Die Entwicklung einer schweizerischen KJL erhielt durch die Bemühungen um eine «Pflege des nationalen Sinnes» Auftrieb, die gegen Ende des 19. Jahrhunderts einsetzten. Die Schweizerische Gemeinnützige Gesellschaft/SGG bildete 1889 eine Kommission zur Pflege des nationalen Sinnes, deren Anliegen die

Jugendschriftenkommission des Schweizerischen Lehrervereins/JSK aufnahm, zunächst in der deutschen, dann auch in der französischen Schweiz. In den Empfehlungsverzeichnissen, die nach 1890 erschienen, erhielten Bücher von Schweizer AutorInnen besondere Aufmerksamkeit; gleichzeitig wurde aber auch ein Mangel an ansprechenden Schweizer Jugendbüchern beklagt.

Auf diesem Hintergrund setzte eine verstärkte Produktion von Kinder- und Jugendbüchern in der Schweiz ein. Zunächst langsam – erst in den zwanziger Jahren entwickelte sie sich richtig, und nur in der deutschen Schweiz. Die politischen Gegebenheiten trugen zu dieser Entwicklung bei: Die Abwehr äusserer Einflüsse, zunächst sozialistischer, später des Nationalsozialismus, und gleichzeitig die Notwendigkeit, innere Konflikte zu überbrücken, unterstützten den Ausbau eines (deutsch)schweizerischen Verlagswesens. Einen ebenso grossen Anteil an diesem erfolgreichen Ausbau hatte die Bildung eines äusserst wirkungsvoll arbeitenden Netzes, in dem Verlage, Buchhandel, AutorInnen und Schule zusammenarbeiteten. In diesem Netz spielten sich Produktion, Vertrieb und Vermittlung weitgehend kontrolliert von einem eingrenzbaren Personenkreis ab.

Die französische Schweiz übernahm ausser in ausgesprochenen Krisenzeiten, also während der beiden Weltkriege, weitgehend das Textangebot aus Frankreich. Die italienische Schweiz versuchte sich zwar während des Faschismus gegenüber Italien zu verschliessen, konnte aber keine eigene Buchproduktion aufbauen, da ihr Absatzgebiet zu klein war. Nach dem Krieg, sobald die Verlage der Nachbarländer wieder normal produzierten, übernahmen die Romandie und die italienische Schweiz wieder deren Textangebot. Die deutsche Schweiz hingegen öffnete sich erst Ende der fünfziger Jahre wieder für die deutsche Kinderbuchproduktion; diese Öffnung beeinflusste sowohl die Verlagspolitik in der deutschen Schweiz wie die Vermittlungspraxis und die Herausgabe von Lesebüchern. Die Generation, die in der Zwischenkriegszeit das Textangebot für Kinder und Jugendliche sowohl als AutorInnen wie als HerausgeberInnen weitgehend bestimmt hatte, wurde abgelöst durch neue AutorInnen, in die KJL wurden neue Inhalte aufgenommen.

Waren in der Auseinandersetzung mit der Bedrohung von aussen, aber auch mit den sozialen Konflikten in der Schweiz selbst zwischen 1920 und 1960 eine ganze Reihe von historischen Romanen für die Jugend entstanden, zum grössten Teil in der Deutschschweiz, vereinzelt aber auch in der Romandie, so spielen nun, nach 1960, historische Erzählungen kaum mehr eine Rolle. An ihre Stelle treten phantastische Erzählungen, deren Handlungszeit und -ort ein irreales Irgendwo und Irgendwann sind. Beherrschende Themen sind Umweltzerstörung und die Auseinandersetzung mit fremden Kulturen. Erst in jüngster Zeit haben zwei Historikerinnen in einem Roman, *Stärker als ihr denkt* als neues Thema aus der Schweizergeschichte die Lage der arbeitenden Frauen im 19. Jahrhundert dargestellt, aber auch sie nehmen das Problem des Umweltschutzes auf.

Regionale Unterschiede

Schon ein erster Überblick über die historischen Jugendbücher seit 1880 zeigt sprachregionale Unterschiede: Während in den Deutschschweizer historischen Jugendbüchern religiöse Konflikte praktisch völlig ausgeklammert werden, ist der konfessionelle Unterschied zu Frankreich, bzw. Savoyen, bei den hauptsächlich reformierten Autoren und Autorinnen der französischen Schweiz ein zentraler Faktor der eigenen, nationalen, häufiger kantonalen Identität. Bei den Autorinnen der Romandie gibt es kaum gesamtschweizerische Bezüge; im Vordergrund steht die «petite patrie», die Heimatstadt, der Heimatkanton. Dagegen verweisen die Autoren der Deutschschweiz viel eher auf den Gesamtstaat, in erster Linie in Kriegsdarstellungen, die Gelegenheit geben, Eidgenossen aus allen Kantonen vereint im Kampf zu zeigen.

Ein weiterer Unterschied wird in der Auswahl der Biographien deutlich. Es gibt nur wenige Personen aus der Schweizer Geschichte, an deren Vita die Heranwachsenden aller Sprachregionen sich ein Beispiel nehmen sollen: Als einzige gesamtschweizerische Vorbildfiguren treffen wir immer wieder, bis in die neueste Zeit, die Philanthropen Heinrich Pestalozzi und Henri Dunant, neben ihnen General Dufour. In der deutschen und französischen Schweiz sind General Guisan sowie der Wissenschaftler Auguste Forel vertreten. Während aber die deutschsprachige KJL mit wenigen Ausnahmen weder die Künstler und Politiker der Romandie – etwa Léopold Robert oder Major Davel – noch jene der italienischen Schweiz – Stefano Franscini z. B. – zur Kenntnis nimmt, fehlt in den letzteren Sprachgebieten das ganze Spektrum der bevorzugten Helden von Biographien in der deutschen Schweiz: Erfinder, Pioniere der Technik, Firmengründer als Persönlichkeiten, die zur wirtschaftlichen Entwicklung des Landes beigetragen haben.[48] Gesamthaft lässt sich feststellen, dass in der deutschen Schweiz den Heranwachsenden als Identifikationsfiguren Männer aus der Wirtschaft, Politik und Technik angeboten werden, während die französische und

48 Allerdings gleichen die französischen und italienischen Lesebücher mit kurzen Texten diesen Mangel teilweise wieder aus, im Tessin aber nur die zwischen 1910 und 1930 erschienenen Lesebücher des Liberalen Patrizio Tosetti. Vgl. Helbling: Eine Schweiz für die Schule, und Senn: «Bisogna amare la patria».

italienische Schweiz in dieser Funktion Biographien von Wissenschaftlern, Künstlern und einigen wenigen Politikern aus der Region einsetzen.

Schliesslich ergibt sich ein zentraler Unterschied aus der Tatsache, dass die historischen Jugendbücher der Romandie hauptsächlich von Frauen verfasst worden sind, jene der deutschen Schweiz dagegen vor allem von Männern, namentlich Lehrern und Pfarrern. Die Autorinnen bringen eine spezifische Sicht in ihre Bücher ein: Staatsbürgerliche Probleme, ein Bewusstsein für öffentliche Aufgaben kommen in ihren Büchern weniger zum Ausdruck als in jenen ihrer Kollegen. Während als Entwicklungsziel den männlichen Helden von den vorwiegend männlichen Autoren in jedem Fall der mündige, selbstverantwortliche Bürger vorgegeben wird, der sich seine Identität über seine Arbeit und sein staatsbürgerliches Bewusstsein schafft, bleibt den Heldinnen (die es ausschliesslich bei den Autorinnen gibt) als einzige Lebensperspektive die Ehe, die Tätigkeit als Gattin, Hausfrau und Mutter. Unterschiede zwischen historischen Jugendbüchern in der deutschen und französischen Schweiz ergeben sich damit nicht nur aus der Zugehörigkeit zu einem jeweils anderen Sprachgebiet, sondern unmittelbarer noch aus der Tatsache, dass die deutschsprachigen Bücher vorwiegend von Männern, die französischsprachigen vorwiegend von Frauen verfasst worden sind.

Die unterschiedliche Gewichtung der staatsbürgerlichen Erziehung in der KJL der deutschen und französischen Schweiz ist jedoch nicht nur das Ergebnis geschlechtsspezifischen Schreibens, sie wird auch noch durch die sprachspezifische Literaturauffassung verstärkt: Die LehrerInnen (und gelegentlich Pfarrer) in der Deutschschweiz, die Erzählungen für die Jugend verfassen, haben oft weniger literarische als pädagogische Ambitionen. Die Texte dieser Deutschschweizer LehrerInnen richten sich – zum Teil explizit – auf die Anforderungen der Heimat- oder Staatskunde und des Geschichtsunterrichts aus. So schreibt Olga Meyer 1942 an ihren Verleger: «Sehen Sie, unsere Zeit braucht solche Bücher, ob ich sie nun schreibe oder jemand anders. Das spielt ja keine Rolle – aber, dieses ‹Tapfer und treu› ist eine Stärkung des Volkswillens – angefangen bei der Jugend.

Ich kann Ihnen verraten, dass Elisabeth Müller jetzt noch den Auftrag erhielt von ihrem Verlag ein Gemeinschaftsbuch zu schaffen, das ebenfalls auf nächste Weihnachten herauskommen sollte.»[49] In der Romandie dagegen stehen

49 Brief an H. R. Sauerländer vom 21. Juni 1942. Mit dem «Gemeinschaftsbuch» ist wohl Elisabeth Müllers *Die sechs Kummerbuben* gemeint, das 1942 in Bern beim Verlag Francke erschien.

literarische Interessen im Vordergrund; PrimarlehrerInnen betätigen sich kaum schriftstellerisch, wenn überhaupt, verfassen sie höchstens Sachtexte.

Elemente einer nationalen Identität

Die untersuchten historischen Jugendbücher zeigen bis 1960 zwei hauptsächliche Gesellschaftsauffassungen: Es gibt demokratische, liberale Gesellschaftsentwürfe, die auf den Prinzipien der Gleichheit und Freiheit beruhen, wie sie Montesquieu und Rousseau formulierten. Daneben gibt es eine konservative, paternalistische Vorstellung von Gemeinschaft, in der jedem sein Platz vorbestimmt ist.

Der Gesellschaftsentwurf eines Autors oder einer Autorin bestimmt auch die jeweilige Vorstellung von «Heimat»: «Heimat» wird von den paternalistischen Autoren eher als überindividuelles, «ewiges» Wertgefüge aufgefasst, dem eine Person zugeordnet ist. Auf der anderen Seite gibt es die Vorstellung von «Heimat», die ein Individuum oder eine Gruppe sich neu aneignen kann, wenn Bedingungen wie Sicherheit und Betätigungsmöglichkeiten gegeben sind.

Bis in die sechziger Jahre des 20. Jahrhunderts wird von beiden Richtungen die Notwendigkeit technischer und ökonomischer Innovationen betont. Es gelingt dabei der konservativ-paternalistischen Richtung, die industrielle Entwicklung in ihrem Sinne, als soziale, väterliche Fürsorge fortschrittlicher Männer für das Volk, zu deuten.

Nach 1960 überwiegt das Bild einer Heimat, die – unabhängig davon, ob nun ewig gegeben oder irgendwann einmal erworben – vor der Zerstörung durch hemmungslose wirtschaftliche Ausbeutung und dadurch bedingte ökologische Katastrophen bewahrt werden muss. Die AutorInnen vor allem der achtziger Jahre appellieren in diesen Büchern, die nicht mehr in einer realen Vergangenheit spielen, sondern mehrheitlich in einem Irgendwo und Irgendwann, an die Verantwortung jeder und jedes einzelnen für die Erhaltung einer «Heimat», die tatsächlich Identität, Sicherheit und Aktionsraum bietet. Ihr Gesellschaftsbild, das als einzige positive Möglichkeit das Zusammenleben gleichberechtigter Individuen vorsieht – jede Ungleichheit ist gleichbedeutend mit ökonomischer Ausbeutung und politischer Ohnmacht eines Teils der Bevölkerung –, unterscheidet sie klar von jenen AutorInnen vor allem aus den Jahren 1930 bis 1960, die Heimat als naturgegeben auffassen und ihr eine Gemeinschaft zuordnen, in der jeder seinen gott- oder naturgegebenen Platz in einer paternalistischen Ordnung hat. Der wichtigste Vertreter dieser paternalistischen Richtung ist Josef Reinhart mit seiner Trilogie *Die Knaben von St. Ursen* (1928), *Die Schule des Rebellen* (1929) und *Das Licht der weissen Fluh* (1932) sowie mit zahlreichen biographischen Darstellungen. Reinhart und anderen, auch französischsprachigen AutorInnen stehen jene gegenüber, deren Idealvorstellung der «freie Bund von freien Männern» ist, also eine Gesellschaft gleichberechtigter Individuen, die durch gemeinsame Interessen miteinander verbunden sind. Was die Bücher dieser Autoren – ihr wichtigster Vertreter ist Robert Schedler mit *Der Schmied von Göschenen* (1920) – von den fantastischen Romanen der jüngsten Zeit unterscheidet, ist das gemeinsame Interesse: Stand bei den AutorInnen der 20er bis 50er Jahre noch der «Fortschritt» im Vordergrund, das heisst, die Notwendigkeit, das Wohlergehen der Gesellschaft – auf der Grundlage gleicher Rechte für alle – durch Fleiss und technische Innovation zu fördern, so geht es jetzt, in den 80er Jahren darum, genau den Fortschritt, die unkontrollierbare Technik, die hemmungslose Ausbeutung der Natur aufzuhalten oder sogar rückgängig zu machen.

Dabei greifen die AutorInnen auf den Tugendkatalog zurück, der bereits für die vorhergehenden Generationen gültig war, der in seinen Grundzügen im 18. Jahrhundert, wiederum auf der Grundlage eines noch älteren Tugendkatalogs ausgebildet worden war. Hauptsächliches Merkmal der in allen untersuchten Erzählungen am nachdrücklichsten geforderten Tugenden ist ihre gleichzeitige Ausrichtung auf politische und wirtschaftliche Anforderungen. Eintracht wird in Momenten der Bedrohung von aussen verlangt, vor allem aber zur Überwindung sozialer Konflikte im Innern und gleichzeitig im Verfolgen gemeinsamer, wirtschaftlicher Entwicklungsziele. Treue bedeutet einerseits Gesetzestreue, Respekt für die Verfassung, andrerseits Pflichterfüllung und Zuverlässigkeit in der Arbeit. Fleiss wiederum fördert den wirtschaftlichen Wohlstand, dessen Vergrösserung und Erhaltung für alle der Sinn des Staates ist. Diese Überzeugung, die im ausgehenden 18. Jahrhundert aus der philosophisch-ökonomischen Diskussion in die Erziehungsschriften übernommen und mit Nachdruck den Söhnen der Oberschicht beigebracht wurde, zieht sich als Grundidee durch die ganze historische Jugendliteratur bis in die jüngste Zeit. Sie kommt aber auch darin zum Ausdruck, dass eine Institution wie das SJW, das sich als überparteiliche, überkonfessionelle Körperschaft versteht und gerade auch deshalb einen erleichterten Zugang zu den öffentlichen Schulen hat, jahrelang als Kanal für die Verbreitung von Verbands- später auch privatwirtschaftlichen Interessen dient: Coop, Wirteverband, Sulzer, Hoffmann-La Roche sowie die Bundesregiebetriebe SBB und PTT stellen PR-Materialien zur Verfügung und sichern die Finanzierung ihnen dienlicher Hefte.

Der Tugendkatalog erweist sich als äusserst geeignet, den sich ändernden politischen und wirtschaftlichen Bedingungen immer wieder neu zu entsprechen. Nachdem z. B. Genügsamkeit, die Ablehnung von Luxus im Mittelalter die Bekämpfung des Adels rechtfertigten, war dieselbe Tugend im Zeitalter der einsetzenden Industrialisierung Voraussetzung für die damals notwendige Kapitalakkumulation. In neuester Zeit wiederum sind es unter anderem Genügsamkeit und Verzicht auf Luxus, mit denen der Ausbeutung von Natur und Menschen begegnet werden soll.

Über den gesamten untersuchten Zeitraum hin lassen sich bei den historischen Jugendbüchern vor allem von Deutschschweizer Autoren deutlich Perioden erkennen, in denen das Schwergewicht jeweils auf bestimmten Anforderungen liegt: Im letzten Jahrzehnt des 19. Jahrhunderts zeichnet sich der positive Held durch Fleiss und Pflichterfüllung, vor allem aber durch einen ausgesprochenen Bildungsdrang aus. Dieser Bildungsdrang beseelt auch Helden später erscheinender Erzählungen, nach 1918 steht dann jedoch für lange Zeit die Eintracht, die Konsensfähigkeit und der Wille zum sozialen Ausgleich im Vordergrund, daneben, mit der Zeit wichtiger werdend, unbedingte Zuverlässigkeit und treue Pflichterfüllung: Auf den Schweizer selbst soll man sich genauso verlassen können wie auf seine Präzisionswerkzeuge. In jüngster Zeit wiederum wird der Freiheitswille des Schweizers – und, zaghaft zwar noch, nun auch der Schweizerin – in der Auseinandersetzung mit der alles verschlingenden Technik angesprochen.

Die Ergebnisse des Teilprojekts *Literarische und nationale Erziehung: Schweizerisches Selbstverständnis in der Literatur für Kinder und Jugendliche* werden durch Untersuchungen in anderen Bereichen bestätigt, so z. B. die sprachregional unterschiedliche Beziehung zum Gesamtstaat bzw. zur Region oder die spezifische Wahrnehmung öffentlicher Interessen durch die Verfasserinnen von Jugendbüchern.[50] Insgesamt lässt sich feststellen, dass die schweizerische KJL des untersuchten Zeitraums in allen Sprachregionen bis in die letzten Jahre von VertreterInnen der Kultureliten gemacht und vermittelt worden ist. Gegenkulturen haben in der Schweiz – ausser im religiösen Bereich – keine eigene KJL geschaffen, so gibt es z. B. keine KJL der Arbeiterbewe-

50 Vgl. Hans-Peter Meier Dallach, Rolf Nef und Rolf Ritschard: Nationale Identität – ein Fass ohne empirischen Boden.
Maja Nadig: Nationale Identität aus ethnopsychoanalytischer Sicht.
Heidi Witzig und Elisabeth Joris: «Nationale Identität» und Alltagserfahrung von Frauen im Zürcher Oberland von 1820–1940.
Alles unveröffentlichte Diskussionsbeiträge für das Seminar des NFP 21 vom 15. September 1989.

gung.[51] Ob es sich nun um LehrerInnen, wie in der deutschen Schweiz, oder um Pfarrer und «femmes de lettres» wie in der Romandie handelte, grundsätzlich wurden jeweils die Leitbilder der politischen und – in der deutschen Schweiz – der wirtschaftlichen Eliten übernommen und über die literarische Umsetzung verstärkend verbreitet. Die so entstandenen Texte erhalten in der deutschen Schweiz durch die enge Zusammenarbeit (teilweise ohnehin Personalunion) von AutorInnen, LehrerInnen, Verlegern eine ausserordentliche Reichweite, während sie in der französischen Schweiz eher marginal blieben. Alternativen, eine kritische Auseinandersetzung mit gesellschaftlichen Leitbildern gibt es in der KJL erst seit den siebziger Jahren, gleichzeitig ist jedoch der nationale Rahmen zugunsten einer unbestimmten geographischen und gesellschaftlichen Situierung weitgehend aufgegeben worden. «Heimat» – das Wort kommt allerdings sowohl in den Lesebüchern wie in der erzählenden KJL kaum mehr vor – ist dort, wo es gelingt, sich eine möglichst intakte Umwelt als Schutz- und Aktionsraum (wieder)einzurichten. Dieser Raum wird nicht mehr, wie in der Zwischenkriegszeit, durch nationale Grenzen bestimmt, sondern durch wirtschaftliche und technische Strukturen.

Der Glaube an die Möglichkeit, die Zukunft gestalten zu können, die «beste aller Welten» konstruieren zu können, wie er im *Schweizerischen Robinson* von 1812, aber auch in den Erzählungen der ersten Hälfte des 20. Jahrhunderts noch zum Ausdruck kam, hat dabei im besten Fall einer genügsamen Anpassung an das, was im Moment möglich und erreichbar ist, Platz gemacht. Was für die Soziologie der deutschen Schweiz einmal festgestellt worden ist, gilt auch für die moderne KJL: Sie befasst sich eher «mit dem Sammeln und Ordnen von Fakten, viel seltener dagegen mit der Konstruktion utopischer Zukunftsvisionen, mit dem *Leitbild Schweiz*».[52]

51 Die Zeitschriften, die Willi Münzenberg in Zürich herausgab (Freie Jugend, 1912–1917; Die Junge Saat, 1917–1918; Die Jugend-Internationale, 1915–1918), richteten sich an arbeitende Jugendliche, fallen also nicht mehr unter Jugendliteratur, wie sie in dieser Arbeit definiert wurde (vgl. Einleitung).

52 Hans-Peter Meier und Moritz Rosenmund: CH-Cement. Das Bild der Schweiz im Schweizervolk. Zürich: eco-Verlag 1982, 9.

Abkürzungen

BSB	Berner Seminar-Blätter
Bull. bib.	Bulletin bibliographique dédié aux Parents, au Personnel enseignant et aux Comités des Bibliothèques. Publié par la Commission pour le choix de lectures destinées à la jeunesse et aux bibliothèques scolaires et populaires. Lausanne 1902–
ESG	Edizioni svizzeri per la Gioventù
HBLS	Historisch-biographisches Lexikon der Schweiz. Band 1–7. Neuenburg: Attinger 1921–1934
JSK	Jugendschriftenkommission
KJL	Kinder- und Jugendliteratur
KLVS	Katholischer Lehrerverein der Schweiz
OSL	Oeuvres suisses de lectures pour les jeunes/Ouvra Svizzra da Lectüra par la Giuventüna
SGF	Schweizerischer Gemeinnütziger Frauenverein
SGG	Schweizerische Gemeinnützige Gesellschaft
SLiZ	Schweizerische Lehrerinnenzeitung
SLZ	Schweizerische Lehrerzeitung
SJW	Schweizerisches Jugendschriftenwerk
SSV1	Schweizer Schriftsteller der Gegenwart = Ecrivains suisses d'aujourd'hui = Scrittori svizzeri d'oggi = Scriptuors svizzers da noss dis. Hg. Schweizerischer Schriftsteller-Verband = Société suisse des écrivains = Società svizzera degli scrittori = Uniun svizra da scriptuors. Bern: Francke 1962.
SSV2	Schweiz – Suisse – Svizzera – Svizra: Schriftsteller der Gegenwart = Ecrivains d'aujourd'hui = Scrittori d'oggi = Scriptuors da noss dis. Hg. Schweizerischer Schriftsteller-

Verband = Société suisse des écrivains = Società svizzera degli scrittori = Uniun svizra da scriptuors. Bern: Verbandsdruckerei 1978.

SSV3 Schriftstellerinnen und Schriftsteller der Gegenwart = Ecrivaines et écrivains d'aujourd'hui = Scrittrici e scrittori d'oggi = Scripturas e scripturs da nos dis. Hg. Schweizerischer Schriftsteller-Verband = Société suisse des écrivains = Società svizzera degli scrittori = Uniun svizra da scriptuors. Aarau: Sauerländer 1988.

Biographische Angaben

Wo keine Quellen angegeben werden, beruhen die Angaben auf verschiedensten Dokumenten des Schweiz. Jugendbuch-Instituts. Wo Angaben zu den AutorInnen fehlen, waren die Recherchen erfolglos.

Walter Adrian, 1897–1963
Journalist und Verlagslektor. Geboren in Bern. Studium in Germanistik und Kunstgeschichte in Bern, Zürich, Rom. Nach freier journalistischer Tätigkeit Lektor im Verlag Francke, Bern. Verfasser mehrerer Jugendbücher, neben historischen Themen Abenteuer in Nordafrika.
L: Schweizer Jugendschriftsteller der Gegenwart.
Fritz Aebli, 1895–1980
Primarlehrer, Chefredaktor des SJW. Geboren in Hamburg. Lehrerausbildung in Zürich, 1922–1962 Lehrer in Zürich. 1937–1970 Chefredaktor des SJW, daneben betreut er die Zeitschrift *Der Schweizer Kamerad.* Verfasst 54 Hefte, vor allem Sacherzählungen, für das SJW, ausserdem Spiel- und Bastelbücher.
L: Schweizer Jugendschriftsteller der Gegenwart; Nachruf in: NZZ Nr. 14, vom 18. Jan. 1980, 51.
Dorette Berthoud, 1888–1975
Schriftstellerin, Journalistin. Geboren in Neuchâtel. Studium in Genf und Paris (Sorbonne). Veröffentlichte mehrere historische Romane und Biographien, Erfolg hatte besonders *Le tambour roula*, ein Roman über die waldensischen Emigranten im Piemont. Für Kinder nur eine Broschüre des OSL.
L: Schweizer Schriftsteller der Gegenwart; Biographies et nécrologies neuchâteloises; Feuille d'Avis de Neuchâtel, vom 11./12. Jan. 1975.
Dante Bertolini, 1911
Lehrer, Schulinspektor. Geboren in Maroggia/TI. Schreinerlehre; Lehrerausbildung in Locarno und Rom.
L: SSV3.
Pierre Bertrand, 1909
Historiker und Publizist.
L: Livre d'Or 1824–1938. Ed. par la Société de Belles-Lettres de Genève. Genève: Kundig 1939.
Piero Bianconi, 1899–1984
Lehrer an der Scuola Magistrale in Locarno und am Liceo von Lugano.
L: SSV2; Luisa Castagnola Re: Scrittori del Ticino. Lugano: Cenobio 1966.

Johann Georg Birnstiel, 1858–1927

Pfarrer. Geboren in Wattwil/SG. Theologiestudium in Basel, Jena und Zürich. Mitglied der Zofingia. Pfarrer in Schönengrund/AR, Arbon/SG, Basel. Schreibt regelmässig Beiträge für die Zeitschriften *Religiöses Volksblatt* und *Schweizerisches Protestantenblatt*. Nach seinem Rücktritt aus dem Pfarramt Hauptredaktor des *Religiösen Volksblattes*, Redaktor des *Tierfreundes*. Veröffentlicht mehrere Bände Erinnerungen, für Jugendliche die Erzählungen *Sonne und Wolken über dem Jugendland* sowie die historische Erzählung *Rudi Bürkis Auszug und Heimkehr*.

L: W. Steger: Johann Georg Birnstiel. In: Feuille Centrale de la Société suisse de Zofingue 68 (1927), 158–162.

Jean Louis Boissonnas, 1839–1917

Pfarrer in Livourne, Divonne, Vandoeuvres (Genf). 1869–71 Mitglied des Büros der Société genevoise des publications religieuses.

L: Livre d'Or 1824–1938. Ed. par la Société de Belles-Lettres de Genève. Genève: Kundig 1939; Pitteloud: Philanthropie, 417.

Max Bolliger, 1929

Schriftsteller, Lehrer. Geboren in Schwanden/GL. Lehrerausbildung, heilpädagogische Ausbildung. Nach mehrjähriger Tätigkeit als Lehrer freier Schriftsteller. Lehrauftrag für Jugendliteratur am Lehrerseminar Zürich-Oerlikon.

L: SSV3; Claire Linnekogel-Rometsch: Jugendliteratur als Lebenshilfe. In: Jugendliteratur 1986, Heft 3/4, 13–16.

Alina Borioli, 1887–?

Schriftstellerin. Geboren in Ambri/TI. Ausbildung als Primarlehrerin in Locarno. Eine Augenkrankheit, die zur völligen Erblindung führte, machte ihr die Ausübung ihres Berufs und ein geplantes Studium unmöglich. Sammelt Berichte und Erzählungen aus dem Tessiner Volksleben, die in Zeitschriften und am Radio veröffentlicht werden.

L: Schweizer Jugendschriftsteller der Gegenwart.

Heinrich Boxler, 1937

Lehrer. Geboren in Rheineck/SG. Lehrerausbildung, Praxis als Primar- und Sekundarlehrer. Studium der Germanistik und Geschichte an der Universität Zürich. Lehrer am Seminar für Pädagogische Grundausbildung in Zürich.

Hans Bracher, 1882–1963

Sekundarlehrer. Geboren in Wattenwil/BE. Lehrerausbildung am Seminar Hofwil und in Bern, Germanistikstudium in Bern. 1909–1947 Lehrer für Deutsch, Geschichte und Geographie an der Knabensekundarschule Bern. Im Nebenamt Redaktor eines illustrierten Familienblattes. Mitglied der JSK des SLV, erster Leiter des städtischen Jugendschriftenausschusses in Bern. Mitarbeiter des SJW.

L: Schweizer Jugendschriftsteller der Gegenwart.

Peter Bratschi, 1886–1975
Feinmechaniker, Gewerkschaftsfunktionär. Geboren in Matten/Obersimmental/BE. Feinmechaniker, 1912 in Zentralverwaltung des SMUV, Redaktion der Schweizerischen Metall- und Uhrenarbeiterzeitung und der Monatsschrift *Der Lehrling.* 1925–1942 Mitglied des Grossen Rates des Kantons Bern. Im Vorstand des Vereins Guter Schriften.
L: Schweizer Jugendschriftsteller der Gegenwart; Erwin Heimann: P'B' zum Geburtstag. In: Der Bund, vom 22./23. Okt. 1966, 17.
Jakob Bucher, 1837–1926
Professor in Luzern, Rektor des Gymnasiums und Lyceums in Luzern, Direktor des Lehrerseminars Mariaberg in Rorschach/SG 1895–1904. Mitglied der JSK des SLV 1874–1891.
L: Giuseppe Clivio: Geschichte der Lehrerbildung im Kanton St. Gallen. St. Gallen: Kant. Lehrmittelverlag St. Gallen 1977.
Catherine Bürcher-Cathrein, 1875–1962
Hotelière. Geboren in Brig/VS. Sekundarschule in Solothurn, Pensionate im Ausland. Leitete das Hotel Riederalp. Mitglied des katholischen Frauenbundes Oberwallis. Als Vertreterin des kathol. Frauenbundes Mitglied der parlamentarischen Kommission Baumberger für «Hilfe den Bergvölkern».
L: Schweiz. Zeitgenossen-Lexikon.; A. Carlen: Theatergeschichte des deutschen Wallis. Brig: Rotten-Verlag 1982.
Felix Bungener, 1814–1874
Theologe und Schriftsteller. Geboren in Marseille als Sohn deutscher Eltern. 1840 Bürger von Genf, wo er als Pfarrer, später als Professor am Gymnasium tätig war. 1847 abgesetzt, danach Schriftsteller.
L: HBLS.
Bixio Candolfi, 1919
Geboren in Locarno. Studium in Bern und Lausanne. Sprachlehrer an der Handelsschule in Chiasso. Mitarbeit am Radio, u. a. Schulfunksendungen.
L.: Schweizer Jugendschriftsteller.
P. Maurus Carnot, 1865–1935
Benediktinerpater. Geboren in Laret (Samnaun)/GR. Gymnasium Schwyz, Philosophie- und Theologiestudium in Innsbruck. 1885 Eintritt in das Kloster Disentis. Ab 1888 Lehrtätigkeit an der Stiftsschule.
L: Pater Maurus Carnot. Festschrift zu seinem 70. Geburtstag. Hg. J. Hartmann. Immensee: [1935].
Angelo Casè, 1936
Lehrer. Geboren in Locarno. Lehrerseminar in Locarno.
L: SSV3.
Félix Centlivres s. Adolphe Villemard

Pernette Chaponnière (verheiratet Mme Dunant), 1915
Bibliothekarin, Journalistin. Geboren in Genf. Ausbildung als Bibliothekarin, lic. ès lettres. Leitet 5 Jahre die Jugendbibliothek «La Joie de lire», danach während 4 Jahren die Abteilung «Kinderliteratur» des Bureau international d'Education. Nach ihrer Heirat journalistisch tätig für Zeitungen und das Radio. Seit 1960 keine Jugendbücher mehr.
L: Roger D'Ivernois: Pernette Chaponnière: l'enfant qui aimait écrire. In: Journal de Genève, vom 20. Feb. 1985, 22.
Edouard Chapuisat, 1874–1955
Jurist. Geboren in Lyon/Frankreich. Jusstudium in Genf, Paris, Berlin. 1900–1913 secrétaire général du Conseil administratif de la ville de Genève; 1918–1933 Direktor des Journal de Genève. Ab 1913 député au Grand Conseil.
L: HBLS.
Louise Châtelain, 1868–1949 oder 1952
Schriftstellerin. Geboren in Corgémont/JU. Autodidaktin, arbeitet in verschiedenen Berufen, unter anderem als Stellvertreterin des Lehrers in Corgémont während dessen Militärdienst 1914–1918. Schreibt unter anderem für die Zeitschrift *Bonnes lectures*.
(Auskünfte von einer Nichte sowie des Gemeindearchivars von Corgémont an Josiane Cetlin-Jeanhenry.)
Huguette Chausson, 1905–1986
Pensionatsleiterin, Journalistin. Geboren in Lausanne. Geschichts- und Literaturstudium. Gründet nach einem Aufenthalt in Deutschland und England ein Pensionat, das vor allem von jungen Engländerinnen besucht wird. 1961–1965 Sekretär der Société vaudoise d'histoire et d'archéologie. Verfasst neben ihren grösseren Erzählungen für Jugendliche Beiträge für die Kinderseiten von Zeitungen. Seit 1950 keine Jugendbücher mehr. Beeinflusst durch Paul Budry.
L: Schweizer Jugendschriftsteller der Gegenwart; Nachruf in: 24 heures, vom 9. Dez. 1986, 19 und in: Journal de Genève, vom 9. Dez. 1986.
Pierre Chessex, 1908–1956
Lehrer, Schriftsteller. Geboren im Kanton Waadt. Studium an der Universität Lausanne. Lehrer, dann Direktor des Collège in Payerne, später des Collège Scientifique Cantonal in Lausanne. Als Historiker und Namensforscher tätig, verfasst Erzählungen, Heimatbücher, Radiosendungen.
L: Jacques Chessex: Le souvenir de P'C'. In: P. Chessex: Divico. Genève: Slatkine 1983, s. p.
Maurice Constançon, 1868–1944
Pfarrer. Geboren in Yverdon/VD. Pfarrer in Frankreich 1893–1899, dann in Nyon/VD. 1901–1929 Direktor des Asile des Aveugles in Lausanne. Präsident der Société vaudoise d'Utilité publique, Mitglied des Comité central suisse pour le Bien des Aveugles.
L: HBLS; Nachruf in: NZZ, vom 21. Okt. 1944, Nr. 1791, 4.

Alice Descoeudres, 1877–1963

Lehrerin. Geboren in Genf. Vater Pfarrer. Ausbildung in Genf, Spezialausbildung in der Betreuung geistig behinderter Kinder 1909 in Brüssel. 1912 Mitarbeiterin im Institut Jean Jacques Rousseau in Genf. Mehrere Veröffentlichungen über die Entwicklung und Erziehung geistig behinderter Kinder. Kurse und Vorträge u. a. im Bildungszentrum Herzberg (→ Wartenweiler). Mitbegründerin der Société des maîtres abstinents in Genf. Mitglied des Parti socialiste genevois und der Union des Femmes.

L: Nachruf in: La sentinelle, vom 23. Mai 1963.

Max Diacon, 1851–1907

Lehrer, Archivar. Geboren in Warschau. Studien in Theologie und Literatur. Lehrerausbildung, danach Jusstudium. Nach 1888 im Staatsarchiv des Kantons Neuenburg, von 1894 an Leitung des Staatsarchivs, ab 1896 auch noch Leitung der Bibliothèque de Ville in Neuenburg. Veröffentlichte kleinere literarische Texte neben verschiedenen historischen Arbeiten.

L: Nachruf in: Musée neuchâtelois 45 (1908), 27–29.

Walter Armin Diethelm, 1908

Pfarrer, Benediktiner von Engelberg. Geboren in Lachen/SZ. Philosphie- und Theologiestudium in Rom und Engelberg. 1935–41 Seelsorger in Engelberg; 1941–55 Volksmissionar; 1956–66 Spiritual und Katechet in Wikon/LU; Pfarrer in Melchtal. Verfasser religiöser Bücher.

L: Innerschweizer Schriftsteller.

Friedrich Donauer, 1884–1966

Lehrer, Erziehungsrat. Geboren in Küssnacht am Rigi. Lehrerausbildung am Seminar Rickenbach/SZ, Studium (Deutsche Literatur, Französisch, Geschichte) in Bern und Freiburg/Ue. Landschreiber des Bezirks Küssnacht, Sekundarlehrer an verschiedenen Orten. Schulpräsident in Küssnacht, Schwyzer Erziehungsrat, Kantonsratspräsident. Schatzmeister und Schriftführer der Stiftung für die Erhaltung der Hohlen Gasse, Verwalter der Gesslerburg-Liegenschaft.

L: Schweizer Jugendschriftsteller der Gegenwart; Neue Schweizer Biographie; Innerschweizer Schriftsteller.

Roger Durand, 1945

Lehrer. Geboren in Genf. Unterrichtet Geschichte. Präsident der Société Henri Dunant.

Maria Dutli-Rutishauser, 1903

Hausfrau und Schriftstellerin. Geboren in Obersommeri/TG.

L: SSV3.

Ernst Eberhard, 1901–1978

Sekundarlehrer. Geboren in Bern. Lehrerausbildung in Bern, Studium in Bern und Neuenburg (Sprachen und Geschichte); Sekundarlehrer in Unterseen/BE.

L: Berner Schrifttum der Gegenwart; Nachruf in: Der Bund, vom 13. Nov. 1978, 17.

Paul Eggenberg, 1918

Lehrer. Geboren in Heiligenschwendi/BE. Ausbildung am Lehrerseminar Muristalden in Bern, Studium der Psychologie in Zürich, Bern, München. Bis 1962 Lehrer in Bern. Präsident des Berner Schriftstellervereins 1955–62. 1959 Berner Stadtrat. 1962 Geschäftsführer der Berner Sektion des Automobilclubs. Jugendsendungen am Radio. 1955 Literaturpreis der Stadt Bern.

L: Schweizer Jugendschriftsteller der Gegenwart.

Ernst Eschmann, 1886–1953

Mittelschullehrer. Geboren in Richterswil/ZH. Vater Bauer, National- und Regierungsrat. Studium von Germanistik und Geschichte in Zürich und Berlin. Lehrer für deutsche Sprache und Literatur an der Töchterschule in Zürich. Seit 1914 Redaktion der Silvesterbüchlein. Seit 1918 Vorstandsmitglied des Vereins Guter Schriften. Ab 1928 Redaktion der Zeitschrift *Der häusliche Herd.*

L: Zürcher Schrifttum der Gegenwart.

Philippe Etter, 1891–1977

Jurist, Politiker. Geboren in Menzingen/ZG. Jusstudium in Zürich. Zuger Regierungsrat, Landammann, Ständerat. Bundesrat .

L: Innerschweizer Schriftsteller; Nachruf in: NZZ, vom 24. Dez. 1977, 17.

Irmgard Faber du Faur (Pseud. für Irmgard Mannheimer), 1894–1954

Schriftstellerin, Pädagogin. Geboren in München. Pädagogische Ausbildung in Genf, Zürich und Berlin. Lehrerin, verfasste Beiträge für Kinderzeitschriften und Kindersendungen des Berliner und Münchner Rundfunks. 1933 Emigration mit ihrem Mann in die Schweiz. Hier Veröffentlichungen u. a. beim SJW.

L: Lexikon der KJL, Bd. 4, 187/188.

Felice Filippini, 1917

Lehrer. Geboren in Arbedo. Arbeit am Radio der italienischen Schweiz.

L: SSV3.

Marie Frei-Uhler, 1881–1968

Lehrerin. Geboren in Kreuzlingen/TG. Lehrerinnenausbildung in Zürich. Als Lehrerin in Rafz und Zürich tätig.

Kaspar Freuler, 1887–1969

Lehrer, Schriftsteller. Geboren in Glarus. Lehrerausbildung am Evangelischen Lehrerseminar in Zürich. Lehrer in Hagenbuch/ZH, seit 1911 in Glarus. Redaktion des *Fremdenblattes Glarnerland und Walensee*, gründet 1934 den Verein schweizerischer Volksbühne-Autoren, 1944 Gründer und Präsident des Kantonalen Glarner Tierschutzvereins. Verfasst Theaterstücke und Hörspiele.

L: Zürcher Schrifttum der Gegenwart; Nachruf in: Der Bund, vom 9. Juni 1969, 13.

Sigismondo Gaggetta, 1899–1963
Lehrer an Primar- und Sekundarschulen. Mitarbeiter der Tageszeitung *Corriere del Ticino* und am Radio della Svizzera Italiana. Redaktor an der Tageszeitung *Il dovere*. Mitglied des Tessiner Grossen Rates (radikal).
L: Nachruf in: NZZ, vom 18. Okt. 1963, 4211.

Fernand Gigon, 1908–1986
Journalist, Schriftsteller. Geboren in Fontenais/JU. Veröffentlichte Reportagen und Erzählungen.

August Grob, 1840–1913
Pfarrer. Geboren in Hausen am Albis/ZH. Pfarrer in St. Gallen, Religionslehrer an der Kantonsschule, Kirchenrat.
L: HBLS.

Karin Grütter, 1958
Historikerin. Geboren in Solothurn. Studium der Geschichte, der deutschen Literatur und der Soziologie in Basel. Ab 1987 Ausbildung zur Krankenschwester.

Adolf Haller, 1897–1970
Lehrer, Schriftsteller. Geboren in Muhen/AG. Lehrerausbildung am Seminar Wettingen/AG. Anregungen von den Germanisten Adolf Frey (Zürich), Paul Häberlin und Otto von Greyerz (Bern). Bezirksschullehrer, Schulinspektor. Mitglied der JSK des SLV. Seine schriftstellerische Tätigkeit ist geprägt von der intensiven Auseinandersetzung mit dem Werk Pestalozzis. Schweizerischer Jugendbuchpreis 1947 (Gesamtschaffen) und 1966 (Churchill-Biographie *Der Mann unseres Jahrhunderts*).
L: Adolf Haller. Freundesgabe zum 70. Geburtstag; Lexikon der KJL; Schweizer Jugendschriftsteller der Gegenwart.

Toni Halter, 1914–1986
Sekundarlehrer, Schriftsteller. Geboren in Obersaxen. Als Gymnasiast in Disentis Schüler von → P. Maurus Carnot. Lehrerausbildung am Seminar Chur. Ausbildung zum Sekundarlehrer in Freiburg/Ue. Ab 1953 Lehrer in Villa/GR, hier auch Chordirigent, Gemeindepräsident, Kreisrichter, 1979/81 Mitglied des Bündner Grossen Rates. Schweizerischer Jugendbuchpreis 1960 (*Culan de Crestaulta*), 1970 Preis der Cuminonza romontscha da radio e televisiun, 1985 Bündner Kulturpreis.
L: Schweizer Jugendschriftsteller der Gegenwart; Heinrich Altherr: Jugendbuchpreis 1960. In: Das Jugendbuch. Mitteilungen über Jugend- und Volksschriften. Beilage zur SLZ 26 (1960), 1215/1216.

L. Hautesource (Pseud. für Rosine Tissot-Cerutti), 1870–1937
Journalistin, Lehrerin, Schriftstellerin. Geboren in Paris. Zahlreiche Kinder- und Jugendbücher. Gründet 1916 die Zeitschrift *Mon chez moi*, die sie auch redigiert. 1920 Mitbegründerin der Kinderzeitschrift *L'Ecolier genevois*, die 1923 von der Pro Juventute übernommen wird und unter dem Titel *L'Ecolier romand* als französisches Pendant zu *Der Schweizer Kamerad* und *Revista dei Fanciulli* erscheint. Bis 1929

Redaktorin dieser Zeitschrift. Mitarbeit an *Wissen und Leben* und an *L'Educateur*. Mitglied der JSK der Société pédagogique romande.
L: HBLS.

Ernie Hearting (Pseud. für Ernst Herzig), 1914–1992
Redaktor, PR-Chef. Geboren in Langenthal/BE. Werbechef von Coop Basel, Chefredaktor der Zeitschrift *Schweizer Soldat*. Verfasser zahlreicher Indianer-Bücher.

Adolf Heizmann, 1911
Lehrer. Geboren in Thalwil/ZH. Lehrerausbildung am Evangel. Seminar Schiers/GR. Kurse an der Universität Basel (Paul Häberlin). Zunächst Lehrer in einem Heim für behinderte Kinder, dann an der Basler Hilfsschule (1937–62), später an der Basler Mädchensekundarschule. Redaktion der *Heilpädagogischen Rundschau*. Basler Jugendbuchpreis 1956 (*Hendrik und seine Freunde*).
L: Schweizer Jugendschriftsteller der Gegenwart.

Kurt Held (Pseud. für Kurt Kläber), 1897–1959
Schriftsteller. Geboren in Jena/Deutschland. Ausbildung als Mechaniker bei Zeiss, dann verschiedene Tätigkeiten, u. a. als Journalist, Buchhändler. 1928–1933 führendes Mitglied des Bundes proletarisch-revolutionärer Schriftsteller und Mitherausgeber der Zeitschrift *Die Linkskurve*. 1933 Emigration in die Schweiz zusammen mit seiner Frau, der Schriftstellerin → Lisa Tetzner. Hier verfasst er mehrere Jugendbücher, die er unter dem Pseudonym Kurt Held veröffentlicht, da er als Emigrant keine Arbeitserlaubnis erhält. 1948 erhält das Ehepaar Kläber das Bürgerrecht seiner Wohngemeinde Carona.
L: Lexikon der KJL; Lisa Tetzner: Das war Kurt Held; Theo Pinkus: Kurt Kläber – ein Pionier der revolutionären Arbeiterliteratur. In: K. Kläber: Barrikaden an der Ruhr. Frankfurt: Roter Stern 1973, 9–26.

Heinrich Herzog, 1822–1898
Lehrer, Schriftsteller, Sagensammler. Geboren in Rekingen/AG. Ausbildung am aargauischen Lehrerseminar in Lenzburg unter Augustin Keller. Von 1851 an Lehrer an der Gemeindeschule in Aarau. Verfasste zahlreiche Texte für den Schulunterricht, gab Sagen heraus. 1888–1898 Redaktor des *Eidgenössischen Nationalkalenders*. Mitglied der JSK des SLV.
L.: Barbara Grisch: H'H'. In: Sagenerzähler und Sagensammler der Schweiz, 289–305.

Albert Hochheimer, 1900–1976
Schriftsteller. Geboren in Westfalen. 1938 Emigration nach Frankreich, als Kriegsfreiwilliger in die französische Ehrenlegion. 1942 in der Schweiz interniert. Nach Kriegsende nach Frankreich zurück. Von 1950 an wieder in der Schweiz.
L: Nachruf in: NZZ, vom 4. Okt. 1976, 18 und Der Bund, vom 1. Okt. 1976, 45.

Anton Huonder, 1858–1926
Schriftsteller. Jesuit. Geboren in Disentis.
L: HBLS

Alexander Isler, 1854–?
Geboren in Oranienbaum/Russland. Lehrer, Bauamtmann in Winterthur, Kulturhistoriker, Schriftsteller.
L: HBLS.
Paul Jenni, 1923
Lehrer, Erziehungsdirektor. Geboren in Liestal. Studien an der Universität Basel. Lehrer in Eptingen/BL und Birsfelden/BL. Schulinspektor des Kantons Basel-Land, dann Erziehungsdirektor.
Karl Keller-Tarnuzzer, 1891–1973
Archäologe. Geboren in Landau/Deutschland. Lehrerausbildung in Bern. Konservator des Thurgauischen Museums in Frauenfeld. Leitet ab 1923 viele Ausgrabungen.
L: Schweizerisches Zeitgenossen-Lexikon; Neue Schweizer Biographie; Nachruf in: Der Bund, vom 6. April 1973, 45.
Ruedi Klapproth, 1925
Lehrer. Geboren in Saalfeld/Deutschland. Schulen in Luzern, nach kaufmännischer Ausbildung Lehrerseminar Hitzkirch. Primarlehrer 1958–72, seit 1972 Seminarlehrer.
L: Innerschweizer Schriftsteller.
Bruno Knobel, 1921
Journalist, 25 Jahre Pressechef des Sulzerkonzerns in Winterthur. Geboren in Wil/SG. Führende Stellung in der Pfadfinderbewegung, Redaktor der Zeitschrift der Schweizer Pfadfinderinnen und Pfadfinder 1947–61. Beiträge für Jugendseiten von Tageszeitungen und für Jugendsendungen im Radio. Verfasst zwischen 1960 und 1972 zahlreiche Hefte des SJW.
L: Schweizer Jugendschriftsteller der Gegenwart.
Anton Krapf, 1896
Sekundarlehrer. Geboren in Goldach/SG. Ausbildung an der Stella Matutina in Feldkirch/Österreich und an der Universität Freiburg/Ue. Ab 1930 Sekundarlehrer in Rapperswil, einige Jahre Vizepräsident der Cäcilia-Musikgesellschaft.
L: Bücherstübchen 1945. Literarische Beilage zum Schülerkalender *Mein Freund*. Olten: Walter 1945, 8/9.
Georg Küffer, 1890–1970
Seminarlehrer. Geboren in Biel. Lehrerausbildung am Seminar Hofwil-Bern. Studien an den Universitäten Berlin, München, Bern. Sekundarlehrer an verschiedenen Orten, 1926–60 Deutschlehrer am Seminar Hofwil. Zusammenarbeit mit Otto von Greyerz. Gründet Volkshochschule Bern. Redaktor der Zeitschrift *Die Volkshochschule Bern* 1921–25. Langjähriger Mitarbeiter des SJW, Mitglied der JSK des SLV.
L: Lexikon des Berner Schriftstellervereins; Nachruf in: SLZ, 17.9.1970, Nr. 38, 1268.

Jakob Kuoni, 1850–1928
Volksschullehrer, Schulaktuar, Sagensammler. Geboren in Maienfeld. Vater landwirtschaftlicher Pächter. Lehrerausbildung am evangelischen Lehrerseminar Schiers, möglich durch ein Darlehen. 1870–1904 Lehrer, beteiligt sich 1883 an der Auseinandersetzung um die Herbart-Zillersche Schule in der SLZ. 1904–1918 Schulaktuar in St. Gallen. Neben zahlreichen historischen Aufsätzen veröffentlichte Kuoni Jugendschriften und den Band *Sagen des Kantons St. Gallen* (1903). Mitglied der JSK des SLV.
L: Heidi Blattmann: J'K' (1850–1928). In: Sagenerzähler und Sagensammler der Schweiz, 397–418.
Paul Lang, 1894–1970
Professor an der Handelsabteilung der Kantonsschule Zürich. Geboren in Basel. Universitäten in Zürich, Basel, Bern, Genf und London. 1921–1924 Sekretär der Neuen Helvetischen Gesellschaft in London.
L: Schweiz. Zeitgenossen-Lexikon; Literatur geht nach Brot.
Dino Larese, 1914
Lehrer. Schriftsteller. Geboren in Candide/Italien. Lehrerausbildung am Seminar Kreuzlingen/TG. Primarlehrer in Amriswil, Beiträge für das Radio. Leiter der Akademie Amriswil. Redaktion der *Internationalen Zeitschrift für Literatur, bildende Kunst, Musik und Wissenschaft*. Präsident des Schweiz. Vortragsverbandes.
L: Schweizer Jugendschriftsteller der Gegenwart; SSV3.
Meinrad Lienert, 1865–1933
Notar, Redaktor, Schriftsteller. Verfasste zahlreiche populäre Erzählungen.
L: Innerschweizer Schriftsteller
Eric Lugin, 1914
Professor am Séminaire de français moderne der Universität in Neuenburg. Geboren in Neuenburg. Studium in Neuenburg und Paris.
L: Belles Lettres de Neuchâtel.
Giuseppe Martinola, 1908
Mittelschullehrer. Geboren in Mendrisio. Studium in Mailand. Lehrer für Geschichte, Direktor des *Bolletino storico della Svizzera italiana*.
L: SSV3.
Olga Meyer, 1889–1972
Primarlehrerin, Schriftstellerin. Geboren in Zürich. Ausbildung am Lehrerinnenseminar Zürich. Lehrerin bis 1940, danach freie Schriftstellerin. Redaktion der *Schweizerischen Lehrerinnenzeitung* 1938–1954. Zahlreiche Beiträge für das Radio (Vorträge, Hörspiele). Schweizerischer Jugendbuchpreis 1945 (Gesamtschaffen) und 1956 (Heimliche Sehnsucht).
L: Olga Meyer erzählt aus ihrem Leben. Aarau: Sauerländer 1968. A. Zogg-Landolf: Olga Meyer 1889–1972. Leben und Werk. Zürich 1989.

Elisabeth Müller, 1866–1932
Lehrerin. Geboren in Ebikon/LU. Private Ausbildung als Lehrerin bei Alois Achermann, Luzern. 1886–1925 Lehrerin in Ruswil/LU. Langjährige Vizepräsidentin des Schweizerischen Katholischen Lehrerinnenvereins. Veröffentlicht verschiedene kleinere Erzählungen u. a. in den Reihen *Sonnenschein* und *Nimm und lies* des Benziger-Verlags. Mitarbeit an *Ernst und Scherz fürs Kinderherz* (1902–1913) und am *Christkind-Kalender für die Kleinen* (1903–1917).
L: Ruswil – Geschichte einer Luzerner Landgemeinde. Hg. von der Einwohnergemeinde Ruswil. Ruswil 1987, 468.

Alberto Nessi, 1940
Mittelschullehrer. Geboren in Mendrisio/TI. Lehrerausbildung in Locarno. Studium in Fribourg.
L: SSV3

Pio Ortelli, 1910
Geboren in Mendrisio/TI. Literaturstudium in Pavia, Florenz, Rom.
L: Schweizer Jugendschriftsteller; Luisa Castagnola Re: Scrittori del Ticino. Lugano: Cenobio 1966.

Suzanne Oswald, 1897–1981
25 Jahre in der Lokalredaktion der NZZ tätig. Nichte von Albert Schweitzer.
L: Nachruf in: NZZ, vom 14. Nov. 1981, 51.

Marbeth Reif, 1946
Sekundarlehrerin, Schriftstellerin. Geboren in Basel. Studium in Freiburg/Ue. Verfasst neben Kinderbüchern Hörspiele für das Radio.

Josef Reinhart, 1875–1957
Mittelschullehrer, Schriftsteller. Geboren in Rüttenen/SO. Lehrerausbildung am Seminar Solothurn. Weiterbildung zum Bezirkslehrer. Neben Lehrtätigkeit Studien an den Universitäten Zürich, Bern, Neuenburg, Berlin. 1912–1945 Lehrer für deutsche Sprache und Literatur an der Kantonsschule Solothurn. Mitglied der JSK des SLV.
L: G. Küffer: Josef Reinhart zum fünfzigsten Geburtstag; F. Wartenweiler: Freu di!; Josef Reinhart. Würdigung seines schriftstellerischen Schaffens; Peter Schönborn: Josef Reinhart; Lexikon der KJL; F. Reinhardt: Josef Reinhart.

Martha Ringier, 1874–1967
Redaktorin. Geboren in Lenzburg. Nach Abschluss der Lenzburger Schulen Besuch eines Instituts in Weimar sowie eines Pensionats in Genf. Ab 1918 Mitarbeit an der Zeitschrift *Die Garbe* unter Rudolf von Tavel. Nach 1928 Leitung der Guten Schriften Basel. Daneben 35 Jahre lang Redaktorin des *Schweiz. Tierschutzkalenders*. Befreundet u. a. mit Lisa Wenger, Friedrich Glauser, Josef Reinhart.

Annamarie Ryter, 1957
Mittelschullehrerin. Geboren in Bern. Studium der Geschichte in Basel. Seit 1984 Lehrerin für Deutsch und Geschichte am Gymnasium Muttenz.

Oskar Schär, 1900–1985
Seminar- und Sekundarlehrer. Geboren in Dürrenroth/BE. Studium an den Universitäten Bern und Lausanne.
L: Schweiz – Suisse – Svizzera – Svizra; E.W. Eggimann: O'S' zum Gedenken. In: Der Bund, vom 31. Mai 1985, 35.
Robert Schedler, 1866–1930
Pfarrer. Gymnasium in St. Gallen (Unterricht bei Dierauer), Theologiestudium in Basel und Jena. Pfarrer in Sax-Frümsen/SG, Wildhaus/SG, Grenchen/SO, 1912–30 in Langenthal/BE. 1916–24 Redaktion der *Schweizerischen Reformblätter*. Rege Tätigkeit auf dem Gebiet öffentlicher und privater Wohlfahrt: Präsident des Kinder- und Frauenschutzvereins und des Vereins für das Alter im Amt Aarwangen. Dezidierte Stellungnahme gegen Ultramontanismus.
L: Nachruf in: Schweizerisches Reformiertes Volksblatt 64 (1930), Nr. 35, 275/276; Hans Kaufmann: Robert Schedler. In: Grenchner Jahrbuch 1978, 44–46.
Hans Rudolf Schmid, 1902
Redaktor, Schriftsteller. Geboren in Dietikon/ZH. Gymnasium in Zürich, Studium in Zürich und Paris (Geschichte, Germanistik). 1937–39 Pressechef der Schweiz. Landesausstellung 1939, 1940–49 Gründer und Leiter des Schweiz. Feuilletondienstes. 1944–58 Schulpräsident von Thalwil/ZH.
L: Schweizer Schriftsteller der Gegenwart.
Hans Schmitter, 1913–1989
Sekundarlehrer. Geboren in Bern. Lehrerausbildung am Seminar Muristalden. Sekundarlehrer in Gstaad/BE und Muri/BE. Für *Benz* erhielt er einen Literaturpreis der Stadt Bern und den Schweizerischen Jugendbuchpreis.
L: Nachruf in: Berner Zeitung, vom 4. Jan. 1989, 21.
Hans Schranz, 1916
Sekundarlehrer. Geboren in Deutschland. Lehrerausbildung am Seminar Küsnacht/ZH. Studium an der Universität Zürich.
L: Schweizer Schriftsteller der Gegenwart.
Walter Schütz, 1909
Primarlehrer in Ittigen/BE. Beschäftigung mit Geschichte des Amtes Fraubrunnen. Veröffentlichungen in der *Schulpraxis*.
L: Der Bund, vom 13. Jan. 1984, 27.
Josef Martin Spillmann, 1842–1905
Schriftsteller, Historiker. Jesuit. Verfasste neben kirchengeschichtlichen Arbeiten zahlreiche Erzählungen für die Jugend und das Volk. Redaktor der *Katholischen Mission*.
L: HBLS.
Jakob Streit, 1910
Primarlehrer, Schriftsteller. Geboren in Spiez/BE. Ausbildung am Staatlichen Lehrerseminar Bern.

Ugo A. Tarabori, 1891–1969
Geboren in Spruga/TI. Lehrerseminar Locarno, Universität Rom. Sekundarlehrer, von 1918–1954 Erziehungssekretär. Verantwortlich für die italienische Produktion des SJW.
L: Schweizer Jugendschriftsteller der Gegenwart.
Lisa Tetzner, 1894–1963
Schriftstellerin. Geboren in Zittau/Deutschland. Ausbildung an der Sozialen Frauenschule in Berlin. Unter dem Einfluss von Eugen Diederichs von 1918 an als Märchenerzählerin in Deutschland unterwegs. Heiratet 1924 → Kurt Held, emigriert mit ihm 1933 in die Schweiz. Lektorin für Sprechtechnik am Kant. Lehrerseminar in Basel 1937–1955. Verfasst – zum Teil in enger Zusammenarbeit mit ihrem Mann – mehrere Kinder- und Jugendbücher, gibt Märchen heraus.
L.: Lexikon der KJL; Das Märchen und Lisa Tetzner.
Rudolf Olaf Tönjachen, ?-1971
Seminarlehrer in Chur.
Adolphe Villemard (Pseud. für Félix Centlivres), 1867–1927
Notar, Bankangestellter. Verfasst neben einigen Romanen Erzählungen für die *Bonnes lectures de la Suisse romande* und die Zeitschrift *Illustré*.
Fritz Wartenweiler, 1889–1985
Volkserzieher. Geboren in Kradolf/TG. Philosophiestudium in Berlin, Kopenhagen, Zürich. Dissertation über Volksbildung nach dänischem Muster, d.h. nach F. S. Grundtvig. Direktor des Lehrerseminars Solothurn. Gründet 1925 den Verein Freunde schweizerischer Volksbildungsheime. Nach dem Scheitern des ersten Volksbildungsheims in Frauenfeld 1935 Gründung des Volksbildungsheims Herzberg als Zentrum der nicht berufsgebundenen Erwachsenenbildung. 1965 Schweizer Jugendbuchpreis (Gesamtschaffen).
Heinrich Wiesner, 1925
Lehrer, Schriftsteller. Geboren in Zeglingen/BL. 36 Jahre Lehrer, seit 1981 freier Schriftsteller.
Jörg Zoller (Pseud. für August Zehnder), 1918
Lehrer. Geboren in Luzern. Lehrerausbildung am Seminar in Luzern, Lehrer in Luzern.
L: Innerschweizer Schriftsteller.
Hans Alfred Zulliger, 1893–1965
Dr. h. c., Lehrer, Psychologe. Geboren in Mett bei Biel/BE. Lehrerausbildung am Seminar Hofwil-Bern. Lehrer in Ittigen/BE. Als Mundartdichter von Simon Gfeller und Otto von Greyerz gefördert. Gründet Berner Schriftstellerverein. Mitbegründer der Schweizerischen Gesellschaft für Psychoanalyse.
L: J. Berna: Zum Tod H'Z's. In: NZZ, vom 20. Okt. 1965.

Hans Zysset, 1934–1983

Lehrer, Reisejournalist. Geboren in Heiligenschwendi/BE. Schüler von → Paul Eggenberger. Lehrerausbildung in Bern, Lehrer in Biembach/BE. Im Nebenamt Redaktor der Jugendzeitschrift *Schweizer Jugend*.

L: Der Beobachter, vom 31. Dez. 1978, 34.

Bibliographie

Primärliteratur

Angegeben ist immer die Erstausgabe. Neuauflagen sind nach dem Katalog der Landesbibliothek und den Beständen des Schweizerischen Jugendbuch-Instituts angegeben, die Auflagezahl nur dort, wo sie aus dem Buch ersichtlich ist.

Historische Erzählungen

(Zum Teil sind hier auch historische Sachbücher und -hefte verzeichnet, die in der Analyse nicht berücksichtigt worden sind.)

Adrian, Walter: Artos der Tiguriner. Eine Erzählung aus der Frühzeit der Schweiz. Bern: Francke 1947. [2]1967.

Adrian, Walter: Der Weg nach Bibrakte. Bern: Francke 1955. [2]1960.

Adrian, Walter: Die Stadt am Feuerberg. Eine Erzählung aus dem alten Pompeji. Zürich: Orell Füssli 1960.

Aebli, Fritz: Heimat, ich liebe dich! Eine Heimat- und Kulturgeschichte von 1811 bis 1939. Aarau: Sauerländer 1940.

Aebli, Fritz: 650 Jahre Eidgenossenschaft. Zürich: SJW 1941 (SJW 108).

Aebli, Fritz: 650 ans d'histoire 1291–1941. Zürich: OSL 1941 (OSL 109).

Aebli, Fritz: Das Geheimnis der Krötengasse erobert die Welt. Zürich: SJW 1944 (SJW 183).

Aebli, Fritz: Le mystère de la rue des Crapauds fait la conquête du monde. Zürich: OSL 1944 (OSL 184).

Aebli, Fritz: Il segreto del Vicolo dei rospi conquista il mondo. Zürich: ESG 1946 (ESG 185).

Aebli, Fritz: Das grosse Geheimnis. Zürich: SJW 1946 (SJW 231).

Aebli, Fritz: 100 Jahre Bundesstaat 1848–1948. Rückblick und Ausschau. Zürich: SJW 1948 (SJW 300).

Aebli, Fritz: La constitution reçoit le fauteuil. D'un 48 à l'autre. Zürich: OSL 1948 (OSL 301).

Aebli, Fritz: I primi cento anni del nostro Stato federale 1848–1948. Zürich: ESG 1948 (ESG 302).

Aebli, Fritz: Kampf dem Hunger. Zürich: SJW 1950 (SJW 373).

Aebli, Fritz: Das Lied der Freiheit. Zürich: SJW 1951 (SJW 400).

Aebli, Fritz: La canzun della libertad. Zürich: OSL 1951 (OSL 420).

Aebli, Fritz: La chanzun da la liberted. Zürich: OSL 1951 (OSL 419).

Aebli, Fritz: Schweiz – meine Heimat. Zürich: SJW 1968 (SJW 1000a).

Aebli, Fritz: La Suisse – ma patrie. Zürich: OSL 1968 (OSL 1000b).
Aebli, Fritz: La Svizzera – mia patria. Zürich: ESG 1968 (ESG 1000c).
Aebli, Fritz: La Svizra – mia patria. Zürich: OSL 1968 (OSL 1000d).
Angst, Walter: Hundert Jahre Schweizerbahnen. Zürich: SJW 1947 (SJW 256).
Angst, Walter: Les chemins de fer suisses ont cent ans. Zürich: OSL 1947 (OSL 257).
Angst, Walter: Cento anni di ferrovie svizzere. Zürich: ESG 1947 (ESG 258).
Babel, Henry und Anne Wilsdorf: Calvin et la Réforme. Paris: Berger-Levrault; Genève: La Joie de lire, 1986.
Banga, Johann Jakob: Der Pfarrerssohn von Dübendorf. Basel: Spittler 1884. ²1892.
Bariffi, Camillo: 650 anni di storia patria ... Zürich: ESG 1941 (ESG 110).
Baumann, Adolf: Hans Waldmann 1435–1489. Zürich: SJW 1978 (SJW 1474).
Berthoud, Dorette: Scènes de l'enfance et de la jeunesse de Léopold Robert. Zürich: OSL 1944 (OSL 182).
Bertolini, Dante: Il gran capo dei ribelli. Zürich: ESG 1944 (ESG 168).
Bertrand, Pierre und Paul A. Robert: Dein Vaterland. Eine Schweizergeschichte für Kinder. Bern: Francke 1941.
Bertrand, Pierre und Paul A. Robert: A toi patrie. Histoire suisse pour la jeunesse. Genève: La joie de lire 1941.
Bianchi, Valter: Quindicimila anni fa. Zürich: ESG 1941 (ESG 99).
Bianconi, Piero: Breve Storia di Giovanni Serodine. Zürich: ESG 1968 (ESG 1016).
Bieri, Ernst: Mit den «Roten Schweizern» an die Beresina. Zürich: SJW 1938 (SJW 69).
Biollay, Emile: Il segreto dell'aggi. Zürich: ESG 1971 (ESG 1144).
Birnstiel, Johann Georg: Rudi Bürkis Auszug und Heimkehr. Aus den Tagen des schweizerischen Bauernkrieges. Basel: Helbing & Lichtenhahn 1922.
Boissonnas, Jean-Louis: Une belle vie: Quelques pages sur le Général Dufour. Genéve: Carey 1884.
Boissonnas, Jean-Louis: Coeur d'or. Récit de Noël. Genève: Beroud et Jeheber 1891.
Bolliger, Max und Elisabeth-Brigitte Schindler: Der Mann in Weiss. Zürich: SJW 1980 (SJW 1551).
Bonzon, Maurice: Agnès de Griuns. Zürich: OSL 1955 (OSL 530).
Borioli, Alina: Carloto e Luzia. Zürich: ESG 1954. ²1965 (ESG 501).
Boxler, Heinrich und Jörg Müller: Burgenland Schweiz: Bau und Alltag. Solothurn: Aare 1990.
Bracher, Hans: Der Weg durch die Schlucht. Eine Erzählung für die Schweizerjugend. Aarau: Sauerländer 1946. 1960.
Bracher, Hans: Brot und Zirkusspiele. Eine Erzählung aus dem Alten Rom. Zürich: SJW 1950 (SJW 358).
Bracher, Hans: Der Sklave des Tribuns. Aarau: Sauerländer, 1954.
Bracher, Hans: Rentierjäger der Steinzeit. Zürich: SJW 1963 (SJW 820). ³1970; ⁴1979; ⁵1980.

Bracher, Hans: Chasseurs de rennes de l'âge de la pierre. Zürich: OSL 1988 (OSL 1826).

Bratschi, Peter: Die Melchiorbuben. Bern: Francke 1948.

Bucher, Jakob: Der Müller von Sempach. Kulturgeschichtliche Erzählung aus der Zeit des Sempacher Krieges. Erweiterter Separat-Abdruck aus den *Wöchentlichen Unterhaltungen* zum *Luzerner Tagblatt*. Luzern: Meyer 1886.

Bungener, Felix: Souvenirs de Noël. Lausanne: Bridel 1875.

Bührer, Jakob: Zwischen zwei Welten. Zürich: SJW 1940 (SJW 85).

Bürcher-Cathrein, Catherine: Der letzte Sander. Eine Erzählung aus den Walliser Bergen. Stuttgart: Thienemann 1928. Zürich: Rascher 1952

Bürgler, Edgar: A l'ombre de la Dame noire. Carouge: Ed. Lied 1987.

Bürgler, Edgar: Als die Helden Suppe kochten. Neuallschwil: Ed. Heuwinkel 1987.

Burkhard, Ernst: Die Armagnaken kommen. Eine Erzählung aus dem Kriegsjahr 1444. Zürich: SJW 1947 (SJW 281).

Cambi, Natale: Enrico Dunant. Fondatore della «Croce Rossa» ed avventuriero della carità. Zürich: ESG 1946 (ESG 243).

Candolfi, Bixio: Il sogno di Nuvola Rossa. Zürich: ESG 1960 (ESG 672).

Candolfi, Bixio: Le rêve de Nuage Rouge. Zürich: OSL 1961 (OSL 755).

Caneva, Elisa Pirola: I Crociati a Gerusalemme. Zürich: ESG 1975 (ESG 1341).

Carnot, Maurus: Sigisbert im rätischen Tale. Einsiedeln: Benziger 1899; ²1936.

Carnot, Maurus: Sigisbert en Rezia. Einsiedeln: Benziger 1902; Enipunt: Stampa dall'uniun Mariana 1905.

Carnot, Maurus: Sigisberto nella Rezia. Poschiavo: Menghini 1924.

Carnot, Maurus: Der kleine Otto der Grosse. Geschichte aus dem 10. Jahrhundert. Zürich: NZN 1924. Innsbruck: Tyrolia 1925.

Casè, Angelo: Mosè Bertoni (1857–1929): Da Lottigna al Paraguay. Zürich: ESG 1986 (ESG 1756).

Chabloz, André: La marche vers l'or. Zürich: OSL 1975 (OSL 1329).

Chaponnière, Pernette: Le trésor de Pierrefeu. Neuchâtel: La Baconnière 1953. ³1986.

Chaponnière, Pernette: Par une nuit de décembre. Neuchâtel: La Baconnière 1958.

Chapuisat, Edouard: Un grand citoyen: Le Général Dufour. Zürich: OSL 1938 (OSL 75).

Châtelain, Louise: Les deux chevaliers. Récit historique du XIIe siècle. Neuchâtel: Delachaux et Niestlé 1921.

Chausson, Huguette: En suivant le comte vert. Lausanne: Payot 1945.

Chausson, Huguette: Lausenette, la boulangère de Notre-Dame. Lausanne: Payot 1948.

Chausson, Huguette: Le secret du château d'Illens. Zürich: OSL 1949 (OSL 349).

Chausson, Huguette: Le troubadour du Comte Pierre. Lausanne: Payot 1946.

Chessex, Pierre: Divico. Lausanne: Les éditions de la Librairie F. Rouge 1942. Genève: Slatkine 1983.

Chessex, Pierre: Divico. Erzählung aus der Heldenzeit der Helvetier. Zürich: Schweizer Verlagshaus 1969.

Clemente-Lepori, Rosa: Il ponte. Zürich: ESG 1944 (ESG 166).

Comte, Erika: Alfred Comte 1895–1965. Zürich: SJW 1969 (SJW 1034).

Comte, Erika: Alfred Comte 1895–1965, le benjamin des premiers pilotes suisses. Zürich: OSL 1970 (OSL 1084).

Constançon, Maurice: La vie du Major Davel. Zürich: OSL 1935 (OSL 45).

Cornaz-Vulliet, Emma: Le Major Davel: chrétien, soldat, patriote et martyr. Genève: Georg & Cie. 1898.

Coté, Maryse: Les chandeliers d'argent. Zürich: OSL 1966 (OSL 936).

Cotti, Anna: Due racconti di caccia ticinesi. Zürich: ESG 1971 (ESG 1138).

Cotti, Anna: Il santo comperato. Zürich: ESG 1968 (ESG 1056).

Cristoffel, Christian: Gion Tambur. Veta e lavur d'in impressari Grischun. Zürich: OSL 1944 (OSL 161). [2]1948.

Descoeudres, Alice: Des héros pour la jeunesse. La Chaux-de-Fonds: Imprimerie des Coopératives réunies 1931. [2]1939.

Descoeudres, Alice: Helden. Bern: Haupt 1948.

Descoeudres, Alice: Encore des héros. La Chaux-de-Fonds: Imprimerie des Coopératives réunies 1934.

Descoeudres, Alice: Héros et héroïnes. La Chaux-de-Fonds: Imprimerie des Coopératives réunies 1935.

Descoeudres, Alice: Vies héroïques. La Chaux-de-Fonds: Imprimerie des Coopératives réunies 1944.

Descoeudres, Alice: Héros de la paix. La Chaux-de-Fonds: Imprimerie des Coopératives réunies 1946.

Diacon, Max: Le Robinson neuchâtelois. Paris: Schlachter; Neuchâtel: Messeiller 1895.

Diethelm, Walther: Bruder Klaus. Das Leben unseres lieben Landesvaters. Olten: Walter 1947.

Donauer, Friedrich: Der Silberbarren. Olten: Walter 1926 (Schweizer Jugend, 5). Zürich: SJW 1950 (SJW 354).

Donauer, Federico: Soldati mercenari della Ca' di Ferro. Zürich: ESG 1956 (ESG 560). (Übersetzung von: Der Silberbarren).

Donauer, Friedrich: Das sinkende Kreuz. Stuttgart: Thienemann 1928. Unter dem Titel: Das Kreuz stürzt vom Sophiendom. Olten: Walter 1939. Unter dem Titel: Die Helden von Byzanz. Solothurn: Schweizer Jugend 1954.

Donauer, Friedrich: Scipio Africanus. Kampf um das Mittelmeer. Stuttgart: Thienemann 1929. Unter dem Titel: Scipio und Hannibal. Olten: Walter 1939; Solothurn: Schweizer Jugend 1952.

Donauer, Friedrich: Das Halskreuz. Zürich: SJW 1943 (SJW 154).

Donauer, Friedrich: Das Lied des Wikingskalden. Zürich: SJW 1958 (SJW 621).

Donauer, Friedrich: Hans Waldmann und der Hüterbub. Die Flucht. Zürich: SJW 1954 (SJW 192).
Dumesnil, Jacqueline: Sous la Terreur. Zürich: OSL 1954 (OSL 498).
Durand, Roger: Tous frères. Zürich: OSL 1986 (OSL 1763).
Dutli-Rutishauser, Maria: Niklaus von Flüe. Zürich: SJW 1969 (SJW 1063).
Eberhard, Ernst: Der Schwarze Tod im Berner Oberland. Zürich: SJW 1953 (SJW 452). 1959.
Eberhard, Ernst: Der Sohn des Venners. Interlaken: Schlaefli 1941. Bern: Feuz 1955.
Eberhard, Ernst: Die Waisen von Stans. Zürich: SJW 1970 (SJW 1104).
Eberhard, Ernst: Diviko und die Römer. Zürich: SJW 1966 (SJW 922). 1967
Eberhard, Ernst: Divico et les romains. Zürich: OSL 1969 (OSL 1049).
Eberhard, Ernst: Hütet Euch am Morgarten. Zürich: SJW 1947 (SJW 276).
Eberhard, Ernst: Kolumban und Gallus. Glaubensboten aus Irland. Zürich: SJW 1971 (SJW 1157).
Eberhard, Ernst: Scharfschützen 1798. Zürich: SJW 1943 (SJW 148).
Eberhard, Ernst: Schlimme Tage in Unspunnen. Zürich: SJW 1955 (SJW 523).
Eberhard, Ernst: Um Heimat und Hof. Zürich: SJW 1946 (SJW 228).
Eberhard, Ernst: Winkelrieds Opfertod. Zürich: SJW 1969 (SJW 1033).
Eggenberg, Paul: Jeremias Gotthelf. Zürich: SJW 1954 (SJW 500).
Eschmann, Ernst: Remigi Andacher. Zürich: Orell Füssli 1918. ^{2}1922.
Eschmann, Ernst: Le bouèbe de l'Arvigrat. Lausanne: Spes 1918.
Eschmann, Ernst: Der Berg kommt. Basel: Reinhardt 1928.
Eschmann, Ernst: Männer und Taten. Aus dem Leben berühmter Eidgenossen. Stuttgart: Levy & Müller 1931.
Eschmann, Ernst: Gottfriedli. Aus der Jugendzeit Gottfried Kellers. Zürich: Rascher 1945.
Eschmann, Ernst: Aus Gottfried Kellers Jugendzeit. Zürich: SJW 1947 (SJW 278).
Etter, Philipp: Des Wildenburgers letzte Nacht. Im Sturmjahr 1798. Zürich: SJW 1962 (SJW 764).
Faber du Faur, Irmgard: Die Pilgerkinder. Zollikon: Evangelischer Verlag 1940 (Stern-Reihe, 3).
Filippini, Felice: Pane del 1900. Vita ticinese d'un tempo in una casa di dodici figli. Zürich: ESG 1949 (ESG 321).
Forni, Roberto: Le tre tribù. Zürich: ESG 1949 (ESG 343).
François, Anne: Crétolet. Zürich: OSL 1953 (OSL 483).
Frei-Uhler, Marie: Johanna Spyri 1827–1901. Zürich: SJW 1951 (SJW 412).
Freuler, Kaspar: Hans Konrad Escher von der Linth. Aus Sorgen und Sümpfen neues Land. Zürich: SJW 1975 (SJW 1314).
Freuler, Kaspar: New Glarus. Das Abenteuer seiner Gründung. Zürich: SJW 1968 (SJW 997).

Frey, Jakob: Die Freiämter Deputierten und General Massena. Zürich: SJW 1957 (SJW 583). (Neue Ausgabe einer erstmals 1869 erschienenen Erzählung.)
Gaggetta, Sigis: Il Colonnello G.A. Rusconi del Palasio 1749–1817. Zürich: ESG 1948 (ESG 314).
Geiger, Ursula: Mutter der Heimatlosen und Verfolgten. Ein Lebensbild von Gertrud Kurz. Zürich: SJW 1978 (SJW 1446).
Gigon, Fernand: La vie charitable de Henri Dunant, fondateur de la Croix-Rouge. Zürich: OSL 1941 (OSL 102).
Gotthelf, Jeremias: Der Knabe des Tell. Berlin: Springer 1845.
Einzelausgaben in Schweizer Verlagen, 20. Jh.: Basel: Verein zur Verbreitung Guter Schriften 1902; Zürich: Orell Füssli 1918 (Schweizer Jugendbücher, 9); Olten: Walter 1934; Erlenbach: Rentsch 1941; Neuaufl. 1965. (Zitate nach der Auflage von 1965)
Grimm, Paula: Zürichtal. Eine Schweizer Kolonie in der Krim. Zürich: SJW 1965 (SJW 909).
Grob, August: Huldreich Zwingli der Reformator und Patriot. Zürich: Frick 1904.
Grütter, Karin und Annamarie Ryter: Stärker als ihr denkt. Ein Kapitel verschwiegener Geschichte. Solothurn: Aare 1988.
Halder, Werner: Der gestohlene Staatsschatz. Zürich: SJW 1967 (SJW 956).
Haller, Adolf: Beresina. Eine Erzählung von Napoleons Feldzug nach Russland. Aarau: Sauerländer 1956. 1957.
Haller, Adolf: Der Page Orteguill. Mit Cortés nach Mexiko. Aarau: Sauerländer 1959.
Haller, Adolf: Einer von der grossen Armee. Zürich: SJW 1954 (SJW 513).
Haller, Adolf: Heini von Uri. Erzählung für die Jugend aus der Zeit des Sempacherkrieges. Aarau: Sauerländer 1942. ^{2}1949; Zürich: NSB 1970.
Haller, Adolf: Heinrich Pestalozzi. Ein Lebensbild. Aarau: Sauerländer 1946.
Haller, Adolf: Heiri Wunderli von Torlikon. Aarau: Sauerländer 1944.
Haller, Adolf: Tanz um den Freiheitsbaum. Erzählung aus der Zeit der Französischen Revolution. Aarau: Sauerländer 1954.
Haller, Adolf: Wie Tankred seinen Vater fand. Zollikon: Evangelischer Verlag 1950 (Stern-Reihe, 37).
Halter, Toni: Culan de Crestaulta. Cuera: Ed. Romania; Glion: Maggi 1956.
Halter, Toni: Culan. Der Pfadsucher von Crestaulta. Disentis: Desertina 1959. 1974.
Hautesource, L. (= Tissot, Rosine): Enfant de Genève. Genève: Atar 1910. Neuchâtel: Ed. de la Baconnière 1929.
Heizmann, Adolf: Alexander bezahlt alles. Eine Erzählung aus den bewegten Tagen des Jahres 1813. Zürich: SJW 1963 (SJW 809).
Heizmann, Adolf: Auf nach Jerusalem. Zürich: SJW 1981 (SJW 1595).
Heizmann, Adolf: Das Gelübde. Eine Erzählung aus Basels grosser Notzeit. Zürich: SJW 1956 (SJW 558).
Heizmann, Adolf: Der Kaiser braucht Soldaten. Zürich: SJW 1977 (SJW 1429).

Heizmann, Adolf: Kampf um Augusta Raurika. Bewegte Tage in der Römerstadt. Zürich: SJW 1949 (SJW 331).

Heizmann, Adolf: Überfall am Hauenstein. Eine Erzählung aus dem Jahre 1295. Zürich: SJW 1951 (SJW 408)

Held, Kurt: Der Trommler von Faido. 2 Bde. Aarau: Sauerländer 1947/1949. 1956/1961; 1990 (in einem Band).

Herzig (=Hearting), Greti und Ernst: Minito. Die Geschichte eines Indianermädchens. Einsiedeln: Waldstatt 1954.

Herzog, Heinrich: Charakterzüge: Beispiele aus der Geschichte und dem Leben für Schule und Haus. Aarau: Sauerländer 1881.

Herzog, Heinrich: Menschenwert in Beispielen aus der Geschichte und dem Leben. Aarau: Sauerländer 1889.

Herzog, Heinrich: Das Jugendleben ausgezeichneter Männer. Aarau: Sauerländer 1892.

Herzog, Heinrich: Frauenleben. Aarau: Sauerländer 1897.

Herzog, Heinrich: Die schweizerischen Frauen in Sage und Geschichte. Aarau: Sauerländer 1898.

L'Histoire suisse en bandes dessinées. Dir. Jean-René Bory; dessins: Flavio Bozzoli, Cecilia Bozzoli, Federico Bozzoli; texte et scénario: Flavio Bozzoli, Yvette Perret, Luisa Bisso. Neuchâtel: Delachaux & Niestlé 1981–1983.
T. 1: De la préhistoire à la Reine Berthe.
T. 2: De Conrad le Pacifique à la Bataille de Morat.
T. 3: Du Service étranger à la fondation de la République Helvétique.
T. 4: De la Confédération des dix-neuf cantons à nos jours.
T. 5: Le Saint-Gothard.
(Deutsch: Die Schweizer Geschichte. Neuchâtel 1981–1984; Italienisch: Storia della Svizzera a fumetti. Neuchâtel 1981–1984.)

Hochheimer, Albert: Das Lied der Kameradschaft. Zürich: Ex Libris 1958. Einsiedeln: Benziger 1959.

Hochheimer, Albert: Gold für San Franzisko. Einsiedeln: Benziger 1958.

Huonder, A.: Die Rache des Mercedariers. Freiburg/Brsg.: Herder 1910 (Aus fernen Landen, 25).

Huonder, A.: Gill Blas oder mit Magellan um die Welt herum. Freiburg/Brsg.: Herder 1915. (Aus fernen Landen, 29).

Hürlimann, Emil P.: Rolf der Hintersasse. Zürich: SJW 1944 (SJW 169).

Hürlimann, Emil P.: Rolf schafft's. Zürich: SJW 1945 (SJW 196).

Isler, Alexander: Heinrich Pestalozzi: illustrierte Festschrift für die Jugend. Im Auftrage des Schweizerischen Lehrervereins zur Feier von Pestalozzis 150. Geburtstag auf den 12. Januar 1896. Zürich: J. R. Müller [1896].

Isler, Alexander: Henri Pestalozzi: biographie pour la jeunesse. Publiée par les soins de la confédération à l'occasion du 150e anniversaire de la naissance de Pestalozzi le 12 janvier 1896. Zurich: Müller [1896].
Isler, Alexander: Enrico Pestalozzi. Compilata per incarico della federazione dei docenti svizzeri in occasione del 150.mo anniversario della nascita di Pestalozzi (12 gennaio 1896). Bellinzona: Colombi [1896].
Isler, Alexander: La vita de Heinrich Pestalozzi: scretta a l'occasiun de siu 150avel di de naschientscha sils 12 de Schaner 1896. Zürich: Müller [1896].
Isler, Alexander: Schweizer Charakterköpfe. Erster Band: Aus der Franzosenzeit. Zürich: Schulthess 1912 (Kein zweiter Band erschienen).
Jenni, Paul: Auf Burg Bärenfels. Zürich: SJW 1956 (SJW 556). [8]1979.
Jenni, Paul: Il castello della Rocca degli Orsi. Zürich: ESG 1971 (ESG 1145).
Jenni, Paul: Le château de la Roche aux Ours. Zürich: OSL 1968 (OSL 1008).
Jenny [!], Paul: Im Kloster Stillental. Zürich: SJW 1959 (SJW 650).
Käser-Häusler, Regina: Das abenteuerliche Leben einer Soldatenmutter. Lebenslauf der Katharina Morel, geb. Kaufmann, aus Luzern, 1790–1876. Zürich: SJW 1946 (SJW 233).
Keller-Tarnuzzer, Karl: Die Inselleute vom Bodensee. Stuttgart: Thienemann 1935. 1942 (21-26. T.); 1949 (37-44. T.); 1952 (45-49. T.); [9]1959. Konstanz: Stadler 1990.
Klapproth, Ruedi: Fürchte den Stern des Nordens! Luzern: Rex 1979.
Knobel, Bruno: Der Aufstand. Erzählung um Wilhelm Tell. Solothurn: Schweizer Jugend 1961.
Knobel, Bruno: Ein Weltunternehmen entsteht. Zürich: SJW 1969 (SJW 1021).
Krapf, Anton: Das böse Eisen. Eine Geschichte aus dem 13. Jahrhundert. Einsiedeln: Benziger 1943.
Krapf, Anton: Heini, der Knecht des Ital Reding. Eine Geschichte aus der Zeit des Alten Zürichkriegs. Luzern: Rex 1962.
Küffer, Georg: Henri Dunant. Zürich: SJW 1942 (SJW 139).
Kuen, Erwin: Reisläufer und Komtur. Zürich: SJW 1970 (SJW 1109).
Kunz, René: Der Aufstand des Vercingetorix. Zürich: SJW 1964 (SJW 854).
Kuoni, Jakob: Balzli, der Schwabengänger: eine Geschichte für Jung und Alt. Zürich: Müller 1894. Basel: Verein für Verbreitung guter Schriften 1909. [2]1910; [3]1913.
Lang, Paul: Hans Waldmann. Zürich: SJW 1941 (SJW 116).
Larese, Dino: Im Dienste der Menschlichkeit. Zürich: SJW 1965 (SJW 884).
Laurent, Francine: L'enlèvement du Docteur Leblon. Zürich: OSL 1949 (OSL 348).
Lienert, Meinrad: Schweizer Sagen- und Heldengeschichten. Stuttgart; Olten: Levy & Müller 1914. Bern: Salchli 1953 (36-40.T.); 1960 (41-45.T.). Aarau: Sauerländer 1969. [13]1986.
Lienert, Meinrad: Die schöne Geschichte der Alten Schweizer. Lausanne: Spes 1919. Zürich: Schweizer Spiegel 1941.

Lienert, Meinrad: La belle histoire des premiers Suisses. Lausanne: Spes 1919. 1941.

Lienert, Meinrad: Erzählungen aus der Schweizergeschichte. Aarau: Sauerländer 1930. ^{3}1950; ^{6}1975. Luzern: Schweizer Volks-Buchgemeinde 1968, neu bearb.

Lienert, Meinrad: Die Entdeckung Amerikas. Zürich: SJW 1940 (SJW 89).

Löw, Hans: Joh. Heinrich Pestalozzi. Basel: Reinhardt o. J.

Lorenzini, L.: Fanciullezze di grandi. Zürich: ESG 1955 (ESG 535).

Lüssi, Alfred: Der Wächter am Rennwegtor. Zürich: SJW 1961 (SJW 733). ^{2}1963.

Lüssi, Alfred: Die Kreuzritter von Bubikon. Zürich: SJW 1965 (SJW 880). ^{2}1966.

Lugin, Eric: L'Escalade, maison rêvée. Zürich: OSL 1961 (OSL 756).

Margot, Paul: Les émigrants salzbourgeois en 1732. Lausanne: Pache-Varidel 1904.

Marti, Walter Ernst: Ingenieur Rudolf Diesel. Zürich: SJW 1967 (SJW 954).

Martinola, Giuseppe: Stefano Franscini. Zürich: ESG 1957 (ESG 607) ^{2}1964.

Martinoni, Federico: Nel Comune e oltre. Zürich: ESG 1988 (ESG 1837).

Medici, Mario: Vincenzo Vela. Zürich: ESG 1971 (ESG 1142).

Mehr, Luisa: Jaquette de Montricher. Zürich: OSL 1960 (OSL 706).

Méléra, Marguerite-Yerta: La singulière conquête de l'Illinois et de l'Ohio. Zürich: OSL 1948 (OSL 324).

Meyer, Olga: Anneli. Erlebnisse eines kleinen Landmädchens. Zürich: Rascher 1919; 1925; 1942; 1947; 1953; 1959; Sauerländer ^{11}1981.

Meyer, Olga: Anneli kämpft um Sonne und Freiheit. Zürich: Rascher 1927; 1947; 1957; Sauerländer ^{8}1978.

Meyer, Olga: Anneli am Ziel und am Anfang. Zürich: Rascher 1934. 1953; 1967. Sauerländer ^{6}1976.

Meyer, Olga: Eine Stunde vor Tag. Roman für junge Mädchen. Aarau: Sauerländer 1965.

Meyer, Olga: Gesprengte Fesseln. Aarau: Sauerländer 1961. Büchergilde Gutenberg 1962.

Meyer, Olga: Heimliche Sehnsucht. Eine Wegstrecke mit Magdalena Amalia Lüssi. Aarau: Sauerländer 1955. Büchergilde Gutenberg 1958; Ex Libris 1969.

Meyer, Olga: Leuchtendes Ziel. Aarau: Sauerländer 1944. ^{4}1953.

Meyer, Olga: Sabinli. Aarau: Sauerländer 1950. ^{2}1951; ^{4}1958; ^{8}1981.

Meyer, Olga: Tapfer und treu. Aarau: Sauerländer 1942; 1954; 3., veränderte Aufl. 1964; Ex Libris 1971.

Montolieu, Isabelle de: Les châteaux suisses. Genève: Atar 1906. 1919; 1920; Lausanne: Payot 1911. (Erste Ausgabe Paris: Bertrand, 1816)

Müller, Elisabeth: Jutta das Ritterkind. Einsiedeln: Benziger 1907 (Sonnenschein, 2).

Müller-Landolt, J.: In fremden Diensten. Erlebnisse des Obersten Jodokus von Müller. Zürich: SJW 1953 (SJW 442).

Muller, Eugénie: L'Escalade 1602. Genéve: Froreisen 1911.

Naef, Thomas: Der Schreiber des Pharao. Zürich: Artemis 1989.

Nay, Sep Modest: Fatgs della Patria 1291–1941. Zürich: OSL 1941 (OSL 112).

Nessi, Alberto (Red.): Le vite che abbiamo fatto. Zürich: ESG 1982 (ESG 1622). [2]1986.

Nessi, Alberto: La conquista del Messico. Zürich: ESG 1971 (ESG 1140).

Ortelli, Pio: Un grande architetto ticinese. Zürich: ESG 1945 (ESG 214).

Oswald, Suzanne: Henri Dunant. Zürich: SJW 1953 (SJW 449).

Pfulg, Gérard: Le Père Grégoire Girard. Zürich: OSL 1948 (OSL 323).

Piveteau, Jean Marc: Un soldat de l'an II raconte. Zürich: OSL 1977 (OSL 1409).

Reif, Marbeth: Schweiz, Schweizer, am Schweizesten. Staatskunde für Kinder. Teil I und II. Zürich: SJW 1988 (SJW 1812 und 1822).

Reinhart, Josef und Jules Courvoisier: Unsere Geschichte. Genève: Sonor 1920.

Reinhart, Josef: Johann Heinrich Pestalozzi. Ein Lebensbild. Basel: Reinhardt 1926. [6]1933; 1945 Jubiläumsausgabe.

Reinhart, Josef: Heinrich Pestalozzi. Erinnerungsgabe zur 100. Wiederkehr seines Todes. Aarau: Sauerländer 1927.

Reinhart, Josef: Die Knaben von St. Ursen. Eine Bubengeschichte aus der Revolutionszeit. Bern: Francke 1928. Aarau: Sauerländer 1954.

Reinhart, Josef: Die Schule des Rebellen. Neue Geschichte aus der Revolutionszeit. Bern: Francke 1929.

Reinhart, Josef: Das Licht der weissen Fluh. Bern: Francke 1932.

Reinhart, Josef: Helden und Helfer. Aarau: Sauerländer 1931. [2]1934; 8-10. T. 1940; 10-13. T. 1951.

Reinhart, Josef: Mutterli. Aarau: Sauerländer 1935; 1940 (17-20. T.); 1943 (21-25. T.); [7]1940; 1949 (36-45. T.).

Reinhart, Josef: Schweizer, die wir ehren. Aarau: Sauerländer 1941. [2]1950.

Reinhart, Josef: Brot der Heimat. Aarau: Sauerländer 1943. 1952 (7-11. T.).

Reinhart, Josef: Heinrich Pestalozzi. Erinnerungsgabe für die Schuljugend zur 200. Wiederkehr seines Geburtstages, 12. Januar 1946. Aarau: Sauerländer 1946.

Reinhart, Josef: Bruder Klaus. Zürich: SJW 1950 (SJW 361).

Reinhart, Josef: Der Mergelkönig. Zürich: SJW 1955 (SJW 538).

Reymond, Marthe: L'histoire suisse contée par une grand'mère. Neuchâtel: Delachaux & Niestlé 1918.

Reymond, Marthe: Schweizer-Geschichte für das kleine Volk. Bern; Biel; Zürich: Kuhn 1920.

Ringier, Martha: Der Katzenraffael. Aus dem Leben des Katzenmalers Gottfried Mind. Zürich: SJW 1949 (SJW 325).

Rivier, Claude: Agassiz l'enthousiaste. Zürich: OSL 1988 (SJW 1512).

Schär, Oskar: Der Überfall. Eine Erzählung aus der Zeit der Guglerkriege. Zürich: SJW 1958 (SJW 619).

Schär, Oskar: Die Burgunder kommen. Eine Erzählung aus der Zeit der Burgunderkriege. Zürich: SJW 1964 (SJW 844).

Schär, Oskar: Die gute Königin. Zürich: SJW 1967 (SJW 984).

Schär, Oskar: Der Verrat. Eine Erzählung aus den Mailänderkriegen. Zürich: SJW 1968 (SJW 1026).

Schär, Oskar: Graf Rudolf von Habsburg. Zürich: SJW 1972 (SJW 1202).

Schär, Oskar: Kampf um New-Berne. Wie die Siedlung New-Berne in Nordamerika entstand. Zürich: SJW 1975 (SJW 1319).

Schedler, Robert: Der Schmied von Göschenen. Erzählung aus der Urschweiz. Basel: Helbing und Lichtenhahn 1920. ^{2}1922; ^{3}1927; ^{4}1931; ^{6}1942; ^{7}1950; ^{8}1955. Aarau: Sauerländer ^{9}1960; ^{11}1971.

Schedler, Robert: Le forgeron de Goeschenen. Lausanne: La Concorde 1941.

Schedler, Robert: Der Schmied von Göschenen. Zürich: SJW 1954 (SJW 462).

Schedler, Robert und Erwin Kuen: Il fravi da Caschinutta. Zürich: OSL 1968 (OSL 1031).

Schenker, Ernst: 50 Jahre Simplontunnel. Zürich: SJW 1956 (SJW 557).

Schenker, Ernst: 75 Jahre Gotthardbahn. Zürich: SJW 1957 (SJW 620).

Schmid, Hans Rudolf: Louis Chevrolet. Zürich: OSL 1970 (OSL 1089)

Schmid, Hans Rudolf: Louis Chevrolet. Zürich: SJW 1964 (SJW 873).

Schmitter, Hans: Benz. Eine Geschichte von wilden Wassern und krummen Wegen. Bern: Francke 1960.

Schranz, Hans: Passion im Emmental. Eine Täufergeschichte aus dem 16. Jahrhundert. Zürich: SJW 1974 (SJW 1255).

Schütz, Walter: Divico et les Romains. Zürich: OSL 1986 (OSL 1761).

Schütz, Walter: Diviko und die Helvetier. Zürich: SJW 1945 (SJW 201).

Schwyn, Walter: Die XI. Legion. Zürich: SJW 1957 (SJW 588).

Schwyn, Walter: Schreckenstage im Schwarzwald. Eine Erzählung aus dem Dreissigjährigen Krieg. Zürich: SJW 1960 (SJW 708).

Spillmann, Joseph: Die Sklaven des Sultans. Freiburg/Brsg.: Herder 1910.

Spreng, Peter: «Merkt auf, ihr Leute von Luzern». Zürich: SJW 1982 (SJW 1643).

Stettbacher, Hans: Aus Heinrich Pestalozzis Jugendzeit. Zürich: SJW 1946 (SJW 220).

Streit, Jakob: Rösli von Stechelberg. Zürich: SJW 1968 (SJW 995).

Tarabori, Ugo A.: Il Generale Sutter o «Il gran vecchio di California». Zürich: ESG 1947 (ESG 288).

Tetzner, Lisa: Die schwarzen Brüder. Band I. Aarau: Sauerländer 1940. 1942; 1952; 1956; 1982 (in einem Band).

Tetzner, Lisa: Die schwarzen Brüder. Band II. Aarau: Sauerländer 1941. 1946; 1948; 1953; 1958; 1982 (in einem Band).

Tetzner, Lisa: Giorgio et le secret d'Alfredo. Lausanne: Payot 1944.

Tetzner, Lisa: Giorgio, le petit Tessinois. Lausanne: Payot 1943. ^{2}1946. (Beide Bände unter dem Titel: Les frères noirs. Paris: L'école des loisirs 1983/84).

Teuteberg, René: Johann Rudolf Wettstein. Zürich: SJW 1956 (SJW 549).

Tönjachen, Rudolf Olaf: Fats da la Patria 1291–1941. Zürich: OSL 1941 (OSL 111).

Tschudi, Gilg: Wilhelm Tell. Bearb. G. Küffer. Zürich: SJW 1940 (SJW 86).
Veuve, Micheline: Le chevalier de Notre-Dame. Zürich: OSL 1978 (OSL 1461).
Villemard, Adolphe: Hautefort. Lausanne: Spes 1920.
Villemard, Adolphe: Schloss Hautefort. Eine historische Jugendgeschichte aus dem Waadtland. Zürich: Rascher 1946.
Vincent, Sophie: La Reine Berthe et sa fille. Une page du dixième siècle, offerte aux jeunes filles du dix-neuvième. Lausanne: Henri Mignot 1889.
Wartenweiler, Fritz: Hans Conrad Escher von der Linth. Zürich: SJW 1936 (SJW 54/55).
Wartenweiler, Fritz: Vom Adler zum Kreuz: Unser General Dufour. Ein Lebensbild für junge Leute. Erlenbach-Zürich: Rotapfel 1934.
Wartenweiler, Fritz: General Dufour, der beste Schweizersoldat (1787 bis 1875). Zürich: SJW 1953 (SJW 444).
Wartenweiler, Fritz: General Guisan. Zürich: SJW 1964 (SJW 878).
Wartenweiler, Fritz: Le Général Guisan. Zürich: OSL 1965 (OSL 900).
Wiesner, Heinrich: Jaromir bei den Rittern. Bern: Zytglogge 1987.
Wiesner, Heinrich: Jaromir in einer mittelalterlichen Stadt. Bern: Zytglogge 1990.
Willy, Emma: Aux enfants de Genève. Genève: Burkhardt 1914.
Wirz, Ferdinand: Freundschaft mit Habsburg. Zürich: SJW 1962 (SJW 784).
Wyss-Noyer, Harry: Giovanni Segantini. Zürich: OSL 1970 (OSL 1090).
Zeerleder, Albrecht und Effinger von Wildegg, Rudolf: Aus schwerer Zeit, 1798. Zürich: Orell Füssli 1916 (Schweizer Jugendbücher, 4).
Zoller, Jörg: Der verbotene See. Luzern: Rex 1948.
Zulliger, Hans: Die Pfahlbauer. Bern: Schweizer Jugendschriften o. J. (Schweizer Jugendschriften, 26).
Zulliger, Hans: Die Pfahlbauer am Moossee. Zürich: SJW 1934 (SJW 18). ^{13}1985.
Zulliger, Hans: Tribu sur le lac. Zürich: OSL 1963 (OSL 831).
Zulliger, Hans: Die Wohnhöhlen am Weissenbach. Zürich: SJW 1946 (SJW 248). ^{4}1962.
Zweidler, Hans J.: Der Brand von Uster. Erzählung aus dem 19. Jahrhundert. Zürich: SJW 1949 (SJW 339).
Zweidler, Hans J.: Turigo. Die Geschichte eines jungen Mannes in einer fernen Zeit. Winterthur: Comenius 1961.
Zysset, Hans: Das goldene Kettlein. Zürich: SJW 1966 (SJW 932).
Zysset, Hans: Gefangen auf Brug Brandis. Zürich: SJW 1977 (SJW 1400).

Andere Erzählungen
Hohler, Franz: Tschipo und die Pinguine. Darmstadt: Luchterhand 1985.
Hrncir, René: Jonas mit der Wurmbüchse. Bern: Zytglogge 1984.
Müller, Jörg und Jörg Steiner: Alle Jahre wieder. Aarau: Sauerländer 1973.
Müller, Jörg und Jörg Steiner: Die Menschen im Meer. Aarau: Sauerländer 1981.

Reif, Marbeth: Das Gletscherkind. Bern: Kümmerly & Frey 1985.

Wyss, Johann Rudolf: Der Schweizerische Robinson oder der schiffbrüchige Schweizer-Prediger und seine Familie. Zürich: Orell, Füssli und Compagnie, 1812–1827. 4 Bde.

Sekundärliteratur

Aebli, Fritz: Das volkstümliche Jugendschriftenwerk. In: Pro Juventute, 88–91.

Anliker, René und Victor Schmid: «Frei und auf ewig frei!» Politische Identität im Schweizer Geschichtsbuch der Volksschule. Zürich: Soziologisches Institut der Universität Zürich 1980.

Auf dem Weg zu einer schweizerischen Identität 1848–1914. Probleme, Errungenschaften, Misserfolge. Für die SAGW hg. von F. de Capitani und G. Germann. Freiburg/Schweiz: Universitätsverlag 1987 (Kolloquium der Schweizerischen Akademie der Geisteswissenschaften, 8 <1985>)

Aufklärung und Kinderbuch. Studien zur Kinder- und Jugendliteratur des 18. Jahrhunderts. Hg. Dagmar Grenz. Pinneberg: Raecke 1986.

Basler, Otto: Josef Reinharts Jugendbücher. In: Josef Reinhart, 41–58.

Baumgärtner, Alfred Clemens: Das Abenteuer und die Jugendliteratur. Überlegungen zu einem literarischen Motiv. In: Sub tua platano. Festgabe für Alexander Beinlich. Emstetten: Lechte 1981, 218–225.

Bausinger, Hermann: Formen der «Volkspoesie». Berlin: Schmidt 1980.

Bausinger, Hermann: Heimat in einer offenen Gesellschaft. In: Die Ohnmacht der Gefühle, 89–115.

Bausinger, Hermann: Momo. Ein Versuch über politliterarische Placeboeffekte. In: Literatur in der Demokratie. Für Walter Jens zum 60. Geburtstag. München: Kindler 1983, 137–145.

Bausinger, Hermann: Volkskultur in der technischen Welt. Frankfurt/M.: Campus 1986.

Der Begriff «Heimat» in der deutschen Gegenwartsliteratur = The concept of «Heimat» in contemporary German literature. Hg. Helfried W. Seliger. München: Iudicium-Verlag 1987.

Bernische Kommission für Gemeinnützigkeit: Drei Entwürfe für Eingaben an die Unterrichtsdirektion des Kantons Bern, 1913. Typoskript.

Bleuler-Waser, Hedwig: Funken vom Augustfeuer. Anregungen zur nationalen Erziehung in der Schweizerfamilie. Bern: Francke 1916.

Böhler, Michael: Deutsche Literatur im kulturellen Spannungsfeld von Eigenem und Fremdem in der Schweiz. In: Prolegomena zu einer interkulturellen Germanistik. Hg. Alois Wierlacher. München: Iudicium 1985, 234–261.

Bossard, Carl: Bildungs- und Schulgeschichte von Stadt und Land Zug. Eine kulturgeschichtliche Darstellung der zugerischen Schulverhältnisse im Übergang vom Ancien Régime zur Moderne. Zug: Zürcher 1984.

Bruckner, Carl: Jugend- und Volkslektüre mit spezieller Berücksichtigung des Kantons Glarus. Referat für die Kantonale Herbstkonferenz 1910. Glarus: Neue Glarner Zeitung 1910.

Brunner, Fritz: Fünfzig Jahre Schweizerisches Jugendschriftenwerk. [Zürich]: [Pro Juventute] 1981.

Brunner, Otto: Das «ganze Haus» und die Geschichte der alteuropäischen Oekonomik. In: Ders.: Neue Wege der Verfassungs- und Sozialgeschichte. Vorträge und Aufsätze. Göttingen: Vandenhoeck und Ruprecht [2]1968.

Camartin, Iso: Vermessenes Zuhause. Zwischen Heimatgefühl und Kosmopolitismus. In: Neue Zürcher Zeitung, vom 10./11. Januar 1987, 37.

Christadler, Marieluise: Kriegserziehung im Jugendbuch. Literarische Mobilmachung in Deutschland und Frankreich vor 1914. Frankfurt/M.: Haag + Herchen 1978.

Christinger, J. J.: Ueber nationale Erziehung. Separatdruck aus dem Bericht über den XV. Schweizerischen Lehrertag, abgehalten zu Basel vom 6-7. Oktober 1884.

Colin, Mariella: Mémoire collective et changement des mentalités: Le livre d'école et l'enseignement de l'histoire en Italie de 1860 à 1900. In: Enseigner l'histoire. Des manuels à la mémoire. Réd. Henri Moniot. Berne [etc.]: Lang 1984, 173–185.

Colin, Mariella: Das Bild der Schule in de Amicis' Romanen und Erzählungen für Erwachsene und für Kinder. In: Kinderliteratur – Literatur auch für Erwachsene? Zum Verhältnis von Kinderliteratur und Erwachsenenliteratur. Hg. D. Grenz. München: Fink 1990, 97–107.

Concepts of National Identity – an interdisciplinary dialogue. Ed. by Peter Boerner. Baden-Baden: Nomos 1986.

Conze, Werner: Arbeit. In: Geschichtliche Grundbegriffe. Bd. 1, 154–215.

Dahinden, Martin: Das Schweizerbuch im Zeitalter von Nationalsozialismus und Geistiger Landesverteidigung. Diss. Zürich, Bern: Lang 1987.

Deplazes, Gion: Geschichte der sprachlichen Schulbücher im romanischen Rheingebiet. Diss. Freiburg/Ue., Luzern: Caritas 1949.

Dierse, Ulrich: Ideologie. In: Geschichtliche Grundbegriffe. Bd. 3, 131–169.

Döblin, Alfred: Der historische Roman und wir. In: Aufsätze zur Literatur. Olten; Freiburg i. Breisgau: Walter 1963.

Eggert, Hartmut: Studien zur Wirkungsgeschichte des deutschen historischen Romans. 1850–1875. Frankfurt/M.: Klostermann 1971.

Egli, Elisabeth: Das Luzerner Bergschulkind und seine Bücher. In: Luzerner Schulblatt 54 (1968), 269–273 (Nr. 9: Sondernummer Das gute Jugendbuch).

Elam, Sibylle: Zum Schutze der Jugend vor Schund und Schmutz in Wort und Bild: Die SJW-Hefte – freiwilliger und nicht so freiwilliger Lesestoff an Schweizer Schulen. In: Die Wochenzeitung, vom 30. März 1984, 10.

Die endliche Geschichte: Geschichte im Kinder- und Jugendbuch. Hg. R. Cordes. Schwerte: Katholische Akademie 1986 (Veröffentlichungen der Katholischen Akademie Schwerte, 7).

Erikson, Erik H.: Identität und Lebenszyklus. Frankfurt/M.: Suhrkamp 1973 (Suhrkamp-Taschenbuch Wissenschaft, 16).

Ernst, Rosmarie: Lesesucht, Schund und Gute Schriften. Pädagogische Konzepte und Aktivitäten der Jugendschriftenkommission des Schweizerischen Lehrervereins (1859 – 1919). Diss. Zürich, Zürich: Chronos 1991.

L'esprit international et l'enseignement de l'histoire. Etudes présentées au Troisième Congrès International d'Education morale. Neuchâtel; Paris: Delachaux & Niestlé 1922 (Collection d'Actualités pédagogiques, publiée sous les auspices de l'Institut J. J. Rousseau et de la Société belge de Pédotéchnie).

Ewers, Hans-Heino: Einleitung zu: KJL der Aufklärung. Hg. H'-H' E'. Stuttgart: Reclam 1980 (Reclams Universal-Bibliothek, Nr. 9992[5]).

Ewers, Hans-Heino: Einleitung zu: KJL der Romantik. Hg. H'-H' E'. Stuttgart: Reclam 1984 (Reclams Universal-Bibliothek, Nr. 8026[7]).

Ferro, Marc: Comment on raconte l'histoire aux enfants à travers le monde entier. Paris: Payot 1986.

Ferro, Marc: L'Histoire en «questions». In: La revue des livres pour enfants 1988, Nr. 122/123, 54–56.

Fertig, Ludwig: Campes politische Erziehung. Eine Einführung in die Pädagogik der Aufklärung. Darmstadt: Wissenschaftliche Buchgesellschaft 1977 (Impulse der Forschung, 27).

Fischli, Albert: Ist «Der Knabe des Tell» ein Jugendbuch? In: Das Jugendbuch. Mitteilungen über Jugend- und Volksschriften. Beilage zur Schweizerischen Lehrerzeitung, 8 (1942), 1f.

Frei, Daniel: Das schweizerische Nationalbewusstsein. Seine Förderung nach dem Zusammenbruch der Alten Eidgenossenschaft 1798. Diss. Zürich, Zürich: Juris-Verlag 1964.

Friedländer, Käte: Über Kinderbücher und ihre Funktion in Latenz und Vorpubertät. In: Internationale Zeitschrift für Psychoanalyse und Imago 26 (1941), 232–251.

Fünfzig Jahre Gute Schriften 1889–1939. Basel: Karl Werner 1939.

Garde à Vous! A ceux qui lisent. Ed. par Jean-Louis Boissonnas. Genève: Wyss et Duchène 1890.

Geschichte der Schweiz – und der Schweizer. Red. Beatrix Mesmer. Bd. 1–3. Basel; Frankfurt/M.: Helbing & Lichtenhahn 1982–1983.

Geschichte der schweizerischen Volksschule. Hg. Otto Hunziker. Bd. 1–3. Zürich: Schulthess 1881–1882.

Geschichtliche Grundbegriffe. Historisches Lexikon zur polit-sozialen Sprache in Deutschland. Hg. Otto Brunner, Werner Conze, Reinhart Koselleck. Stuttgart: Klett-Cotta 1972–.

Grandjean, J.: Les mauvaises lectures. Etudes et récits. Paris; Neuchâtel: Sandoz et Fischbacher; Genève: Desrogis 1878.

Greiner, Trudi: Der literarische Verkehr zwischen der deutschen und welschen Schweiz seit 1848. Bern; Leipzig: Haupt 1940 (Sprache und Dichtung, 67).

Grenz, Dagmar: Erziehung zum Bürger, Erziehung zum Menschen? Der Stellenwert der bürgerlichen Arbeit in den «Elterlichen Räten» im ausgehenden 18. Jahrhundert. In: Aufklärung und Kinderbuch, 184–211.

Grenz, Dagmar: Der «Sieg der Menschheit über den Despotismus...». Aufklärung und Revolution in der Kinder- und Jugendliteratur der Spätaufklärung. In: Schiefertafel 6 (1983), Nr. 2, 21–41.

Greverus, Ina-Maria: Auf der Suche nach Heimat. München: Beck 1979 (Beck'sche Schwarze Reihe, 189).

Greverus, Ina-Maria: Der territoriale Mensch. Ein literaturanthropologischer Versuch zum Heimatphänomen. Frankfurt/M.: Athenäum 1972.

Greverus, Ina-Maria: «Territorialer Imperativ» und kulturspezifische «Territorien» in ihrer Bedeutung für den Menschen. In: Greverus: Auf der Suche nach Heimat, 35–52.

Greverus, Ina-Maria: The «Heimat» Problem. In: Der Begriff «Heimat» in der deutschen Gegenwartsliteratur, 9–28.

Greyerz, Otto von: Der Deutschunterricht als Weg zur nationalen Erziehung. Eine Einführung für junge Lehrer. Leipzig: Klinkhardt ²1921 (Pädagogium, III).

Greyerz, Otto von: Zur Beurteilung von Jugendschriften. In: Schweizerische Lehrerzeitung 50 (1905), 425/426, 433–435, 441–444.

Grolman, Adolf von: Über das Wesen des historischen Romanes. In: Dt. Vierteljahresschrift 7 (1929), 587–605.

Gros, Christophe: Heidi de Dörfli ou la Suissesse missionnaire de la pureté alpestre. In: Terres de femmes. Catalogue d'exposition. Genève: Musée d'éthnographie 1989 (Itinéraires Amoudruz, VI), 250–282.

Grossklaus, Götz: Der Naturtraum des Kulturbürgers. In: Natur als Gegenwelt, 169–196.

Grünewald, Dietrich: Roman in der Kinder- und Jugendliteratur. In: Lexikon der Kinder- und Jugendliteratur. Bd. 3. Weinheim; Basel: Beltz 1984, 201.

Gruner, Erich: Politische Kräfte und Leitbilder der Schweiz im 20. Jahrhundert. In: Der Weg der Schweiz = Aspects du devenir helvétique = Un mezzo secolo di vita elvetica. 1914–1964. Jahrbuch der Neuen Helvetischen Gesellschaft 1964, 35 (1964), 199–215.

[Haller, A.] Adolf Haller. Freundesgabe zum 70. Geburtstag. Hg. Peter Schuler. Aarau: Sauerländer 1967 (Schriften des Schweizerischen Lehrervereins, 44).

Haller, Adolf: Ein Blick zurück. In: Adolf Haller, 7–24.

Haller, Adolf: Der Jugendschriftsteller und sein Publikum. In: Das Jugendbuch. Mitteilungen über Jugend- und Volksschriften. Beilage zur SLZ 15 (1949), 133–135.

Haug, Jörg: Heimatkunde und Volkskunde. Tübingen: Tübinger Vereinigung für Volkskunde 1969 (Volksleben, 22).

Helbling, Barbara: Der Held von Sempach. Österreichische und eidgenössische Versionen. In: Schweizerische Zeitschrift für Geschichte, 31 (1981), 60–66.

Helbling, Barbara: Eine Schweiz für die Schule. Nationale Identität und kulturelle Vielfalt in den Schweizer Lesebüchern seit 1900. Zürich: Chronos 1994 (Im Druck).

Heller, Geneviève: «Tiens-toi droit!». L'enfant à l'école au 19e siècle: espace, morale et santé. L'exemple vaudois. Lausanne: Editions d'en bas 1988.

Hilty, Hans: Jugend und Buch. Betrachtungen eines Schulbibliothekars. Beilage zum 86. Programm der St. Gallischen Kantonsschule für das Schuljahr 1942/43. St. Gallen: Tschudy & Co. 1942.

Hövel, Paul: Julius Springer und Jeremias Gotthelf. In: Börsenblatt für den deutschen Buchhandel Nr. 98 vom 21. Nov. 1980: Buchhandelsgeschichte 2/8, B 433–459.

Howard, Martha Walling: The Influence of Plutarch in the Major European Literatures of the Eighteenth Century. Chapel Hill: University of North Carolina Press 1970.

Hürlimann, Bettina: Zu den Anfängen der schweizerischen Kinderliteratur. In: Jugendliteratur 1961, Heft 2, 483–487.

Hugger, Paul: Nationale Identität im Spiegel schweizerischer Autobiographien des 19. Jahrhunderts. In: Auf dem Weg zu einer nationalen Identität, 185–203.

Hume, Kathryn: Medieval Romance and Science Fiction: The Anatomy of a Resemblance. In: Journal of Popular Culture 16 (1982), 15–26.

Humphrey, Richard: The Historical Novel as Philosophy of History. Three German Contributions: Alexis, Fontane, Döblin. London: Institute of Germanic Studies, University of London 1986.

Hundertfünfzig Jahre Haus Sauerländer in Aarau. Zus.gestellt von Hans Sauerländer, Heinz Sauerländer, Charles Bonet. Aarau: Sauerländer 1957.

Im Hof, Ulrich: Die Entstehung einer politischen Öffentlichkeit in der Schweiz. Struktur und Tätigkeit der Helvetischen Gesellschaft. Frauenfeld: Huber 1983.

Innerschweizer Schriftsteller. Texte und Lexikon. Hg. Bruno Stephan Scherer. Luzern; Stuttgart: Raeber 1977.

Jolles, André: Einfache Formen. Tübingen: Niemeyer [3]1965.

Jost, Hans Ulrich: Identität und nationale Geschichte. Die Schweizergeschichte unter dem Einfluss der «Geistigen Landesverteidigung». In: Widerspruch, Juli 1987, Heft 13, 7–20.

Jost, Hans Ulrich: Politique culturelle de la Confédération et valeurs nationales. In: Peuples inanimés, avez-vous donc une âme?, 19–38.

Käppeli, Anne-Marie: Le féminisme protestant de Suisse romande à la fin du XIXe et au début du XXe siècles. Diss. Paris, Genève: o. Vlg. 1987.

Käppeli, Anne-Marie: Sublime croisade: Ethique et politique du féminisme protestant, 1875–1928. Genève: Editions Zoé 1990.
Keckeis, Peter: Zur Geschichte des Schweizer Jugendbuchs. In: Jugendliteratur 1961, Heft 2, 488–500.
Klausmeier, Ruth-Gisela: Völkerpsychologische Probleme in Kinderbüchern. Vergleichende Untersuchungen an englischer, französischer und deutschschweizerischer Kinderliteratur. Bonn: Bouvier 1963 (Abhandlungen zur Philosophie, Psychologie und Pädagogik, 25).
Kost, Franz: Volksschule und Disziplin. Die Disziplinierung des inner- und ausserschulischen Lebens durch die Volksschule, am Beispiel der Zürcher Schulgeschichte zwischen 1830 und 1930. Zürich: Limmat 1985.
Klotz, Volker: Abenteuer-Romane. München: Hanser 1979.
Kreis, Georg: Die besseren Patrioten. Nationale Idee und regionale Identität in der französischen Schweiz vor 1914. In: Auf dem Weg zu einer nationalen Identität, 55–74.
Kreis, Georg: Rütlischwur oder Bundesbrief? Das allmähliche Werden einer Geburtsstunde. In: Neue Zürcher Zeitung, vom 28. Juli 1988, 15.
Kreis, Georg: Der Teil und das Ganze – zum partikularen Charakter schweizerischer Nationaldenkmäler. In: Unsere Kunstdenkmäler 35 (1984), 10–22.
Küffer, Georg: Josef Reinhart zum fünfzigsten Geburtstag. Bern: Francke 1925.
Kürsteiner, Joh[annes]: Über Geschichte und deren Unterricht auf Schulen. Einladungsschrift zur Promotionsfeier des Gymnasiums und der Realschule. Basel: Schweighauser [1840], 1–38.
Lexikon der Kinder- und Jugendliteratur. Hg. K. Doderer. 4 Bde. Weinheim; Basel: Beltz 1975–1982.
Lexikon des Berner Schriftstellervereins. Hg. Berner Schriftstellerverein. Bern: Haupt 1962.
Lichtenberg, Heinz Otto: Unterhaltsame Bauernaufklärung. Ein Kapitel Volksbildungsgeschichte. Tübingen: Tübinger Vereinigung für Volkskunde 1970 (Volksleben, 26).
Linsmayer, Charles: Die Eigenschaft «schweizerisch» und die Literatur der deutschen Schweiz zwischen 1890 und 1914. In: Auf dem Weg zu einer nationalen Identität, 403–426.
Literatur geht nach Brot: die Geschichte des Schweizerischen Schriftsteller-Verbands (SSV). Hg. Schweizerischer Schriftsteller-Verband. Red.: Otto Böni. Aarau; Frankfurt/M.: Sauerländer 1987.
Löfgren, Orvar: Natur, Tiere und Moral. Zur Entwicklung der bürgerlichen Naturauffassung. In: Volkskultur in der Moderne, 122–144.
Lukács, Georg: Der historische Roman. Neuwied: Luchterhand 1965.
Lyons, Martyn: Le triomphe du livre. Une histoire sociologique de la lecture dans la France du XIXe siècle. Paris: Promodis 1987.

Das Märchen und Lisa Tetzner. [Hg.] H. L. Tetzner. Aarau: Sauerländer 1966.

Martens, Wolfgang: Die Botschaft der Tugend. Die Aufklärung im Spiegel der deutschen Moralischen Wochenschriften. Stuttgart: Metzler 1968.

Matt, Beatrice von: Historische Romane der deutschen Schweiz. In: Neue Zürcher Zeitung, vom 22./23. August 1987, 65.

Mémoire explicatif du tableau des études dans l'établissement d'éducation de Vernier. Genève: Fick 1845.

Mesmer, Beatrix: Ausgeklammert – Eingeklammert: Frauen und Frauenorganisationen in der Schweiz des 19. Jahrhunderts. Basel; Frankfurt/M.: Helbing & Lichtenhahn 1988.

Mesmer, Beatrix: Nationale Identität – einige methodische Bemerkungen. In: Auf dem Weg zu einer schweizerischen Identität, 11–24.

Mesmer, Beatrix: Reinheit und Reinlichkeit. Bemerkungen zur Durchsetzung der häuslichen Hygiene in der Schweiz. In: Gesellschaft und Gesellschaften. Hg. Nicolai Bernard und Quirinus Reichen. Bern: Wyss 1982, 470–494.

Mesmer, Beatrix: Vom «doppelten Gebrauchswert» der Frau – eine Einführung. In: Verflixt und zugenäht, 15–21.

Métraux, Hans: Schweizer Jugendleben in fünf Jahrhunderten. Geschichte und Eigenart der Jugend und ihrer Bünde im Gebiet der protestantischen deutschen Schweiz. Aarau: Sauerländer 1942.

Metz, Peter: Das Schweizerische Schulwandbilderwerk in den 30er und 40er Jahren. In: Bildungsforschung und Bildungspraxis 12 (1990), 61–73.

Montesquieu, Charles de: De l'esprit des loix. Texte établi et présenté par Jean Brethe de la Gressaye. Paris: Société les belles lettres 1950. Tome premier.

Moser, Heinz, Franz Kost, Walter Holdener: Zur Geschichte der politischen Bildung in der Schweiz. Stuttgart: Metzler 1978 (Politische Bildung im europäischen Ausland).

Müller-Salget, Klaus: Erzählungen für das Volk. Evangelische Pfarrer als Volksschriftsteller im Deutschland des 19. Jahrhunderts. Berlin: Schmidt 1984.

Nassen, Ulrich: Jugend, Buch und Konjunktur 1933–1945. Studien zum Ideologiepotential des genuin nationalsozialistischen und des konjunkturellen «Jugendschrifttums». München: Fink 1987.

Natur als Gegenwelt: Beiträge zur Kulturgeschichte der Natur. Hg. G. Grossklaus und E. Oldemeyer. Karlsruhe: von Loeper 1983 (Karlsruher kulturwissenschaftliche Arbeiten).

Naville, F[rançois] M[arc] L[ouis]: Mémoire en réponse à la question suivante, proposée par la Société genevoise d'Utilité publique: Quels moyens pourrait-on employer dans l'enseignement public pour développer dans les élèves l'amour de la patrie suisse? Genève: Pelletier 1839.

Naville, F[rançois] M[arc] L[ouis]: Discours lu le 6 juillet 1841 aux sociétés d'utilité publique des cantons de Vaud et de Genève. Genève: Cherbuliez 1841.

Niedermann, Josef: Eine historische Rückschau. In: Festschrift aus Anlass des 75jährigen Bestehens des Katholischen Lehrervereins der Schweiz 1967. Hg. vom Katholischen Lehrerverein der Schweiz. Zug: 1968.

Die Ohnmacht der Gefühle: Heimat zwischen Wunsch und Wirklichkeit. Hg. Jochen Kelter. Weingarten: Drumlin 1986.

Osterwalder, Christine: Die goldreichen, friedlichen Männer. Helvetien und seine Ahnen. In: Neue Zürcher Zeitung, vom 7./8. Juni 1986, 69–70.

O'Sullivan, Emer: Das ästhetische Potential nationaler Stereotypen in literarischen Texten: auf der Grundlage einer Untersuchung des Englandbildes in der deutschsprachigen Kinder- und Jugendliteratur nach 1960. Tübingen: Stauffenburg-Verlag 1989 (Stauffenburg-Colloquium, 8).

Pech, Klaus-Ulrich: Beispielgeschichten. Anmerkungen zu einem Prototyp der Kinder- und Jugendliteratur. In: Aufklärung und Kinderbuch, 79–118.

Pech, Klaus-Ulrich: Einleitung zu: KJL vom Biedermeier bis zum Realismus. Hg. K'-U' P'. Stuttgart: Reclam 1985 (Reclams Universal-Bibliothek, Nr. 8087[5]).

Peuples inanimés, avez-vous donc une âme? Images et identités suisses au XXe siècle. Ed. H. U. Jost. Lausanne: 1987 (Etudes et mémoires de la section d'histoire de l'Université de Lausanne, 6).

Pitteloud, Jean-François: Philanthropie et lecture populaire: La Société genevoise des publications religieuses 1851–1896. In: Revue suisse d'Histoire 36 (1986), 413–442.

Pieczynska-Reichenbach, E[mma] et Léa Burger: L'ABC de l'éducation nationale au foyer domestique. Quelques suggestions offertes aux femmes de bonne volonté par l'Alliance de Sociétés féminines suisse. Genève: Société Générale d'Imprimerie 1916.

Das politische Kinderbuch. Eine aktuelle historische Dokumentation. Hg. und eingeleitet von Dieter Richter. Darmstadt und Neuwied: Luchterhand 1973 (collection alternative, 5; Sammlung Luchterhand, 87).

Pro Juventute. Schweizerische Monatsschrift für Jugendhilfe = Revue mensuelle pour la protection de la jeunesse = Rivista svizzera per la protezione della gioventù, 35 (1954), Nr. 2/3 (Sonderheft Die Jugend und ihre Lektüre = La lecture et les jeunes = La lettura e i giovani).

Rance, Nicholas: The Historical Novels and Popular Politics in Nineteenth-Century England. London: Vision Press 1975.

Reinhardt, Fred: Josef Reinhart. Motive und Persönlichkeit. Diss. Bern, Bern: Haupt 1976 (Sprache und Dichtung, 23).

Reinhart, Josef: Wie meine Jugendbücher entstanden sind. In: Pro Juventute, 58/59.

[Reinhart, J.] Josef Reinhart. Würdigung seines schriftstellerischen Schaffens. Mit Beiträgen von P. Zinsli und O. Basler. Aarau: Sauerländer 1958.

Richter, Dieter: Das fremde Kind. Zur Entstehung der Kindheitsbilder des bürgerlichen Zeitalters. Frankfurt/M.: Fischer 1987.

Riedel, Manfred: Bürger. In: Geschichtliche Grundbegriffe. Bd. 1, 672–725.

Rilliet-de Constant, M[r] et Mme: Le lecteur, choix de lectures pour les jeunes gens. Genève: Carey; Lausanne: Bridel; Paris: Delay 1 (1845) – ?

Rousseau, Jean-Jacques: Du Contrat social. Oeuvres complètes, III. Paris: Gallimard 1964 (Bibliothèque de la Pléiade, 169).

Rousseau, Jean-Jacques: Emile. Oeuvres complètes IV. Paris: Gallimard 1969 (Bibliothèque de la Pléiade, 208).

Rumpf, Marianne: The legends of Bertha ... Journal of the Folklore Institute 14 (1977), 181–195.

Sagenerzähler und Sagensammler der Schweiz. Hg. Rudolf Schenda unter Mitarbeit von Hans ten Doornkaat. Bern; Stuttgart: Haupt 1988.

Scandola, Pietro: «Schule und Vaterland». Zur Geschichte des Geschichtsunterrichts in den deutschsprachigen Schulen des Kantons Bern. 3 Bde. Diss. Bern, Bern: Selbstverlag 1986.

Schabert, Ina: Der historische Roman in England und Amerika. Darmstadt: Wissenschaftliche Buchgesellschaft 1981.

Schachtler, Johannes: Über den Geschichtsunterricht. Mit besonderer Berücksichtigung der aarg. Bezirksschule. In: Beigabe zum Programm der Städtischen Schulen in Aarau. Schuljahr 1888/89. Hg. von den Rektoren Schachtler und Rey. Aarau: Sauerländer o.J.

Schenda, Rudolf: Die drei Telle aus dem Modejournal: Bemerkungen zu einer Schweizer Sage bei den Brüdern Grimm. In: Neue Zürcher Zeitung, vom 16./17. November 1985, 70.

Schenda, Rudolf: Fleissige Deutsche, fleissige Schweizer: Bemerkungen zur Produktion eines Tugendsyndroms seit der Aufklärung. In: Ethische Perspektiven: «Wandel der Tugenden». Hg. Hans-Jürg Braun. Zürich: Verlag der Fachvereine 1989, 189–209.

Schenda, Rudolf: Mären von Deutschen Sagen. Bemerkungen zur Produktion von «Volkserzählungen» zwischen 1850 und 1870. In: Literatur und Sozialgeschichte. Sonderdruck von: Geschichte und Gesellschaft 9 (1983), 26–41.

Schenda, Rudolf: Schundliteratur und Kriegsliteratur. In: Historische Aspekte zur Jugendliteratur. Hg. Karl Ernst Maier. Stuttgart: Thienemann 1974, 72–85.

Schenda, Rudolf: Stand und Aufgaben der Exemplaforschung. In: Fabula 10 (1969), 69–85.

Schenda, Rudolf: Volk ohne Buch. Studien zur Sozialgeschichte der populären Lesestoffe 1770–1910. [1970] München: dtv 1977.

Schenda, Rudolf: Volkserzählung und nationale Identität. Deutsche Sagen im Vormärz (1830–48). In: Fabula 25 (1984), 296–303.

Schiffels, Walter: Geschichte(n) Erzählen. Über Geschichte, Funktionen und Formen historischen Erzählens. Kronberg/Ts.: Scriptor 1975.

Schneider, Ernst: Vom Geschichtsunterricht in der Volksschule und von historischer Bildung. Leipzig: Klinkhardt 1919 (Pädagogium, IX).

Schriftstellerinnen und Schriftsteller der Gegenwart = Ecrivaines et écrivains d'aujourd'hui = Scrittrici e scrittori d'oggi = Scripturas e scripturs da nos dis. Schweiz – Suisse – Svizzera – Svizra. Hg. Schweizerischer Schriftsteller-Verband = Société suisse des écrivains = Società svizzera degli scrittori = Uniun svizra da scriptuors. Aarau: Sauerländer 1988.

Schweiz – Suisse – Svizzera – Svizra: Schriftsteller der Gegenwart – Ecrivains d'aujourd'hui – Scrittori d'oggi – Scripturs da nos dis. Hg. Schweizerischer Schriftsteller-Verband = Société suisse des écrivains = Società svizzera degli scrittori = Uniun svizra da scriptuors. Bern: Verbandsdruckerei 1978.

Schweiz im Bild – Bild der Schweiz? Landschaften von 1800 bis heute. Red. Ch. Kyburz, M. Matta, H. Ch. von Tavel, B. Wiebel. Zürich: Kunstgeschichtliches Seminar der Universität 1974.

Schweizer Jugendschriftsteller der Gegenwart. Hg. Dino Larese. Amriswil: Amriswiler Bücherei 1963.

Schweizer Schriftsteller der Gegenwart = Ecrivains suisses d'aujourd'hui = Scrittori svizzeri d'oggi = Scriptuors svizzers da noss dis. Hg. Schweizerischer Schriftsteller-Verband = Société suisse des écrivains = Società svizzera degli scrittori = Uniun svizra da scriptuors. Bern: Francke 1962.

Schweizerisches Zeitgenossen-Lexikon = Lexique suisse des Contemporains = Lessico svizzero dei Contemporanei. Hg. Hermann Aellen. Bern; Leipzig: Gotthelf-Verlag 1932, zweite Ausgabe.

Senn, Doris: «Bisogna amare la patria come si ama la propria madre.» Nationale Erziehung in Tessiner Lesebüchern seit 1830. Zürich: Chronos 1994 (Im Druck).

Simmen, Martin: Über Schulwandbilder und über das SSW. In: Schulwandbilderausstellung aus Anlass der Herausgabe der 100. Tafel des Schweizerischen Schulwandbilderwerks, veranstaltet vom Pestalozzianum Zürich. Zürich: Pestalozzianum [1962], 3f.

Steiger, August: Was unser Volk liest. Referat, gehalten an der Versammlung der appenzell. gemeinnützigen Gesellschaft den 7. September 1885 in Schönengrund. Trogen: Schläpfer 1885.

Steinbrink, Bernd: Abenteuerliteratur des 19. Jahrhunderts in Deutschland. Studien zu einer vernachlässigten Gattung. Tübingen: Niemeyer 1983.

Steinlein, Rüdiger: Kinder- und Jugendliteratur der Aufklärung als «phantasiepädagogisches Projekt». In: Aufklärung und Kinderbuch, 239–257.

Steinlein, Rüdiger: Die domestizierte Phantasie. Studien zur Kinderliteratur, Kinderlektüre und Literaturpädagogik des 18. und frühen 19. Jahrhunderts. Heidelberg: Winter 1987.

Stern, Fritz: Kulturpessimismus als politische Gefahr. Eine Analyse nationaler Ideologie in Deutschland. Bern; Stuttgart; Wien: Scherz 1963.

Stierle, Karlheinz: Geschichte als Exemplum – Exemplum als Geschichte. Zur Pragmatik und Poetik narrativer Texte. In: Geschichte – Ereignis und Erzählung. Hg. Reinhart Koselleck und Wolf-Dieter Stempel. München: Fink 1973, 347–375.

Tarabori, Augusto Ugo: Le Edizioni svizzere per la Gioventù nel Cantone Ticino. In: Pro Juventute, 117–120.

Tetzner, Lisa: Das war Kurt Held. Aarau: Sauerländer 1961.

Uhler, Konrad: Die Jugendschriftenkommission des Schweizerischen Lehrervereins in ihrer fünzigjährigen Tätigkeit von 1858–1908. In: Schweizerische Pädagogische Zeitschrift 18 (1908), 145–176.

Ulrich, Anna Katharina: Wirklichkeit und Phantasie. Konstanten und Neuerungen im schweizerischen Kinderbuch. In: Neue Zürcher Zeitung, vom 14./15. Okt. 1978, 69.

Ulrich, Anna Katharina: Das Verschwinden der Mutter hinter der Schrift. Ein kulturgeschichtlicher Versuch. In: RISS, Zeitschrift für Psychoanalyse 6 (1991), 7–34.

Utz, Peter: Die ausgehöhlte Gasse. Stationen der Wirkungsgeschichte von «Wilhelm Tell». Königsheim/Ts.: Forum Academicum in der Verlagsgruppe Athenäum, Hain, Hanstein 1984.

Vallotton, Paul: Les mauvaises lectures. En réponse au concours ouvert à Genève en mars 1876. Paris: Sandoz et Fischbacher 1877.

Verflixt und zugenäht! Frauenbildung – Frauenerwerbsarbeit 1888–1988. Hg. Marie-Louise Barben, Elisabeth Ryter. Zürich: Chronos 1988.

Volkskultur in der Moderne. Probleme und Perspektiven empirischer Kulturforschung. Hg. U. Jeggle, G. Korff, M. Scharfe, B. Jürgen Warneken. Reinbek: Rowohlt 1986 (rowohlts enzyklopädie, 431).

Von alten Kinderbüchern. Rezensionen und Kritiken. Hg. Joachim Schmidt. Berlin: Kinderbuchverlag 1986.

Walter, François: Les Suisses et l'environnement. Une histoire du rapport à la nature du 18e siècle à nos jours. Genève: Editions Zoé 1990.

Wartenweiler, Fritz: Freu di! Aus dem Leben und Schaffen von Josef Reinhart. Zürich: Rotapfel 1955.

Weilenmann, Claudia: Annotierte Bibliographie der Schweizer Kinder- und Jugendliteratur von 1750–1900 = Bibliographie annotée de livres suisses pour l'enfance et la jeunesse de 1750 à 1900. Stuttgart: Metzler 1993.

Weiss, Richard: Das Alpenerlebnis in der deutschen Literatur des 18. Jahrhunderts. Horgen-Zürich; Leipzig: Münster-Presse 1933 (Wege zur Dichtung, 17).

Weiss, Richard: Volkskunde der Schweiz. Grundriss. Erlenbach: Rentsch 1946.

Wessendorf, Ernst: Geschichtsschreibung für Volk und Schulen in der alten Eidgenossenschaft. Ein Beitrag zur Geschichte der schweizerischen Historiographie im 18. Jahrhundert. Diss. Basel, Basel; Stuttgart: Helbing und Lichtenhahn 1962.

Widmann, Elisabeth: Josef Viktor Widmann. Ein Lebensbild. Erste Lebenshälfte. Frauenfeld; Leipzig: Huber 1924.

Widmann, Max: Josef Viktor Widmann. Ein Lebensbild. Zweite Lebenshälfte. Frauenfeld; Leipzig: Huber 1924.
Wiedemann, Conrad: The Germans' Concern about Their National Identity in the Pre-Romantic Era. An Answer to Montesquieu? In: Concepts of National Identity, 141–152.
Wild, Reiner: Die aufgeklärte Kinderliteratur in der Literaturgeschichte des 18. Jahrhunderts. Zur Kontroverse um die Robinson-Bearbeitung zwischen Joachim Heinrich Campe und Johann Carl Wezel. In: Aufklärung und Kinderliteratur, 47–78.
Wild, Reiner. Die Vernunft der Väter. Zur Psychographie von Bürgerlichkeit und Aufklärung in Deutschland am Beispiel ihrer Literatur für Kinder. Stuttgart: Metzler 1987.
Wilpert, Gero von: Sachwörterbuch der Literatur. Stuttgart: Kröner ^{5}1969.
Wolgast, Heinrich: Das Elend unserer Jugendliteratur. [1896] Worms: Wunderlich ^{7}1950.
Zinsli, Paul: Die dichterische Welt Josef Reinharts. In Josef Reinhart, 7–40.
Zürcher Schrifttum der Gegenwart. Hg. Zürcher Schriftsteller-Verein. Zürich: Orell-Füssli 1961.
Zwischen Trümmern und Wohlstand. Literatur der Jugend 1945–1960. Hg. Klaus Doderer. Weinheim; Basel: Beltz 1988.

Zitierte Empfehlungsverzeichnisse, Kataloge von Jugendschriften, die in der Schweiz erschienen sind oder auch für die Schweiz publiziert wurden (Chronologisch, nach Sprachen geordnet):
Guide de l'acheteur de livres pour la jeunesse, par une association de dames. Publié par M. le pasteur [François Marc Louis] Naville. Genève; Paris: Cherbuliez 1842.
Compte-rendu des livres destinés à l'enfance. (Red. Ernest Naville) Genève: Gruaz 1852.
Mitteilungen über Jugendschriften an Eltern, Lehrer und Bibliotheksvorstände, von der Jugendschriftenkommission des schweiz. Lehrervereins. 1 (1870) – 23 (1900) Aarau: Sauerländer; 24 (1901) – 40 (1924) Basel: Verlag des Vereins für Verbreitung Guter Schriften. (1915 kein Heft)
Rapports présenté par la Société de publications pour l'enfance et la jeunesse:
Premier rapport. Toulouse: Chauvin 1872.
Deuxième rapport. Montauban: Vidallet 1873.
Troisième rapport. Bordeaux: Cadoret 1874.
Quatrième rapport. Montauban: Vidallet 1875.
Catalogue raisonné ou guide pour servir à l'achat de bons livres et à la diffusion de la saine littérature. Spécialement destiné aux pères et mères de famille, aux chefs d'institutions, aux directeurs de Bibliothèques populaires, etc., etc. Publié par La Société Genevoise pour l'encouragement de l'oeuvre des bibliothèques populaires. Genève: Carey 1884.

Bulletin bibliographique dédié aux Parents, au Personnel enseignant et aux Comités des Bibliothèques. Publié par la Commission pour le choix de lectures destinées à la jeunesse et aux bibliothèques scolaires et populaires. Lausanne 1902 –

Das Jugendbuch. Mitteilungen über Jugend- und Volksschriften. Hg. von der Jugendschriftenkommission des Schweiz. Lehrervereins. Beilage zur Schweizerischen Lehrerzeitung. 1 (1935) –

Register